狐王令

眾勢江湖聯手，誓守江山社稷

常青 著

如今君明臣良，上下一心，
小小瓦剌在我大明面前豈有不敗之理，
定要為在土木堡一役中死難的將士報仇雪恨。

眾人聯手，誓守江山，血濺江湖情義濃
英雄為護家園鋌而走險，誰能在江湖紛亂中全身而退？

目錄

第三十七章　淚溼欄杆

一

瑞鶴山莊十里之外有一個集市叫石坪鎮，逢五和十五是周圍山裡人趕集採買和出售山貨的日子，每到集日四面八方的人聚集而來異常熱鬧。今日正逢初五，山莊曹管家列了採買的單子正往前院裡走，被小六看見攔著不讓走了。

「曹叔，你好歹帶著我去，我在莊子裡都悶出病了。」小六跟著一陣軟磨硬纏。

「你這個毛小子，別跟著添亂啊。」曹管家忙得腳不挨地往前疾走。

小六纏著曹管家不放，曹管家硬是沒轍，只得答應帶他去，小六這才撒手，興奮地跑回馬廄他的住處，拿他平日積攢的碎銀去了。

曹管家帶著帳房李先生坐上馬車車廂，小六和趕車人並排坐在前面，馬車駛出山莊大門，出了三岔口，沿著下山的路一路向西，向石坪鎮駛去。

路上積雪已融化，初春的朝陽下，車上每個人身上都被晒得暖洋洋的。曹管家叫著小六打趣道：「六子，你急著跑集市上幹麼呢？尋媳婦嗎？」曹管家的話把大家都逗樂了，趕車人嘿嘿地笑了兩聲：「小子，趕明兒叔給你張羅一個，是俺們屯裡一枝花。」

「呸，俺才不稀罕。」小六抱著他的錢袋，撇著嘴不理他們。

馬車很快就駛進石坪鎮，雖說是鎮，就巴掌大塊的地方。從東到西一條街，沿街一二十個鋪面，平時冷冷清清，只有逢集才會熱鬧起來。此時已近正午，遠遠就看見街面上車馬人流湧動，街邊站滿出售山貨的山裡人，中間緊窄的過道人流摩肩接踵，川流不息。

小六從馬車上蹦下來，興奮地往人群裡鑽，被曹管家一把抓住：「六子，回來，不准亂跑，不然下次不帶你了。」曹管家的話一下點中要害，小六只得跟著曹管家和帳房先生一起走。曹管家囑咐完趕車人馬車停放位置，便朝他們走來。

三人匯入趕集的人流，被人流裹挾著向前面走去。

兩邊貨攤上賣什麼的都有，大都跟吃有關。各種山珍野味藥草，琳琅滿目。還有就是賣作物種子，什麼稀奇古怪的作物種子都有，眼看到了春播時節，賣種子的又常兼賣農具，各種型號的鐵器都有，讓人看得眼花繚亂。

曹管家一路走一路瞧，似是樂在其中。轉了幾圈，他才想到正事，從衣襟裡掏出他採買的單子來，左拐右拐走到賣藥草的貨攤前，仔細地端詳著藥草與帳房先生小聲地談論起來。

他們身後的小六四處張望著，心早飛了出去。看見前面街角處圍了一堆人，不時發出叫好聲：「打得好，打呀，打——」小六畢竟年齡小，平日就喜看熱鬧，這次豈能放過一個瞧熱鬧的大好機會，他甩下曹管家和帳房先生向那堆人跑去。

遠遠看見一群衣衫襤褸的乞丐正在打一個人，一堆人打一個人，周圍還有這麼多叫好的。小六很好奇，他靈巧地從人群裡擠進去，看見地上趴著一個同樣衣衫襤褸、披頭散髮的男人。眾乞丐年齡相差很大，有頭髮斑白的老乞丐，還有僅僅四五歲的小乞丐，他們叫囂著不分輕重地打著地上的男人，那男人一動不動任他們打。

小六問一個圍觀的中年人：「大叔，這些乞丐為何打這個人？」

「這個男人以前沒見過，估計是流落至此。」中年人嘆口氣說道，「身上的衣服像是個道袍，他在這裡躺了幾天了，看來活不成了，這些乞丐嫌他晦氣，擋了他們的財路。」

「擋他們的財路？」小六一臉憐憫地望著地上的男人，聽聞穿著道袍，小六心裡「咯噔」一下，不由一陣緊張，便不顧前面的眾乞丐想看個分明。

中年人笑笑道：「連小哥你都覺得他可憐，路上的人都不忍看見，於是不少人給他丟銅錢，他身上的錢被乞丐撿走了，他連動都不動，也不要錢，唉。」

小六不等他說完，飛快地擠進乞丐堆裡，大叫了一聲：「別打了，再打就打死了。」他的話鎮住了幾個年少的小乞丐，幾個人往後退縮，空出一片地方。小六離近了發現男子身上的確是件道袍，雖說破破爛爛，但還是可以辨認出底色。

小六心裡猛然一陣緊張，他扒開男子披散的亂髮，露出他的面容。雖然他臉上滿是污垢，骯髒不堪，但是那額頭的輪廓和眉目，小六一眼便認了出來，正是全山莊都在尋找的本心，雖然看見他的容顏總讓他有些心驚膽戰，但是他心裡清楚，他是寧騎城的同胞兄弟，他是本心。

山莊裡幫主派人四處尋找本心，大家都找瘋了，沒想到他竟然流落到這裡。他看見幾個小乞丐還在拿柳條打本心，便大喝一聲：「住手！」他向他們揮手，「別打了。」

小六試圖叫醒本心，本心的背上被柳條抽得一道道血印，道袍更是變成一堆破爛。他推著本心，發現本心身體僵硬似鐵，他嚇得臉色都白了：「本心，你不會死吧？」

突然一隻瘦骨嶙峋的手抓住了他的肩膀，一個洪亮的聲音在他耳邊叫道：「小子，你認識他？」

小六扭頭看見是那個老乞丐，老乞丐滿是皺紋的臉上一雙眼睛閃著精光，小六不滿地推開他髒兮兮的手，點點頭道：「老乞丐，讓你的人住手，再打，我可是不客氣了。」

「呦呵，」老乞丐站起身叫了一聲，「小子，你敢在我的地盤撒野。」

小六環視四周發現乞丐們漸漸圍攏來，他突然指著老乞丐道：「喂，老乞丐，我是瑞鶴山莊的，你敢胡來，一會兒我當家的來了，看不把你們全都收拾了。」

「呦呵，小子，行啊，你瑞鶴山莊的怎麼了，在我的地盤，不拿銀子休想帶走人。」老乞丐叫住眾乞丐道，「把他好生看住了，就要有肉吃有酒喝了。」

「你，」小六看著幾個乞丐抬走本心，知道這個老乞丐想訛錢，便發狠地衝著老乞丐道，「你等著。」

小六轉身往回跑，看見草藥攤前曹管家和帳房先生已離開，恐怕一時在人群裡不好找到，便心急如焚地向鎮子東頭馬車停放的方向跑去，遠遠看見駕車人坐在車上打盹，便大叫起來：「老何頭，快，給我解下馬，我要速回山莊。」

駕車人被小六喊醒，看他一個人慌慌張張跑回來，一把掂起腳旁的鍘刀，叫道：「出什麼事了？」

「你別管了，我要回山莊報信，我看見本心道士了。」小六氣喘吁吁道。

「那個瘋道士？」駕車人急忙解下車轅、車橫，把套繩都堆到地上，「你快點回來。」

小六二話不說翻身上馬，向山莊奔去。

此時山莊裡眾人正聚在櫻語堂議事，蕭天和玄墨山人居中，兩邊分別是天蠶門弟子，李漠帆和明箏等人，眾人正巧說到本心的事，自那日殯葬之後，就一直不見本心的蹤跡，在山莊發現過幾次，均被他溜走。

眾人正苦於沒有應對之策，突然看見小六氣喘吁吁跑回來，一進門就大喊：「幫主，我看見本心道士了，他被一幫乞丐扣下，還被打傷，快不行了。」

蕭天幾乎跳起來：「快說，在哪裡？」

「幫主，我跟曹管家去集市採買，這才看見了他，可慘了，快被那幫乞丐欺負死了。」

「本心道士跟隨吾土道士能不會武功？」天蠶門一個弟子問道。

「這個本心正值壯年，即使不會武功，也不至於被一群乞丐欺負呀。」玄墨山人搖搖頭，不可思議地說道。

蕭天深邃的雙眸望著窗外道：「還有一種情況，就是他一心求死，對世間事絕望至極。」

「看來那一日對他的打擊太大，這個本心是個心思很重的人，你說得極有可能。」玄墨山人說道。

「還遠不止這些。」蕭天若有所思地道，「應該寧騎城這個兄弟的事對他也有影響。」

「你怎麼不把他帶回來。」明箏急得在一旁插了一句。

「被乞丐們扣下了，他們還恐嚇我。」小六氣呼呼地叫道。

「走，過去看看。」蕭天站起身就往外走，他回頭看見玄墨山人也跟著走出來，急忙阻止道，「兄長，我去足矣，你的傷還沒有痊癒，你還是在山莊等消息吧。」說著，蕭天命令陳陽澤道：「陽澤，隨你師父回寒煙居。」

陳陽澤很機靈地扶著玄墨山人往外走，玄墨山人想想對付一幫乞丐也不宜太張揚，便點點頭道：「也好，這次找回本心，一定要嚴加看管，曹管家採買來草藥，我要給他下幾服猛藥，把他身上的癔症先治癒了。」

明箏跟著小六跑出去，蕭天知道攔不住，便帶著她和李漠帆以及幾個興龍幫的兄弟向馬廄走去。眾人紛紛拉出自己的坐騎，翻身上馬，一陣人喊馬嘶，馬隊飛馳奔向山莊大門。

一行人馬飛奔到石坪鎮，街上人流少了些，正是歇午的時刻。小六先是飛奔到馬車跟前，看到曹管家和帳房先生都已等候在此，蕭天吩咐他們套好馬車候在此地，他們奔向西頭乞丐窩。

趕集的人流散去，只見街角的一片空地上，橫七豎八或躺或坐著一群乞丐。老乞丐見打東面奔過來一行人馬，也是一驚，剛才小六走後，他也打聽到了小蒼山裡的瑞鶴山莊是遠近聞名的大戶，甚至與江湖幫派有走動，連官府都拿他們沒有辦法，錦衣衛都來過，走了後，山莊一切照樣。

老乞丐是這幫乞丐的頭，他望著馬隊打頭的人器宇軒昂地向自己的地盤馳來，心裡有些發虛。他使眼色給幾個身強體壯的年輕乞丐。幾個年輕乞丐迅速站起身，圍住了蕭天。

蕭天翻身下馬，徑直走到老乞丐面前。

李漠帆衝地上還臥著的老乞丐一聲吼：「老乞丐，還不站起來，我們莊主要問你話。」

「老李。」蕭天止住李漠帆，對著老乞丐拱手一揖道，「老人家，剛才衝撞了你，還請見諒。」

老乞丐見蕭天溫文爾雅的樣子，心裡的戒心放下了，他站起身，趾高氣揚地道：「沒事，大人不記小人過。」

「你……」身後的李漠帆氣不過剛要與他理論，被蕭天攔下。

「剛才我的一位小兄弟回來，說你這裡收留了我們山莊的一個兄弟，他患上癔症，十分危險，還請老人家行個方便，讓我把他帶回山莊醫治。」

「哦，病人啊，」老乞丐看蕭天說話很和善，便開始囂張起來，他走到另外幾個乞丐身邊問道，「你們誰見了？」

「沒見，沒見。」幾個乞丐參差不齊地說道。

「你說謊，」小六跳到近前，氣鼓鼓地指著老乞丐的鼻子說道，「我明明看見他躺在這裡，你把他藏哪裡了？」

一旁一個乞丐站起身，撇著嘴說道：「既是來贖人的，一點誠意都沒有，也不見銀子，也不見酒肉，憑什麼告訴你們？」

「你打我們的人，還敢說這個話，你是不想活了。」李漠帆瞪著眼睛衝過來。

蕭天向明箏使眼色，明箏馬上明白立刻拉住了李漠帆，這幫乞丐一看就是街上的混混兒，跟他們是講不清道理的。蕭天微微一笑，走近老乞丐。老乞丐看他神態溫和，也沒有防備。蕭天在接近老乞丐的瞬間，飛起一腳踢倒他身邊的兩個年輕乞丐，虛晃一下，閃身來到老乞丐身後，一腳踹到他的腰窩，老乞丐叫了一聲：「哎喲，我的媽呀！」便嘴啃泥趴在泥地裡。

「說，你把那個人藏哪兒了？」蕭天一腳踏在老乞丐背上，聲音威嚴地問道。

老乞丐呻吟著，一隻手指著牆角。

明箏和小六跑到牆角，只見那邊靠牆坐著幾個小乞丐。明箏跑到他們面前，那幾個小乞丐一個個瞪著眼睛看著她。這時，一個四五歲的小姑娘站起來，向她跑過來，上來拉著她的手，道：「跟我來。」

明箏看著那個小姑娘，心頭一酸，跟著那個小姑娘走到牆壁邊，看見幾個小乞丐的身後躺著一個人，似是已經昏迷。只見他一身破爛的衣服和遍體的傷，正是本心道士，看到這種慘狀，明箏忍不住淚流滿面。

她回頭叫蕭天：「大哥，本心在這裡。」李漠帆上前按住老乞丐，蕭天抽身向明箏跑去。

明箏蹲下身，想拉本心坐起來，手指觸碰到他冰冷僵硬的手指，嚇得一聲尖叫：「大哥，你快過來看看，他是不是死了？」蕭天跑過去，用力搬動本心的身體讓他坐起來，把遮住臉的亂髮撩到一邊，露出他的面孔，這才看見他面色發青，嘴唇乾裂起皮，看上去奄奄一息。他急忙用手背去試鼻息，停了會兒，緩聲道：「還有口氣，明箏，去拿水囊。」

小六從腰間解下一個水囊，遞了過來。

蕭天給本心乾裂的嘴唇裡灌了幾口水，然後從懷裡掏出一個小瓷瓶，從裡面倒出一顆丹丸，塞進本心嘴裡。

「幸虧帶著玄墨山人給的護心丸，吃下它，生命暫時無礙。」蕭天看著小六道：「你快去把馬車趕過來。」

小六得令，迅速向西頭跑去。

明箏拿手帕蘸著水為本心擦了下臉，臉上的泥土擦掉，露出本心俊朗的面孔，明箏拿手帕的手止不住顫了幾下。蕭天看見明箏背過頭，知道她又想到了寧騎城，便說道：「明箏，他是本心，妳害怕的那個人再也不會出現了。」

「我知道，我就是……」明箏心有餘悸地說道，「每次一看見本心，就忍不住想到寧騎城，就像是噩夢一樣。」

「他們是雙生子，不仔細看，當然就像一模一樣。」蕭天寬慰著明箏。

街面上響起急促的馬蹄聲，車把式老何駕著馬車駛過來，小六坐在他旁邊，到了近前，小六跳下馬車，向蕭天跑去。

蕭天命李漠帆鬆開老乞丐，這次老乞丐老實多了，也不敢再張狂。蕭天從衣襟裡取出一個錢袋丟給老乞丐，道：「裡面的銀子夠你們吃一陣子了。」

眾乞丐紛紛面露喜色，鞠躬致謝。

李漠帆和老乞丐以及眾人一起，把本心抬到馬車上，車上堆滿了剛剛購置的貨品，把本心置於馬車中間，帳房先生和曹管家坐到前面駕車人旁邊，小六跟著李漠帆，與他共騎一馬。一切準備就緒，發現明箏不見了。

蕭天抬眼四處尋找，看見明箏抱著一個小乞丐不放。蕭天走過去，才發現是那個小乞丐抱著明箏不放，眼裡淚水漣漣，哭得明箏也跟著掉淚。

蕭天騎著馬走到老乞丐面前道：「我把這個小姑娘領走如何？」

老乞丐還沒有發話，其他幾個乞丐紛紛伸出手指，有說十兩銀子的，有說五兩銀子的，一片嘰嘰喳喳聽不清楚。

「十五兩銀子。」老乞丐伸手一比畫。

蕭天從懷裡又取出一個錢袋，從裡面摸出十五兩銀子扔給老乞丐，眾乞丐喜不自禁，擁在老乞丐四周，爭著去看銀子。

蕭天騎馬來到明箏面前，叫住明箏道：「明箏，走了，把她帶走，以後她跟著妳了。」

「什麼？」明箏仰臉看著蕭天，「你是說咱們可以帶她走？」

「就是這個意思。」蕭天看著明箏點點頭，眼裡充滿寵溺。明箏把小乞丐放下，用手背擦去她臉上的灰塵，小姑娘似乎也聽懂了剛才他們的對話，眼裡放著光彩。

「告訴姐姐，妳叫什麼名字？」明箏問道。

「蓮兒。」小乞丐有一雙烏黑的大眼睛，撲閃撲閃地望著明箏。

「跟姐姐走吧，」明箏拉住她的手道，「以後再也不會有人欺負妳。」明箏把小乞丐抱上自己的馬，她也翻身上馬，蕭天跟在後面，兩匹馬來到眾人前面，一起向山莊的方向疾馳而去。

眾人騎馬在前，漸漸與馬車拉開距離。

蕭天側臉看著明箏身前坐著的小姑娘，笑著道：「看著真是跟妳小時候有幾分像。」

「你何時見過我小時候？」明箏納悶地問道。

「當然見過。別忘了咱們的父輩有交往，那一年京城裡傳為奇談的神童宴，我可是隨父親同去的。」蕭天說道。

「唉，」明箏嘆息一聲，「兒時的事，我大致都不記得了，就像是上輩子的事。我更多記得的是跟著道觀裡的師姐們四處化緣，就像這個小乞丐一樣，我看見她就想起了我。」

「這個小乞丐遇到妳，也是她的福氣。」蕭天寬慰道。

明箏看著蕭天，若有所思地說道：「大哥，我有種直覺，我覺得本心根本沒有病，所謂的癔症只不過是咱們想像的，他只是在迴避現實，他不願面對現實，現實對他的刺激可能遠遠比咱們想像的要大，他只是在逃避。」

「哦？你何出此言？」蕭天望著明箏問道。

「大哥，那天我去祭拜隱水姑姑，本心突然出現在我面前，他竟然問起隱水姑姑，還有他父親張竟予將軍。」明箏說道。

蕭天一愣，他深深地看著明箏道：「妳怎麼不早說，若是這樣，便不是一個瘋子所為……」蕭天說著若有所思地擰眉沉思，片刻後，緩緩說道，「現在咱們必須幫他走出來，幫他重新站起來，他不能再這樣消沉下去。」

突然，身後馬車上曹管家向他們大聲喊著什麼。

蕭天一愣，意識到一定又出了什麼事，掉轉馬頭向馬車奔去。明箏也隨後跟了過去。

「幫主，不好了。」曹管家匆忙地說道，「我剛剛回頭查看，卻發現，發現人不見了。」

蕭天催馬到馬車後面，發現大車上除了貨物，人已蹤跡皆無。

「本心——」蕭天氣得揮馬鞭甩到山道上，蕩起一片塵土。

「大哥又跑了。」明箏懊悔地叫了起來，「咱們就應該綁著他。」

眾人沮喪地回到山莊，曹管家和幾個人去卸貨。蕭天命李漠帆領著幾個人沿山道再去尋找，找到後一定綁著回來。

二

次日傍晚，山莊已沐浴在夕陽的餘暉裡，山莊大門突然被叩開。值守的天蠶門弟子陳陽澤跑向櫻語堂，向蕭天回稟了有人在門前喊著要見莊主。

蕭天立刻跟著陳陽澤趕往山莊大門，看見李漠帆和玄墨山人已到。李漠帆一看見蕭天來，就氣不打一處來地叫道：「幫主，又是那幾個乞丐，想訛銀子。」

蕭天走到門前，命人打開一扇門，他隻身走出去。

門外七八個乞丐簇擁著老乞丐走過來。老乞丐這次倒是很客氣，也學乖了，向蕭天躬身說道：「莊主，你要找的人我們知道在哪裡。」

「喔？」蕭天一皺眉頭，望著那幾個乞丐，看著他們蠢蠢欲動賊眉鼠眼的樣子，不露聲色地說道，「我們昨天不是已經接走了嗎？哪還有要找的人？」

「莊主，昨日你真接走了，還是在半路又讓他跑了。」老乞丐狡黠地望著蕭天道。

「接走了。」蕭天淡淡地說。

老乞丐有些失望，但是仍然篤定看著他道：「可是我明明看見就是他呀。難道是我看錯了？」

「你在哪裡看見的？」蕭天盯著他問道。

「石坪鎮東頭，他被綁在柱子上，眼看就要被金禪會的人獻給神了。」老乞丐說道，突然壓低聲音，面色神祕地接著道，「聽說這個月金禪會為了祈福，要大祭活人，一刀刀割呀。」

蕭天一聽，便不再與老乞丐兜圈子了，立刻問道：「你可願意幫我們帶路？」

老乞丐眼睛一亮，看他相信了自己的話，便眼神游離地望了眼蕭天身後山莊裡的樓臺亭閣，蕭天立刻明白向身後的李漠帆叫了一聲：「李把頭，拿銀子。」

李漠帆聽見蕭天喊他拿銀子，很不情願地從懷裡掏出一個錢袋扔給蕭天。蕭天接到手裡把玩著錢袋，眼睛盯著老乞丐厲聲道：「你幫我帶路，找到我們要找的人，定不會虧待你。但若是你使奸耍滑，你有幾斤幾兩自己掂量掂量。」

「莊主放心。」老乞丐急忙點點頭，對於蕭天出手的闊綽，他是見識過的，當下應承。蕭天吩咐給他們一匹馬，老乞丐十分笨拙地上了馬，他吩咐馬下幾個隨從先回鎮上。

這邊，蕭天召集了興龍幫十幾個人，又命人叫來林棲，一切準備就緒，玄墨山人走到跟前說道：「兄弟，他所說的金禪會為何沒有聽說呀？不會是他要訛詐吧？」

「但信其有吧。」蕭天道，「去看看也無妨。」

等人馬到齊，蕭天領著眾人策馬而去。剛拐過三岔口，就聽見身後急促的馬蹄聲，蕭天回頭一看，見明箏騎著她的棗紅馬飛速奔來。

「明箏，妳怎麼來了，那孩子誰看著？」蕭天不由問道。

「夏木看著呢。」明箏一笑道，「別想撇下我。」

「那妳跟在我後面，不許胡鬧。」蕭天不放心地交代她。

老乞丐在前面領路，蕭天催馬跟上他，一邊走一邊問老乞丐道：「老人家，你所說的金禪會是怎麼回事？我怎麼從沒有聽說過？」

「我也是才聽說。」老乞丐說道，「打從年前就聽說有一個天神來傳教，以前這裡有白蓮會的信眾，也有堂庵，但後來白蓮會的幾個堂主不知去向，信眾便四散而去了。今年這些人來到這裡占據了堂庵，不久以前白蓮會的信眾都轉而信金禪會了，今日是他們大聚會的日子，每次都要搞祭典，祭典的最高品級便是活人祭。據說是神找到罪大惡極之人，來消滅他們，福報大家。照我說，他們只不過是找一些老弱病殘、無力反抗的人充數而已。」

蕭天越聽心裡的疑惑越深，又問道：「為何這麼說？」

「上次他們就是抓了我的一個兄弟，還不是看我們乞丐好欺負，但是後來我帶著所有人馬跟他們幹了一架，至此他們不敢再來找我們的麻煩。今日我本來是去瞧熱鬧的，看看他們今日找到的替死鬼是何人，這一看，就認出正是你昨日帶走的那個瘋子，剛開始我還以為自己看錯了，我是爬到跟前才確定的，絕不會看錯。」

一行人馬從山道上疾馳而過，夕陽很快落到山那邊，天也暗下來。他們來到鎮上，這裡的人們習慣了日出而作日落而息的生活，整個小鎮靜悄悄地沉浸在夜幕下。老乞丐領著眾人直接來到鎮東頭，十幾匹馬踏破了小鎮的寧靜。

面前是一個破舊的院子，大門緊閉。但是從裡面傳來低沉又雜亂的詠經的聲音，從小院斷牆殘壁處可以看到影影綽綽的燭光，遍布小院的每一個角落，越發使得小院籠罩了一種神祕的色彩。

「就是這裡，我就不進去了。」老乞丐說著欲言又止地看著蕭天。蕭天點點頭，隨手掏出錢袋丟給老乞丐。

「如果你報錯了信，你會知道後果的。」蕭天說道，不等蕭天說完，老乞丐已拿著錢袋逃之夭夭。

蕭天命眾人把馬匹拴到遠處一片林子裡，然後他們藏好了兵器，散開到鎮子四周。

這時一些鎮上的信眾陸續向院子走去，蕭天發現他們都圍著嚴密的兜頭，讓人看不清面目。蕭天和明箏跟在他們身後，也學著他們把大氅的兜頭蓋著腦袋，其他幾個人也陸續跟著一些信眾走過來。

看門人並不嚴查，只問了一句話：「何事前來？」

「求福。」所有人都說著這兩個字。

看門人很快放行，小木門一次只能過一人，人們依次走進去，秩序井然。進門迎面是一個小小的影壁，上面龍飛鳳舞的兩個大字：金禪。走過影壁，院子裡豁然開朗，讓人驚訝不已。只見成百人手舉蠟燭，站在院子裡，前面的屋簷下牆壁被挖空，可以一眼看見大堂裡高高的木臺，木臺四周圍滿蠟燭，臺上豎立著一根木桿，上面五花大綁綁著一個人。

明箏猛拉了一把蕭天，蕭天對她點點頭，他知道她要說什麼，那個被綁著的人確實是本心。

這時，高臺上一個一身白衣的男子低聲詠念起神祕的經文，然後兩個手持大刀的人從一旁走過來。臺下的信眾突然群情激動，興奮地向臺上舉起蠟燭，口中唱起經文。白衣人口中高聲念道：「大劫在遇，天地皆暗，日月無光，鬼神共棄，除卻罪惡，引入光明，金禪護佑，百姓安康。」

臺下的信眾皆跪下，以崇拜的目光望著臺上除卻罪惡之人。

蕭天悄悄伸手摸到腰間長劍，他一把抓住明箏壓低聲音道：「妳到門口，接應我。」明箏點了點頭，向木門走去。

高臺上兩個持刀的走向被綁之人。本心此時抬起頭，他一直處於昏昏迷迷的狀態，他看見兩個手持大刀之人朝自己走來，他臉上露出不屑的笑容，他的笑容讓兩個人手中的大刀一顫，兩人交換了個眼色。

一身白衣的吳陽拉下兜頭，急迫地催促著兩人：「你們愣什麼，身為護法遵命行事，殺了他，咱們好回去面見柳堂主交差。」

吳陽往臺下看了看，信眾的熱情感染了他，他嘴角掛著微笑，不屑地瞥了眼被綁在木柱上的人，對兩個護法說道：「一個叫花子，你們還等什麼？」

本心臉上的冷笑更加邪魅，他瞇著眼睛盯著兩個護法，嘴角一斜，擠出幾個陰森森的字：「來呀，殺了我，二十年後，老子又是一條好漢。」

一個護法已舉起刀聽見他這句話，又放了下來，另一個護法一咬牙，閉著眼睛舉刀向本心刺去。突然聽見「噹啷」一聲，那個護法的大刀被從臺下飛過來的匕首磕飛，臺上的三人一愣，回過頭來，一個身影已飛身到臺上。與此同時，李漠帆和林棲也飛身上來。臺上的三人看有人來砸場子，一個個拔劍迎戰。

本心閉上的眼睛再次張開，他本來以為這次總算死到臨頭了，沒想到耳邊傳來一陣鏘鏘之聲，待他睜開眼睛，便看見蕭天飛身上到臺上，他沒有想到自己又一次被蕭天救下，他心中的惱怒比感激要大。蕭天為什麼不肯放過自己，他已經一心求死了，為什麼還一次次要救他？他咬著嘴唇，嘴角的血一滴滴落到腳面上……

這邊木臺上，吳陽對陣蕭天，李漠帆和林棲對陣兩個護法。臺上一打起來，臺下頓時大亂，有說是官府的，有說是尋仇的，雖說眾說紛紜，但是信眾們行動一致，紛紛扔下手中蠟燭向院門逃竄。

被棄的蠟燭點著了院子裡一處柴草，很快著了起來。院子裡頓時亂成一團，人們相互推擁踩踏，一陣陣鬼哭狼嚎響徹院子。

兩個護法根本不是李漠帆和林棲的對手，敗下來後躲了起來，吳陽與蕭天只過了幾招，就心裡清楚自己不是蕭天的對手，他一看院子裡的情況，知道大勢已去，辛苦幾個月開闢的一個堂口被這幾個人攪和了。便趁蕭天一不留神竄了出去，與兩個護法藏身在人群裡。

蕭天看見他們逃走，也沒想再追。這時，李漠帆和林棲已解開本心的繩索，李漠帆大喊：「幫主，他還活著。」

「帶走，快點。」蕭天向他們一揮手，幾個人護著本心向木門走去，在門口明箏早早推開大門，他們眾人在人群的簇擁下，迅速走出院門，向巷子裡走去。

三

寒煙居的西廂房騰出一個鋪位讓本心療傷，天蠶門的弟子聽說那個瘋道士差點被當成祭典的貢品給宰了，又聽說這個瘋道士與那個不可一世的寧騎城是孿生兄弟，一個個按捺不住好奇，紛紛以探視的由頭來看個分明，一時間西廂房裡走了一撥又迎來一撥。

玄墨山人最後只得發話，沒有他的首肯不可再探視，至此西廂房裡才安靜下來。玄墨山人為本心細緻地把了脈，查看了背部和身上的傷，發現本心身體並無大礙，而且他的筋骨很強壯，這點超出他的意料。

次日一早，蕭天前來探視，玄墨山人便把本心的情況跟他說了。蕭天走到炕邊，看著睡得正香的本心，回頭對玄墨山人道：「兄長，你是說不用再以癔症來下藥，他醒來後，會不會再跑？」

「這個我也說不準，還需慢慢觀察。」玄墨山人道，「他瘋跑這麼長時間，如果是有情緒要發洩，也應該發洩得差不多了，而且那日又差點丟了性命，在這些刺激下他會慢慢好轉起來。」

蕭天點點頭，一顆懸著的心放了下來，但突然又想到一點，便問道：「兄長，你是如何判斷本心不是癔症呢？」

「眼神，我從他的眼神裡發現的。」玄墨山人道，「昨晚，你們把他抬進來，人都散去後，他醒了過來，我發現他的眼睛環視四處，還有眼角的淚水。如果是一個得了癔症的人，他的眼神不可能是清澈和明亮的。」

蕭天一笑，心情豁然開朗道：「但願本心能從悲痛中走出來。」

蕭天說著走到門口，他山莊裡事務繁忙，便向玄墨山人告辭。玄墨山人送走了蕭天，還沒有走到院中間，就聽見明箏的聲音在背後響起來。「玄墨掌門，我來看看本心道士。」明箏笑嘻嘻地說著。玄墨山人一笑，道：「要來還不一起來。」

「誰來過了？」明箏問道。

「還有誰？」玄墨山人笑起來，「你們兩個呀，總能想到一起。」

「我才不和他一樣呢。」明箏小臉一紅，「玄墨掌門，你也拿我取笑。」玄墨山人哈哈一笑，對於蕭天和明箏這一對璧人，玄墨山人分外喜歡，眼見他們度過那麼多劫難終於走到一起，由衷地為他們高興，他尤其喜歡明箏這丫頭，看見她不免要多說幾句。說了幾句玩笑話後，玄墨山人寬慰她道：「放心吧，丫頭，本心會好起來的。」

明箏感激地向玄墨山人行了一禮道：「玄墨掌門，我代我師父謝謝你。」

「妳個傻孩子，怎麼行如此大禮，快起來。」玄墨山人扶住明箏道，「不可如此見外，我與蕭天是拜把兄弟，這麼算來我也是妳大哥，一家人如何說兩家話？」

明箏笑起來：「我豈不是又多了一個大哥？」

玄墨山人笑道：「去看看本心吧，要讓他開心起來。」明箏跑進西廂房，看見陳陽澤絞了一條熱帕子要給本心擦臉，本心突然一把奪過去扔了出去。陳陽澤忍住沒有發火道：「我好心給你擦擦臉，你看看你那張臉，簡直就像鍋底了，又髒又臭。」

明箏從地上撿起來，走到銅盆前，洗淨絞乾。陳陽澤回過頭看見是明箏，忙站起身道：「師娘，是妳呀。」

明箏被他的古怪稱呼給逗樂了，笑道：「陽澤，你這稱呼從何而論呀？」

「蕭幫主是我師叔，那妳是蕭幫主的夫人，我可不是要稱呼妳師娘嘛。」陳陽澤振振有詞地說道。

「好了，不跟你開玩笑，你去歇著，這裡交給我吧。」明箏捂住嘴忍住沒笑，但心裡還是挺受用的，怪不得蕭天和玄墨山人都寵愛這個徒弟，就是會討人喜愛。

「師娘，還是我來吧，這個人時而瘋癲時而咆哮的。」陳陽澤道。

「陽澤，讓你受累了，」明箏道，「本心是我師父的長子，如果按輩分也算是我師兄，我照顧他是理所應當的。」

陳陽澤點點頭道：「那好吧，我一會兒過來替換妳。」說完，走了出去。

明箏走到炕邊，坐到本心身邊，拿手中的帕子給他擦臉，本心閉著眼睛一動不動。明箏看著他的臉，看到他臉龐的肌肉在顫動，便輕聲說道：「本心，我知道你醒了，你聽我說好嗎，這些天山莊裡所有人都在找你，你知道我有多擔心嗎，有好幾個夜晚我都被噩夢驚醒，夢見你出了意外，我是哭醒的。本心，你失去了所有親人不錯，但是你還有我們呀，蕭大哥和玄墨掌門都是至情至善之人，你就留下來吧，不管多難，咱們可以風雨同舟。」

明箏說完看著本心，本心依然閉著眼睛，只是眼角流下兩串淚，片刻後，本心點了下頭。

明箏心頭一喜，本心點了頭，這就說明他願意留下了。明箏高興地叫起來：「本心，你願意留下了，太好了，我一會兒便去告訴蕭大哥。」

這時，門口響起腳步聲，夏木領著小蓮兒走進來。夏木一看明箏高興的樣子，好奇地問道：「郡主，妳這麼高興，是有什麼喜事嗎？」

明箏一看到蓮兒，上前抱住她在空中轉了一個圈，蓮兒稚嫩的童音「咯咯咯」地笑個不停。明箏放下蓮兒，對夏木道：「本心他願意留下了。」

「好呀，」夏木這才想到來找明箏的目的，忙叫起來，「郡主，一高興啊我都忘了正事啦，狐王在櫻語堂等妳呢。」

「有事？」明箏問道。

「妳去了就知道了。」夏木一笑。

「死丫頭，要騙我，看我回來如何收拾妳。」明箏嘴裡這麼說，其實心思早飛了出去，她也急著把這個好消息告訴蕭天。

明箏出了寒煙居，由於心情大好，就連眼裡看到的景物也分外美好起來。眼見春日正盛，寒煙居旁邊的花圃裡幾株迎春花鵝黃的花瓣綴滿枝頭，四周一些海棠紅豔豔的花朵點綴其間，嫩黃油綠紅豔直刺人眼，遠處幾株白玉蘭上，朵朵花瓣，隨風搖曳，春意盎然。

櫻語堂邊的水塘裡，不知何時水面的厚冰已融化，微波蕩漾，岸邊的細柳也抽出嫩綠的柳條隨風起舞。明箏走近水面，看見水面上印出一個美麗的身影，一身淺綠的長裙宛如這岸邊的柳樹似的，身姿婀娜，明箏羞澀地提起百褶裙就跑，似是一朵風中芙蕖，裙擺在風中蕩成一朵大大的喇叭花……

明箏跑進櫻語堂，過了院門，沿著遊廊往裡面走。映入眼簾的一切，讓她突然愣住了。院子正中，那棵櫻樹盛開了。滿眼的粉色花瓣，密密麻麻掛滿枝頭，壯觀如天邊的雲霞，靚麗如碧天的雲朵。白雲朵朵都不足以誇耀這棵櫻樹帶給人視覺的震撼，看著這棵櫻樹，明箏想到這個院子的名字，原來是來自這棵櫻樹。

粉色的花瓣在風中似花雨紛紛揚揚，院子裡四處都是淡淡的櫻花的香氣。樹下傳來琴聲，悠悠揚揚，清清淡淡，似花語在向人娓娓傾訴，又似滿院的櫻花縹縹緲緲，似有似無。

明箏這才看見櫻樹下撫琴的蕭天。他一身白色衣衫，頭上一支碧玉髮笄將頭髮束起，低頭凝目，輕撫琴弦……明箏看呆了，一時眼神無法錯開，她見慣了蕭天殺伐決斷，卻是第一次看見蕭天儒雅飄逸的一面，不由如痴如醉，突然來了興致，微笑著吟了句前人以櫻花而作的詩以助興：

初櫻動時豔，擅藻灼輝芳
緗葉未開蕾，紅花已發光

蕭天抬起頭，臉上洋溢著讚嘆的神情，他沒有停手，也開口吟了句以櫻花而作的詩：

昨日雪如花，今日花如雪
山櫻如美人，紅顏易消歇

明箏移步到櫻樹下，她抬頭看著頭上千朵萬朵的花蕾，耳邊聽著琴瑟之音，那清逸娴娴的餘音，就像眼前的粉嫩纖細的花瓣撒落到她的心田，攪動得她春心浮動，過往的記憶如一隻彩蝶撲棱棱向她飛了過來……

明箏粉頰如花，眉目藏情，她輕輕步到蕭天一側，緩緩坐下，一隻手輕撫到琴上，蕭天看出她要撫琴，便用一隻手按下琴弦。明箏羞澀地低下頭，一隻手劃動琴弦。這是兒時母親彈過的一首樂府琴曲。

蕭天聽得痴迷了，眼裡浸出淚光。山無棱，江水為竭，冬雷震震，夏雨雪，天地合，乃敢與君絕。這是明箏用此曲向他表白啊。蕭天側目望著明箏粉紅如櫻花花瓣一樣的面頰，滿心洋溢著幸福的喜悅，一曲終了，四目相望。

「大哥，這個櫻花飄飛的春日，是你送給我最大的驚喜，我想我一生都不會忘卻了，有你在身邊，我此生足矣。」

這時，翠微姑姑和李漠帆從遊廊走過來，李漠帆一看此情，急忙拉住翠微姑姑往回走，翠微姑姑看見櫻樹下兩人親密的身影，微笑著推開李漠帆，亮開大嗓門說道：「哎呀，原來你們倆躲在這裡密會呢？」

突然聽到翠微姑姑的大嗓門，蕭天和明箏都囧成大紅臉，兩人急忙分開，蕭天站起身向翠微姑姑道：「姑姑，可是有事情？」

「哎呀，是不是嫌我擾了你們的好事？」翠微姑姑笑起來。

明箏紅著臉，站起來就向院門跑，被翠微姑姑攔住了，「郡主，妳跑什麼？」明箏羞紅了臉，直往她背後躲。

李漠帆在一旁氣得直跺腳：「妳個好事娘兒們，我說明天再來，妳非要在，在……」

「在什麼？在這裡說就對了。」翠微姑姑挺著漸漸隆起的肚子，幾步走到蕭天面前道，「狐王，我昨日看星象，近日有個好日子，我看你和郡主的婚事就辦了吧。」

「真有好日子？」蕭天臉上露出喜色，但是瞬間又暗淡下來，「恐怕不妥吧，青冥郡主剛剛……」

「狐王，青冥已入土為安，」翠微姑姑說道，「按咱們狐族的族規，入土為好，不應再有悲哀，生者要儘早開始新生活，這也是青冥臨終囑咐我的事，只有把這件事辦完，我的使命才算完成了。」

蕭天向翠微姑姑深施一禮道：「那就全仗姑姑安排了。」

翠微姑姑笑著回頭道：「郡主，妳可是要當新娘了，唉！」她回頭看，哪裡還有明箏的影子，早跑沒影了。

「你就別嚷嚷了，人家姑娘家難為情呢。」李漠帆說道。

「狐王，你看呢？」翠微姑姑問道。

「盡量從簡，一切按族規來。」蕭天簡短地說道。

「只是有一條，狐王，」翠微姑姑有些猶豫地看了他一眼道，「你向明箏姑娘言明了嗎？她的身分，行禮那日她要先去祭拜青冥，還有那日她不能穿紅色喜服。」

蕭天點點頭，並沒有回答她的問話，而是又重複了一遍：「一切按規矩來。」

四

翠微姑姑看星象得出的好日子是四月初十，還有五天時間，但是山莊裡卻已傳遍了，這件婚事被許多人看好，大家都為一對新人高興。

山莊歷經風雨，終於有了一段平靜祥和的日子。大家都在為婚事盡心盡力地準備著。連日的風調雨順，也讓山莊周邊農田裡的作物長勢喜人。諸事皆遂人願，大家都喜不自禁。明箏出於少女的羞澀，連著兩天都不好意思出門，她待在屋裡寫寫畫畫，煩了逗著蓮兒耍一會兒，再煩了就跑到外面水榭邊看水塘裡的金魚，其實她的心思早飛到了蕭天那裡，她真想知道他在幹什麼。

到了這日下午，聽見夏木回來說，大家都到農莊幫忙去了，看見狐王去了，甚至還看見了本心，他跟著牛犁地。

「本心能下地了？」明箏興奮地問夏木。

「他們看見他了。」夏木笑著道，「郡主這下放心了吧，他應該是大好了。」

「我在屋裡要悶出病來了，」明箏突然扔下手中的毛筆，道，「我也要到農莊去看看，」她抬頭大聲叫蓮兒：「蓮兒，蓮兒。」

蓮兒從外面露出一個頭，兩隻烏黑的大眼睛忽閃忽閃地眨動著，奶聲奶氣道：「郡主，妳叫我嗎？」

「蓮兒，咱們去農莊玩玩吧？」明箏笑著問道。

「蓮兒不玩，蓮兒還有功課沒做。」蓮兒乖巧地道。

「功課？夏木，是妳為蓮兒布置的功課嗎？」明箏不滿地問道。

「不是我，是梅兒。」夏木回頭看著蓮兒道，「郡主允許妳出去玩了，去吧。」

「謝郡主。」蓮兒有模有樣地向明箏屈膝行禮，蓮兒的乖巧逗得明箏哈哈大笑，喜歡得不得了，她回頭看夏木，「是妳教她的？」

「是梅兒。」夏木也笑起來，「竟然教她宮廷禮儀，這小娃竟也學得一絲不苟，著實讓人疼愛。」

明箏牽著蓮兒的小手，這些天蓮兒吃胖了，小手肉嘟嘟的，甚惹人愛。兩人走到後院，出了角門，沿著鋪滿青草的小道向田裡走去。清新的微風陣陣拂面，有一股新鮮泥土的氣味。蓮兒看見田地裡的大黃牛，興奮地搖著小手：「牛，牛，牛……」

田裡的人不時回頭，看見明箏紛紛行禮。明箏環視了一圈，沒有看見蕭天的身影有些失望。正在這時，田壟邊坐著一個人回頭看了她們一眼，蓮兒認出那人，高興地跑過去：「大哥哥——」

明箏這才注意看那人，一身粗布短打扮，髮絲散在面孔上，頭上只用一支木簪綰住髮髻，面孔被頭髮遮住了大半，只看見棱角分明的下巴和剛毅的嘴唇。明箏一愣，緩緩走過去，目不轉睛盯著那人的面孔，正巧那人也站起身看她。

兩人目光相對，明箏一驚：「本心？」

本心並不答話，只是點點頭。

明箏心裡一陣輕鬆：「看見你恢復了，真是太好了。本心，這兩天我本來是要去看你的，但是……」

本心的聲音很低，卻聽得很清：「我聽說，妳要大婚了？」明箏臉一紅，低下頭：「我原本是要告訴你的。」

「我不同意。」本心的聲音很沙啞，但是擲地有聲。

「你，你為何……」明箏嚇一跳。

「妳師父隱水姑姑也不會同意妳去給人做妾。」本心低著頭說道。

「你是如何知道的？」明箏有些出乎意料。

「是妳讓我留下來，」本心瞇著眼睛瞥了眼明箏道，「你師父必會怒其不爭。」

明箏瞪著他，他此時臉上的污垢已被洗去，他瞇起眼睛的那一刻，讓她想到一個人，那神情和眼神幾乎是一個模子刻出來的，難道不是一個人？明箏一陣慌亂，身體一晃，被本心一把抓住手腕，明箏心裡更是一驚，聯手上的力度都如此相像。

「妳想到一個人，是嗎？」本心藏在髮間的雙目閃閃發光。

明箏一陣心悸，腳下一滑，幾乎摔倒。本心扶住她，眼睛並沒有離開她的臉，明箏面色如雪，「你，你……」

「我是本心。」本心說著收回手，轉身向田裡走去。

明箏這一驚非同小可，她幾乎完全混淆了本心和寧騎城，她倉皇地跑回聽雨居，害得蓮兒怎麼也跟不上她的腳步，路上摔了幾跤，額頭也摔破了。梅兒和夏木看見明箏失魂落魄地跑回來，後面的蓮兒還受了傷，不知道出了什麼事，問蓮兒，蓮兒也說不清。

夜裡，明箏發起燒，一陣陣地說胡話。夏木和梅兒沒了主意，只好連夜跑到櫻語堂喚來蕭天。蕭天為明箏餵下些水，問起明箏白天都去了哪裡，見了什麼人。夏木一一說了，直說到明箏下午去了田裡，蕭天點點頭，向她倆揮揮手，讓她們下去歇息，自己來照顧明箏。

夏木和梅兒悄悄退下去，輕輕關上了門。

蕭天拿手帕擦去明箏額頭上的汗，明箏昏睡著迷迷糊糊又開始說胡話：「你是誰？你是誰，你告訴我呀。我知道，我知道了，你是，你是寧騎城。」

蕭天皺起眉頭，他深邃的雙眸凝滯住。

明箏說了一會兒胡話，似乎是累了漸漸睡著了。過了一會兒，明箏眉頭一聳一聳，接著又開始說胡話：「你，我知道是你，你不會得逞，我不會跟你走，你休想！你出去，出去！」

蕭天猛地站起身，臉色變得煞白，他像一隻困獸在屋裡來回轉著圈，最後他坐回到炕上，看著昏睡著的明箏，一隻手幫她掖了掖被角，然後伸手到明箏的臉頰邊，輕輕地撫去她面頰上的淚珠。他深吸了口氣，緊緊皺著眉頭，枯坐著想起那些他一直不敢面對的日子。

幾聲雞鳴叫醒了打盹的蕭天，他抬頭看了眼窗外，晨曦漸近。這時，明箏眨了下眼睛突然醒來，她第一眼竟然看見蕭天，不由又驚又喜，看到窗外還漆黑一片，這才知道蕭天守在這裡一整夜，不由感動得急忙坐起身。

蕭天忙扶她躺下，「別動，妳昨晚燒得很厲害。」

明箏看見蕭天發黑的眼袋，心裡不忍，叫道：「夏木，梅兒——」

「別叫她們，是我讓她們歇息的。」蕭天說著，一笑道，「眼看就要拜堂了，我可不想我的新娘病得起不來。」

明箏還是坐了起來，心疼地望著蕭天道：「大哥，我已經好了，你快回去睡一會兒吧。」

蕭天看著明箏道：「我很擔心妳，妳說了一夜夢話。」

「真的？」明箏想到白天的事，心裡一緊張問道，「我都說什麼了？」

「明箏，妳白天是不是見到本心了？估計是又讓妳想到寧騎城了，夢裡喊的都是他。」蕭天努力放緩聲調平靜地說道。

明箏閉上眼睛，點點頭。

蕭天一笑，溫和地問道：「明箏，是不是妳又想到被寧騎城帶走的那些日子？他把妳關到哪裡了？受刑了嗎？我一直不敢問妳，怕刺激妳，讓妳難受。」

明箏睜開眼睛，氣鼓鼓地說道：「他把我關到他府裡。」

蕭天一愣，臉色越加難看：「什麼？他府裡？」

明箏點點頭道：「就在他家，有一個他為養母準備的小院，他把我關在那裡，還給我配了兩個惡婆子專門看著我，那幾天暗無天日。」明箏抱住雙臂，不再說下去。

蕭天額頭上的青筋都暴了起來，他看著明箏問道：「明箏，他，他怎麼妳了？」

明箏噘著嘴道：「我絕食來著，我一心求死，那幾天我昏頭昏腦，以為再也見不到你了，我傷心欲絕。後來，有一天，寧騎城拿著酒還有肉，就坐到我對面，又吃又喝。」

「後來呢？」蕭天緊張地問道。

明箏突然警醒地瞪著蕭天，不滿地問道：「大哥，你，你想問什麼，是不是以為我，我被寧騎城欺負了？」

「不，我沒有這個意思，我不會。」蕭天見明箏眼中含淚，忙拉住她的雙手道，「明箏，妳能回到我身邊，便是我最大的心願，妳在我眼裡與以前沒有兩樣。」

「我不懂你說的什麼鬼話，我告訴你吧，後來他喝醉了，我，我當時太餓了，我，我就啃了兩個肘子，沒有死成。」

明箏的話把蕭天給逗樂了，他能想像得出來當時的情景。蕭天從明箏的敘述裡，發現其實寧騎城很是善待她，也沒有為難她。蕭天不由伸手把明箏摟進懷裡，向對明箏更像是對自己說：「一切都過去了，該忘記的就忘記吧。」

四月初十，說到就到了。這日天不亮，聽雨居裡就忙得人仰馬翻了。梅兒和夏木一趟一趟地穿梭在明箏身邊，蓮兒早早就搬了個小木凳坐在明箏身後，兩隻大眼睛瞪著這些忙碌的女人，一臉好奇，有時候不知道看到什麼，就高興得哈哈大笑起來。

明箏穿上了青冥郡主送給她的藍色百鳥來賀裙，狐族獨有的蠶絲織成的錦緞富貴奢華，摸上去手感綿軟順滑，穿身上薄如羽毛，長長的裙擺上成百上千的各色鳥，或棲或飛，或展翅或翱翔，美輪美奐，目不暇接。明箏身著此裙，感覺有種異樣的飄逸，一種不真實的虛幻感覺。蓮兒坐在那裡歡喜得直拍手，大喊著：「像個仙子，像個仙子。」

明箏看著身上的裙子，也笑了，她沒有想到自己會這個樣子嫁出去，不是像自小看到的新嫁娘一樣，穿著紅色喜服，而是穿得像小鳥，這是要飛走嗎？雖然她不想說，但是心裡還是多少有些遺憾，不過想到蕭天，她也顧不上這些了，她今天應該是個最幸福的新娘子。

幾個狐族男子抬著步輦來到院子裡。夏木把準備好的一提籃五色花瓣交給明箏，明箏提著小籃子拉著蓮兒走出來。聚在院子裡的人越來越多，他們看見明箏走出來，一陣歡呼。

本心混在人群裡，一邊跟著人群走，一邊拿著一個酒葫蘆喝酒。即使是今天這樣的日子，他依然不修邊幅，頭髮披散著，身上沾著草葉。他跟著人群隨著車輦走著。

明箏站在車輦上，讓夏木把蓮兒抱上來，蓮兒坐在前面，明箏站在她身後，一路走，一路向眾人撒著花瓣，人們歡呼著，笑著。

喜堂設在櫻語堂。拜過堂後，蕭天便會隨明箏到聽雨居居住，這裡用於議事和會客。整個大廳都被細細地裝扮起來，大紅的喜布懸掛在木梁上，地上鋪了紅色地毯，一派喜氣洋洋。

翠微姑姑挺著肚子早早候在這裡，雖然今日的婚禮少了一個環節，但是她還是挺滿意的。昨夜蕭天專門去前院拜訪了她，求一事，就為了拜堂前不去山坡上祭拜青冥，改為晚上他陪明箏去。看蕭天為難的樣子，也體諒他的難處，便答應改日去祭拜。

翠微姑姑看蕭天和明箏一起走進來，便大喊曹管家，曹管家胸前插著一朵紅花，滿臉喜氣地宣布：「拜堂大禮開始。」

突然他頭頂上的一塊喜布滑落下來，正好蓋在他身上，他掙扎著要出來，卻被絆倒在地上滾了起來。本來是拜堂大禮，眾目睽睽之下，突然鬧了這一齣，堂上一片哄堂大笑。接著，不知何故，一塊一塊喜布從天而降，砸在人們頭上，堂上一片混亂。喜布下的人群相互推搡，摔倒一片，場面更加混亂了。

蕭天不知發生了何事，一旁的李漠帆抬頭看房梁，看見梁上晃動著一個身影，大叫：「房上有人。」林棲聽見立刻縱身上了房梁，他在房梁之間躍來躍去，追逐著那個身影。那個身影被追得無處躲避，便溜下房梁，跑進人群。此時，大堂上所有的喜布都掉了下來，堂上亂成一鍋粥，明箏呆呆地站在中間不知所措。

突然，被林棲追逐得無處可跑的那個身影，跌跌撞撞跳上喜桌，上面的香燭供品滾了一地。李漠帆大喝一聲，從一旁竄上來，一把按住那人的大腿，把他掀翻在地，喜桌也翻滾到一旁。眾人合力上前抓住了那人，揪住他衣襟才看清他面容，竟然是本心，他已經大醉，渾身散發著濃濃的酒氣。

盤陽上前就是一個嘴巴子，本心也不還手，像一攤泥一樣倒在地上。好好一個日子被攪和成這樣，眾人無不義憤填膺。上去抓住本心就打，本心也不還手，任人們在那裡打。

蕭天看著混亂的場面，急忙出手制止。他拉開眾人，讓人把本心扶起來。明箏拖曳著長裙走過來，她看著本心，想起那日在田裡說的話，知道他是處心積慮要這麼做的，不由又氣又怒道：「本心，你有何居心非要攪了婚事。」

「我不同意妳跟他。」本心噴著酒氣，衝明箏喊道。

「這是我的事。」明箏氣得直哭，後面的話說不下去。

「有媒妁之言，父母之命嗎？什麼都沒有，妳這就是私奔。」本心的話實屬強詞奪理，明箏父母早亡，唯一的師父也離她而去，本心搬出這些明擺著找碴兒，眾人搖著頭，等著看蕭天怎麼收拾他。眾人沒有等到蕭天動手，明箏先撲了過來，揚起手臂就打，沒想到蕭天抓住了她的手，他把明箏拉到身後，然後對眾人抱拳道：「大家散了吧，不要再責怪本心了，他可能不願看見這些喜布，他畢竟剛剛失去了三位親人，正在熱孝之中，在這個時節，確實不宜舉辦喜事，是我考慮不周，大家見笑了。」

眾人沒想到蕭天如此大度，不由暗自欽佩和讚嘆。既然蕭天這樣說了，大家便都散了，拜堂被攪和了，宴席沒有免，眾人興高采烈走向廚房所在的前院。

明箏沒想到她苦盼多日的婚事竟然這樣收場，一怒之下哭著跑了，夏木和梅兒，以及蓮兒都愣了，片刻後才想到去追明箏。

蕭天見明箏跑了，並沒有去追，他目光轉向本心，略一思忖，奪過他手裡的酒葫蘆，問道：「本心，你還能喝嗎？」

本心一愣怔，本以為自己攪了他的婚事，他不會與自己善罷甘休，預計兩人要在婚禮現場再過一次招，他也做好了與蕭天過招的準備，沒想到蕭天會這麼問他，他愣了半天，不知如何回答。

「你敢與我一醉方休嗎？」蕭天盯著本心問道。

「捨命陪君子。」本心眼神一橫道。

「我會與你公平待之，我先喝到你喝過的量，這一壺是吧。」蕭天轉身向李漠帆道，「老李，準備酒。」

李漠帆厭煩得齜牙咧嘴道：「幫主呀，你今日是洞房花燭夜，你與這個，這個本心拚什麼酒呀？」

「你以為明箏還會讓我進屋嗎？」蕭天一笑道，「我今晚陪兄弟，你也來。」蕭天說著向李漠帆擺手，他們三人坐到一張八仙桌旁。

本心聽到蕭天的話，無所適從地垂下了頭。李漠帆氣急敗壞地向身後幾個隨從吼了聲：「準備酒菜。」身後幾個隨從慌忙跑出去。

李漠帆一臉怒氣盯著本心道：「你說說，你算老幾呀，你反對我們幫主和明姑娘的婚事，你站著說話不腰疼，你知道他們經歷了多少風風雨雨，過了多少道溝溝坎坎才走到今天，還要什麼媒妁之言父母之命？你知道嗎，他們雙方都是無父無母的苦孩子，他們本也是出身高貴，官宦世家的貴公子和貴小姐，世道艱難，只能隨遇而安。」

「老李，好了，不說了，今晚只喝酒。」蕭天看幾個隨從端來酒菜，便拿起一壇酒打開，給三個大碗裡倒滿酒道，「我先喝三碗。」蕭天拿起酒碗一陣咕咕咚咚，三個碗喝到底朝天。李漠帆一把抓住蕭天的手臂道：「幫主，你今晚真不打算入洞房了，哪有你這樣的喝法。回頭明箏那邊，我看你怎麼交代？」

「回頭給她賠罪，你別管了。」蕭天又往碗裡倒滿酒，把另外兩隻碗分別放到本心和李漠帆面前，蕭天端起酒看著本心道，「本心，前些天你一直在寒煙居養病，我也一直沒有抽出時間去看你，今天就當賠罪了，來，咱哥兒倆喝了這一碗。」

本心抬起頭，看著蕭天，這還是他第一次直視蕭天，四目相對，兩人的目光誰也沒有避開，而是直直地盯著對方的眼睛，似乎想看到對方的心裡，剖肝挖肺，在所不惜。

「本心，」蕭天舉著酒碗接著說道，「我與你稱呼一聲兄弟，不比尋常，你我這一聲兄弟是續了咱們兩家祖上的情義，你父親與我祖父有袍澤之誼，我敬仰你父親，敬他是個英雄，你既繼承了他的血脈，斷不會是個孬種。我知道你的遭遇，我也知道你會挺過來，我不會看錯你，兄弟乾了這一碗。」

本心先垂下眼皮，在蕭天明澈坦蕩、英氣逼人的目光下，他敗下陣來並心服口服，於是端起酒碗，一飲而盡。

「本心，」蕭天又給本心面前的碗裡倒滿酒，「一直想問你今後的打算，是留下來，還是回道觀？」

「從今以後叫我念祖，」本心第一次在蕭天面前開口說話，「我留下來。」他看了兩人一眼接著說道，「這裡離我母親的墳頭近，我要為她守靈三年。」說完，他又端著酒碗一飲而盡。

「張念祖，好——」蕭天叫了聲好，也端著碗一飲而盡。

沒有一炷香的工夫，三壇酒喝空了，三個人酩酊大醉，東倒西歪倒頭就睡。

第三十八章　似憶曾識

一

翌日一早，蕭天迷迷糊糊地睜開眼睛，發現自己倒在一堆喜布裡，旁邊李漠帆橫躺著還在打呼嚕，他抬頭看見八仙桌上東倒西歪的五個空酒罈，心想壞了，昨晚是新婚之夜啊。他吃力地站起身，環視四周沒有發現本心，可能是他醒了，先走了。

蕭天整理了下身上的衣服，向聽雨居走去。走到月亮門門口，他心虛地向裡面探視，正巧看見梅兒從正房裡出來，忙向她招手。梅兒看見蕭天在院門口探頭探腦，急忙跑過來，一邊跑一邊嚷起來：「幫主啊，你大天亮才回來，你知道昨晚是什麼日子嗎？」

蕭天有些緊張地在原地搓著手，問道：「明箏生我的氣了吧？」

「幫主，放在誰身上不生氣？」梅兒替蕭天發著愁，「這可如何是好呀，你說說，沒有拜成堂不說，你連洞房都不入。」

「我不是，我，我喝醉了。」蕭天苦著臉，急得直撓頭。

「哼，照我看，不是幫主你喝醉了，是那個本心沒安好心，他把你灌醉了。」梅兒氣呼呼地道，「我真是奇了怪了，那個本心不過一個道士，竟然比你們的酒量還大，我看見他一大早精精神神跑出去了，跟沒事人一樣。」

蕭天蹙眉，沉吟片刻，抬頭望了眼正房：「醒了嗎？」

「剛躺下，不知道睡著沒有呢。」梅兒皺著眉頭，壓低聲音道，「幫主，我看你這一頓罵是免不了了，我先幹活去了。」梅兒說完閃身走了。蕭天沿著遊廊走到正房門前，聽見裡面靜悄悄的，猶豫了一下，輕輕推開房門，剛要踏步進去，突然一柄閃著寒光的劍攔胸擋到面前。蕭天一愣，明箏從裡面現身，她只穿了件粉色中衣，外面匆匆披了件青色的大氅。

「明箏，」蕭天一臉憨笑，「春日早寒，咱還是進去說話吧。」

「蕭天，我告訴你，從今以後，你不准踏入我的房子。」明箏滿腔怒氣地說道。

「妳這是說的啥話？」蕭天胸口挺著長劍直接走進屋裡，然後反身關上房門，道，「妳我夫妻有話好好說，這個還是收起來吧。」

「誰跟你是夫妻，拜過堂了嗎？入過洞房嗎？」明箏眼裡憋著眼淚氣呼呼地說道。

蕭天垂下頭，靠近明箏低聲下氣一揖到地，道：「娘子，我這裡向妳賠罪，是我的錯。」

明箏抱住長劍，白了蕭天一眼道：「一身酒氣，你跟誰喝了一晚上，連洞房都不入了？」

「這……」蕭天看明箏生氣的樣子，又不敢不說，只得照實說道，「跟本心和李漠帆。」

「又是本心？」明箏一聽此話氣不打一處來，「他到底存的什麼心，我非要弄清楚不可。」說完就要往外走，被蕭天一把抓住手臂，蕭天稍一使力，明箏手裡的長劍掉落地上。蕭天順勢把明箏攬進懷裡，「妳就穿成這樣出門嗎？」

明箏聽到蕭天話音有變，她抬起頭，看見蕭天已變了臉，他陰沉著臉，眼裡逼人的寒氣和威嚴讓明箏感到分外陌生，她愣住了，只聽他一字一字說道：「雖然妳我沒有拜成堂，也沒入洞房，但妳依然是我蕭天的妻子，為人婦者，夫唱婦隨。」

蕭天說完，鬆開明箏，轉身離開房間走出去。

明箏退了幾步，一屁股坐到炕上，眼裡的淚奪眶而出。

明箏再無睡意，她吩咐夏木給她梳妝，然後叫來梅兒，「姐姐，妳去櫻語堂打聽一下昨晚的事。」

「是。不過，」梅兒賠著笑說道，「明姑娘，妳就原諒幫主這一次吧。」

「你不知道我的擔憂，我是擔心他被人蒙蔽。」明箏不想在夏木和梅兒面前說太多，但是她心裡的憂慮越來越深。

「明姑娘是擔心那個本心？」梅兒低聲說道，「我也看出這個本心有問題，昨晚他們三人喝酒，幫主和李把頭酩酊大醉，可是他跟沒事人一樣，一早便跑出來了，在前院正被我撞上，他連個招呼都不打，轉身便走。」夏木白了梅兒一眼，一邊給明箏梳頭，一邊寬慰道：「我倒是沒看出什麼，男人嘛，喝酒很正常，剛才我從廚房回來，正碰上櫻語堂幾個小廝，聽他們說，昨夜，幫主和本心還有李漠帆喝得大醉，三人倒到地板上睡了一夜。」

明箏坐在那裡發了會兒呆，突然站起身穿了平日裡的裙子，也不允許夏木和梅兒陪同，便匆匆出了房門。夏木追出去問道：「郡主，今晚狐王是在這裡休息嗎？」

「他把這裡當什麼了，想來便來，想走便走。」明箏氣哼哼說了一句，跑出小院。剩下夏木站在原地發愁。梅兒上前拍拍夏木的肩膀道：「這一對冤家，從來都說不清楚。走吧，咱們帶著蓮兒去池塘看魚兒吧。」

二

明箏獨自走到後山。後山是山莊裡人起的名，因為在山莊的後面。這裡被開闢出一塊塊梯田，由於土地肥沃，每年春季播下種子，也不用怎麼打理靠天吃飯，到秋收季節每每收穫頗豐，有時趕上好年景，不僅夠山莊裡人一年伙食，有富餘還與其他莊子易貨，換些其他物品。

那天她在田間見到過本心，今天她決定再去碰碰運氣，看能不能再遇到他。明箏沿著小道向田間走去，泥水濺到她的藕色百褶裙上，她急忙拎起裙裾，這時，她看見一個熟悉的身影，沿著田埂向山上走去。

明箏認出是本心，他依然不修邊幅的樣子，嘴裡銜著幾根狗尾巴草，腰間掛著一個酒葫蘆，似乎又是喝過了酒，搖搖晃晃地向山上走去。

明箏急忙提著裙裾躲到一株老槐樹後，本心從樹前一搖一晃著走過去。明箏從樹後盯著本心走的路徑，心裡充滿疑惑，她悄悄跟到後面。

本心早已發現了明箏，他嘴角擠出一絲苦笑，把嘴裡的狗尾巴草吐了出去，故意引起她的注意似的，四處張望，然後飛快地向山上跑去。

明箏一看，也加快腳步跟了上來。本心走到一處盡是碎石的坡上，明箏穿著又薄又窄的繡鞋，被腳下的石子硌得齜牙咧嘴，好不容易走過這個坡，看見本心跑到崖頭一片荊棘前，明箏小心地跟上去，卻聽見嘩啦啦的聲音。

明箏好奇地探過身，猛然意識到他的行為時，已經晚了，不由氣得滿臉通紅，急忙背過身去，躲到山崖拐角處的一棵松樹後。明箏尷尬地閉上眼睛，聽到聲音沒有了，便睜開眼睛，卻看見本心已站在她面前不懷好意地看著她。

「喂，我撒尿有這麼好看嗎？」本心歪著腦袋譏諷地說道。

「沒有，我沒看見。」明箏臉漲得通紅。

「妳跟著我幹麼？」本心瞇著眼睛問道。

「我看你想幹什麼壞事。」明箏此時豁出去了，她一定要搞明白那件事，便直截了當地說道。

「我能幹什麼壞事，妳剛才不都看見了。」本心嘴角擠出一個笑容，他看著明箏，瞇起的眼眸突然閃出一道光，挑逗地說道，「難道妳想和我幹什麼壞事？」

明箏瞪大了眼睛，盯著本心的臉，頭嗡嗡直響，她本能地向後退了幾步，緊張地抓住裙裾，剛才從本心臉上看到的神情，以及他說話的語調，讓她又一次想到寧騎城，難道世界上真有連語調和眼神都驚人相似的雙胞胎嗎？她從本心的臉上，分明看到的是寧騎城。

明箏腿一軟，差點跌倒，被本心抬起胳膊扶住，他臉上肌肉抽動著，眼睛盯著明箏，聲音陰森森地說道：「妳想到了一個人，那個人叫寧騎城，是不是？」

明箏腦中一片空白，面白似雪，她顫著聲音問道：「你是誰？你到底是誰？」

「張念祖。」本心說完，抽回了手臂，明箏身體一晃差點跌倒，本心頭也不回從坡上走下去，向田裡走去。

明箏呆呆地站在遠處，努力回想著被寧騎城帶到馬市那次驚險的遭遇，那天聽到爆炸後，擔心師父她老人家，她就向裡面跑，被蕭天死活抱住不放，待煙霧散去，她跑進去找到本心時，本心抱著隱水姑姑的屍體……難道是自己錯了？明箏雙膝一軟跪到地上，無助地哭了起來，在這個世上，老天給她開了多大一個玩笑，環視四周眾人，她是最熟悉寧騎城的人，但是不管她心中有多少疑問，別人都不相信。明箏抬起頭，淚眼迷蒙中，她終於想到一個鑑別的辦法，只有這個辦法可以證明自己，明箏咬了咬牙，要最後試一試。

明箏回到聽雨居，叫來梅兒，讓她去打聽一下，本心如今住在什麼地方。梅兒出去後，不多時便回來了，對她說：「本心已從寒煙居搬到前院住，跟小六住在一起，有時幫小六餵餵馬，閒了還會到農莊幫幫忙，幫主也沒有給他交代差事，說他是熱孝其間，以守孝為主。」

「大哥竟然讓他在這裡長住了？」明箏大吃一驚。

「姑娘，妳難道不知道，幫主已經在眾人面前重新確認了本心的身分，稱呼他張念祖，讓他留在興龍幫。」梅兒詫異地道，「我覺得幫主平時挺英明的，怎麼被這個瘋瘋癲癲的本心迷惑住了，這個本心整日來去無蹤、神祕莫測的，誰也不知道他在想什麼。」

「唉！」明箏憂心地嘆了口氣，打發梅兒下去了。

明箏再也坐不住，她從枕下摸出一把匕首，藏進腰間轉身離開房間，碰見夏木推說自己頭疼，出去散散步，便離開了聽雨居。

她沿著寂靜的甬道向前院走去，此時已近黃昏，正是晚膳時間，她正可以趁人都去用餐的時間跑到本心的住處，她不信找不到一點蛛絲馬跡，非要證明給蕭天看看不可。

院子裡沒有人，一排馬廄裡馬匹安靜地各自吃著草料，不時有馬打著響鼻，一片咀嚼草料的聲響。

明箏沿著一排簡陋的茅草房，挨個進去探查。有的是空地，有的住著人，看著裡面沒有她熟悉的東西，她便走到下一間，有一間他認出小六的耍頭，什麼風箏呀，陀螺呀，其他幾間也是空的，她有些失望，難道是自己遺漏了什麼，最後就剩下靠盡頭的一間房子了。

門是關上的，明箏站在窗下，小心扒著木格窗往屋裡看，一眼看到方桌上一個酒葫蘆，明箏心下一喜，原來本心住在這裡。明箏輕輕推開門，轉身關上房門，她站在門口看了眼室內，房子不大，倒是乾淨舒適，一炕一桌一椅，靠牆一個木箱子。

明箏走到木箱子面前，看見箱子竟然上了鎖。明箏看著這個箱子，她想不出這裡會放什麼，心裡的疑惑越來越深，索性撬開看看再說。於是，她從腰間取下匕首，對著鎖口探進去，刀刃碰著鎖芯，發出刺耳的聲音。

「要不要我幫妳？」

明箏耳邊驟然響起這熟悉又有些放蕩不羈的聲音，明箏手一抖，忙收回匕首，她不敢回頭，她再清醒不過，她辨認出來這就是寧騎城的聲音，連一絲偽裝他也懶得做了，前幾日他還把聲音偽裝起來，讓她一時猶豫不決，而此時這聲音和這語氣……

明箏緩緩回過頭，本心就站在她背後，明箏身體靠向木箱，雙手緊緊抱住匕首，她盯著他的臉，有氣無力地說道：「我知道，你是寧騎城。」

「妳的話，誰會信？」本心雙手叉腰，歪著頭斜視著她，一雙憂鬱深邃的眼眸看著她。

「我可以證明。」明箏固執地說道。

「妳怎麼證明我是寧騎城？」本心突然來了興致，眼神裡跳躍著一種蠢蠢欲動的情緒，他好奇地望著她。

明箏突然雙手舉起匕首，指著本心道：「你，你敢把衣服脫了嗎？」

「哈！」本心一笑，眼神裡突然湧出一種含情脈脈又帶點邪惡的神情，「這有什麼不敢的，明箏，我敢脫，妳敢看嗎？」

明箏咬牙閉上眼睛，急得雙手一陣緊抖，眼淚都憋出來了，她知道自己無論如何不是寧騎城的對手，只得大聲說道：「我不知道你是何居心，你冒用本心的名號，待在這裡到底想幹什麼？這裡的人待你不薄，蕭天更是數次救你，你不能再做傷害他們的事。我只是想證明你就是寧騎城，我不想看到你繼續蒙蔽大家，你身上如果有傷疤，便是寧騎城。我看到過寧騎城身上的傷疤，我永遠都不會忘，你敢讓我看你身上嗎？」

「這麼說來，妳與寧騎城曾經很親密呀。」本心戲謔道。

「你不要胡說八道。」明箏急得直叫。

「那妳如何看見過他的身體？」本心又湊近一步，壓低聲音道，「只有同床共枕的人，才可以看見對方的身體。」

明箏大吃一驚，她瞪著他，直搖頭。

「妳不怕妳的夫君誤會嗎？聽說妳們倆這兩天在鬧彆扭，」本心狡黠地一笑，「如果他因為這件事不要妳了，妳可別哭鼻子。」明箏手裡的匕首落到地上，她雖然知道本心是在威脅她，但是這件事難免不被蕭天誤會，她如何可以說得清呀，寧騎城胸前背後密密麻麻的傷疤她是不會搞錯的，但是要如何在眾人面前說清楚呀？

明箏尋思片刻，突然心一橫，道：「即使所有人誤會我，我也要告訴大家真相。」

剛才還是一副嬉皮笑臉的模樣，此時聽見明箏做了決定，本心突然像換了個人，他平靜地盯著明箏，眼神裡流露出敬佩的神情。他彎腰拾起地上的匕首，交給明箏道：「好，既然妳做了決定，妳說去哪裡，我就跟著妳去，任憑妳們處置。」這次倒是輪到明箏吃驚了，她不相信地看著他。

「要不，直接去櫻語堂，走吧。」本心說著直接走了出去。本心在前，明箏在後，兩人一路再無交談，徑直向櫻語堂走去。此時天色已晚，山莊各處都開始掌燈，星星點點的燈火迷了明箏的眼，她越走越慢。

本心站在前面等她，明箏望著他豎長的身影，雖然他穿著粗布短衣披頭散髮，但是那骨子裡散發出的傲氣，是任何人都不具有的，從她進入京城的第一天起，在那個虎口坡就與他打交道，一直到被他帶入府裡，如果說這個世界還有一個和寧騎城打過最多交道的人那必是她，她不會看錯，讓他冤枉。明箏堅定了信心，快步走了過去。本心乜眼看她走來，也不說話，繼續向前走去。

三

櫻語堂裡蕭天正與玄墨山人、李漠帆說著一件事，就是那日救本心時，在石坪鎮遇到的金禪會的事。

「以前沒有聽說過，」蕭天繼續說道，「這個金禪會是何背景仍是個謎，這兩日我派興龍幫的人去石坪鎮打聽，也是眾說不一，那日咱們等於砸了他的場子，我心裡一直對此事有些擔憂。」

「以前聽說過白蓮會，據我看這個金禪會跟白蓮會也差不多，說到這裡我不得不提我天蠶門的仇人柳眉之。」玄墨山人皺起眉頭道，「柳眉之是何種人我就不說了，我想這些人大致都是一些宣揚邪術的人，蠱惑一些無知的民眾，因此搗壞一個窩點是為民除害，兄弟不必介懷。」

「是呀，」李漠帆點點頭道，「我看裡面的人一個個神神道道的，不像好人。」

蕭天憂心地搖搖頭，道：「你們有所不知，當年柳眉之在京城時他的信眾很多，這是一股不可預知的力量，我們不可小覷。」

「兄弟，你多慮了。」玄墨山人正說著，看見明箏走進來，便放下話題，樂呵呵地看著明箏道，「弟妹呀，這麼早就過來催人啊……」話到一半，看見後面還跟著本心，他急忙閉嘴，看著兩人的神態有異，屋裡人都站起身，看著他們。

蕭天一步走到明箏面前，他目光迅速地在明箏和本心臉上掃過，蹙眉凝目望著明箏，連話音都變得嚴厲起來：「明箏，妳先回去，我一會兒過去。」

明箏眉毛一挑，就像沒有聽見他的話，手指著本心道：「我把他拉來了，你自己問問他，他到底是誰？」

「明箏！」蕭天眼神裡充滿埋怨和怒火，他嚴厲地說道，「我怎麼跟妳說的，又瞎胡鬧。」

明箏從沒想到蕭天會用這種語氣跟她說話，她氣呼呼地站在原地瞪著他，只聽蕭天接著說道：「他是張念祖，我比妳清楚。」蕭天說著伸手拉住她的手臂道，「妳先回去吧，現如今妳已為人婦，跟以前大不一樣了，做任何事都要先徵得夫君的同意，不過我也知道妳沒有父母告知妳這些，以後要記住了。」明箏眼裡憋著淚水，在玄墨山人和李漠帆在場的情況下，她忍住了，但是那件事她一定要說清楚，她指著本心說道：「他……」

蕭天怒了，大喝了一聲，道：「我說過了，他是張念祖。」

蕭天的突然發飆，驚呆了在場所有人，李漠帆走過去想勸勸，被蕭天一把推開。這時本心突然開口了，他說道：「明箏姑娘一直覺得我是寧騎城，我知道我與寧騎城有一張相同的面孔，我也知道，寧騎城以前做過很多傷天害理的事，他對不起你們，有道是父債子還，兄弟相償，也算合情合理。此時我來，就是一個目的，欠債還錢，殺人償命，任你們處置。」

玄墨山人點點頭道：「甚善。」接著笑著說道，「但是一碼是一碼，不可混為一談。」

「明箏姑娘是見不得我這張臉吧，」本心說著，突然從袖口抽出一把短劍，向自己的左臉上刺去，轉瞬之間血珠噴湧而出，眾人大驚，想阻止已來不及。

「念祖——」蕭天大喊一聲，第一個飛身到跟前，上前伸手去奪短劍，一掌抓住劍刃，血從蕭天的手心湧出來，本心一愣，盯著蕭天鮮血直流的手，短劍被蕭天牢牢握住，血珠四濺，也分不清是蕭天的血還是本心的血。

明箏嚇壞了，急忙大叫：「來人呀！」

從外面跑進來幾個人，看見蕭天和本心臉上身上都是血，也都不敢動，還是玄墨山人在一旁以內功逼退兩人，把蕭天手裡的短劍奪下，蕭天右手掌劃開一道深深的刀口，一直血流不止。本心的左臉被劃開一道長長的口子，肉皮翻開，鮮血流了一身。

這突如其來的變故，讓在場的人都瞠目結舌。

「快去，快跑到寒煙居叫我的弟子帶著藥膏前來。」玄墨山人第一個反應過來，大聲喊著一旁的小廝，幾個人撒腿就跑。

不一會兒，陳陽澤背著一個藥箱跑進來，一看現場，也是一驚。玄墨山人命陳陽澤給蕭天包紮，他親自給本心往臉上上藥，然後用棉布緊緊地裹了起來。

大家忙碌了一陣子，蕭天手上裹著厚厚的棉布，本心臉上裹著棉布幾乎遮住了整張臉，只露出一雙眼睛。蕭天走到本心面前說道：「念祖，不管別人說什麼，我蕭天只認你是念祖。」

本心眼裡湧動著淚光，他幾乎哽咽地說道：「你……何必……為我，為我這樣！」

「念祖，你的父親與我祖父曾經患難與共，同仇敵愾。我父親生前曾經不止一次提到你父親張竟予，稱他為邊關的銅牆鐵壁。我知道你是什麼樣的人，不需要任何人來證實，念祖，我願與你義結金蘭，你看可好？」

本心沒想到蕭天會如此待他，他眼裡的淚滾滾而下，他哽咽著垂下頭，作為一個男人最重要的便是被認同，被尊重。這段時日他幾次被蕭天救下，他再笨豈能看不出蕭天對他披心相付，如今又說出要與他結金蘭之義，他原本枯井般的一顆心徹底被蕭天打動，蕭天和他的弟兄們用言行讓他感受到從未有過的溫暖和踏實，這些便像一股清流慢慢注滿他乾枯的心田，讓他再一次心潮澎湃，他不再退縮，突然跪下道：「兄長，請受兄弟一拜。」

蕭天急忙扶起本心，由於一隻手纏著厚厚的棉布，他只用一隻手拉住他，他回頭看著李漠帆和玄墨山人，輕鬆地說道：「兩位哥哥，你們是我們結拜的見證人啊。」李漠帆也很感動，又多了個兄弟也是大喜事，急忙吩咐手下人拿來酒水和結拜用的公雞，在高案上點燃香燭，李漠帆用刀割破公雞脖頸取下幾滴血流進酒碗裡。在他們忙碌的時候，明箏一臉落寞地走出櫻語堂，她本來一心想指認本心是寧騎城，沒想到峰迴路轉，卻是這個結果。有那麼一刻，她看著他們幾人稱兄道弟、兄弟情深的樣子，真以為是自己弄錯了，她腦中一片混沌，默默走出去。

她走到門邊，聽見裡面蕭天和本心高聲念道：「皇天在上，今日蕭書遠與張念祖結為異姓兄弟，皇天后土，實鑑此心，今後若背義忘恩，天人共誅。從今以後，蕭書遠與張念祖死生相托，吉凶相救，福禍相依，患難相扶。」

蕭天說完轉身望著本心，本心也轉身望著蕭天，兩人四目相對，本心多日裡第一次露出笑容。李漠帆端著滴了公雞血的酒遞給他倆，兩人接過酒，先是歃酒於地，然後仰脖一飲而盡。

「甚好，」玄墨山人坐在一旁的太師椅上，捋著鬍鬚哈哈一笑，「你們兩家原本就是世交，如今兄弟締結金蘭之好，接上了上輩的情誼，可喜可賀呀。」

「兄弟，為兄有話要說，」蕭天說道，「吾土道長仙去了，兄弟不如脫了道袍，還你原本的身分，你是張家長子，將來要為張家開枝散葉，我這個山莊雖小，但是有一幫好兄弟，你既與我結拜，他們也是你的兄弟，以後咱們一起攜手打拚，你看可好？」

「念祖願聽兄長吩咐。」此時的張念祖向蕭天深深一揖，然後轉向玄墨山人和李漠帆，兩人也都十分周全地還了禮。

蕭天叫手下去端酒菜，一會兒一桌子豐盛的菜肴擺上桌面，但看到張念祖被包紮的面孔，蕭天說念祖可以不喝，咱三個人喝。但是誰知張念祖揭開包紮的棉布，對著縫隙往嘴裡先灌進一碗酒，可能是酒灑出來滴到傷口上，張念祖疼得一陣齜牙咧嘴，嘴裡卻大叫：「好酒。」

蕭天大笑，道：「兄弟的性格，我喜歡。」說著舉起酒碗，一飲而盡。

這四人在這裡推杯換盞，好不熱鬧，直喝到三更天才撤。臨走，蕭天吩咐下面把張念祖的東西搬到櫻語堂西廂房，這間房自李漠帆搬走與翠微姑姑同住後，一直空著。

手下扶住喝得大醉的張念祖住到了西廂房，幾個手下送走了玄墨山人和李漠帆。蕭天看一切都安排妥當，這才坐下來喝了一口茶，一旁的隨從過來問道：「幫主，你今兒是在這裡住下，還是回聽雨居？」

蕭天直到此時才感到事情棘手，他向隨從擺擺手，讓他下去休息。四周靜謐無聲，他想到明箏，心裡有些忐忑。晚上他對明箏大發脾氣，明箏其實就像一潭碧水，清澈見底，她的一個眼神一句話，他都明白是何意思，她是好意他當然明白，只可惜自己一次次怒懟她，如今到了不可收拾的地步。

一想到要如何過了這一關，蕭天皺起眉頭。他與明箏成婚幾天了，接二連三地出事，沒拜成堂，連洞房也沒進，今日又怒懟了她，明箏能不生氣嗎？蕭天坐不住了，他站起身出了門，往聽雨居走去。

一路上只聽見風聲和蟲鳥的叫聲，蕭天一邊走一邊在想怎麼給明箏賠罪，說點什麼好話，其實明箏很好哄，只是她執拗起來，幾頭驢都拉不回來。

走到聽雨居的月亮門前，蕭天平靜下心緒，探頭看見裡面正房裡還亮著燈光，心裡一喜，走到遊廊上正碰見提著燈的夏木。夏木嚇一跳，認出是蕭天，急忙走上前，屈膝行禮：「狐王。」

「這麼晚了妳去哪兒？」蕭天沒話找話問道。

「回狐王，我去上門閂。」夏木道。

「郡主睡下了？」蕭天問道。

「沒有，剛進房裡。」夏木道。

「她去哪兒了？」蕭天一愣。

「郡主一直在院子裡舞劍。」夏木猶豫了一下，小心地說道，「看上去有些生氣。」

蕭天皺起眉頭，向夏木揮了下手，夏木退下去。蕭天慢慢走到正房門前，屋裡亮著燈光，從窗上看見一個纖細的身影，蕭天硬著頭皮敲了下房門：「明箏，是我。」

等了片刻，屋裡傳來怒氣未消的一句話：「我不想再看見你。」

「我可是妳夫君。」

「你不是了，我要悔婚。」

話音剛落，屋裡的燈火滅了，蕭天站在門外愣了半天，他在廊下來回走了幾圈，低著頭默默往回走去。

四

翌日卯時，蕭天從噩夢中醒來，他一骨碌坐起身，右手傷口腫起很高火辣辣地疼著，他叫來手下幫他穿好衣服，便向聽雨居走去，想著睡了一夜，明箏的氣也該消了吧。

看著天色還早，蕭天拐到寒煙居找玄墨山人先給手換藥。玄墨山人已起來，正在院子裡習劍，有弟子看見他，蕭天不讓打擾玄墨山人，讓弟子給自己換藥。

從玄墨山人處出來，又到前院處理一些莊子裡的事情，看看天空陽光正好，這才向聽雨居走去。走進月亮門，蕭天看見夏木和梅兒在院子當中晾晒衣物，蓮兒拎著一個小木桶四處撿拾落到地上的各色花瓣。他沒有打擾夏木和梅兒，而是躡手躡腳走到蓮兒身邊，蹲了下來。

蓮兒看見蕭天，臉上綻出笑容，蕭天把手指放嘴上，發出「噓」的聲音，然後悄悄說道：「蓮兒，咱們玩個遊戲吧。」蓮兒忙點頭，蕭天笑著說，「去找郡主，嚇她一下，如何？」

蓮兒肉嘟嘟的臉上，雙眼放光，高興地點點頭，也學著蕭天的樣子小聲說道：「我知道郡主在哪兒，我帶你去。」說完提著她的小木桶，拉著蕭天的手向水塘走去。水塘邊柳樹成行，嫩綠的柳條隨風飄蕩，柳絮滿天飛舞，像雪花一樣。水塘邊的亭子裡，一個孤零零的身影坐在石臺上。蕭天彎身抱住蓮兒，在她紅撲撲的臉蛋上親了一下，附在耳邊說了一聲：「妳去給郡主說，有個傻子知道錯了，去。」

蓮兒一聽，感覺甚是有趣，便歡蹦亂跳地向亭子跑去，她直接跑到明箏面前。明箏正盯著空中飄飄揚揚的柳絮發呆，突然感到裙擺一動，低頭看見蓮兒一張紅撲撲的小臉，明箏本來皺著的眉頭舒展開，她彎下腰，摸了下蓮兒的臉蛋道：「蓮兒，妳怎麼來了？」

「郡主，有個傻子知道錯了。」蓮兒咯咯笑著說道。

明箏一皺眉，問道：「蓮兒，妳說什麼呀？」

「有個傻子知道錯了，」蓮兒笑著，向後一指道，「是狐王讓我說的。」

明箏抬起頭看見蕭天慢慢向這裡走來，她看著蓮兒又氣又想笑，便附在蓮兒耳邊說道：「妳去給狐王說，有個人讓傻子氣死了。」蓮兒呵呵笑了起來，突然覺得這個遊戲甚是有趣，便轉身向蕭天跑去，由於跑得快，臉蛋更紅了，像一個紅蘋果。

蓮兒跑到蕭天面前，蕭天看見蓮兒興奮的樣子，也高興起來，他抱起蓮兒急忙問道：「郡主怎麼說？」

「郡主說，有個人讓傻子氣死了。」蓮兒說完哈哈笑起來。

蕭天也跟著笑了起來，他對蓮兒說：「我跟郡主有事要說，妳先去找梅兒姐姐，我一會兒再跟妳玩。」

蓮兒乖巧地點點頭，獨自跑去玩了。

蕭天走到亭子裡，明箏氣哼哼地背過身去不理他。想想昨晚他當著那麼多人面呵斥她的樣子，她就一心委屈。蕭天在背後突然叫了一聲：「哎喲，這隻手不行了。」明箏愣了一下，突然想到蕭天昨晚奪劍受了傷，還是忍不住回過頭。

「活該！」明箏看著蕭天包著棉布的手，「疼得厲害嗎？」

蕭天皺起眉頭，點點頭，笑著說道：「妳要是不生氣了，我的手也就不疼了。」

「蕭天，我生氣跟你手疼有何關係？」明箏白了他一眼，往亭子邊走去。

「怎麼能說沒有關係呢？妳我是夫妻嘛，夫妻連心。」蕭天跟到明箏身邊賠著笑說道。

「你真這麼想嗎？我以為你只要有兄弟就行了，你還要什麼妻子，還要什麼家！」明箏眼裡憋著眼淚，瞪著蕭天道，「你信任過我嗎？你只信任你的那些兄弟，我在你心裡到底算什麼？」明箏說完，哭著跑了，她沿著水塘的堤岸向遠處跑去。

蕭天呆呆地在原地站了一會兒，轉身往回走。

一路心情鬱悶地走到庭院裡，看見夏木，他向她招了下手，夏木急忙跑過來，蕭天壓低聲音對她吩咐道：「妳去跟著郡主，她去哪裡都要回稟我。」夏木點頭，屈膝行禮，退到一邊。

蕭天徑直出了月亮門，走回到櫻語堂。

午後，明箏陪著蓮兒在院子裡玩耍了一會兒，讓梅兒把蓮兒引走了，自己回到房裡。夏木悄悄跟進來，看見明箏從衣架上取下鵝黃的比甲，便好奇地問：「郡主，妳要出門？」

「夏木，去院裡摘些鮮花來。」明箏往她月白色掐腰小衣上套上了比甲，看了眼下身的藕色百褶裙，上面濺了不少泥點，便跑到窗下的箱籠裡找衣服。

「郡主，妳這是要去哪兒啊？」夏木不放心地問。

「去祭拜師父。對了，」明箏回頭問夏木，「我的那件百鳥朝賀裙呢，我要穿上那件，讓我師父她老人家看看。」

夏木想了想，走到箱籠前，打開箱蓋，在裡面小心地翻動著，最後找到那件衣服，雙手托著走到明箏面前。明箏一笑，拿起衣服跑到屏風後面換上了，然後又穿上比甲，在銅鏡前晃了晃，心滿意足地跑出去。

夏木跟著跑出去，看明箏走到花圃裡采了一捧鮮花抱在懷裡，便走過去說道：「郡主，妳要出山莊，是不是先去回稟狐王一聲？」

「不！」明箏似乎是故意賭氣似的，「偏不，妳們誰都不許跟著我，我要和我師父單獨說說話。」

明箏前腳剛出了聽雨居，夏木便往櫻語堂跑去。

風和日麗，碧空如洗。小蒼山近在眼前，不由讓人眼前一亮，感嘆千山一碧，再也尋找不出其他詞彙可以形容出這種草木蔥郁百草爭春的勝景，明箏騎著馬似是閒庭漫步般闖進了這春日的勝景裡，不由觸景生情，年年歲歲花相似，歲歲年年人不同。

她翻身下了馬，從馬鞍邊的布囊裡取出花束，向山坡走去。卻看見山坡上有一匹馬在吃草，她吃了一驚，正環顧四周，看見一襲灰袍從坡上緩緩向她走來。

「你怎麼跟著我？竟然還給我帶來了鮮花。」蕭天笑著直接從明箏手裡搶過花束，明箏詫異地望著他，但是蕭天不容她開口就拉著她走到了坡上。

明箏看見師父的墳前，已擺好了香燭果品，還有一壺酒。蕭天把鮮花放到墳頭，先跪了下來，叩頭道：「師父，妳的徒兒夫婿前來看你了。小婿不才，願傾盡所有，護妳徒兒一生周全，妳老人家可以放心了，今日在你面前留下誓言，此生絕不負初心。」

明箏聽到此處，眼裡的淚唰地湧出來。

蕭天站起身，把明箏拉到近前低頭看著她，明箏一肚子的氣不知何時已煙消雲散，只發狠地說道：「你在師父墳前說的話，可是要記住了。」

「永生不忘。」蕭天說著，彎身抱起明箏就走。

「去哪兒呀？」明箏在蕭天懷裡踢騰著。

「妳不是說也沒有拜成堂，也沒有入洞房嗎？」蕭天走到他的馬前，把明箏放到馬背上，然後翻身上馬，策馬向三岔口奔去，明箏只聽到耳邊風呼呼地響，她叫了起來：「你要帶我去哪兒呀？」

「去一個你沒去過的地方。」蕭天催馬奔馳，養精蓄銳的黑駿馬此時發了飆般向前衝，明箏嚇得縮起身子，靠在蕭天厚實強壯的胸膛前，一動也不敢動，蕭天一隻手環抱住她，免得她被馬顛出去。明箏像是找到一根救命稻草似的，緊緊抓住蕭天的手臂不放，嘴裡大喊著：「我覺得我要飛出去了。」

黑駿馬沿著山道向大山裡飛奔，蕭天不停地催著馬，明箏不敢睜開眼睛，她覺得髮髻被吹散了，滿頭的烏髮隨著身子飄飛，耳邊是風聲、偶爾飛過的鳥鳴聲，馬蹄的聲音越來越響亮，明箏幾乎癱在蕭天懷裡，她覺得她要昏過去了。

突然，四周靜下來，一個溫和的聲音在耳邊響起：「明箏，妳睜開眼睛。」明箏這才從昏昏沉沉的狀態中清醒過來，她睜開眼睛，被眼前看到的景色驚呆了，她急忙揉揉眼睛，有些不敢相信眼睛看到的一切。

眼前是一個幽閉的山谷，山谷三面環山，一面臨湖。湖水碧藍映照著藍天，湖面的一角幾乎被一種水生植物蓋住，開著一種小白花，甚是可愛。蕭天下了馬，伸手去接明箏，明箏看到他右手上還包著棉布，就要自己下馬，但是她雙腿已經麻木了。

蕭天一笑，還是把她抱了下來。

「這是哪裡啊？」明箏驚奇地問道。

「這裡離小蒼山不遠，」蕭天指著面前的湖面說道，「這是玉女池，據當地人講，是天上的織女來人間沐浴的地方。」

明箏笑了起來：「太有趣了！」

明箏站到鬆軟的土地上，花草齊膝，不時有成群的蜜蜂嗡嗡著飛過去，一群群蝶兒在花叢間嬉戲，各色蝶兒似乎沾上了花草的顏色，在明媚的陽光下閃著絢爛耀眼的光彩。明箏從沒見過這麼美麗的山谷，她興奮地去追逐一群蝶兒，一邊跑一邊發出咯咯咯的笑聲。

蕭天鬆開馬的韁繩，任馬兒在草叢中隨性吃草，他慢慢向明箏走去。遠處，明箏已摘了一大把五顏六色的花，她身著藍色的長裙在花海裡跑來跑去，在蕭天眼裡就像一隻美麗的大蝴蝶。蕭天也彎腰採花，他採了一把粉色的花走過來。

明箏跑了一會兒，累了，便躺在了花草叢中。蕭天走過去，坐到她身邊道：「知道這是什麼花嗎？」明箏坐起來拿起那把花放在眼前看，搖搖頭。「它叫羽葉靈，看它的花瓣像不像羽毛，這種花在檀谷峪最多了。」

「大哥，檀谷峪有這個山谷美嗎？」明箏十分嚮往地問道。

「比這裡大得多，也比這裡美，那是一處真正的人間仙境。」蕭天笑著說，從明箏口中又聽到她喊他大哥，他放心了，心情也隨之一蕩，「等翠微姑姑產下孩子後，我就帶妳和族人回檀谷峪。」

「檀谷峪竟然比這裡還美？」明箏驚訝地環視四周，腦子裡想像著比這裡還美會是個什麼樣子，她陶醉地喃喃自語，「我要在檀谷峪建個花房，還要建樓臺，我天天坐在樓臺上看花看天上的星星。」

「我全答應妳，我親自給妳建樓臺。」蕭天笑著說，「知道我為什麼帶妳來這個山谷嗎？」

明箏搖搖頭，溫熱的陽光暖洋洋地晒在她身上，微風送過陣陣花香，她看著眼前的蕭天，從沒有見過他如此溫和，一雙鳳眼雙目含情地看著她，「那日是我不好，醉酒誤了良辰，如今補過可好？」

明箏的臉驟然紅漲起來，她慌忙搖頭：「不可——」話音未落，她已被蕭天擁入懷裡，她躺倒在鬆軟的草叢中，從髮絲間伸出一朵黃色的蒲公英，她望著蒲公英卻聞到一股熟悉的味道，讓她回憶起那次跌入陷阱，在漆黑的井下她就是這樣蜷縮在這股熟悉的氣味裡，讓她感到從未有過的安全和迷戀，也許在那時，她就一直期盼著這一天。

但是，明箏還是一把推開了蕭天，蕭天臉色一白，「妳還是不肯原諒我？」

「是。你可知拜堂成親對一個女子是多麼重大的事，誤了良辰就說明你根本不在乎我，你的心裡只有你的兄弟，你的大業，我在你心裡有位置嗎？」

「妳的位置何止是在心裡，」蕭天傷感道，「妳對我而言無處不在。」

明箏乍然聽蕭天開天闢地般說了句情話，很是驚訝，她深深地望著他，「你說的可是真的？」

蕭天俯下身，臉幾乎貼到明箏臉上，鼻尖觸到明箏面頰，滾燙滾燙，他眼裡流露出的綿綿情意，瞬間就把明箏所有的怨氣和不滿趕到了九霄雲外，蕭天含糊地說了一句：「我是妳的夫君。」說完，臉俯下嘴唇將要觸碰到明箏時，一隻纖纖玉手擋到了中間。

「夫君，我有話要說。」

「以後再說。」

「不行。」

「妳說。」

「咱們這是要補那日的良辰嗎？」明箏吃力地喘了口氣，蕭天的分量很重，她想推開他，但是被他雙臂擁著，絲毫動彈不得，她想想此時不宜激怒他，幸虧她跟隱水姑姑習過六年武，不然豈不被他壓成渣渣。但是即使這樣，她也要把話說清楚。「我師父隱水姑姑對我說過，她說一個女子……」

「咱能不能長話短說。」蕭天聲音暗啞地提醒她。

「好吧，長話短說就是，一個女子跟一個男子一旦拜了天地，就是一生一世，必要一生一世相隨，一生一世不離不棄，」明箏感到身上一輕，舒服地喘了口氣，瞥見蕭天不知在忙活什麼，氣憤地問道，「我說的話，你在聽嗎？你在忙活什麼？」

「妳說，我聽得見。」蕭天甕聲甕氣地道。

「我隱水姑姑還說，女子在拜堂後，一定要給她夫君立規矩。」明箏說著感到身上一涼，忙低頭看，天呀，她那一身高貴無比的百鳥來賀嫁衣呢？

身上一沉，蕭天的臉不懷好意地湊過來：「妳要給我立規矩。」

明箏此時顧不上禮義廉恥，瑟縮在他寬大的衣袍裡，點了點頭：「第一，不准納妾。我隱水姑姑說了……」

「先把妳隱水姑姑放一邊行嗎？」蕭天有些忍無可忍地道，「改天我一定再去好好祭拜她，感謝她給我教導出一個好娘子。說吧，還有什麼？」

「第二，生幾個孩子，我說了算。」

「這個妳也要當家？」

「我隱水姑姑說了，為人娘親是一個女人的福氣，我要好多孩子。」明箏還沒說完，只覺眼前一黑，嘴唇便被堵上了，她喘著氣掙扎著叫起來，「還沒有說完。」

「以後再說。」

…………

恍如一夢，明箏從恍惚中睜開眼睛，看見頭頂上一片星辰，一顆顆明如寶石，璀璨奪目。明箏詫異起來，慢慢從腦中碎片般的記憶中找到了答案，臉上猛然紅漲起來，她發現自己蜷縮在蕭天的衣袍裡，身下茂密的草叢似柔軟的床榻，她也不知自己睡了多久，頭頂上的星辰詼諧地提醒她，她這個初為人婦的女人是個十足的懶蟲。

明箏急忙拉開蕭天的外袍，看看自己的衣服已經被整理過了，只是有一兩處扭結了，不由臉漲得更紅了，連這種事都讓夫君做了。明箏心裡一陣懊惱，暗罵自己怎麼如此不矜持，怎麼不知羞恥地躺在這裡大睡了一覺。她抬頭四處尋找蕭天，發現在湖邊有一處篝火，火光映照著一個忙碌的人影。

明箏望著那個人影，心裡泛起一股濃濃的甜蜜。她站起身，拿著他的外袍向篝火跑去，走到近前她放輕腳步，看見蕭天只穿了中衣站在篝火邊烤魚，離得很遠，就聞到一股清香。明箏跑過去突然從背後抱住了蕭天的腰。

「醒了。」蕭天回過頭，笑著問道，「妳幾天沒睡過覺了？」明箏臉一紅，嗲聲道：「還不是因為你。」

「妳呀，有時候是好心添亂。」蕭天眉目含笑道，「有時候看人，我比妳看得清楚，畢竟比妳多吃了幾年飯，在江湖上多栽了幾個跟頭。妳說呢？」

明箏一愣，明白蕭天是對她說本心的事，明箏點了下頭，從那天本心跟她去櫻語堂見蕭天，到後來他揮刀劃破面頰，明箏已經對自己的判斷產生了動搖，她完全混亂了，只得承認道：「是我，我糊塗了。」

「來，快吃吧。」蕭天舉著一條烤好的魚遞給明箏，「不要再想這件事了，都過去了。如今妳是有夫君的人了，妳可做好當別人娘子的準備了嗎？」

「什麼準備呀？」明箏一愣。

「很簡單，夫唱婦隨。」蕭天一笑道。

「啊，你也要給我立規矩？」明箏不服地說道。

「就一條。」蕭天伸出一指道。

「你說。」

「聽話。」

「這麼簡單？」

「就這麼簡單。」

「好了，妳的夫君向妳發話了，」蕭天裝出一副威嚴的樣子，舉起烤魚道，「把它吃完。」

明箏非常配合地屈身接住，口中念念有詞：「遵命，謝夫君。」明箏說完哈哈地笑起來，「真香啊……」

明箏手拿著木杝子聞了聞上面烤得焦黃的小魚，食欲大開，剛咬了一口，突然想起什麼，她抬頭看了看天，不由叫道，「大哥，這個時辰了，如果山莊裡發現咱們倆不見了，會怎麼樣？」

「你終於想到這個問題了？」蕭天大笑起來，「想知道嗎，可能會大亂。」

「那可如何是好？」明箏想想聽雨居那一院子的人，不知道會急成什麼樣。

「但是，我也不想趕夜路回去，」蕭天咬了口魚，看著明箏笑著說道，「今夜就在此安營紮寨吧。」

「太好了。」明箏索性也不再去想，「好不容易跑出來一次。」

明箏和蕭天並排坐到篝火旁，兩人一邊吃著烤魚，一邊說著話。蕭天看著明箏，眼神裡滿是幸福的喜悅，他笑著說道：「明箏，妳知道嗎，今日是我這些年來過得最輕鬆幸福的一天，沒有拔劍迎敵沒有被追殺，和自己的女人在一起，我真想永遠和妳這樣過一輩子，生一群孩子，妳教他們識字，我教他們習武，蓋一片房子，種一片莊稼，多好呀！」

「大哥，難道我們不會這樣嗎？」明箏把身體靠到蕭天懷裡，望著滿天的星辰，月亮也升起來，似銀盤墜在空中，「這也是我夢裡的景象，你和一群孩子……」明箏一隻手托著臉頰，臉上溢滿了幸福的微笑。

「會有那麼一天。」蕭天望著遠處的天空，發現那裡雲層厚重，似在醞釀一場風暴……

第三十九章　再起波瀾

一

翌日一早，蕭天帶著明箏騎馬趕回山莊，剛到山莊大門就看見李漠帆從崗樓跑下來，大喊著：「幫主，你可回來了，把我們急死了。」蕭天翻身下馬，然後扶著明箏下了馬。

明箏看見木欄上拴著她的棗紅馬，驚訝地叫起來：「怪不得回來時，沒找到牠，牠自己回來了。」

「昨天下午牠就回來了。」李漠帆皺著眉頭，一臉的抱怨道，「只看見這匹馬回來，我們還以為出事了，嚇得我們跑出去四處找，人馬半夜才回來。幫主，你以後再帶著夫人出去，一定要事先告訴我們一聲。」

「好，是我考慮不周。」蕭天笑著安撫李漠帆道，「李把頭，讓你擔驚受怕了。山莊沒事吧？」

「幫主，還真出事了，要不我幹麼急著等你回來呢。」李漠帆哭喪著臉說道。蕭天和明箏一愣，兩人對視一眼，蕭天急忙說道：「出了何事，快說。」

「幫主，你還記得山莊在石坪鎮的貨棧嗎？昨天讓一夥人給砸了，並命咱們兩日內搬出，曹管家出面去協商被對方給扣下了。咱們搬出後他們才放人，他們放了小六回來報信。我剛才正琢磨，如果你再不回來，我就帶著興龍幫的弟兄去鎮上了。」李漠帆說完看著蕭天。

「我知道有個貨棧，」蕭天略一思索，道，「一直由曹管家和農莊上的人經營，主要是出售自產的糧食和山上的野味，這麼多年相安無事，為何此時出事？」蕭天盯著李漠帆問道，「不會是房東搗的鬼吧？」蕭天問道。

「這個？」李漠帆倒是沒有想過這個問題。「張銘夫家財萬貫，豈會因為這點銀子跟咱們過不去？」

「這樣，一會兒你隨我去鎮上，叫上小六帶路，去拜訪房東，問個究竟，看看砸貨棧的這夥人到底什麼來頭。你去準備吧，一會兒在這裡等我。」蕭天布置完，就隨明箏向聽雨居走去。

「大哥，我也想跟你去鎮上。」明箏用乞求的眼光看著蕭天。

蕭天搖搖頭，一隻手拉住明箏道：「不行，以後我不能再讓妳跟著我去冒險了，妳是我夫人，妳待在家裡，我心裡會很踏實，別忘了我們昨天說好的，要聽話。」蕭天笑著安慰她道，「我很快就會回來。」

蕭天把明箏送回聽雨居，夏木和梅兒驚慌失措地從裡面跑出來，蕭天直接吩咐夏木道：「夏木，妳去櫻語堂把我的物品收拾一下，搬到聽雨居來。」

夏木一喜道：「狐王，你要搬來聽雨居住嗎？」

「怎麼，難道妳們還真想讓我們夫妻繼續分居呀？」蕭天佯裝生氣地說道。

「太好了，奴婢高興還來不及呢。」夏木喜笑顏開地跑去了。蕭天辭別明箏後直接走到山莊大門處，看見李漠帆和小六已候在那裡，還有五個興龍幫的弟兄。蕭天走到小六面前直接問道：「小六，曹管家是如何被扣押的？」

「昨日，正午時分，貨棧一個夥計跑回來，說是有人想用咱貨棧的房子，讓咱們搬走。曹管家就讓我趕著馬車帶著那個夥計去瞧個仔細。到了貨棧就看見七八個人圍著貨棧的門面，曹管家就與他們理論，說房子的租期是十年，還有四年才到期。那夥人中有一個年輕英俊的男子，我好像聽他們的人喊他吳公子，他說他給的租金是咱們的三倍，讓咱立刻搬出，曹管家大怒，說你們知道這是誰家的買賣嗎？主家是瑞鶴山莊。誰知那夥人哈哈大笑，並揚言搞的就是你們瑞鶴山莊。說完，他們竟然動起手，開始砸貨棧，我們就與他們的人打起來，但是寡不敵眾，他們抓住了曹管家，揚言騰房就放人，並把我放了，讓回來傳信。」

蕭天聽完與李漠帆交換了眼色，道：「看來他們就是衝著咱們來的，走吧，到鎮上看看。」

眾人翻身上馬，此時莊門已被守衛打開，他們騎馬奔出山莊，向石坪鎮疾馳。

不是集日，鎮上甚是安逸靜謐。行人寥寥無幾，街面上的鋪面十有四五不開，開的鋪面裡也不見人影。一些掌櫃夥計坐在門外晒太陽，看見一隊人馬從鎮上經過，都紛紛站出來觀看。

蕭天他們一行人馬直接來到鎮上貨棧的鋪面前，只見大門傾斜倒地，裡面一片狼藉。蕭天翻身下馬走進鋪面，裡面的東西已被搶空。李漠帆一邊踢著腳下的木凳，一邊罵道：「他娘的，這些人簡直就是找死。」

這時，小六帶著一個縮頭縮腦的男人走過來，說：「幫主，這個是貨棧的夥計，剛才躲起來了，看見咱們來，他才敢跑出來。」

蕭天回過頭，看著那個夥計問道：「你知道砸貨棧的是什麼人嗎？」

「不認識。他們一夥人，可凶了，曹管家被帶走後，我們原本要把貨物收起來，不承想被他們全搬到車上拉走了。我和另幾個夥計企圖阻止，但是他們人多，又拿著兵器，我們沒有辦法都回家了，只有等你們過來了。」夥計說完膽怯地看著他們。蕭天聽完，點點頭，打發夥計先回家了。他對小六道：「你去鎮上找來老乞丐，我有事要問問他。」小六點頭跑出去，不多時，老乞丐一瘸一拐隨小六走過來。

李漠帆已在鋪面中間清理出一片地方，放了一張椅子讓蕭天坐下。老乞丐走進來嬉笑著向蕭天請安，蕭天一擺手，問道：「老爺子，我向你打聽一個人，你可聽說過張銘夫？」

老乞丐一聽，搖頭晃腦地笑道：「在石坪鎮誰不知曉他張銘夫呀，號稱張大財神呀。」老乞丐說完，並不再往下說，而是笑嘻嘻地看著蕭天。蕭天一笑，從懷裡掏出一個錢袋，從裡面摸出幾個碎銀扔到老乞丐腳下，老乞丐忙彎腰去撿，開始絮絮叨叨地說起來，「這個張財神呀，是石坪鎮一霸，他朝中有人，京城也有大生意，這個石坪鎮一半的田產都是他家的。」

「朝中何人？」蕭天打斷他的話，問道。

「朝中，那可是大大的高官呀，據說當今禮部尚書李明義是他家大舅爺，所以呀張財神手眼通天啊，在這個石坪鎮無人敢惹呀。」

蕭天向小六使了個眼色，小六帶著老乞丐走出去。

「幫主，難道是張銘夫所為？咱租他的房子，他想漲價直接明說不就得了，幹麼還要繞這麼大的彎子？」李漠帆在一旁不解地說道。

「走，去會會這個張大財神。」蕭天說著站起身就向外走。

張財神的府邸很好找，站在街面上，看到屋簷最多、院牆最高的那家就是了。蕭天站在張府門前左右觀看，李漠帆已走上臺階到府門遞送拜帖。

這時，小門打開從裡面走出來幾個人，一位府裡僕從送客出來，走出的幾位來客衣著綢緞，其中一人引起蕭天注意，此人身形高大腰佩寶劍，他身後三人也都佩有寶劍，滿臉戾氣。

僕從賠笑行禮道：「吳公子慢走。」

被稱為吳公子的人抱拳還禮，轉身走出來，他與蕭天錯肩而過，急匆匆而去。蕭天與他正面接觸的一瞬間已認出此人正是那夜在金禪會與自己動手之人。

臺階上，李漠帆與府裡僕從見過，並拿出拜帖，交與僕從。僕從接過拜帖看了看，轉身跑進府裡。

蕭天走上臺階，對李漠帆說道：「剛才那個人，我認出來，是那夜在金禪會和我們動手的人，估計那幾個人都是。」

「金禪會？」李漠帆詫異地叫了一聲，然後壓低聲音道，「難道張銘夫也是金禪會的人？」

「不可不防。」蕭天叮囑道，「你我見機行事。」

不多時，小門又一次打開，依然是剛才那個僕役走出來，躬身一揖道：「小的是府裡管家，讓兩位久候了，老爺在會客廳等你們，請吧。」

蕭天和李漠帆隨管家走進府裡。進門是一面描金雕石影壁，上書「金玉滿堂」，院裡亭臺樓閣，池館水榭，應有盡有，可見其財神的稱號不是浪得虛名。隨管家走進會客廳，堂內雕梁畫棟，連待客的太師椅也描金鑲玉。管家走進去回稟：「老爺，客人到了。」

「哈哈，蕭莊主真乃稀客、貴客呀。」一個微胖的中年人從裡面走出來，他一身綢緞家常便服，手裡轉著兩隻核桃，面色紅潤，皮膚細膩，沒開口先笑，一看就是一位養尊處優的鄉下豪紳。

蕭天拱手一禮道：「張員外，今日前來拜見，叨擾了。」

「哪裡的話，像你這般貴客，我是請也請不來的呀，哈哈，請坐。」張銘夫伸手向裡面請。

蕭天簡單介紹了下李漠帆，三人依次落座。張銘夫呵呵一笑道：「蕭莊主恐怕是無事不登三寶殿吧？」

「讓員外說著了，小弟確有一事要有勞員外。」蕭天看著張銘夫，發現他一臉坦然，絲毫不像是有意要為難自己的意思，便接著說道，「張員外，瑞鶴山莊在石坪鎮有個貨棧，也不是什麼重要買賣，只是出售一些田裡的剩餘土貨，這個貨棧租用的是貴地，不知為何昨日被一夥人砸了，口口聲聲要我們騰房子，張員外可知此事？」

「事是剛剛知曉。」張銘夫倒也爽快，呵呵一笑道，「也不是什麼大事，還勞蕭莊主親自跑一趟。」說著，張銘夫端起茶碗，手掀碗蓋撇著茶葉，呷了口茶道，「事確有些魯莽，他們年輕不懂事，哈哈，我在這裡向蕭莊主賠罪了。」

蕭天一愣道：「這麼說，張員外是認識這幫人了？」

「也不盡然。」張銘夫吧嗒一下嘴，說道，「是個熟人不假，是京城裡我那大舅爺的朋友，大舅爺來信交代要我盡地主之誼，善待他的朋友，你想，我豈有不照辦的道理。」

蕭天聽到此心裡微微一動，笑著說道：「我聽說員外的大舅爺是當今朝廷的禮部尚書李明義李大人，真是敬仰敬仰啊。」說著，蕭天起身施了一禮。

張銘夫哈哈一笑，臉上泛著紅光，可以看出他深為自己的這位大舅爺自豪和得意。蕭天臉上帶著恭敬，心裡卻是五味雜陳，他雖離開京城有一段時間，但是京城裡的局勢依然牽動著他的神經，他知道李明義是王振的死黨，去年春闈考題洩露案，張嘯天被皇上廷杖而死後，他便神祕地接任了禮部尚書一職，可見與王振的關係非同尋常，一年過去，恐怕他的位置更加穩如磐石。而李明義竟然與金禪會有關關係，可見金禪會在京城勢力有多大，連朝中高官都與他們有來往，蕭天穩了穩心神，故意問道：「你大舅爺的朋友可是金禪會之人？」

張銘夫哈哈一笑。「蕭莊主可真是神通廣大呀，連這個都知道，哈哈哈，」張銘夫乾笑了幾聲，道，「他們突然看中那幾間房，非要不可，我還正想找人去莊上找你呢，不承想你就來了。」

蕭天也是朗聲一笑道：「確實是區區小事，」蕭天笑了一下，又問道，「敢問張員外，他們要這房子是作何用呀，那幾間小房子，存放個貨物還行，不知他們有何用？」

「哎喲，這個我倒是沒有問過呀。」張銘夫一愣，但很快又笑嘻嘻地問道，「這麼說，蕭莊主也有意相讓了？」

「區區小事，何足掛齒。」蕭天看著張銘夫，道，「只是還有一事，不知張員外可知道？我的管家被他們扣押起來，現在活不見人，死不見屍。如果是張員外的朋友還請捎個一言半語，先放了管家，你看如此可好？」

「還有這事？」張銘夫吃了一驚，蕭天從張銘夫的反應來看，他不像是裝的，可能確實不知道。張銘夫扭頭看向一旁的管家，問道，「這事你知道嗎？」

管家礙於蕭天他們在場，十分難堪地點點頭，低頭附到張銘夫耳邊嘀咕了幾聲，張銘夫一皺眉頭，一張胖臉慌了，他轉向蕭天，壓低聲音問道：「蕭莊主，你可有得罪過金禪會？」

蕭天蹙眉坦言道：「前些日子，我莊裡一個兄弟發癔症，瘋瘋癲癲跑出去，我們四處尋找，最後他竟然被金禪會的人捕去當祭典的活體，眼看就要丟了性命，我們不得不貿然出手相救，當時場面混亂，踢倒的蠟燭燒了帳子引燃了大火。」

「原來是你們呀。」張銘夫大吃一驚，他慌忙喝退左右，然後壓低聲音道，「你們可是闖下大禍了，蕭莊主呀，你們還不趕快躲起來，還來我這裡問什麼鋪面的事，哎呀，豈知已大禍臨門了。」

蕭天和李漠帆聽到此話，面面相覷。

李漠帆憋不住問道：「還請張員外明示。」

「哎呀，你們呀……」張銘夫直搖頭，「你們真是把瑞鶴山莊當世外桃源了，住在山中不問世事，現如今像我這樣閒雲野鶴般的人都不得不面對了，前兩日，我不得不把一片田地供奉給金禪會，我這個心疼呀，可是沒有辦法，我大舅爺信上有交代。如今金禪會在京師可不得了了，你們以前應該聽說過白蓮會吧，現如今白蓮會在京城土崩瓦解了，又憑空出了個金禪會，勢頭可比白蓮會要大得多，而你們偏偏得罪的是金禪會呀。」

蕭天和李漠帆聽完此話，又是一陣面面相覷。

「張員外，如果說那次解救行為冒犯了金禪會，也只能說是個誤會，我們並不想與他們為敵呀。」蕭天說道。

「誤會？你們燒了人家的堂庵，他們在石坪鎮的信眾有好幾百人，這個後果可不是一句誤會就可以消解的。」張銘夫搖搖頭，看著他倆道，「瑞鶴山莊在方圓百里算是有名望的，你我也沒有結過任何梁子，我今日勸兩位還是帶著主要親眷出去躲避一陣子再回來，至於你莊上管家，我會保他性命無憂。」

李漠帆氣不過，大聲說道：「一個金禪會就能把你們嚇成這樣，我倒要看看這幫人有什麼能耐。」

「他們砸了我們的貨棧也該兩清了，難道他們還要沒完沒了了不可？」蕭天也動了氣。

「剛才我的管家說，他們根本不用那幾間房子，但是也不讓你們用，寧願出錢讓房子空著。」張銘夫直搖頭道，「這幫人真不是好惹的，連我那在京城為官的大舅爺都讓著他們三分呢。」

蕭天一皺眉，突然問道：「張員外，你可知他們在鎮上的住址嗎？」

張銘夫想了想道：「應該還在那個堂庵裡吧，雖然過了火，只是燒毀了一部分，也沒有聽說他們另有住地。」

「張員外，事已至此還請你出面給說和一下，有道是冤家宜解不宜結，對於上次的魯莽行為我們願意賠償。」蕭天說道。

「此話甚合我意，蕭莊主不愧是見過世面之人，不拘於小處，你退一步，他方能讓一分，這個和事佬我是做定了。」張銘夫笑著點頭道。

「那就有勞員外了。」蕭天起身深深一揖道，此時想知道的都已探聽清楚，實在沒必要再在這裡耗下去，他知道張員外雖然口頭答應，但是金禪會會不會就此罷手也不得而知。一旁的李漠帆十分不情願地站起身，臉上還是一臉怒氣。

出了會客廳，管家引他們來到門口，蕭天微笑著與管家行禮告辭，然後不經意地問了一句：「管家小哥，剛才你送出去的那幾個人可是金禪會的人？其中那個吳公子你可認識？」

「噢，認識。此人叫吳陽，是金禪會的護法之一，武功不俗，經常來府裡。」蕭天一笑道：「看來，你家老爺也入了金禪會了，你是不是也要入會呀？」

「我家老爺才不會入會呢，」管家直搖頭，說道，「我家老爺平日最喜琴棋書畫之類，最討厭這些神神道道的東西。」管家說著，忽然想起什麼，「不過，這幫人在這裡待不長，我聽那個吳陽說，今日就會離開石坪鎮。」

蕭天臉上一變，他是有意想從管家嘴裡套出一些話來，不承想竟聽到這個，正疑惑間，突然看見門外臺階上站著小六，小六正跳腳往院子裡瞧呢，蕭天急忙與管家告辭，與李漠帆大步走出去。

蕭天一踏出張府大門，小六就跑過來說道：「幫……莊主，」小六慌忙改嘴，蕭天不止一次交代他們在外面要稱呼他莊主，小六道，「曹管家自己回來了，回來後什麼也不知道了，就像個傻子一樣。」

「快，回去看看。」蕭天和李漠帆急忙走到門外拴馬的地方解下坐騎，翻身上馬，小六跟在後面向貨棧奔去。

小鎮從東到西一條街，眨眼就到了地方，幾個隨從已把屋裡收拾出來，曹管家坐在一張椅子上，看不出哪裡不一樣，只是離近了，看見曹管家眼睛直勾勾瞪著前面一塊地方，蕭天他們走過來他也沒有任何反應。

「曹管家。」蕭天叫了一聲，他依然沒有反應。

蕭天抬頭問一旁幾個人，「曹管家是怎麼回來的？」

「回幫主，我看見是從一輛馬車上下來的，馬車走了，他就站在街上，是小六把他領回來的。」

「是，當時他就站在街上發呆。」小六在一旁幾乎哭起來，「我看他身上也沒有受傷，他怎麼變成這樣了？」

蕭天臉色越來越難看，他突然扭頭對屋裡幾個人說道：「我有種不好的預感，這夥人為何放了曹管家，是他們突然良心發現嗎？不會是，那麼必然是他們又有了其他行動。咱們現在速回山莊，曹管家肯定是被那夥人使了毒，至於是什麼毒，回山莊讓玄墨掌門看看再說。」

屋裡人迅速行動起來，兩個人架著曹管家來到外面，把他扶到一匹馬上，與他人同騎，其他人都翻身上馬，然後向山莊的方向奔去。

二

此時瑞鶴山莊裡已亂成一團，連著兩支響箭在山莊上空炸響。櫻語堂裡幾個興龍幫的弟兄跑到院子裡，盯著天空大喊：「怎麼回事？出了何事？」

「誰放的響箭？幫主呢？」

只聽另一個喊道：「幫主到鎮上去了。」

西廂房裡張念祖正在一個隨從的幫助下給臉上的傷口換藥。自從那日與蕭天結拜後，他就住在了櫻語堂西廂房裡，蕭天還給他安排了一個隨從服侍他的飲食起居，隨從叫兔兒，別看年齡小，只不過比小六大兩歲，但是特別機靈能幹，尤其腿快。

自那日與蕭天結拜後，山莊裡再無人叫他瘋道士或者本心了，而是遵照蕭天的吩咐叫他張念祖，因他與蕭天成了拜把子兄弟，所有人見了他不敢怠慢，都是一副敬畏有加的樣子。

張念祖在西廂房裡大睡了兩日，臉上的傷也好多了，紅腫消了下去，但肯定會留疤痕，玄墨山人還特意交代傷口沒長好前，不要吃大醬、辣椒等刺激性食物，以免疤痕更加厲害。張念祖根本不放在心上，反而故意吃些刺激性食物，似乎疤痕越明顯越高興似的。

張念祖走到銅盆前，從水中看到一個既熟悉又陌生的面孔，熟悉的是眉眼依舊，但是臉上那道可怕的傷疤，像一條既醜陋又恐怖的蟲子趴在他左邊的面頰上，讓他有一種從未有過的新鮮感，似是脫胎換骨般新奇。

「或許沒有人再把我與那個人混為一談了吧？」他在心裡問自己，對臉上醜陋的傷疤充滿好感和期待，「我就將是我了，不再是任何人了。」

他回過頭，叫過來兔兒：「兔兒，你看我怎麼樣？」

「大哥，你還是趕快上了藥，讓我給你包起來吧，免得一會兒進來人把人家嚇住。」兔兒齜牙咧嘴地急忙轉過頭。

「真的那麼可怕？」張念祖露出很吃驚的樣子，在他眼裡這道疤沒什麼呀。他有些得意地又望向銅盆，這時他聽見院子裡雜亂的喧囂聲，問一旁兔兒：「怎麼回事？你去看看。」

兔兒放下藥膏，飛快地跑出去。眨眼工夫又跑回來，氣喘吁吁地喊道：「大哥，不好了，出事了。」

張念祖斜眼瞪了他一下道：「瞧你那熊樣，好好說話，出了何事？」

「山莊裡不知誰放了兩支響箭。」兔兒驚慌地叫道。

「什麼響箭？」張念祖一驚。

「大哥，你有所不知，咱們山莊組織嚴密，一旦出現危險就以響箭為信號，通知大家防範。」兔兒喘了口氣，接著說道，「我上一次看見響箭，還是錦衣衛突襲山莊時，可是今日又發響箭，難道錦衣衛又殺過來了？」

張念祖臉色一變，臉上的肌肉一陣顫抖。兔兒以為張念祖是害怕的緣故，急忙道：「大哥，如今蕭幫主不在山莊裡，咱們還是去寒煙居吧，他們個個武藝高強……」

不等兔兒把話說完，張念祖突然問道：「蕭幫主去了哪裡？」

「聽說曹管家被鎮上的人扣押了，幫主到鎮上要人去了，到現在還沒有回來。」兔兒說道。

張念祖突然一皺眉頭，對兔兒道：「你快些把我傷口包好了，我要去外面看看。」

張念祖胡思亂想了半天，猜不出院子裡到底出了何事，見兔兒還沒有包好傷口，不免急了：「兔兒，你磨磨嘰嘰有完沒完？」

兔兒出了一頭汗，手忙腳亂地給張念祖包紮好臉上的傷口。張念祖對兔兒道：「我讓你給我買的劍呢？」

兔兒轉身跑出去，從一個木箱裡取出一柄嶄新的劍，張念祖一看鼻子差點氣歪，他掄著劍上下晃了幾下，叫道：「這是劍？簡直就是小兒的玩具，這讓我如何使？」

兔兒驚得瞪大了眼睛，他捂住嘴巴，過了半天才問道：「大哥，聽他們說你不會武功呀？我以為你要跟著天蠶門的弟子學劍呢。所以我才給你買了這把劍，我現在使的也是這樣的劍，我也跟著天蠶門學習呢。」

張念祖聽到此話，肺都要氣炸了，他吼道：「誰說我不會武功，別忘了我的師父吾土道長，可是有名的劍俠，以前我身為道士不願動武，現在我隨了俗，就要大開殺戒。」

張念祖嫌棄地看看手中這把劍，搖搖頭，但是有總比沒有強。張念祖只得硬著頭皮提著劍走出去。院子裡早已聚了不少人，兔兒提著他的那把小劍也跑出來。張念祖和兔兒站在院子裡看了半天，人們都咋咋呼呼不知跑到何處了。

「走，去聽雨居看看。」張念祖說道。

兩人出了院門，沿著小道向前走，突然看見不遠處擁過來一堆人，為首的正是玄墨山人，他手持長劍，他身後的眾弟子也都手持兵器。兩下裡聚到一處，玄墨山人立刻問道：「念祖，你那裡沒事吧？」

張念祖搖頭，看著他們問道：「到底發生了何事？」

「奇了怪了，」玄墨山人一臉的警惕和不安，「剛才是誰射的兩支響箭？這院子裡也沒什麼異常呀。」

玄墨山人身後的眾弟子也議論紛紛，一個說道：「師父，不會是有人誤射吧？」

「玄墨掌門，寒煙居沒事，櫻語堂也沒事，咱們去聽雨居看看……」張念祖提醒道。

玄墨山人點點頭，帶領眾人向聽雨居跑去。

聽雨居在山莊的最裡面，有兩條小道，一條從水塘邊可以過去，一條是近道。大家不約而同選了近道，一路上並沒有反常的跡象。大夥跑到門前，像往常一樣，院門虛掩著，裡面寂靜無聲。畢竟是女眷的宅院，眾人走到院門前，玄墨山人揮手止住大家，道：「各位留步，我與念祖進去即可。」玄墨山人大步走進聽雨居，園子裡竟然空無一人，玄墨山人皺緊眉頭，這園子裡的人呢，便大聲說道：「夏木姑娘，梅兒姑娘——」

玄墨山人喚了半天，不見人影，不由與身後的張念祖交換了個眼色，張念祖二話不說，快步沿遊廊向正房跑去，一邊跑一邊回頭衝玄墨山人叫道：「一定是出事了。」

兩人一前一後跑到正房門前，突然看見旁邊倒了兩個女僕，張念祖一個箭步到身前，上前搬過女僕的臉，女僕是昏睡過去了。玄墨山人來到近前，掰開女僕的眼皮，又伸手到鼻下，然後放在面前嗅了嗅，說道：「是迷藥。」

張念祖轉身跑向正房，推開門看見一個女子趴在八仙桌上，不遠的地上還躺著蓮兒。張念祖急忙走向八仙桌搬起女子的頭，叫道：「玄墨掌門，是夏木姑娘。」

玄墨山人環視房間，心下恐慌：「怎麼不見明姑娘？」

「明箏身邊還有一個梅兒姑娘，她也不見了。」張念祖疑惑地看著玄墨山人。

「先把夏木姑娘弄醒，也許她知道些什麼。」玄墨山人說著，急忙從衣襟裡掏出一個布囊，拿著布囊往桌上倒出五六個小瓶瓶，他在幾個瓶子間挑出一個小瓶，從裡面倒出三四粒藥丸，在張念祖的幫助下，塞進夏木姑娘嘴裡。

接著，兩人抬起夏木放到一旁的床榻上。片刻後，夏木咳嗽了幾聲，睜開眼睛，看見面前的玄墨山人和張念祖嚇了一跳。

張念祖看夏木醒來，急忙問道：「夏木姑娘，嫂夫人呢？」

夏木更是驚訝地看著兩人，坐起身向屋裡看了看，說道：「出了何事？我如何躺在這裡，我剛才正在給郡主梳頭呢。唉，郡主呢？梅兒姑娘呢？」夏木迷茫地捂住額頭，看著他倆。

玄墨山人和張念祖相視一眼，雖然無言，但從對方的眼神裡都看出，此事蹊蹺，顯然是被人算計了。兩人額頭都冒出冷汗，玄墨山人沉吟片刻，陰沉著臉說道：「難道那兩支響箭與明箏和梅兒有關？看來明箏和梅兒若是不在莊上，便是出事了。」

「玄墨掌門，你看會是誰幹的？」張念祖咬著牙問道。

「快走，趕到莊門看看，沒準咱們能截住他們。」玄墨山人說完，招呼眾人匆匆向外跑去，剩下夏木急忙從床榻上下來，一路跑著追過來：「玄墨掌門，你告訴我，出了何事？」

「你的郡主被綁走了。」張念祖回頭撂了一句，兩人一路跑出院子，一出大門，張念祖對著眾人大喊：「郡主被綁走了，快，去莊門截住綁匪。」

眾人一聽，立刻炸了窩般大喊大叫起來。

這時從遠處傳來急促的馬蹄聲，眾人紛紛向後看，只見從前面道上飛奔來一匹馬，馬上一個披著盔甲的人大喊：「玄墨掌門，不好了，有一幫人襲擊山莊大門。」

玄墨山人飛快地奔到馬前，只見馬上之人背上滿是血，到了近前便滾了下來，眾人急忙扶住他，玄墨山人忙問：「快說！」

「有一夥人，襲擊了莊門，他們已經闖了進來。」「什麼？闖進來了？」玄墨山人大驚。

「我射了兩支響箭……」來人尚未說完，頭垂了下來。

眾人一聽，原來響箭是出自山莊守衛之手，看來山莊又遇強敵了。玄墨山人命一名弟子背受傷之人回寒煙居救治。那名弟子走了以後，眾人都看著玄墨山人，此時蕭天不在，唯一能帶領大家殺退來敵的只有玄墨掌門了。

玄墨山人篤定地望了眼眾人，大吼一聲：「我倒要看看是何方妖孽跑來瑞鶴山莊撒野。」說完，抽出寶劍向莊門跑去，眾人摩拳擦掌緊跟在玄墨山人身後向山莊大門跑去。

沒跑多遠，已遠遠看見前方有幾匹馬。

玄墨山人突然攥起手指伸入口中，吹起口哨，哨音淒厲刺耳，在山莊上空鳴響。這是狐族的求救信號，是從蕭天那裡學到的，當時覺得有趣，沒想到此時派上了用場。不一會兒，從莊子四周跑出來不少人。玄墨山人大喊：「圍住前面幾匹馬。」

人們向那幾匹馬跑去。來人看見人群擁過來，瘋狂地抽打馬背，馬受驚，狂躁地向前面奔去，眼看就到了山莊大門處。早已被響箭糾集過來的人，圍成一圈，手持利器虎視眈眈地盯著那幾匹馬。

玄墨山人加快步伐，沒想到張念祖比他還快，已竄到他前面。玄墨山人不放心，畢竟張念祖是蕭天的拜把子兄弟，若出意外他如何向蕭天交代？便大聲說道：「念祖兄弟，你身上有傷，讓我來對付他們。」

張念祖心裡清楚玄墨山人是擔心他的身手不敵那些人，一邊跑一邊向玄墨山人解釋道：「玄墨掌門，你放心，我跟著師父不光是布道念經，也學了些功夫。」

「好，這我就放心了。」玄墨山人看張念祖這幾日如脫胎換骨般重新振作了起來，心裡很是欣慰。他從後面看著張念祖奔跑的身姿，知道他此話不假。吾土道長教出的徒弟輕功不俗也不稀奇，他真是小瞧張念祖了。心裡同時暗暗欽佩蕭天的眼力，他盡其所能救治張念祖，關鍵時刻就多了員虎將。

張念祖躍身跳到當頭的馬前，擋住了他們的路，他這才看清那幾匹馬上之人的真面目。他們有五個人卻有七匹馬，中間兩匹馬上馱著兩個麻袋，張念祖一見，心裡一動，難不成兩個麻袋裡綁著明箏和梅兒，想到此眼睛都紅了，他狂甩馬鞭，大喝一聲：「把人留下。」

一匹馬來到近前，馬上之人又矮又胖，圍著厚重的面巾，直接衝過來持大刀向張念祖砍來，張念祖揮劍去擋，只聽「噹啷」一聲，張念祖手中的劍斷成兩半，一半飛出去很遠掉到地上。躲在人群後的兔兒大吃一驚，急得抓耳撓腮，大罵：「好呀，鐵器鋪老闆騙我，看我回去怎麼罵他。」

對方幾匹馬上之人哈哈大笑，一個青色衣衫的年輕人叫囂道：「這些人不過如此，他們的莊主在鎮上，遠水解不了近渴，哈哈。」

「念祖，接著。」玄墨山人大喝一聲，把身邊一個弟子的寶劍奪過來扔給張念祖，張念祖縱身一躍，接住寶劍。天蠶門以劍術為本，弟子手中寶劍都不是俗物，玄墨山人也是有意試探一下張念祖的功夫。張念祖接過寶劍，掂在手中試了下，雖然無法與他過去使的劍相比，但是比兔兒給他買的強多了。

張念祖持劍刺向馬上之人，馬上之人雖力大，但在馬上卻無法施展，被張念祖處處掣肘，不得已跳下馬來。他一下來，正合張念祖心意，張念祖更是步步緊逼，劍力極猛。兔兒原本躲在人群後，此時他竟然興奮地竄到人前，為張念祖搖旗吶喊：「大哥，刺他後面，大哥，刺他屁股……」

兔兒那個興奮呀，他萬萬沒有想到被山莊裡人嘲笑的瘋道士竟然是個武功高手，他簡直不敢相信自己的眼睛。他剛到張念祖身邊時，幾個興龍幫的夥伴還嘲笑說他跟了個瘋道士，一點武功也沒有，在鎮上還差點被人當祭品宰了，當時他是沮喪至極，如今張念祖驟然出手，不僅在眾人面前露了臉，也讓他在眾夥伴面前長了臉。他看見周圍天蠶門的弟子也開始用驚奇的目光看著前面打鬥的張念祖時，他喊得更起勁了，一臉的自豪：「大哥，好劍法！」

張念祖與矮胖之人越戰心裡越奇怪，他幾乎刀槍不入，他心裡猛然想到一個人，背後出了一層冷汗，決定挑開他的面巾看一看他的真面目。他虛晃一劍，故意露出破綻，對方果然上當，緊跟上來。張念祖猛然一個反身偷襲，劍刃直刺對方面頰。張念祖持劍抵到對方臉上，竟然硬如鋼鐵，他持劍挑破面巾，只見對方的面巾被劍砍成碎片，瞬間滑落到地上，那人露出猙獰的面目來。張念祖心裡暗叫一聲不好，果然是他。

只聽四面一陣陣驚恐叫聲，眾人紛紛後退，剛才還興奮得搖旗吶喊的兔兒嚇得差點栽個跟頭：「鬼呀——」

矮胖之人正是雲，此時他看見面巾被人挑開，索性把頭上剩餘的部分也扔到地上，他仰臉舉起手臂哈哈大笑，他此時的面孔比以前又大了許多，皮膚上層層疊疊的殼狀物堆積如山，五官已嚴重挪位，眼睛基本找不到，只看見一點鼻孔和歪到右臉上的嘴巴。

眾人紛紛後退，他們都被眼前這個比鬼還可怕的東西震懾住了。只有玄墨山人還站在原位，他呆呆地瞪著那個怪物，在別人紛紛後退時，他徑直向雲走了過去，一旁的張念祖急忙跟在他旁邊，一隻手拉住玄墨山人道：「玄墨掌門，你小心了，這傢伙刀槍不入。」

「你叫什麼名字？」玄墨山人盯著雲大聲問道。

雲一愣，他看著面前白鬍老者，不願理他，含混不清地嚷道：「讓，讓開路，不然，讓你們一個也活不成。」

「我問你，你可是中了鐵屍穿甲散之毒。」玄墨山人緊盯著他問道。

「哈哈哈……」雲仰頭大笑，「是又怎樣，我不是很好嘛，刀槍不入，天下無敵，哈哈哈。」

「你跟我走吧，我會醫治你。」玄墨山人緊張地說道。

雲身後的吳陽聽見玄墨山人的話急了，他們此時已接到人，任務已完成，不能在這裡久留，便催促雲道：「金剛護法，殺出一條血路，趕快離開山莊。」

「吳陽，你帶他們先走，我擋住他們。」雲說完，揮起大刀向玄墨山人砍來，張念祖閃身護到玄墨山人身前以劍擋開大刀，回頭叫道：「玄墨山人，他是不會跟你走的。」玄墨山人彷彿中了魔咒似的，呆呆地看著雲，連雲的刀劈過來，他也忘了躲，張念祖一看，轉身向後面天蠶門弟子大喊：「把你們師父架走，不然等著收屍吧。」

張念祖對付著雲，等天蠶門弟子戰戰兢兢把師父拉走，他才喘了口氣。面前人雖多，但是在雲露出真面目後，這些人都嚇壞了，士氣大落，又加上都是武功平平之人，要他們對付雲，幾乎不可能。

只有他一人繼續與雲纏鬥，他心裡很清楚，他功夫再高也奈何不了雲，時間一長只怕自己也會有閃失。正在相持不下之際，他看到對方四匹馬衝到莊門前，與莊門的守衛打了起來，不一會兒，莊門被攻破，四匹馬連同另兩匹馱著麻袋的馬匹衝出莊門。

張念祖眼睜睜看著那兩匹馱著麻袋的馬衝了出去，又氣又急，眼裡的血絲都暴了出來，他感到臉上的傷口鑽心地痛，他大吼一聲，向擋在他前面的雲刺去，只聽「噹啷」一聲，手中寶劍竟然折斷，震得他虎口一陣劇痛。接著一道白光閃過，雪白的刀刃劈到胸前，張念祖手中的劍只剩下半尺長，他一閉眼，心想完了，死在他手下，真是自己的報應。

突然耳中一陣鏗鏘的金屬碰擊聲，接著就聽見眾人歡呼：「蕭幫主回來了，蕭幫主回來了。」張念祖睜開眼睛，看見蕭天持劍正與雲打到一處。張念祖翻身坐起來，心想蕭天又救了他一次，他眼含熱淚，大叫：「大哥，他刀槍不入，你小心了。」

蕭天回過頭，匆匆掃過張念祖問道：「你可還好？」

「大哥，」張念祖突然雙膝跪下，「嫂夫人被他們劫走了。」蕭天身體踉蹌了一下，轉過身驚訝地望著張念祖，他一回到山莊便受到這個打擊。張念祖看到雲的刀又揮下來，便一個縱身躍到蕭天面前，奪過蕭天手中的劍向雲刺去，由於剛才虎口受傷，他劍上的力度就大不如從前，雲一刀劈過來，他連人帶劍滾到一邊。雲越戰越勇，慢慢向山莊大門靠近。

雲獨自退到山莊大門處，他的可怕面貌嚇到了守門的兄弟，他們驚叫著四散而去，雲大笑著走出山莊大門。

山莊一片狼藉，蕭天雖然趕回來得還算及時，但是還是晚了一步。蕭天命李漠帆去清點一下傷者，他與張念祖、玄墨山人回到櫻語堂。剛一坐定，李漠帆就跑回來回稟道：「幫主，聽雨居的幾個女僕都醒過來了，只有嫂夫人和梅兒姑娘被綁走了。山莊大門處守衛的兄弟死了五人，傷七人，其他地方沒有傷亡。」

蕭天緊皺著眉頭，明箏被劫持讓他痛不欲生。他勉強打起精神吩咐李漠帆道：「對山莊裡死亡的弟兄一律發放銀兩給家屬，讓其好好安葬！受傷的人還要有勞天蠶門的弟兄來醫治。」

玄墨山人點點頭，對蕭天道：「這個放心，天蠶門義不容辭。」

「幫主，這幫人為何要綁走嫂夫人？」李漠帆驚訝地問道。

蕭天蹙眉深思，從昨日曹管家出事，到他們襲擊山莊綁走明箏，再加上在石坪鎮張府裡所見所聞，他不得不得出一個結論，他緊緊握住了拳頭，臉上的肌肉顫抖著，咬牙說道：「他們真的找上門來了。」

玄墨山人捋鬚說道：「那個傢伙曾在山莊外面出現過，今天總算見識了，我可以肯定他中了鐵屍穿甲散的毒，他是個鐵屍穿甲散的活體。我們天蠶門這次已退無可退，必須活捉了他。」

張念祖坐在一旁沉默不語，他心中了然一清，但是苦於說不出口，只能低著頭聽在座的人去推測，雙手緊緊抓住椅子把手，臉上一陣紅一陣白，眼神也變得陰鷙和恍惚。

「他們是金禪會的人，這點毫無疑問了。」蕭天想了下，接著說道，「上次咱們去解救念祖時，無意燒毀的那個堂庵就是金禪會的一個堂口，如今咱們跟他們結下了梁子，但是即便如此，他們也不至於要劫走我的夫人呀，看來還另有隱情。」

這時，陳陽澤匆匆走進來，向眾人回稟道：「按蕭幫主的吩咐，給曹管家灌了清毒散，他吐出了一大攤汙物，聞出裡面有能致人神經麻痺的劇毒成分，如川烏、草烏、雪上一支蒿等，已給他喝下五物湯。」

眾人看著陳陽澤，李漠帆問道：「他們為何要給曹管家喝下這種藥，又不置人於死地？」

「可能不想讓他說出看見的一切。」陳陽澤說道，「喝過藥如同傻子一樣。」

「這一切都是他們預先謀劃好的，為了把咱們一部分人吸引到鎮上，他們好下手。」蕭天說道，「我最奇怪的是，他們好像對山莊裡的地形很熟，直接跑到聽雨居。」

「難道山莊裡又出了內奸不成？」李漠帆心有餘悸地說道。玄墨山人點點頭，又回到剛才的話題，「這個金禪會到底是什麼來頭？」

「據張銘夫講，金禪會已在京城取代了白蓮會，甚至比白蓮會的勢力更大，」蕭天十分詫異地說道，「他們會把明箏帶到哪裡呢？有何意圖？難道是逼咱們交巨額贖金？為何也不給個明話？一切都不合江湖規矩呀。」

「看來要想救弟妹，還要去跟金禪會的上層接觸，」玄墨山人說道，「這幫人確實不好對付，就那個傢伙幾乎無敵於世，沒想到我祖師創造的鐵屍穿甲散威力如此可怕，怪不得他老人家，不傳授弟子，將之密封於冰窟。也就因為太神祕，被外人傳得神乎其神才遭到偷盜，唉……」玄墨山人一說到鐵屍穿甲散就停不下來。

張念祖實在聽不下去，他站起身走到蕭天面前，拱手道：「大哥，此事因我而起，這個禍是我闖下的，我義不容辭要把嫂夫人救回來，我想到京城去打探金禪會的底細，然後回來稟告眾位，你們看可好？」

玄墨山人對他的身手沒有異議，便看向蕭天。蕭天沉思片刻，從剛才一進山莊大門看到張念祖與敵手激戰，也看出他已從萎靡不振中恢復過來，這點恐怕是唯一值得他欣慰的事，便也想給他一個機會，就點頭道：「也好，念祖，你先行一步進京，我們把山莊裡安置好，咱們在京城會面。」

當天晚上，張念祖隻身一人，騎馬趕往京城。在山莊大門處蕭天和李漠帆等在那裡給他送行。

「念祖，這是我的親筆信。」蕭天從衣襟裡取出一封信交給張念祖，「你到京城住進上仙閣，那是興龍幫的產業，是咱們自己人，把信交給韓掌櫃就行了。有何需求，給掌櫃說。」

張念祖接過信，揣進懷裡，向蕭天和李漠帆抱拳，道：「兄弟先行一步，在京城等你們。」

「你在京城不可貿然行事，一切等我們去後再定奪。」蕭天囑咐道。

張念祖點頭應了一聲，翻身上馬，清冷的月光下，漆黑的山道就像蒙上了一層黑紗，張念祖催馬疾馳，他臉上的刀疤在風中刺痛，他眼裡閃著精光，心裡只是反反覆覆重複著一句話：又回來了。

三

一縷纖細的白煙從閃著金屬光芒的鼎上嫋嫋升起，香是一種罕有的香型，整個屋子都彌漫著這種香氣。兩個白衣女子站在床榻兩邊安靜地候著，她們知道香氛能很快喚醒床榻上的女子。果然，不一會兒女子眼睫毛扇動了幾下，緩緩睜開眼睛。

兩個白衣女子緩緩走上前，屈膝一禮，退到一邊，等待差遣。

明箏呼地坐起身，摸著頭，仍感到昏昏沉沉。她望著眼前陌生的一切，驚訝地張著嘴巴，半天合不攏，她在心裡默默念道：這是哪裡呀？

明箏環視四周，只見屋子富麗堂皇，地上鋪著猩紅盤花樣的波斯地毯，中間黑漆描金圓桌，圍著四張同樣的圓凳，巨大的紅木雕花床榻，底下還有鋪著毯子的腳踏，床榻前擺著焚香用的製作精美的大鼎，奇異的香味就從鼎中嫋嫋吐出。再看床榻前的兩名女子，個個眉清目秀，體態婀娜，她們靜靜地看著她，似是等待她的差遣。

明箏直到此時，腦子裡還是一片空白。她想到那個下午，她和梅兒還有夏木正在院子裡逗著蓮兒玩耍，突然聽見「嗖嗖」兩聲，接著看到空中兩支響箭依次響起。梅兒一看大叫一聲：一定出事了，便拉起她和夏木跑進正房，她回到房中，只聞到一股奇異的香氣，接著便什麼都不知道了。

「我這是在哪兒？到底出了何事？」明箏惶恐地瞪著床榻前的兩個女子問道。

兩邊的白衣女子屈膝一禮，面帶微笑，卻不開口說話，而是來到身邊攙扶明箏下了地。明箏急忙低頭看自己的衣服，心裡舒了口氣，身上穿的依然是自己的貼身中衣。

一位女子雙手托著一個木盤走過來，上面放著一件用上好的白色絲綢做成的上衣和一件百褶裙，另一個女子走過來，在明箏面前默默展開百褶裙，這件裙子薄若鴻羽，上面用金絲線穿上細小的珍珠，層層疊疊地密布其上，讓明箏嘆為觀止，不由想到一句詩詞：羅衣何飄搖，輕裾隨風還！顧盼遺光彩，長嘯氣若蘭……

明箏穿上衣裙，看到兩位女子雖不言，但是從眼裡射出驚豔的光彩。明箏再看兩位女子的衣著，竟然和自己身上的相差無幾，只是她們的裙上沒有金絲和珍珠。明箏拉住其中一個臉上有酒窩的女子問道：「快告訴我，這是哪裡？妳們為什麼不說話？」

兩名女子急忙躬身後退，也不回答也不起身。

這時，從外間又走進來兩名女子，手裡都端著托盤，上面擺放著碗碟。兩名女子直接把碗碟擺到圓桌上，向明箏屈膝行禮後，轉身走了出去。聞到飯菜的香味，明箏才感到肚子裡咕咕嚕嚕一陣亂叫，她望向圓桌上的飯菜，有四碟小菜和一碗粥。四碟小菜顏色各異，有青筍、拌蘿蔔絲、紅燒肉塊和燒鴿子，明箏看到這些口水幾乎流下來。但是她被一件事驚呆了，這幾樣小菜都是她平時最愛吃的，連蕭天都不會知道，這家主人是如何知道的，難道是巧合？這也太匪夷所思了吧？

明箏坐到圓桌前，拿著筷子卻不敢下箸，她看著身邊兩個像木偶一樣的美麗女子，想從她們身上尋找答案看來是做不到了，只能自己行動了。明箏看著面前一排雕花格子大窗，中間是對開門的兩扇門，她走到門前，發現那兩位女子跟在自己身後，但並沒有阻止她出去的意思。明箏心裡大喜，急忙拉開一扇門。

當她剛要走出去，那個臉上有酒窩的女子急忙上前來，幫她把衣領上的一塊薄絲綢蓋到面孔上，她們兩個也同時蓋上白色的薄絲綢，雖然眼前敷上一層絲綢，但是依然看得十分清晰。兩個女子輕輕拉開房門，突然間一種沉重的聲浪湧過來，明箏嚇一跳，不知哪來的如此厚重的聲浪，就像是有一萬個人在地底下吟唱一樣。明箏詫異地瞪著外面，門外的走廊空蕩蕩的，可是聲浪卻驟然高昂。

明箏小心地邁著步子，似乎害怕一不留心就會跌入山崖一樣。聲浪陣陣湧來，聽不清吟唱的是什麼，但是那個節奏竟然如此熟悉，讓她不由一陣緊張。她慢慢走到走廊上，走廊很長，隔一段距離就會有一盞宮燈，微弱的光影把走廊照耀得更加撲朔迷離。

明箏感到頭有些眩暈，急忙伸手去扶雕花木欄，她把身體靠到木欄上，不經意地望了眼下面，這一望不要緊，差點被驚出一身冷汗。她看見木欄一邊的樓下，巨大的場地上坐著密密麻麻的人，剛才她聽到的吟唱的聲音就是從這裡發出來的。

明箏站在木欄邊，這才看清整個建築，這是一個有著巨大穹頂的屋宇，建有三層，每層由走廊連接，走廊裡有一間間房間，明箏就是從三層的一個房間走出來到了走廊，而樓下巨大的場地上坐滿了人，人群被一叢叢蠟燭分開來，變成一片片的。明箏驚訝得說不出話來，她看見前面不遠處打開一扇門，一個與她有著相同衣著的女子走了出來，身後同樣跟著兩名白衣女子。

明箏來了精神，快步走過去，與白衣女子擦肩時站住了，明箏向她一笑，看到這名女子面色稚嫩，最多不過及笄之年。女子看見明箏先是一愣，而後緩緩一笑。

「這位妹妹看來真是面善，我叫明箏，妳叫什麼？」明箏沒話找話道。

「聽蘭。」女子小聲地說道。

終於聽到有人說話，明箏心裡一陣狂喜，不由默念一聲阿彌陀佛。她急忙壓低聲音問道：「小妹妹，妳知道這是什麼地方嗎？」

「啊？」聽蘭瞪著一雙明亮的眼眸幾乎笑起來，「妳怎麼會不知道？」

「我可能睡了一覺，想不起來了。」明箏露出為難的神色。

「這裡是京城大名鼎鼎的金禪神堂啊。」聽蘭笑著說。

「妳說什麼？京城？這裡是京城？」明箏倒吸一口涼氣。

「姐姐，妳不是……妳……」聽蘭把到嘴邊的話咽了回去，小姑娘看上去很靦腆，又不愛多言。

明箏額頭上出了一層冷汗，她知道自己的處境，遇到這個會說話的不容易，她必須從她嘴裡得到盡量多的消息，因此沒時間感嘆，她裝作一副想起來的樣子，說道：「小妹妹，妳不知道，我患有腦疾，時常忘事，時常不知道在哪裡。唉，以前都是我妹妹來幫我恢復記憶，如今到了這裡，沒有人幫我，我就什麼也不知道了。」

「原來如此，姐姐莫急，」聽蘭乖巧地一笑道，「我來告訴妳吧。」她指了一下樓下的會場，接著說道，

「今天是集會日，所有信眾都要來這裡。集會日是每月的十五這天，在這天堂主會根據神的旨意選出信男，堂主會把一個玉女賜予信男為妻，死後雙雙進入極樂世界。」

「什麼玉女？」明箏越聽越驚異。

「啊？這妳也不記得了？」聽蘭也驚訝地看著她，笑道，「像妳我這樣的，都是玉女啊。」

「什麼？」明箏瞪大眼睛，她知道自己處境很糟，沒想到糟糕到這種程度，「可是，我有夫君呀。」

聽蘭一把捂住明箏的嘴，害怕地瞪著她，「妳，妳們家也太狠毒了。」

「什麼意思？」

「姐姐，妳難道不是家裡保薦來的嗎？」

「啊，我不知道呀。」

「哎呀，我看出來了，」聽蘭直搖頭，憐憫地望著她道，「妳夫家一定是嫌棄你患有腦疾，所以把妳舉薦到這裡成為玉女，把妳這個包袱給甩了還能得到一筆銀子。」

「妹妹，妳是如何來的？」明箏打斷她對自己的推測，好奇地問道。

「我是自願來的。」聽蘭紅著臉低下頭，「我家是樂籍，即使我不來這裡，我也要被父母賣到樂坊學曲兒，如若跟到不好的師父，還會被轉賣到樓裡做姑娘。我的姐姐就是這樣子，雖然現在從了良，夫家還是拿她的銀子做油坊，但是一家子卻嫌棄她，日子並不好過，所以我寧願做玉女，也不到樂坊。」

「傻妹妹，如果妳被指給陌生的男人，妳該怎麼辦？」

「反正我們死後會進入極樂世界，我就等這一天呢。」聽蘭充滿希望地說道。

「妳沒有想過逃走嗎？」明箏問她。

「沒有。我在這裡吃得好，穿得好，比在家裡舒服多了，還有人服侍我，為什麼要逃？」聽蘭笑著說道，「姐姐，如今我又多了妳一個朋友，我很開心呢。」

聽蘭突然扶住欄杆，對明箏叫道：「姐姐，金剛來了。」

「什麼金剛？妳是說堂主？」明箏緊張地問道。

「不是，是金剛護法，堂主說他是天上彌勒佛的金剛，被彌勒佛派往人間護佑金禪會，所以叫他金剛護法，他肉身鋼甲，刀槍不入。」聽蘭拉住明箏走到木欄旁，「妳看吧，一會兒就會有信眾排著隊去拿這種兵器刺他肉身，只要拿刀刺過他的人，都不再懷疑金禪會，我就拿劍刺過一次，那一次我是跟著父親和大哥來的，第二天我就同意來做玉女了。」

「妳做玉女是妳父親和大哥的意思吧？他們得到多少銀子？」明箏沒好氣地問道。

「五十兩。」聽蘭紅著臉說道，突然指著下面，激動地叫道，「看呀，來了。」

明箏低頭看到樓下一個木臺上，突然點亮一圈圈猶如手臂般粗的蠟燭，木臺上亮如白晝。這時，金剛走到木臺上，他又矮又胖，臉上和全身都閃耀著金色，又穿著金色綢緞，一片金光閃閃。木臺下傳來一陣陣歡呼聲，接著一個白衣師傅走上來說了幾句，臺下又一陣歡呼，接著信眾們爭先恐後地在木臺一邊排起隊。信眾們上臺拿著各自家裡的刀或匕首等物，走到金剛面前演示一下。這些人在刺過金剛後，表情各異，或驚訝或狂喜，有的人乾脆倒頭就拜。

明箏越看越覺得這個矮胖的金剛像是在哪裡見過，但是想不起來了。她現在顧不得想這個，而是著急怎麼脫身。明箏前後看了看，這一看又嚇一跳，走廊裡站了不少與她服裝相同的人。這些女子無不是容顏清麗，舉止端莊。她們也像聽蘭一樣，興奮地趴在木欄上向樓下看，還有人附和著大叫：金剛，金剛。

「聽蘭妹妹，」明箏小聲附在她耳邊問道，「妳知道服侍咱們的這些女子，為什麼不說話嗎？」

「她們……」聽蘭回頭看了眼身後的兩名女子，嘆口氣道，「她們當初也是玉女，但後來犯了錯，被堂主懲罰，割下了舌頭，還服了開心散。」

明箏一聽，緊皺眉頭問道：「究竟是什麼錯，要把人家的舌頭割下？」

「小聲點姐姐，」聽蘭四處看了下，小聲說道，「她們或是不服堂主指派，或是想逃走。妳要知道玉女裡，像我這樣自願的畢竟是極少數，大多是被歹人拐賣的少女，或是走投無路賣女求活路的人家。」

「開心散是毒藥嗎？」明箏想到服侍她的那兩個女子，看上去神情便與常人不一樣。

「開心散就是開心散，服下後什麼憂愁也沒有了，只會服從堂主的旨意。」聽蘭說道。

明箏疑惑地望著聽蘭，看著她輕鬆地說出這些聳人聽聞的可怕事情，竟然面不改色心不跳，她有些懷疑聽蘭是不是也服了開心散。想到這裡，她暗自慶幸剛才圓桌上的飯菜她一口沒動。身處魔窟，如何逃脫呀？

「姐姐，妳莫慌，」聽蘭看出明箏的擔憂，笑著說道，「我剛來時，也像妳這樣，晚上還偷偷哭過，後來就慢慢適應了。」聽蘭說著，拉住明箏的手道，「走吧，姐姐，該咱們出場了。」

「咱們？」明箏身上一僵，急忙問道，「咱們下去幹什麼？」

「金剛下去後，堂主就該上來了，他要依據神的旨意選出信男，然後從咱們這些玉女中指認一個為他的妻子。」

「不，不，我不下去。」明箏突然甩下手，往回走，被聽蘭一把拉住，急忙叫道，「姐姐，玉女已經指認好了，妳急什麼，咱們下去只不過站在那裡吸引臺下那些信眾的目光而已，讓他們爭搶當下一個信男。」

「啊？」明箏這才鬆了口氣，問道，「信男還要搶呀？」

「當然了，不是所有人都有這個資格，這要看他捐獻給金禪神堂多少田產和銀子。」

「原來如此。」明箏在心裡終於明白了，所謂的金禪會不過也是某些人斂財的手段罷了。

明箏和聽蘭跟著前面的玉女緩緩向前走，玉女和侍女排成兩隊。隊伍裡靜默無聲，所有女子都面容肅穆。她們沿著走廊依次走向樓梯，從樓梯下到一樓，所有侍女站在木臺後，玉女們緩緩走向木臺，在燭光的照耀下，玉女個個恰如蟾宮妙人，白綢飄飛，珠光閃耀。臺上的傾城之貌，驚得月落星沉花顏盡羞。

這時臺下一陣騷亂，信眾們擁到木臺周圍。一些人大聲喊著：「仙女，仙女下凡了，仙女下凡了。」一些男人瘋狂地往前面擠著，幾乎把身體貼到了木臺上。

金剛又走進來，他伸出兩隻手臂，四處瞬間安靜下來。這時那個白衣師傅走上來，大聲地宣布：「金禪會的信眾們，堂主來看你們了。」

明箏一聽急忙偷偷回過頭，只見一個身披金色大氅的高個子男子走了上來。明箏定睛一看，差點沒有氣暈過去，竟然是柳眉之。幾個月不見，柳眉之比在瑞鶴山莊時明顯豐腴多了，更加英氣勃發，看來他心情不錯，滿目喜悅雙頰發紅。明箏真恨不得撲上去狠揍他一頓，但是想想還是先找機會脫身為好，便強忍住心裡的厭惡背過身，她面向臺前，眼下是成百上千的信眾，可她眼睛什麼也看不見，腦中一片空白。

「金禪起，萬家福。」柳眉之那帶著磁性的嗓音，立刻迎來瘋狂的呼喊聲，一浪高過一浪：「金禪起，萬家福……」

明箏的耳朵幾乎被震聾了，她急忙捂住耳朵。卻突然感到自己的腳被一隻手抓住了，明箏緊張地往後退，眼看瘋狂的信眾在高臺四周呼喊，明箏抬起腳想擺脫那隻手，無奈那隻手像鐵鉗牢牢地攥住了她的腳踝。她用力掙脫不開，反而摔倒了。明箏覺得自己的身子被拉到臺口，她緊張地雙腿踢騰著，卻看見腳旁一張熟悉的面孔，半邊臉被棉布纏住，只露出半張臉，一雙眼睛。明箏猛然認出來，這不是張念祖嗎？他如何會出現在這裡？明箏一時愣怔住，卻聽見張念祖衝她大喊：「明箏，等著我們來救妳。」

明箏這才確認此人就是張念祖，她突然爬到臺口，衝張念祖喊：「去告訴蕭天，是柳眉之。」她的話音被周圍的聲浪吞噬掉，但是明箏相信張念祖聽懂了，她看見他衝她點點頭，躲到了人群裡。

明箏站起身，一直懸著的心慢慢放下了，她看見張念祖，便知道蕭天也進京了。聽蘭從一旁靠近她，「妳聽見了嗎，剛剛堂主選定的信男姓胡，快看，指認的玉女過來了。」

明箏回過頭，看見木臺上走過來一個身著紅衣的女子，紅色的嫁衣裙擺一直拖到臺下，明箏一驚，這個女子的眉眼怎麼如此熟悉，就是記不住在哪裡見過。那個胡姓信男興奮地跑上來，看了女子一眼，就給堂主跪下了，不停叩拜。

臺下的信眾更加瘋狂地歡呼，胡姓信男抱起紅衣玉女走到臺下，不承想被興奮中的信眾奪過來舉到了頭頂，紅衣玉女被無數人舉著，在山呼海嘯般的歡呼中，漸行漸遠……

聽蘭和明箏幾乎看傻了，兩人瞪著眼睛，面面相覷。

到這裡儀式基本就結束了，木臺上女子們驚叫著向樓上跑去，生怕被心懷邪念的信眾拉走，木臺上一片混亂。明箏想找柳眉之，但是臺上哪裡還有他的影子？聽蘭拉著明箏就往樓上跑，一邊跑一邊說：「上次，我被兩個信眾差點抱到馬車上，嚇死我了。」

「金剛護法他們呢？怎麼不管管？」明箏抱怨道。

「妳傻呀，金剛護法是對付外人的，這些人都是信眾，他們能來這裡，都是出了銀子的，並以娶到玉女為榮，所以別指望護法保護我們。」聽蘭氣喘吁吁地說。

「我想見堂主，去哪裡找他？」明箏一邊跟著聽蘭跑，一邊問道。

「妳想見堂主？」聽蘭笑起來，「他如何會見妳？不過，如果妳成為堂主的女書童，那就另當別論了。」

「什麼？」這次輪到明箏大笑起來，她想到在長春院時柳眉之就喜歡把身邊近身服侍的小童叫作書童，她忽然想到了雲輕和雲，感嘆世間時過境遷，早已物是人非。

聽蘭看她臉上神情飄忽不定，以為她真想給堂主當書童呢，便附到她耳邊小聲說：「這書童其實就是小妾，我認識的一個玉女就在不久前做了書童，是她悄悄告訴我的，她說堂主性情瞬息萬變，經常挨打挨罵，還不能見人……」

「……」明箏聽到這些有些無語，她真想不到如今的柳眉之成了這個模樣，便氣呼呼地問道，「他有幾個書童？」

「十個。」聽蘭扭過頭，嚇唬她道，「妳出去可別亂講，不然要被割掉舌頭的。」

兩人從走廊走進各自的房間，身後的侍女也跟著進了房間。明箏一走進房裡就看見裡面有三個侍女，其中一個坐在圓桌旁，看見她進來，走上前屈膝行禮，竟然開口說話：「明箏姑娘。」

明箏聽聲音如此耳熟，待她仔細一看，竟然是梅兒。明箏大吃一驚，她幾步跨到梅兒身邊，拉著她說道：「梅兒，是妳？妳也被綁到這裡了？」

「我不是被綁來的，」梅兒神氣地一笑，「我是自願來的。」梅兒看明箏如墜迷霧中的樣子，笑了起來，片刻後方說道，「我如今是花姑，是金禪會的聖姑，柳眉之的未婚妻。」

「妳……」聽到這裡，明箏全明白了，她臉色煞白，手指著梅兒，「是妳，妳個奸細，是妳出賣了我。」

明箏直到此時才明白，她突遭厄運原來是被自己人出賣了，沒想到竟是梅兒，她走過去揮手去搧梅兒，不承想被梅兒一把推開。

「明箏，妳不要怪我，不過是人往高處走而已。我梅兒也不是天生就是個奴才，我做了二十年奴才了，我不信這個邪。柳公子是那個拯救我的人，我只信奉他，妳們從來只是把我當奴才，只有他把我當人。」梅兒叫道。

「柳眉之呢？我要見他。」明箏怒喝一聲。

「堂主也正有此意。」梅兒一笑。

「那我問妳，是妳在聽雨居下的毒？」明箏瞪著梅兒問道。

「是。」梅兒淡淡一笑，「我奉堂主之令，請妳來金禪會。但想到妳一定不會痛痛快快前來，堂主才出此下策，其實堂主心心念念把妳當成他最親的妹妹來著。」

明箏冷冷哼了一聲，背過臉去。

「明箏姑娘，請吧。」梅兒一笑道。明箏知道如今的梅兒已被柳眉之控制，多說無益，便跟著她往外走。屋裡的幾個侍女也跟了出來，她們一行沿著走廊下了樓。此時，偌大的會堂已空無一人，顯得空曠和陰森，剛才還被燭光照耀的金碧輝煌的木臺，現在看來顯得無比猥瑣和粗鄙。明箏站在地面仰望整個建築，環繞的三層走廊也都隱在黑暗中，模糊不清了。

「明箏姑娘，請這邊走。」梅兒走到明箏面前說道。

明箏跟著她繼續向前走，一路上再無話。她們走出堂庵的大門，來到院裡，一片清亮的月光照著一片普通的庭院，明箏這才弄清此時的時辰，應該是敲過二更了。她們穿過一片花圃，走進一處遍種花木的園子裡。

園子裡種滿海棠、牡丹、梅花、翠竹，不時有白衣女子的身影從花叢中翩然而過，宛如身在仙界一般。

「梅兒，這裡是什麼地方？」明箏驚訝地問道。

「不要再問了，明箏姑娘，堂主在裡面等妳呢，不過，妳要先委屈一下了。」梅兒說著，從衣襟裡掏出一塊白布圍在明箏眼睛上。

「梅兒，妳這是做什麼？」明箏眼前頓時一片漆黑。

「這是規矩。」梅兒從容地說道。接著有兩隻冰涼的手拉住明箏的手向前走，梅兒的聲音從前面傳來，「走好，前面全是臺階，咱們要下臺階了。」明箏的一隻腳突然踏空，她被兩邊的侍女扶住，原來是到了臺階邊，奇怪的是，要往下走。不知道下了多少級臺階，她們終於走到了平地。又走很長一段時間。

「明箏姑娘，咱們到了。」梅兒說著伸手解開她頭上的白布。

明箏的眼睛被強光照耀得很不適應，急忙揉揉眼睛，再次睜開眼睛看到一個拱形的大堂，四周牆壁上插滿火把，前面正中的位置是一座木雕的寶座，木頭被塗上金色，在燭火的映照下閃閃發亮。寶座的正中坐著一個身穿金色長衣的男子垂著頭似是在打盹。寶座四周的臺階上站著幾位白衣女子，她們手裡個個拿著一支白玉蘭。

梅兒緩緩走到寶座前，屈膝行禮，道：「堂主，明箏姑娘到了。」

男子一震，醒了，他抬起頭，看向明箏。明箏也看向他，果然是柳眉之，他有些慵懶地斜乜著她，臉上的笑意越來越濃，他打量著她，溫和地說道：「明箏妹妹，別來無恙啊？」

「柳眉之，還真是你。」明箏一聲冷笑道，「你到底要怎樣？」

「哈哈。」柳眉之一陣大笑，他站起身，一旁一個白衣女子急忙跪下舉起一雙手，讓柳眉之扶住，「明箏妹妹，妳來到我的金禪會，感受如何呀，有沒有被鎮住？啊，妳看到沒有，我的信眾，成千上萬，他們……」柳眉之越說越興奮，他揮著手臂，「他們崇拜我，愛戴我，他們把我當成他們心中的神。」

「沒看出來。」明箏乾脆地說了一句。

「沒關係，有的是時間，妳可以慢慢地看。」柳眉之微笑著，重新坐回到寶座上。

「柳眉之，你為何把我弄到這裡來？」明箏上前了幾步，逼視著他。

「哼，這就要問問蕭大幫主，為何要燒毀我的堂庵了，我與你們雖說天各一方，各走半邊，但是也不容侵犯。」

「柳眉之，你的護法在鎮上胡作非為，拿活人祭祀，你知道不知道？我們只是救了一條生命，你還妄言信奉彌勒佛，你就是這樣普度眾生的嗎？」明箏怒斥道。

「好個伶牙俐齒啊。」柳眉之一笑，「我說不過妳，這點我自小就知道，李府的大小姐飽讀詩書，通曉吏治，我自小就甘拜下風。但是，妳現在在我手裡，我只是小小地懲戒一下他們，讓他們以後做事要有個忌諱，不要處處與我作對而已。」

「懲戒？」明箏怒不可遏地接著說道，「柳眉之，你好沒有良心，你忘了當年你是如何對待蕭大哥的，你把他關入虎籠，差點害死了他，而蕭大哥並沒有記仇，還與白蓮會白眉行者聯手把你從詔獄裡救了出來。柳眉之，你就是這樣報恩的嗎？」

柳眉之呼地站起身，歇斯底里地叫道：「住嘴，當初他是為了救他興龍幫的人才去的詔獄，順手救下我，我為何要承他的情，他把妳從我身邊搶走，他霸占了妳，我恨不得把他千刀萬剮。以後別在我面前提他的名字。」

明箏厭惡地盯著寶座上的柳眉之，如果說以前還有姨母給她的親情讓她對他有一絲眷戀，把他看作自己的兄長，如今這種眷戀已蕩然無存，他早已變成了陌生人，一個她不認識的心懷叵測又詭計多端的狂妄小人。

「你要怎樣？」明箏知道下面該提條件了，他既然頗費心機把她掠到手，一定是有圖謀的。

「明箏妹妹，」柳眉之平靜下來，他恢復了常態，「妳別把我當成忘恩負義之人行嗎。我對妳，對李氏一門都是有恩必報的。妳也看到了，我的金禪會如今在京城已是家喻戶曉，我有使不盡的金銀，我把妳接來，是想讓妳過上好日子，跟妳的宵石哥哥過幾天好日子不好嗎？」

柳眉之看明箏臉上一愣怔，以為自己的話打動了她，接著說道：「妳雖出身高貴，卻是劫難頻頻，過著顛沛流離的生活，如今妳宵石哥哥發達了，我要妳過上真正富貴小姐的日子，不好嗎？」

「你若還承認是我的宵石哥哥，就把我送回瑞鶴山莊。」明箏冷笑道。

柳眉之一愣，瞪著明箏，臉色瞬間大變，他猛地一腳踹倒身邊一個白衣女子，白衣女子滾到寶座下，惶恐地跪下不敢動。柳眉之上前幾步，對著明箏道：「看來那些話我是白說了。明箏妹妹，妳怎麼就這麼執迷不悟呢？妳跟著我多好，在我的金禪會我會把妳奉若神明，放著榮華富貴、錦繡前程，妳為何不要？」

「我消受不起。」明箏冷冷地回道。

「那就別怪我不客氣了。」柳眉之沉下臉，緩緩地說道，「當然妳在我這裡也不會受委屈，妳只要按我的要求寫下《天門山錄》，我就放妳回去。」

明箏一陣冷笑，費了這麼大周章還是為了那本書，她鄙視地望著柳眉之說道：「不就是想要《天門山錄》嗎？幹麼繞那麼大一個圈子，我現在時常犯腦疾，有些想不起來了。」

「那就回去慢慢想吧。」柳眉之冷下臉，扭頭惡狠狠地叫了角落裡的梅兒，「梅兒，帶她回去。」

梅兒叩頭拜過後，拉著明箏往回走。一旁的四個侍女也忙跟了上去。

第四十章　黑衣夜行

一

敲過三更的街巷，依然有趕夜路的車馬走動，不時有馬車疾駛而過。即使是夜裡才開市的西苑街，此時也有許多店鋪茶坊打烊，只有一些歌舞坊門前有車馬走動。

一個黑色身影迅速穿過西苑街的街面，向已經打烊的上仙閣快步走去。上仙閣裡的燈滅了大半，只有櫃檯上點著一盞油燈，帳房先生正在算盤上劈哩啪啦核算當日的流水，幾名小夥計在四處收拾桌椅，韓掌櫃坐在前面喝茶，這時突然看見一個黑衣人推門進來，馬上迎了上去。

「張公子，我正四處找你呢。」韓掌櫃壓低聲音道，「你的家人到了。」

張念祖一驚，沒想到才三日他們就趕到了，忙問道：「他們在哪個房間？」「甲字丑號。」韓掌櫃說道。

張念祖點點頭，轉身向樓梯走去，他一邊走一邊伸手捂了下左臉上的傷口，剛才在金禪會後花園閃躲時碰到了樹枝上，此時火燒火燎地疼。他走到二樓，他的房間是甲字子號，丑號應該是他房間的隔壁。

張念祖走到窗前，聽見裡面有說話的聲音，從窗上透出明亮的燭光，看來他們還在等他。他在窗上輕輕地敲擊了三下，裡面瞬間靜下來。然後房門突然打開，李漢帆從裡面探出頭，小聲叫他：「念祖兄弟，進來吧。」

張念祖走進屋裡，屋裡點著三支拳頭粗的大蠟燭，八仙桌和床榻上都坐著人。張念祖一看，來的人還真齊全，蕭天、玄墨山人、陳陽澤、小六，再加上李漠帆，一共五人。

蕭天上前給張念祖拉過來一把椅子，讓他坐下。李漠帆倒了碗茶端到張念祖面前，張念祖也不客氣，端起來仰脖咕咚咕咚喝了下去，他擦了下嘴角，看著在場的各位說道：「情況我基本了解清楚了。」

在場的所有人都是一驚，才兩三天時間，他竟然都摸清了。

張念祖看出眾人的疑義，為了打消他們的懷疑，他只能把吾土搬出來，他平靜地說道：「在我去瑞鶴山莊之前，我跟隨師父在京城盤桓了大半年，只為了接近寧騎城，當時我師父是想說服寧騎城離開王振，不要做他的爪牙助紂為虐，所以對於京城我非常熟悉。」

這段話一說，在場的人再無異議，他們眼巴巴盯著張念祖，聽他說下文。

「如今京城頗不安靜，表面依然歌舞昇平太平無事，但是據我在坊間聽到的消息，邊境守軍節節敗退，朝堂整日為此爭執不休。」

眾人顯然也被這個消息震住，幾個月躲在山中，不承想一回到京城，就有種山雨欲來風滿樓的危機感，都不由捏了一把汗。

「先說那個在瑞鶴山莊出現的鬼怪，我打探出了他的底細，會讓你們吃驚不小。」張念祖賣了個關子，端起茶碗喝了一口。

「快說呀，急死我了。」李漠帆有些沉不住氣了。

「他叫雲。」張念祖說道。

「不可能。」李漢帆立刻反駁道，「雲我再熟悉不過了，我在上仙閣那會兒，他經常去我那裡玩，他是柳眉之的兩個書童之一。另一個書童叫雲輕，雲輕死後，雲也消失了，當時大家都懷疑是雲殺了雲輕。」

「聽念祖說下去。」蕭天神色嚴肅地向李漢帆揮了下手，然後看向張念祖：「念祖，你接著說。」

他們的反應都在張念祖的預料之中，因此他並不意外，他接著說道：「此事說來話長，」張念祖又喝了一口茶，道，「我剛才說過，我和師父一直企圖接近寧府，對他府裡的人事也知道得頗多，他府裡管家姓李名達，雖然寧府被抄家，他卻跑了出去，我找到了他，從他嘴裡知道了很多祕密。」

一聽到祕密，眾人都很興奮，都往他身邊靠了靠。

張念祖接著說道：「這個雲曾是寧騎城的暗樁，用於監視長春院裡的動靜，當時長春院裡有些隱姓埋名的達官顯宦與柳眉之交好，寧騎城想挖出這些大臣從中牟利。後來雲在另一個書童雲輕面前露了馬腳，雲就殺了雲輕。寧騎城知道雲已被察覺，便覺得留著也是個禍害，就想不知不覺處理了他。寧騎城曾從天蠶門得到一味毒，他只在江湖上聽聞過不知這味毒的厲害，便有意一試，他讓雲服下了鐵屍穿甲散。」

「哼，」一旁的玄墨山人雙目圓瞪，「原來如此。」

「聽李達講，寧騎城開始也只是當成一味奪人命的毒而已，就讓雲服下了，扔到詔獄裡任他自生自滅，後來竟然忘了，過了月餘，獄卒才發現他沒有死，而且變成了可怕的模樣。至此，寧騎城才知道鐵屍穿甲散的厲害。」張念祖看了眼眾人，接著說道，「寧騎城知道了鐵屍穿甲散的可怕之處後，就想出一個毒辣的主意，他把柳眉之綁到詔獄，讓他服下一粒藥丸，對他說是鐵屍穿甲散，並讓他看到雲的樣子，柳眉之嚇壞了，並且信以為真，寧騎城騙他說有解藥，只要他配合，就給他解藥。柳眉之很快就範，給寧騎城傳遞消息。這之後興龍幫的很多消息以及瑞鶴山莊的被圍剿，都是這樣來的。」

「原來是這樣。」李漠帆怒不可遏地叫道，「怪不得這幾個月我們總是被追挨打，原來都是柳眉之從中傳遞消息。」

張念祖捂住左邊臉，臉上神色黯淡。

「念祖，你臉上的傷是不是……」蕭天關切地望著張念祖，不等蕭天說完，玄墨山人站起身，走到張念祖面前，查看他左臉上的傷，打開包布，回頭叫陳陽澤：「陽澤，拿藥膏。」

玄墨山人簡單地給張念祖處理了下傷口，張念祖就接著往下說道：「聽李達講，雲的出逃也是個意外，他從地牢裡挖了個洞，不承想挖到後堂，他藏進大車裡出的詔獄，就跟著緹騎直接來到了小蒼山，後來你們在山中遇到的那個鬼，就是他。」

「這之後的事，大家都應該清楚了，」蕭天站起身說道，「柳眉之偷得玄墨山人的藥丸，並挾持明箏逃出瑞鶴山莊，在山中碰到雲，這對鬼師徒又聚首了。」蕭天長出了一口氣，看著張念祖問道：「念祖，難道雲跟這個金禪會與柳眉之有關係？」

「大哥，讓你說對了。」張念祖突然一拍桌子站起身，道，「金禪會的堂主就是柳眉之。」

「什麼？」玄墨山人和陳陽澤都拍案而起，「這個欠了天蠶門血債的人，就是金禪會的堂主。」

「安靜。」蕭天急忙去穩住大家衝動的心緒，看著張念祖道，「念祖，你接著說。」

「柳眉之如今在京城的勢力非常大，雲被他蠱惑，死心塌地跟著他，被他說成是彌勒佛的金剛，下凡護法金禪會，再加上百姓目睹雲刀槍不入，豈有不信的道理，如今信眾有上萬人。」張念祖想到明箏，他眼睛望著蕭天道，「大哥，就在今夜，我見到了嫂夫人。」

「她，她如今怎樣？」蕭天臉上一變，急切地問道。

「放心，柳眉之與嫂夫人的淵源太深，一時不會有事。」張念祖接著說道，「此人野心很大，他劫持嫂夫人很可能還與《天門山錄》有關。」

聽了張念祖的話，蕭天的臉色緩過來了些，但仍然心有疑問，「念祖，你今天如何會見到你嫂子？」

「是這樣。」張念祖就對眾人把晚上他怎樣混入信眾的隊伍，怎樣看到玉女，辨認出明箏，並與她說了話，對大家一一講了一遍，說到堂庵的地址，他停頓了一下，臉色一變，道，「剛才我潛入後花園，看到一件奇事，我看到了梅兒，她被人稱為花姑，帶領著一眾女僕押著嫂夫人向裡面隱祕的住所走去。」

「梅兒？」眾人一陣驚呼。

「難道梅兒便是那個與金禪會裡應外合的叛徒？」玄墨山人蹙眉說道。

「若是她出賣了嫂夫人，便能解釋通咱們心中的疑惑了。」李漠帆怒氣沖沖地說道，「我早聽聞梅兒與柳眉之勾勾搭搭，沒想到她竟然早已效忠於他。」

蕭天沉著臉點點頭，他轉向張念祖問道：「他們的地址是哪兒？」

「你們還記得夕照街的大戲院嗎？就是那個地方，戲園子荒廢了一段日子，被柳眉之買下，改成了堂庵。後面有個園子，我夜裡探查了一下，應該就是柳眉之的祕密住址。」

眾人聽後不禁唏噓不已，李漠帆說道：「明天咱們也去瞧瞧。」張念祖直搖頭道，「每月十五，是集會日，除此之外都是在小堂庵裡做功課，就是念經文、唱歌之類的。」

「這樣吧，天色不早大家先安歇吧。念祖你也先歇下，我和漠帆到街上隨便轉一轉。」蕭天站起身說道。

「我陪你們去吧。」張念祖也站了起來。

「也好，念祖，你陪他們去那個地方看看，其餘人先歇下。」玄墨山人說道，眾人沒有異議，各自回房歇下。

蕭天、李漠帆和張念祖穿戴妥當，沿走廊走出去。

二

夜色深重，街面死寂一片，四周的民居都隱沒在黑暗裡。三人走街串巷，三人都有上乘的輕功，雖說李漠帆弱些，但是也可以勉強跟上。只見三條黑影縱身高躍，飛簷走壁，很快來到夕照街。

這條街巷是個東西走向的商業街，混合了眾多的老字型大小，有錢莊、油坊、絲綢莊、聽曲的各種小坊、大大小小的酒肆和茶坊，連棺材鋪都有兩間。直到此時有些鋪面還亮著燭光，偶爾還有人從鋪面裡往外潑水，還有喊夥計的吆喝聲。

「這條街上還有三間堂庵，平日裡聚會，都有幾十人。」張念祖指著街角一間樂坊說道。

蕭天看看四周，他們繼續往前走。

這時，從街邊小巷子裡突然傳來喊聲，一聲高過一聲，緊接著傳來雜亂的腳步聲和夾在其間女人的哭喊聲：「救命，殺人了！」

三人一愣，李漠帆叫道：「誰讓咱遇到了，不能不管。」

三人快步走到旁邊的巷子口，看見自小巷裡披頭散髮跑過來一個女人，身後五六個男人緊追不放，一邊還罵罵咧咧。

女人幾乎撞上李漠帆，女人大叫：「求好心人，救我呀！」

李漠帆問道：「追你的是些什麼人？」

「人販，他們要把我賣到妓院。」女人哭泣著說道，眼看幾個男人追到近前，蕭天叫住李漠帆道，「你帶她先走，這裡有我們。」

「大哥，用不著你動手。」張念祖迎著那幾個男人走過去，一邊走一邊活動著手腕。那幾個男人一看有人帶走了女人，叫囂著罵道：「小子，不想活了，也不問問這是誰的地界？」

「閻王爺的地界。」張念祖低著頭聲音暗啞地回了一句，眼神不屑地瞟了他們一眼，其中一個光著上身的粗壯男人衝張念祖揮起拳頭，張念祖也不躲閃，上去直接捉住壯漢的一隻手臂，向後猛磕，只聽「咔嚓」一聲，直接掰斷，壯漢疼得滿地打滾。其他幾人見勢不妙，相互交換了眼色，突然一起向張念祖發起攻擊，其中有人手持匕首，有人手持菜刀。張念祖不慌不忙，突然彎身專攻下盤，連著幾個掃堂腿下來，已倒了一片，接著張念祖逐一踢飛了他們手中刀具，六個男子橫七豎八地躺在地上哀聲求饒：「好漢，饒命啊！」

蕭天這才緩緩走近他們，威嚴地問道：「你們是幹什麼的？為何欺負良家婦女？」

「好漢，冤枉呀，」那個光著上身的壯漢爬起來，挪到蕭天面前，「那個女子是我新娶的小妾，正要入洞房，她跑了。」

「這……」蕭天一愣，逐一望向其他人，其他幾個人紛紛點頭。一個說道：「好漢，我兄弟此話不假，你去看看那個女子紅嫁衣還沒脫去呢。」

「哼，看來你們覺得很冤枉啊？」張念祖冷冷地說道。

「這樣，你們先回去，如果真如你們所說，那名女子會送回去。這裡有些銀子，你們自去療傷吧。」說著，蕭天從衣襟裡掏出一個錢袋扔給那個壯漢。

李漠帆沒有走多遠，那名女子身上多處受傷，腿上也受了傷，剛才是豁出性命在跑，此時知道性命無憂後，身上的力氣也幾乎用盡，她在李漠帆的攙扶下，艱難地往前走著。

蕭天和張念祖很快趕上，蕭天叫住李漠帆道：「漠帆，此女子是那家的新嫁娘，咱們問清楚再走。」

李漠帆停下來，這時三人皆看清女子身上紅色的嫁衣，在月光下變成紫紅色。三人有些尷尬，正愣怔間，女子瘸著腿湊到蕭天面前，她瞪著一雙眼睛驚訝地望著他，似是認出蕭天，激動地又哭又笑半天才說出一句話：「狐山君王，我是拂衣。」說著，女子突然跪地大哭。

蕭天一聽此話，也愣在當地，他急忙彎身托起女子的臉頰，拂去她臉上紛亂的髮絲，這才看清女子的面容，不是拂衣又是誰？

「拂衣，怎麼會是妳？」蕭天驚呆了，「妳不是在宮裡嗎？她們三人呢？菱歌、秋月、綠竹呢？」

拂衣匍匐在地大哭不起，李漠帆知道四名狐女進宮的事，只有張念祖不知情。李漠帆一看，對蕭天道：「幫主，拂衣姑娘身上多處有傷，這裡也不是問話的地方，還是回上仙閣吧。」

蕭天點頭，李漠帆背起拂衣就走，他們沿原路返回，此時已接近黎明，路上寂靜無聲，他們很快回到上仙閣，韓掌櫃給他們留了門，他們直接來到二樓，給拂衣騰出一間房讓她先歇下，其他人擠到一間房也歇下了。

翌日巳時，拂衣醒過來。小六一早被蕭天派出去到成衣鋪給拂衣買來一身家常的衣衫，拂衣謝過小六，換上新衣，把那件刺眼的紅色嫁衣扔到了角落裡。

拂衣穿戴妥當，也用過飯，這才走到隔壁房間。

房裡幾人早早候著她，蕭天先是請玄墨山人給拂衣把了脈，玄墨山人手寫了一個方子交給陳陽澤，陳陽澤拿著方子跑出去配藥去了。屋裡只剩下蕭天、玄墨山人、張念祖和李漠帆。

顯然拂衣沒醒來時，蕭天已把四個狐女的事給他們講了一遍，在座的無不被四女子的大義所感動。蕭天看拂衣睡了一覺，精神好了許多，便迫不及待地問道：「拂衣，妳是如何從宮裡出來的？」

「狐王，」拂衣走上前屈膝行禮，她已從李漠帆嘴裡得知狐族的事，也知道了青冥郡主香消玉殞了，她眼含淚水，抑制著自己的悲痛，緩緩道來，「宮裡出事了。」

蕭天急忙拉起拂衣，讓她坐到一張椅子上，拂衣接著說道，「菱歌自封康嬪以來，不爭寵不結黨，專注花木藥草，清新脫俗。後被太后發現甚是喜歡，遂有扶持她的意思，一次太后有意招康嬪赴宴後被皇上臨幸，不久懷孕，太后大喜。菱歌便趁機把還在浣衣局的秋月要了回去，我們姐妹團圓，沒高興幾天，就出事了。菱歌懷孕四個月時突發惡疾，當時我和秋月請遍太醫，太醫皆說不出什麼，各種湯藥服下也不管用，不久就小產了，菱歌在死前拉住我和秋月的手說，胎兒的事一定是有人做下的手腳，咱們竟然渾然不覺，細思極恐，一定要我們找機會逃出宮。菱歌死後，我磨著太后把秋月要了去，在太后宮裡當差，不想這時綠竹又出了事，被綁到慎刑司，不久傳出噩耗，綠竹死了，我們兩人都沒有見到綠竹最後一面，綠竹的死讓我和秋月更堅定了逃走的決心。」

拂衣說著擦了把眼裡的淚水，接著說道：「這時宮裡出了亂子，正好給我們一個逃走的機會。月初時，邊關來報瓦剌部落的也先率部接連攻下幾座城池。朝裡整日爭吵，司禮監掌印大太監王振鼓動皇上親征，皇上年輕氣盛，在王振的慫恿下決定親征。這下可是氣壞了太后，太后通知後宮眾嬪妃翌日到乾清宮去面聖。我得到這個消息後，就和秋月有了逃走的計畫。」

拂衣喘了口氣，看了眾人一眼，接著說道：「翌日，我和秋月跟著太后的鑾駕出了宮，在甬道裡與其他嬪妃的步輦相遇，趁亂我和秋月溜出隊伍，我早就準備好出宮門的權杖，以出宮採買為由跑了出來。本來，我和秋月走前是想找張成問明京城裡的情況，不想事發突然，沒有時間去找張公公。我和秋月跑出宮後，不知道該去哪兒，而且當時我們還穿著宮裡的衣服。我們只好憑記憶去望月樓想看看翠微姑姑在不在。由於路不熟，迷了路，就四處打聽，遇見幾個人說正好在望月樓附近住，願意領我們去，我和秋月就跟他們走，走到半路一個窄胡同，我感到不對，但已來不及，那幾個人把我和秋月綁了，拖到一輛馬車上。後來就到一個堂庵裡，被他們威脅不聽話就送回宮裡，我和秋月沒辦法就待在那裡，後來才知道進了金禪會成為玉女。」

眾人聽到此，無不驚訝。蕭天急忙問道：「拂衣，妳是說秋月也在金禪會裡？」拂衣點點頭，突然跪倒在蕭天腳下，哀求道：「狐王，救救秋月吧。」

蕭天急忙扶起拂衣道：「快起來，我們既然知道秋月深陷魔窟，豈有不救之理。」

蕭天望著眾人，在室內來回踱了幾步，緊皺眉頭道，「看來此時，京城真乃多事之秋，外困內憂。這個金禪會又出現得如此詭異，而他的堂主也算是咱們的死對頭了，明箏深陷其中，現在又多了個秋月。」

「一個是救，兩個也是救。」李漠帆大大剌剌地說道。

「哼，這次可莫怪我天蠶門下手狠，我要新帳老帳跟柳眉之一起算，必要抓住雲。」玄墨山人咬牙道。

蕭天沉思良久，說道：「此事事關重大，咱們還需好好籌謀，從長計議。」眾人點頭，蕭天便把剛才想到的一些細節說給大家聽。

第四十一章　夜巷救人

一

拂衣又在上仙閣休息了一日，在玄墨山人精心的醫治下，拂衣身上的傷，很快好了起來。小六一日三餐都照顧得很好，拂衣臉上又煥發了光彩。這日到了晚上戌時，蕭天和李漠帆走進房間，看到拂衣都已準備妥當，很是欣慰。

「拂衣，我再問妳一次，」蕭天溫和地說道，「如果妳不願意，我不勉強妳回去。」

拂衣屈膝行禮，她自那日被蕭天他們救回來，簡直就像變了個人，找到自己親人後的那種幸福讓她面色紅潤、眼神發亮。她看著蕭天，激動地說道：「狐王，拂衣的命是你給的，為救秋月和郡主，我願意赴湯蹈火。」

「好。」蕭天點點頭，衝動地拉拂衣坐到圓桌前，開始交代她一些事情，「一會兒，我們帶妳回到那個男人那裡，妳放心，他絕不敢再欺負妳，讓妳回去主要是想讓妳回金禪會給秋月和明箏送信，因為妳是唯一可以接觸到她們的人，這對救出她們很重要，你懂嗎？」

「我知道。」拂衣點點頭，眼神堅定地望著蕭天，聽蕭天進一步往下講。「明箏的身分很特殊，妳一時可能接觸不到，沒關係，妳多去幾次多打聽。」蕭天囑咐道。

「我在宮裡見過明箏郡主的模樣，我記得她的樣子。」拂衣想起去年春上在宮裡尋找明箏時的狼狽情景，不由撲哧笑出了聲。

「拂衣，妳笑什麼？」

「我在笑，也許我和明箏郡主真是有緣分，」拂衣笑起來，「去年春上，我在宮裡絞盡腦汁找她，如今我又要在金禪會找她，狐王，你說我們是不是特有緣分？」

「哈哈，確實有緣啊。」蕭天也笑起來，他看出短短幾天，拂衣的精神狀態已大好，不由高興地說道，「看見妳笑，我就放心了。」蕭天又說道，「妳見到秋月，一定告訴她，我們很快就會救她出來，讓她在裡面盡量多地了解金禪會裡的情況，把知道的都告訴妳，妳聽到什麼都速來上仙閣見我。」三人走出客房，來到門外，張念祖駕著一輛兩輪的輕便馬車已候多時。這時，玄墨山人和陳陽澤，後面還跟著小六也走出來，他們三人向他們點點頭，算是告辭，便走向華燈初上的街市上。

拂衣好奇，問道：「他們去哪裡？」

蕭天一笑，道：「他們去金禪會的堂庵，做個好信眾不會太難。」拂衣微笑著上了輕便馬車，張念祖揮鞭子催馬前行，蕭天和李漠帆各自上馬，他們一行人馬向夕照街疾馳而去。

穿街走巷來到一個街口，這裡不是鬧市，街巷寂靜，有些人家已經掌燈。拂衣叫停住，她掀開窗簾對一旁馬上的蕭天說道：「就是這裡，拐進去，看見一個屠夫的院子，就到了。」

他們拐進巷子，沒走多遠，看見一個赤著上身的漢子從院子裡往外托半扇豬。蕭天一眼認出這個人，只見他的一隻胳膊還綁著繃帶，只能用另一隻胳膊，但是仍然力大無窮。

李漠帆叫住了他：「喂，殺豬的。」

屠夫最討厭別人喚他們殺豬的，他皺起眉頭一臉怒火地瞪向他們，馬上人的面容讓他一驚，繼而認出來，他驚慌地撂下半扇豬，一把從豬身上拔出殺豬刀，衝門裡大喊起來：「四兒，狗剩，癩子，快來呀，奪我女人的幾個人又讓我撞見了。」

呼啦啦從院子裡衝出來一群男人，他們衣冠不整，個個手拿刀斧，有的刀上還滴著血，估計剛剛剖開豬肚，聽見喊聲就跑出來了。

當日的一個夥計，叫囂著衝過來：「哈哈，又讓咱們撞見了，你們摸摸頭上長了幾個腦袋，過胡同口打聽打聽，俺們胡家兄弟也算當地一霸，竟然欺負到俺們的頭上。」

「兄弟們，別給他們廢話，抄傢伙吧。」大漢叫道，掄起大刀向李漠帆衝去。

李漠帆對這種大陣仗還是有些心怯，急忙催馬躲到蕭天馬後。蕭天翻身下馬準備迎敵，他知道這些當地小霸王不給點厲害瞧瞧，他們不會服氣。正當蕭天要出手時，一個黑色身影從馬車上凌空翻了出去，站到蕭天的前面，只見張念祖背著手冷笑著望著這群屠夫。

眾人持刀向張念祖擁過來。張念祖以迅雷不及掩耳之勢，空手奪得一把大刀，揮刀衝進眾人之中，對方雖然人多，但不過是湊了人頭，跟張念祖根本過不了幾招。眾人被張念祖氣勢所迫，節節敗退。

李漠帆在一旁看得呆了，眼珠子幾乎瞪出來，他湊到蕭天跟前，小聲對蕭天道：「真沒想到，本心道士武功如此了得！我以前真是看走眼了，幫主，你又添一猛將啊。」

蕭天微微一笑，篤定地拍了拍他的肩膀，疾步上前助戰去了。李漠帆看到對方不過是一群烏合之眾，一個張念祖就夠了，自己便抱著膀子觀戰。

轉眼工夫，地上趴了一片。大漢一看自己的人悉數被撂倒，他們全部加起來也打不過對方一人，只得低頭認輸。他突然跪倒，一隻手舉起殺豬刀，叫道：「好漢，我認輸，希望你不要為難我的弟兄們。」

「好。」蕭天看也差不多了，喊張念祖住手，張念祖本就沒有使出全力，不過是教訓一下而已，此時他拍拍手，走到蕭天身後。

「抬起頭，報上姓名。」蕭天說著，借著月光打量這些人。

「好漢，我叫胡老大，他叫胡老二，」大漢說著，指著剛才叫囂著衝過來的那個人，然後指著後面的人道，「他們都是我的徒兒。」

「胡老大，你聽著，」蕭天威嚴地說道，「我們今天來，是把你的娘子送過來，那日之所以出手，全因我認出新娘子是我失散多年的妹妹。今日送回，是因我有事要外出，把我妹妹暫時寄養在你這裡，如果你再敢欺負她，下次就不會這樣好說話了。」

這時，拂衣從馬車上走下來，站在他們面前。胡老大一聽原來是這麼回事，也自知理虧，便不敢多言，唯唯諾諾地站起身，向拂衣躬身一揖。拂衣不去理他，只淡淡地說道：「給我騰出一間房，沒有我的允許，任何人不得進入。」

「是，是。」胡老大急忙點頭。

「還有，今日之事不得對任何人提起，你可要管住你的兄弟們，如果你管不住，我來代你管。」蕭天厲聲說道。

「管得住，管得住。」胡老大回頭對身後的兄弟們吆喝道，「記住好漢的話，誰也不准透漏半個字，聽見沒有？」

「聽見了，大哥。」身後地上一片橫七豎八的兄弟，紛紛坐起身，參差不齊地說著。

蕭天本想走了，轉念一想，問了一句：「胡老大，你是金禪會的信眾嗎？」

「不是。」胡老大捂著身上的傷，說道，「我幹這個，平素鬼神不怕，都知道我是憨大膽，我什麼也不信。」

「不是？」蕭天一愣，「那你如何能娶到玉女？」

「金禪會的堂主拿一事跟我做交換，」胡老大說道，「這幾條巷子裡的信眾，誰不聽話，我就去收拾他。」

「胡老大，你就住在這個院子裡，我們記住了，過些天我們來接妹子。」蕭天眼神逼視著胡老大。

「好漢放心，承諾過的話，絕不食言。」胡老大信誓旦旦地說道。

「我妹子喜歡聽道，她要是去金禪會，你就送她去。」蕭天囑咐道。

「放心，我把當她菩薩供在家裡。」胡老大討好地說道。蕭天看該交代的都交代了，便轉身和李漠帆翻身上馬，張念祖也跳上馬車，他們催馬疾駛離開了胡同。

此時夜色正濃，張念祖駕著馬車，與騎馬的蕭天並行。張念祖問道：「大哥，此時去哪兒？」

「咱們也去見識一下。」蕭天鼻子裡哼了一聲，說道，「柳眉之從長春院出來以後，真是把自己的所長發揮到了極致，他竟然想出這麼多鬼點子，怪不得金禪會在短短時間發展如此神速，咱們躲在山中都跳不出他的觸角，這一次是真要與他過過招了。」

張念祖嘴角擠出一絲冷笑，他狠狠咽了口唾液，把話咽了回去。

一旁的李漠帆說道：「他在京城這麼繁華的地方開堂口，估計與朝中定有往來，沒有朝中勢力，他如何在這裡立足？」

「漢帆說得不錯，這也是我最擔心的事，因此動手前，必須把他的底細摸清楚。」三人一邊說，一邊催馬向前行走。

在一個三岔口，前方突然傳來廝殺聲，一眾黑衣人與一個蒙面人廝殺，蒙面人看上去受傷了，手持長劍且戰且退。蕭天急忙勒住馬，張念祖立刻叫道：「是官府的人，看他們腳上穿的是官靴，」

「官府在追殺一個人？這個人會是什麼人？」李漢帆像說繞口令似的問蕭天，不承想蕭天已經催馬竄了出去，直奔那些黑衣人而來。只聽黑衣人中一個頭目在說：「不好，他的接應來了。」

「千戶，怎麼辦？」只聽那個被稱作千戶的人大聲道：「抓住，一起帶回衙門。」

「抓住逆賊同黨，一同帶回衙門。」另一個黑衣人奉命大聲向屬下喊道。

蕭天催馬衝到幾個黑衣人面前，揮刀去擋他們手中大刀，蕭天看著他們手中兵器，認出是繡春刀，急忙回頭對李漢帆和張念祖叫道：「這些人是錦衣衛，你們小心了。」黑衣人頭目氣急敗壞地叫道：「知道我們是錦衣衛還不快束手就擒，不然被押到衙門有你們的好果子吃。」

蕭天持刀擋在蒙面人前面，與幾個錦衣衛激戰起來，他抽空看向蒙面人，這才發現他傷勢嚴重，已經站立不住，用劍支撐著自己站住，一邊用沙啞的聲音向蕭天說道：「謝英雄出手相助。」

張念祖奔到近前，由於沒有趁手的兵器，不能與錦衣衛近身搏鬥，蕭天急忙喊住李漢帆：「漢帆，把你的劍給念祖，你過來照顧傷者。」李漢帆一聽，急忙從前面抽身而出，把長劍扔給張念祖。李漢帆的劍出自興龍幫原幫主之手，也是興龍幫的鎮幫之劍，削鐵如泥。

張念祖接住這把劍，真是如虎添翼，迅速殺入錦衣衛的陣營裡，他與蕭天一個左邊，一個右邊。不一會兒，錦衣衛就招架不住，受傷倒了一片，剩下的紛紛潰敗。李漢帆背起蒙面人來到馬車上，駕著馬車就走，錦衣衛看到後又急又氣，嘶叫著就去追，蕭天和張念祖也急忙上馬，催馬去攆馬車，不一會兒就把那些錦衣衛遠遠甩到身後。

他們一行在漆黑的夜裡，穿街走巷繞過了幾條路口才停下來。

蕭天和張念祖從馬上下來，馬車上的蒙面人被他們搖醒，蕭天問道：「這位仁兄，錦衣衛為何要追殺你？」

「不瞞諸位英雄，我叫錢文伯，」蒙面人去掉面罩，蕭天從懷中取出一個火折燃著，看到黑衣人的胸口和肩胛都受了重傷，鮮血把衣服都浸透了，他眼神游離，一會兒清楚一會兒昏昏沉沉。

蕭天一看，傷者估計快挺不住了，急忙問道：「錢老兄，你說個地址我們好把你送過去。」

傷者點點頭，想了又想，斷斷續續說道：「魚……肚胡……同裡于府。」蕭天一聽急忙叫住李漠帆道：「快，把這人送到這個地方。」李漠帆卻不答話，似是想起什麼，問道：「幫主，你忘了魚肚胡同了，只有一個于府吧？難道是于謙于大人家？」

傷者聽到他們對話點點頭，吃力地說道：「讓你們說著了，我不是什麼逆匪，我是于大人手下副將。」

蕭天一聽，立刻明白是怎麼回事，衝李漠帆叫道：「快，去于大人家，快點。」蕭天把自己的坐騎也拴到前面車轅上，為的是讓馬車跑得更快，他擔心還沒有到于府，傷者就斷了氣。他也跳上馬車，李漠帆揮馬鞭催兩匹馬前行，加上一匹馬腳力確實不一樣，馬車飛快地向前疾駛。

魚肚胡同漆黑一片，蕭天舉著火折認出宅門，飛快地跳下馬車，去拍府門。過了好大一晌，從裡面提著燈籠走出來一個人，迷迷糊糊地問：「誰呀，深更半夜的？」

「去叫你們家老爺，就說錢文伯在門外。快去！」蕭天說完反身跑回馬車。

又等了半炷香的工夫，從裡面傳來吵吵嚷嚷的說話聲，很遠就聽見于謙的聲音：「他們在哪兒？為何不開門，快點讓他們進來。」只聽見院門被推開的吱吱呀呀的響聲，李漠帆駕車駛進院裡，隨後張念祖也跟著騎馬進了院子。

于謙提著一盞燈籠站在院中，他披著外衣裡面只穿了中衣，神情詫異地望著馬車和另一匹馬上之人。蕭天急忙從馬車上跳下來，走上前拱手一揖道：「于兄，別來無恙？」

于謙臉上的表情更加詫異了，他瞪大了眼睛，一把抓住蕭天，又驚又喜道：「不是錢副將嗎，怎麼會是你們？」

「兄長別急，錢將軍在馬車上，不過是身負重傷。本來這趟回京也是計劃這兩日來拜見兄長的，不承想剛才在胡同裡救下錢副將，聽錢副將說到魚肚胡同，我就想不會這麼巧吧？」蕭天說著，引著于謙走到馬車前，掀開布幔，提高燈籠，燭光照到裡面躺著的一個已經昏迷的人臉上，于謙點點頭，回過頭道：「正是錢文伯，快扶到我書房裡，我派人去請郎中。」

張念祖和李漠帆架著錢文伯向書房走，于謙立刻派一個小廝去請郎中。蕭天便把在街巷遇到黑衣人和蒙面人撕打，他們如何救下他，逐一說了一遍。

于謙點點頭，激動地拉住蕭天的手，道：「蕭兄啊，你此舉無意間救下了多少人的性命呀！」

蕭天一愣，以為于謙說笑，「區區舉手之勞，誰讓我看見呢？」

「你不知道，蕭兄，」于謙壓低聲音道，「錢副將是去刺殺王振，幸好被你救下，如若不然，落在錦衣衛手裡，不知又要冤死多少人！」

「哦……」蕭天額頭上也冒出一層冷汗，「好險呀。」

兩人說話間走進書房，于謙反身插上門閂。張念祖和李漠帆已把錢文伯抬到裡間臥榻上，他倆忙著給傷者撕開外衣，查看傷口。于謙看到張念祖，眉頭一皺，雖然張念祖的臉上傷口還包著布，但是眉眼還是隱約外露。蕭天看到于謙的疑惑，急忙說道：「這位是我的拜把子兄弟，叫張念祖，他的身世是個傳奇。」蕭天便把張念祖的身世對于謙講了一遍。

于謙聽罷一愣，馬上恍然大悟道：「張竟予將軍是我兵部的榮耀，是大明的功臣。他的血脈又續上，真乃可喜可賀。」

外面的談話傳到裡間，他們的聲音雖然不大，但是裡面聽得異常清晰。張念祖垂下頭，露在繃帶外面的眼睛，泛著淚光。

外面的談話繼續著，只聽于謙接著說道：「我以為你已經離開京城，沒想到你還沒有走。」

「一言難盡。」蕭天嘆口氣，「此次進京，是與金禪會有些事要了結。」「金禪會？」于謙大吃一驚，「蕭兄竟然也與金禪會有瓜葛？」

「對。」蕭天直言道，「你知道金禪會的堂主是誰嗎？」

「這倒是不知道，只知道此人很神祕，神出鬼沒的，身邊還有一個更為神祕的高手護衛，號稱打遍京城無敵手。」

「這個金禪會的堂主，就是以前白蓮會的北部堂主柳眉之，我有兩個人落入他的魔窟生死未明，我此次是要不惜一切代價救出她們。」

于謙朗聲一笑，抓住蕭天的手，興奮地說道：「此人是你我共同的敵人。我們兄弟又可以聯手了。」

這次輪到蕭天吃驚了，于謙拉住蕭天坐到桌前，壓低聲音說道：「你知道金禪會背後是誰支援嗎？是王振。我手中有確鑿的證據證明金禪會與王振的金錢交易，而且，金禪會在京城廣攬美女，促使一些人販四處買賣女子，這些女子其實就是供王振手下一夥官員淫樂的工具，王振為了抓住他們的把柄好牢牢控制他們，可謂無所不用其極。我派人跟蹤他們，對這些人瞭若指掌，連禮部尚書李明義都在他們之列。而這些女子其實都是一些出身淒慘的良家女子，一旦進入金禪會便被控制，服下一種毒，短時間沒有感覺，時間一長就會侵害大腦，變成木偶般任人擺布，甚是悲慘。朝中一些正直的大臣早有奏章上疏，但是根本到不了皇上面前，刑部也有衙役去過金禪會，但是有王振的勢力護佑，都不敢動手，刑部侍郎陳暢曾與我說過此事，他說金禪會不除必禍亂京城。我也早就有意從金禪會入手，但是朝中局勢瞬息萬變，我還沒有來得及查清此事，邊關就出事了。」

于謙嘆口氣接著說道：「你知道此次我為何派錢副將去刺殺王振嗎？此人有動搖大明百年基業的禍心，王振竟然鼓動皇上親征，一個奴才竟然要領兵打仗，千古奇聞。朝中大臣們聽到此事，無不如同晴天霹靂一樣，如今整個朝堂亂成一鍋粥，言官在宮門外上諫不成撞死三個人了，但是至此都改變不了皇上的決心，無奈之下，我只能派人刺殺王振，這也是不得已而為之。」

「沒想到，如今朝堂危機竟到如此地步。」蕭天黯然神傷地看著于謙，燭光下，才幾個月不見，于謙看上去已蒼老了許多，蕭天心中一痛道，「于兄，有道是覆巢之下安有完卵，作為大明子民，怎麼說也要出一份力，于兄，有用得著的地方，你儘管吩咐。」

「兄弟，」于謙眼裡淚水閃動，「我就等你這句話呢。」他沉吟片刻，壓低聲音道，「此時，朝中所有反對皇上親征的大臣，已達成共識，如果阻止不了皇上親征，就必須在出征前刺殺王振。唉，皇上太年輕，沒有一次出征的經歷，他又處處聽信王振的，王振只是個狂妄小人，如何能指揮千軍萬馬，而他們的對手是素有草原鐵騎之稱的瓦剌人，這如何不叫人焦心啊。」

「兄長，上次刺殺王振沒有成功，我心裡一直窩著一股火，今日聽兄長如此說來，為國為己，這個王振都必須除去了。」蕭天目光堅定地望著于謙，「錢將軍沒做完的事，我來接著做。」

「好兄弟！」于謙衝動地點點頭，「兄弟，狐族的事，我一直放在心上，瞧準機會我就會上疏，還狐族以清白。」

「大哥，你知道狐族的淵源嗎？」蕭天望著于謙，心情激動地說道，「我也是從狐族典籍裡才知道此事的。狐族是宋朝抗元大將文天祥殘部的後裔。當年文天祥誓死不降大元，他的殘部聽聞文將軍死了，也誓死不降，後隱遁到深山老林裡。若干年後便有了這支神祕的族群，後太祖起兵趕跑了蒙古人，恢復漢制，建立大明，狐族才從深山現身。」

「原來狐族人乃忠烈之後。」于謙大為驚訝。

「是呀，我這才明白當年父親為何執意要留在檀谷峪了。」蕭天嘆息一聲。

「你父親乃一代大儒，忠心日月可鑑，我也定要為你父親討個清白。」于謙說道。

「謝于兄。」蕭天雙眼噙淚感激地望著于謙。

這時，裡間的李漠帆叫起來：「大人，你快過來，他似乎有話要說。」于謙轉身向裡間跑去，他跑到臥榻邊，一把抓住錢文伯的血手，只聽錢文伯模模糊糊的聲音說道：「大人，是我無能，沒有殺了那個閹賊，反而死了幾個弟兄，我愧對大人。」

「不要說了，錢將軍你是我最得力的副將，你不能有事呀，怎麼郎中還沒有來？」于謙急得滿地打轉。

蕭天突然叫住李漠帆：「漠帆，你和念祖回上仙閣，把玄墨山人請來，別忘拿他的藥箱子。」

一聽蕭天要請玄墨山人，于謙急忙點頭：「對對對，怎麼把這個老爺子忘了。」

倆人急忙跑出去。過了有一炷香工夫，倆人帶著玄墨山人匆匆走進來。玄墨山人這是第二次見到于大人，一陣寒暄後，于謙領玄墨山人到臥榻上給傷者號脈。玄墨山人坐下仔細地號了脈，面色憂鬱地道：「幾處刀傷都很深，今夜要看他的造化了，我先給他服下一丸本門的獨門護心丹，如果今夜能挺過來，就無憂了。」說著，玄墨山人開了個方子交給于謙道，「這幾味草藥，我這裡沒有，你差人速速尋來。」

于謙拿著方子轉身走出去，在廊下招呼小廝速去抓藥。

于謙走進書房，急忙命一旁的小廝去準備茶水。錢副將服下藥丸昏昏睡去。幾人一看暫時無礙，便走到外間圍著圓桌坐下。蕭天想起晚上之事，問玄墨山人道：「兄長，你今天可進得堂庵？」

「唉，別提了，提起來就是一肚子氣，」玄墨山人直搖頭，說道，「他們門禁甚嚴，根本溜不進去，我趁亂擠進去又被轟了出來。」

「為何呀？」蕭天問道。

「進去得有引路人，還要有號牌，咱們什麼也沒有，可不就給轟了出來。」玄墨山人一臉餘怒地叫道，「這幫人神神道道，鬼點子也太多了。」

李漠帆聽得不明就裡地問道：「啥叫引路人？啥叫號牌？」

于謙呵呵一笑：「這是他們為防止外人混入其中而使的手段。你想進入堂庵必須有一個信眾引薦，他做保人，有了保人可以發給你一個號牌。」

張念祖一直默默聽著，此時他抬起頭，含糊地說了一句：「大哥，你忘了咱們也有一個現成的保人。」

蕭天一愣，片刻後會意地衝張念祖一笑，「對對，多虧念祖提醒，怎麼把他忘了？」

李漠帆急忙問道：「咱們還認識金禪會的信眾，我怎麼不知道？」

「胡老大。」蕭天說著哈哈一笑，接著蕭天給在場的于謙和玄墨山人講了那晚的經歷，現場的氣氛一下子輕鬆起來，這個難題迎刃而解。

「幫主，何時去見這個胡老大？」李漠帆急不可耐地問道。

「事不宜遲，現在馬上天就亮了，就在今天晚上。」蕭天交代道，「咱們的人都去，有了號牌，就可以自如出入金禪會，可以探聽到更多詳實的消息，這對以後的營救很重要。」

于謙點點頭，突然又想到一件事，說道：「對了，有件事我要提醒你們，金禪會有一個人物非常厲害，京城裡人人傳說那人刀槍不入，叫金剛護法，此人是個非常難對付的人。」

「兄長，你有所不知，」蕭天嘆口氣，道，「這個金剛護法的來歷我們查清楚了。」蕭天就把那天張念祖說的雲的事給于謙講了一遍，接著說道，「此番玄墨山人進京的目的就是擒住雲，帶回天蠶山一邊治療，一邊研製解藥。」

「原來如此。」于謙臉上露出了難得的喜色，他身邊有了這些江湖俠士的相助，對付王振似乎有了更大的把握。

二

天色漸暗，街上的鋪面有些已掌燈，稀稀落落的光影灑在街面上。這時，從東面走過來一行人，打頭的是胡老大，今天他特意穿了件體面的灰色長袍，腰間繫著鑲玉的腰帶顯得格外精神。他一邊走一邊咋咋呼呼對身邊的蕭天賣弄自己的本事：「大哥，這幾條街沒有人不認識我胡老大的，有事只要我一句話。」

蕭天一身商人的打扮，綢質的長袍腰佩寶劍，他默默聽著胡老大吹牛，並不打斷他，只是一雙眼睛警醒地四處巡視。蕭天讚許地伸手拍了下胡老大的肩膀，胡老大一縮脖，真是被打怕了，蕭天一笑道：「我這些朋友，都聽說金禪會裡玉女個個美如天仙，想進去瞧瞧熱鬧。」

「哈哈，這個容易，我帶你們去。」胡老大說著瞄了眼一旁的拂衣，拂衣白了他一眼。拂衣往後退了一步，與蕭天身後的其他人走在一起。蕭天身後跟著李漠帆和張念祖，這兩人一左一右盯在胡老大身後，一旦發現他不老實，就會出手。胡老大跟這幫人交過兩次手，栽了兩次跟頭，哪還敢造次，一直規規矩矩跟著蕭天走。這行人中，玄墨山人和陳陽澤跟在最後，小六早早跑到前面去了。

一行人走到一個胭脂花粉鋪前，胡老大對蕭天道：「就是這裡。」眾人一愣，看到一些人匆匆走進去，有女人也有男人。

「這個鋪面是個擺設，」胡老大說道，「跟我進去吧。你們別說話就行了。」胡老大說著，看著拂衣賠著笑臉說道，「姑娘，妳得跟在我身邊，這樣才像夫妻。」

拂衣深知自己的使命，匆匆掃了眼蕭天，蕭天點點頭，拂衣不情願地走到胡老大身邊。胡老大喜不自禁地看著拂衣，兩人並排走進去，眾人跟在他們身後往裡面走。

眾人走進胭脂花粉鋪，裡面像一般的胭脂鋪一樣，只是比一般的鋪面大出幾倍，左右兩邊擺著一些時新的貨色，中間是寬闊的穿堂。胡老大領著眾人直接走過穿堂，一邊走一邊對蕭天說道：「大哥，這裡面深著呢，你們也真是找對了，如果不是我領著，你們是進不去的，別看這個門面小，這裡面可是四進的大院子。」

「呵，還真有意思，你說說看。」蕭天看了眼四周問道。

「前面是門樓，咱們現在要去的地方，就是發號牌的地方。過了門樓是以前的戲園子，被金禪會買去後，就改成堂庵了，一般的信眾只能到這裡。後面還有兩進院子，一進院子是百花園，用來辦仙人宴的地方，最後一進院子是禁地，應該是堂主和師傅們的住地。今日讓你們趕上了集會，逢四和七是鞭惡日。」

「什麼是鞭惡日？」身後的李漠帆好奇地問道。

「就是信眾在這日對著燭火說出自己所做的惡事，然後祭臺上由玉女以身替罪被鞭打師鞭打，替信眾消災。每次的鞭惡日都人山人海，被鞭打過的玉女就成仙，接著就開仙人宴，為信眾祈福，不過這個一般的信眾是無福消受的。」

眾人聽胡老大的一番話，對這個金禪會真是開了眼界了，各種匪夷所思的儀式是他們聞所未聞的，蕭天和玄墨山人交換了個眼色，蕭天低聲說道：「咱們就見機行事吧。」眾人領會，遂跟著胡老大往裡面走。周圍出現的人也漸漸多起來，這些信眾無不圍著厚重的長長的披風，披風兜頭緊緊遮住面孔，他們匆匆而過，似乎生怕被旁人認出。

走過長長的陰暗的穿堂，只有兩邊的牆洞各有一盞油燈。前面是個垂花門，有四級臺階。他們走進去便看見門裡聚集了很多人，默默候著。這裡同樣很昏暗，只有遠處牆邊的幾案上放置著燈燭。胡老大打手勢招呼他們跟在他身後，他和拂衣在此時被一些熟人認出，幾個人從隊伍裡走出來，與他抱拳寒暄，並不時偷窺拂衣幾眼，再與胡老大擠眉弄眼地玩笑幾句。胡老大倒是大方，哈哈笑著也不介意。

胡老大指著前面的廳堂對蕭天他們說：「這裡是金禪會護法發號牌的地方，你們放心，有我做保人，他們一定發給你們。」說話間他們跟著前面的人走進去。這裡仍然是一間穿堂，兩邊各有一扇描金鑲玉的六折屏風，人群在這裡自動分開，男子去左邊屏風，女子去右邊屏風。

蕭天他們跟著胡老大走到左邊屏風，拂衣回頭看了他們一眼向右邊屏風走去。屏風後面是一張文案，案上一盞宮燈，一個看上去像帳房先生的瘦小男子手持毛筆，案上展開一個冊子。他身後站著四名人高馬大的護法，個個一臉威嚴手扶佩劍。胡老大笑嘻嘻地走到帳房先生面前：「『筆桿子』，是我，胡老大。」

被稱為「筆桿子」的瘦弱男子抬起頭，也是一樂：「胡老大，聽說堂主賞給你玉女做老婆，你小子好福氣呀。」

「那是，說明咱對金禪會忠心，看見沒有，我身後的這些朋友，都是衝著我來的，也要入會。」胡老大一陣吹噓。

「筆桿子」向胡老大身後看了看，微笑著點點頭。

「『筆桿子』，愣啥呀，給號牌呀。」胡老大不耐煩地叫道。

「筆桿子」探出頭，細聲細氣地問道：「胡老大，聽說你那媳婦，把你揍得不輕，胳膊都扭斷了，是真的嗎？」

「奶奶的，你們都是聽誰說的？」胡老大不滿地嚷道。

「甭管誰說的，是不是？」「筆桿子」壓抑著笑聲猥瑣地問道。

「你們這是吃不到葡萄說葡萄酸，回頭再給你們算帳。快點，我的號牌，一共六個。」胡老大沒好氣地說著，不由得捂住被扭傷的胳膊，這個細小的動作正好讓「筆桿子」逮個正著，不由呵呵地笑起來。胡老大一把搶過「筆桿子」手中的號牌，向蕭天他們揮手向裡面走去，身後又傳來「筆桿子」的笑聲。

所謂的號牌，其實就是一塊長方形的竹子雕刻的字，有半個手掌大，尾部拴著一束金色流蘇。每個字代表一個信眾，字取自《金剛經》。蕭天他們各自拿到一塊字，都低頭逐一看了一遍，六個字分別是：法、言、相、名、心、羅。眾人收好字，遂向屏風外走去，在過道裡放置著一個木箱，一些人從裡取出披風戴在頭上。小六也跑過去，從裡面取出披風在眾人面前擺弄起來。

「都戴著吧。」蕭天從裡面取出一個白色的披到頭頂。

「這樣最好，」胡老大點著頭說道，「這樣你們進去誰也認不出你們。」「前面就是堂庵？」蕭天看著胡老大問道。

「是。」胡老大說著，看見拂衣從那邊走過來，就向她招手。拂衣走了過來。「胡老大，出口在哪裡？」蕭天問道。

「在堂庵的左側，有一個出口。」胡老大說著，眼睛仍然不離開拂衣。

「好，你可以走了。」蕭天笑著說，「我們進去隨便看看。」胡老大有些不捨地看了拂衣一眼，拂衣扭過頭對他說，「你先走吧，我今天過來瞧瞧姊妹們。」

「那你還回家嗎？」胡老大可憐巴巴地問道。

「她當然回去了。」一旁的蕭天答道，他看出這個胡老大真是對拂衣姑娘動心了，便笑著安慰道，「一會兒，我妹子就回去了。」有了蕭天這句話，胡老大立刻振奮起來，他笑著向他們告辭，一溜煙跑進人群裡不見了。

蕭天把眾人聚攏到一起，說道：「進去後各自行事。」眾人點點頭，逐漸分開。他們隨著人群走向裡面一扇雙開的黑色大門。大門推開，眾人走進去後，不由全都愣住。只見眼前晃動著成千上萬支細小的蠟燭，點點燭光就像夜裡看見的螢火蟲一樣密密麻麻，與密密麻麻的燭光一起撲面而來的，還有聲如蠅蟲般一浪高於一浪的吟唱的歌聲。

眾人站在當地愣怔了半天，皆被眼前的陣勢鎮住。這時，前面的聲浪更高了，人們傳來歡呼聲。只見前面一個木臺上，走上來一個一身白衣的女子，女子一上臺就被綁到一根圓柱子上。

「他們開始了，」蕭天想到剛才胡老大的話，道，「這是鞭惡日的儀式。」

突然，拂衣直瞪著木臺，臉色大變，她迅速地向前面跑去。蕭天一看，向眾人一使眼色，眾人也跟了過去。他們穿過人群，走到木臺前方時已經擠不動了，拂衣向前擠著，蕭天從後面一把拉住她，叫道：「拂衣，怎麼回事？」

「木臺上綁著的是秋月。」拂衣幾乎哭起來，「以前我認識的一個玉女就在鞭惡日被打死了。」

「妳看清楚了？」蕭天和眾人都一愣。

「沒錯，是她。」拂衣踮著腳看著木臺，眼裡的淚嘩地湧出來。

四周的人群像海浪般湧過來湧過去，聲浪一聲高於一聲。木臺上被綁在圓柱上的秋月無助地呆呆地望著屋頂，為了減少自己的恐懼，她嘴裡開始哼唱著自小唱過的歌謠：「星子在天，船兒在河……」

這時一個身著金色大氅的金禪會師傅走上臺，他向臺下人群揮手致意，然後高聲念道：「淤泥源自混沌啟，金禪一現盛世舉。信眾們——嚮往極樂世界，只有擺脫惡念，接受神靈洗滌，肉體方可進入。讓神靈好好地鞭打吧，鞭打掉一切罪惡，嚮往極樂世界。信眾們，跟我大聲念：金禪起，萬家福……」

蕭天在臺下看著那個披金色大氅的人，有些失望，他不是柳眉之，看來這只是個一般的師傅。他身後的李漠帆急不可耐地叫住蕭天，由於四周太吵，他只得大聲喊道：「怎麼辦呀？」一旁的拂衣也在緊張地望著他。蕭天抬起頭，看見臺上的師傅已經取出金色長鞭，臺下的人群激動地喊道：「打，打，打！」

一道金色的光一閃而過，臺上的秋月身體抽動了一下，雪白的衣裙上一道血印。拂衣一把拉住蕭天，哭道：「她會被打死的，她會被打死的。」蕭天緊皺眉頭，如果此時就出手，那他們就會過早暴露，但是如果置之不理，豈能眼睜睜看著自己姐妹被打死？後面的玄墨山人看出蕭天的為難，直截了當地說道：「如果現在出手，苦心籌畫的一切都將泡湯，大家還是忍耐一時吧，如果這位姑娘有造化，就不會有事。」

拂衣一聽此言，捂住臉背過身去。

突然，張念祖擠到蕭天跟前說道：「我有辦法，大哥，你身上有銀子嗎？」蕭天一愣，忙從衣襟裡摸出一個錢袋，張念祖攥到手裡跑進人群裡。

李漠帆不解地盯著他的背影問道：「他搞什麼？」

蕭天也丈二和尚摸不著頭腦，眼看著張念祖跑進人群不見了，氣得大叫：「念祖，念祖，你去哪兒？」

李漠帆氣哼哼地叫道：「不會去買酒喝了吧？」

蕭天不去理會李漠帆的胡言亂語，揪心地望著木臺，金色長鞭每抽一鞭，人群裡都會發出震撼的叫聲。突然，臺上跑上來另一個披金色大氅的人，他奪過對方的長鞭，大喊道：「你沒有吃飯嗎？我來……」

對方愣了半晌，被這個師傅一腳踹下木臺，臺下傳出海嘯般的附和聲。

只見這個師傅一上來就把那個長鞭舞動起來，長鞭在木臺上上下翻飛，呼呼地發出嘯聲，整個木臺都籠罩在金光之中。臺下的所有人都驚呆了，所有人都興奮地高聲叫囂著……蕭天和李漠帆都看呆了，李漠帆哭喪著臉大喊：「完了，完了，這下哪還有活頭呀？」

李漠帆身後的拂衣一聽此話，雙膝一軟，倒了下去，幸被旁邊的陳陽澤抱住。玄墨山人突然叫了一嗓子：「這小子行呀，是張念祖。」聽玄墨山人如此說，所有人都瞪大眼睛望著木臺，連差點昏厥的拂衣都振作起來。

高臺上那個披著金色大氅的男子，一張臉隱在兜頭裡，在他身體隨手臂晃動的間隙，可以看到左邊臉上的包布。看到這個細節，蕭天他們都振奮起來。張念祖在臺上舞鞭子的動作慢下來，這時人們才看到他身後的圓柱，驚奇地發現圓柱上的白衣女子變成了紅色，白色的長裙已被鮮血染紅，人們發出歡呼聲，他們從沒有看到過如此完美的鞭惡日儀式。

蕭天他們雖然很震驚，但是相信張念祖是會保護秋月的。

儀式完成，幾個護法抬起秋月往裡面走去，拂衣擠過人群向秋月跑去，秋月躺在木板上眼睛大睜著，一臉的困惑。拂衣撲上去，一把抓住秋月的手，秋月看見拂衣大喜，頭抬起來，被拂衣伸手按下去，並示意她閉上眼睛。秋月何等聰慧，馬上明白過來，看到拂衣跟在身旁，安心地躺下了。

這邊木臺旁，聚集的人群慢慢散開，人們開始回到佇列裡舉著蠟燭吟唱。蕭天他們從人群裡走過，正在尋找張念祖，他從一邊跑了回來，蕭天一把拉住他，其他幾個人迅速圍過來。蕭天笑道：「念祖，你小子，快說……」

「那袍子是我掏銀子買的，」張念祖一笑，道，「至於那血，是雞血，那邊有個廚房，廚子正在殺雞。」

「雞血?不可能吧，我怎麼沒有看見雞呢?」李漠帆攤開雙手，吃驚地問道。「你傻呀，我能掂著雞上臺嗎?」張念祖笑起來。蕭天拍拍張念祖的肩膀，讚嘆道:「有你在身邊，我就輕鬆多了。」

「這倒是……」李漠帆也笑起來，「念祖，我以後絕對要對你刮目相看，進京這幾天，你著實讓我開眼了，以前我總以為你是個只會念經布道的悶葫蘆呢。」

聽到他們對自己的誇獎，張念祖不好意思地垂下頭，臉都紅了，半天也不知道說什麼好。玄墨山人也點點頭，他看出張念祖平時雖然不多言，但心裡比誰都有數，真是個不可多得的好兄弟。

突然，張念祖抬起頭，對蕭天說道:「忘了件事，剛才我跑回來時，看見一個人。」

「誰?」

「以前在京城就見過，後來聽說晉升為新的錦衣衛指揮使。」

「孫啟遠?」蕭天立刻說道。

「對，就是他，穿著便裝，身後跟著四個隨從。」張念祖說道。

「孫啟遠是王振身邊的一條狗，看來于大人說得不錯，王振一夥兒與金禪會早已勾結在一起。」蕭天看著玄墨山人，道，「孫啟遠來這裡必是去見柳眉之，咱們不能放過這個機會，這樣吧，我和念祖跟蹤孫啟遠，大哥，你領著他們在堂庵裡四處逛。」這時，拂衣跑回來，她笑著說:「秋月被抬回住處，她的傷不重，休息幾天就好了，我偷偷告訴她咱們都來了，要救她出去，她高興得都哭了。」

「拂衣，妳跟我走，」蕭天打斷拂衣的講述，看了眼眾人，揮了揮手，眾人迅速散去。

「拂衣，妳知道堂主在哪裡會客嗎?」蕭天問道。

拂衣眨巴著眼睛想了想，搖搖頭道:「我在這裡的時候，從沒有出過房間。」

蕭天轉向張念祖，張念祖略一思索，壓低聲音道：「大哥，剛才我看見廚房裡好大動靜，殺雞宰鵝的，像是要宴請賓客，不如咱們潛入廚房，看他們把菜肴往哪裡送，跟蹤他們不就知道了。」

「好主意。」蕭天讚許地看著張念祖道，「走，咱們現在就去廚房。」

張念祖在前，蕭天和拂衣跟在後面。三人都圍著長披風，兜頭蓋著面孔，與裡面來來往往的信眾毫無異樣。張念祖引著他倆從堂庵的側門出去，外面是庭院，與普通庭院毫無二致。他們沿著一側石徑往前走，兩旁都是花木和竹子，前方有一個獨立的小院，很遠就聞到燉雞的香味。

不斷有白衣女子走進去，有時是單個，有時是五六人一隊。蕭天他們急忙躲到一叢竹子後面。拂衣看著那些白衣女子說道：「這些人是侍女，我知道她們都不會說話，呆呆傻傻的。」蕭天點點頭，「一會兒，她們出來後，咱們跟著她們走。」

不多時，一隊白衣女子走出來，人人手裡捧著一個紅木托盤，上面放著做工考究的陶瓷盤，都有蓋扣著。她們步伐匆匆從他們面前走過。蕭天他們跟了上來。

白衣女子們走向前方一個隱在茂密的林子間的圓形木門，院子裡隱隱有燈燭，影影綽綽。四個護法手提宮燈守候在兩旁。白衣女子們迤邐而入，從裡面院子裡傳來琴瑟之音，歌舞之聲。蕭天他們藏進林子裡，蹲在草叢中看著那個院子。

「看來，這個不起眼的小院定是柳眉之待客的地方。」蕭天說道。

「咱們如何能進去？」張念祖盯著那幾個護法，「就四個守衛，也不是對付不了。」

「不可，」蕭天急忙說道，「如今不可莽撞，先不要打草驚蛇。」

「那就只有混在侍女的隊伍裡進去了。」張念祖說道。

蕭天與張念祖對視一眼，兩人意會。一旁的拂衣直搖頭，「我可以混進去，你們……」

蕭天打斷拂衣，伸手捂住她的嘴巴。小徑上又傳來腳步聲，走過來三名白衣女子。張念祖躍身竄到三名女子面前，三名女子呆呆地看著他，拂衣跑過去奪過她們手中的托盤，一一放到地上。張念祖一手抓一個，另一個被蕭天拎著衣領拉到林子裡。三名女子癱倒在草叢裡，渾身顫抖蜷縮在一起。

「拂衣，妳去掉兩人的衣服，用我的衣服綁住她們，妳在這裡看著她們。」蕭天對拂衣說完，走到一個看上去年長一些的女子面前，蹲下身溫和地說道：「姑娘，妳別怕，我們不會傷害妳，只想讓妳帶我們進前面那個小院，回來後就放了妳們姐妹，妳聽清楚了？」

那個女子茫然地瞪著他，然後遲疑地點了點頭。

拂衣很快扒下那兩名女子的白袍，用蕭天和張念祖的袍子裹住她們赤裸的身體，用披風將兩名女子背靠背綁到一起。蕭天和張念祖撿起地上的白衣袍穿到身上，好在袍子很大，他們兩人又都是瘦高的身材，穿著也看不出端倪。白袍上也有兜頭，他們把該遮住的地方都隱藏起來，這才跟著那名女子走出去，端起地上的托盤，盤子裡的菜肴還完好無損。

三人向小院走去，前面女子的步伐有些踉蹌，似是嚇住了。蕭天和張念祖低著頭緊跟在後面。未及門口，鼻子就被一股奇香襲擾，蕭天忍不住差點打出一個噴嚏。兩廂的護法推開院門，三人端著托盤緩緩走進院中。

過了木門，走在雕工精美的抄手遊廊上，蕭天和張念祖抬頭觀看，兩人都是閱歷頗多見多識廣之人，皆被面前的景象驚呆了。只見遊廊建在水面上，水池裡荷葉舒展，荷葉四周放置著一盞盞製作精美的荷花燈，竟別有一番風情，點點燈影照亮池水，又與水面波光相映，星星點點撲朔迷離，更是增加了不少情趣。水池中央建有一座水榭，水榭四周垂著白紗，只看見裡面人影綽綽，絲竹歌舞之聲均出自那裡。蕭天碰了下張念祖，張念祖這才醒過神。那個女子在前面不遠處等他們，她看蕭天和張念祖走過來，便轉身繼續向前走。沿遊廊向前，看見一片屋宇，上面題有字「淨水軒」，看見一些白衣女子的身影在裡面走動。淨水軒前面有一座曲橋通到水池中間的水榭，從這裡可以看見水榭的上方也題有字「藕香榭」。梅兒在裡面指揮著她們：「堂主要的『佛手金券』快上去，還有那個，李大人要的『松鼠鯉魚』到了嗎？」

「花姑，都到了。」

「上去吧。」

蕭天和張念祖沒想到在這裡碰見梅兒，兩人雖是怒火沖天，恨不得上前一劍刺死這個叛徒，但是他們都咬牙忍下了。兩人交換了個眼色，默契地互相點了下頭，悄無聲息地走進淨水軒，依次站在一排托著木盤的女子身後。

梅兒為了仙人宴操碎了心，已忙得頭昏眼花。她依次掀開陶瓷盤，手中拿著一對銀箸，一邊查看一邊試吃，然後向查過的揮手示意。

「姑娘們，精神著點，今日的仙人宴有朝中貴客，可別出錯。」她交代了幾句，放了行。

女子們端著托盤，小心翼翼地走上曲橋。蕭天和張念祖低著頭小心地跟了上來。走上曲橋，眺望園子，一鉤彎月當空，水榭燈影朦朧，與水面上荷花燈相映成趣。旁邊相連的水榭上坐著眾樂師，奏著喜慶的樂曲。從曲橋上可以看見水榭裡面四面擺放著方幾，幾上菜肴美酒一應俱備。東面和西面各放置著一尊青銅鑄造的方鼎，嫋嫋細煙從鼎上溢出，那種奇香就是從鼎中飄出來，讓人欲醉欲仙。中間的空地上七八個身披五顏六色披帛的女子以舞助興，長長的披帛在空中變幻出眼花繚亂的圖案。只是越往近處走，越發覺不對勁，那幾個舞女身上竟然只穿了薄如鴻羽的胸衣，身體大部分露在外面，雪白的肌膚在燭光的映照下，凸凹分明，胸口圓滾滾的雙乳隨著身體的舞動時隱時現……

蕭天跟著侍女們走進水榭，一路上提心吊膽，到了裡面反而放心了，如此香豔的場面，不會有人留意他和張念祖，所有人的目光都盯在舞女身上。

亭子正中坐著柳眉之，他身後站著雲，左首坐著李明義，右首坐著高昌波，孫啟遠坐在旁邊，還有幾個人叫不上名字。這些人酒足飯飽眼睛痴呆呆地盯著中間舞池裡幾乎裸身的舞女。

蕭天扭頭看了眼張念祖，他擔心張念祖年輕把持不住，沒想到張念祖根本沒有看裸女，而是目露寒霜地盯著高昌波和孫啟遠，一隻手緊握著，如果腰中有劍，估計他已拔出來了。蕭天輕輕咳了一聲，被樂曲聲掩蓋住，但是張念祖聽到了，他看了蕭天一眼，兩人四目相視，均會意。

柳眉之斜靠到榻上，滿面紅光，得意揚揚地看著這幫朝中重臣在他的仙人宴上毫無招架之力的樣子，拿著酒壺對一旁的李明義說道：「李大人，來，我敬你。」

李明義哪裡肯跟他喝酒，此時眼都要看直了，嘴角下斜掛著一絲涎水。孫啟遠是他們中最年輕的，有些把持不住，臉憋得醬紅。一旁的高昌波一臉的鄙視，畢竟是太監，在這個時候顯出太監的本色來，他環視一圈，眾人的醜態皆看在眼裡，此時也只有他還保持著清醒，想到王振的囑咐，心裡暗罵好個柳堂主用這招來對付我們，他知道再不叫停，後果不堪設想，他看出孫啟遠眼珠子都紅了。高昌波突然站起身，哈哈笑著對柳眉之道：「柳堂主，難道你是成心要與洒家過不去嗎？我是來與你喝酒的，你叫來這些個女子攪了好興致。」說著走過去，拍了下孫啟遠的幾案，孫啟遠這才回過神，「啟遠，別只顧看熱鬧，忘了喝酒。」

柳眉之一笑，向她們揮了揮手，道：「好了，下去吧。」

孫啟遠戀戀不捨地看著中間那幫女子依次退下，目光跟隨著跑出去很遠才收回來。孫啟遠端起幾案上的酒一飲而盡，這時神志也清爽了些，他聽出高昌波說的話裡有埋怨他的意思，立刻想到今天來這裡的目的，急忙起身對柳眉之說道：「柳堂主，我們都聽說你身邊這位金剛護法刀槍不入，今天能否讓我們也開開眼，讓幾位大人親手一試？」

柳眉之以為他們又要提出什麼新要求，這幾個月為與王振疏通關係，他已奉上幾十萬兩銀子，幾乎把金禪會半數存貨拿了出來，如今王振的胃口越來越大，不得已就想出仙人宴的招數籠絡這些人。此時聽到他們忽然對雲產生興趣，讓他很驚訝。

「金剛護法，」柳眉之扭頭叫身後的雲，發現雲藏在兜頭裡的眼睛血紅，神態有異，心想難道雲看見面前的裸女也動了心？不免有些好笑，又一想，雖雲體內中毒變異，但畢竟是個正值青春的青年，柳眉之一笑，道，「金剛護法，給幾位大人展示一下。」

雲領命走到中間，雙腿叉開像磐石一樣站立不動。

孫啟遠首先站起身，他從腰間抽出繡春刀，慢慢走向雲，突然舉刀向雲胸口刺去，只見繡春刀帶著風聲刺向胸口，繡春刀碰到胸口發出「砰」一聲，刀刃彎捲起來，孫啟遠不服瞪大眼睛再用力，猛地被刀刃崩出去。孫啟遠喘著氣，不敢相信地瞪著雲。

李明義接著走過來，他奪過孫啟遠的繡春刀，揮刀斜著向雲砍過去，只聽「嘶」的一聲，刀下掉了幾片布片，露出雲令人毛骨悚然的皮膚，竟然毫髮無損。李明義驚得瞪大眼睛，但看到從破損的衣衫裡裸露的皮膚，李明義一閉眼，急忙躲閃著回到座上。四周發出叫好聲，他們議論紛紛：「不愧是金剛呀……」

孫啟遠轉身看看高昌波：「高督主，你來試試。」

「不用了，」高昌波擺了下手，似乎很滿意，大笑道，「真乃耳聽不如眼見，今兒算服了。」說著，高昌波轉向柳眉之道，「柳堂主，今兒前來做客，其實是受先生之托，有一事相商。」

「啊，大人請講。」柳眉之一聽果然王振有事找他，立刻振作了精神坐起身。

「是這樣，柳堂主可聽說前幾日先生被刺之事？」高昌波問道。

「竟有這事？」柳眉之故作驚訝地問道，「在京城誰如此大膽敢跟先生作對？」

「刺客中死在當場的一個人，身分已查明，出自兵部。」高昌波嘴一撇說道，「定是先生的死對頭、兵部的于謙派人幹的，此人領著朝中一干人等如今公開跟先生對著幹，妄想阻止皇上親征，你說該不該殺？」

柳眉之點點頭，猶疑地望著高昌波。

高昌波笑著說道：「金剛護法如此神功，不建功立業太屈才了，柳堂主，如若金剛護法刺殺于謙得手，等於清除了先生的宿敵，你將是立了奇功一件，先生定不會虧待你，金禪會在京師可就站穩腳跟了。柳堂主，你意下如何呀？」

柳眉之一愣，沒想到自己繞來繞去，還是沒有躲過黨爭，他當然知道王振是什麼貨色，但是他辛辛苦苦創立的金禪會豈能止步於此，所謂識時務者為俊傑，與最大的當權者合作總不會吃虧，他是再也經不起失敗了。柳眉之看著高昌波鄭重地點點頭道：「金剛護法任先生差遣。」

「好。」高昌波高興地點點頭，舉起酒杯，眾人看到高督主與柳堂主談好了，都站起來舉杯相賀。

一旁的蕭天和張念祖默默互望一眼，各自垂下頭去。

「柳堂主，東廠的人已打探清楚，三日後，于謙按慣例回北大營，出京城後走西關官道，這一路山路多，彎道也多，是下手的好機會。得手後先生會親自來赴仙人宴，給柳堂主慶功。」高昌波笑道。

「一言為定。」柳眉之笑著，但心裡並不輕鬆，他用笑容掩飾著內心的不安。眾人舉杯都是一飲而盡，而後坐下。柳眉之向一旁揮了下手，叫道：「奏樂。」四周的侍女托著盤子依次上菜，然後依次走出去。

蕭天和張念祖一走出水榭，兩人的目光就碰到一起。

「他們要刺殺于大人。」

「怎麼辦？」

第四十二章　啼血囚鳥

一

這日午時，明箏用過午飯，坐在圓桌前繡荷包。這是她昨日衝梅兒發了頓火後，才討要到的東西。梅兒很不情願地給她端來一個做女紅的籮筐，裡面放著幾塊錦緞、剪刀和各色絲線。梅兒雖然妥協了，但仍絮叨個沒完：「明箏姑娘，堂主讓妳靜心修書，不是讓妳繡荷包的。」

「我如今想不起來，等我想起來了，自然就寫好了。」明箏不願多言，端著籮筐擺弄起來。

明箏從未動過針線，之所以要這些，只為了掩人耳目，打發走梅兒。梅兒看著明箏忙著繡荷包，又氣又惱，又不敢施強，只能在一旁乾著急看著她們。明箏拿剪刀連剪了幾個荷包，古怪的樣子讓她自己都哭笑不得，一旁服侍她的兩個侍女，實在看不下去了，每人走過來幫她剪一個，一個是如意式樣，一個是元寶式樣。

明箏看著兩個侍女嫺熟的動作，心頭一酸。她想到自己如今的身分，已為人妻，卻連針線都沒有動過。看著荷包，便開始思念蕭天，她不敢想此時蕭天在哪裡，心裡的牽掛時刻折磨著她。

兩個侍女看出明箏不會女紅，一個年長點的，便好心過來，手把手教她。另一個侍女跑過來，手指門外，原來梅兒氣不過，摔門而去。明箏看梅兒走了，開心地把她倆拉過來坐在身邊，一起繡荷包。明箏看著荷包在兩個侍女手中有了模樣，高興地直叫：「啊，太好看了，我來試試。」明箏拿過來，一隻手捏著繡針，問道，「這位姐姐，妳叫什麼名字？」

女子一愣，衝明箏張了下嘴，明箏看到她嘴裡只有舌根，嚇得一哆嗦，忙說道：「對不起，我忘了，你們不能講話。」兩個女子似乎已經習慣了，臉上沒有絲毫痛苦的表情，反而是荷包更加吸引了她們的注意，興高采烈地擺弄著荷包。

這時，響起幾聲輕而短的敲門聲，三人皆抬起頭，兩個侍女急忙起身去開門，明箏以為是梅兒又來了，但是門外卻站著一名陌生的女子，此女子身著玉女的服飾，只不過多了一件白紗的披帛裹著半個面孔。年長的侍女似乎認出來人，急忙拉著女子進來。兩人用手勢比畫了幾下，侍女帶著來人走過來。

女子走到明箏面前，拉下蒙面的披帛，雪白的面孔上一道紅色鞭痕清晰可見，她緩緩走上前，突然跪下行叩拜大禮，明箏一愣，不知道此女子是什麼來歷，卻聽見她開口講話：「狐女秋月，前來叩拜郡主。」

「秋月？」明箏恍然記起蕭天說過去年春上進宮的四名狐女中，有一位叫秋月的，明箏再仔細看此女子的面容，隱約可以看出一些端倪，恍惚記得見過此女。

「郡主不記得奴婢，但是奴婢卻記得郡主，當年在宮中郡主曾一口氣詠誦『女誡』。」秋月說道。

明箏急忙起身去扶她，詫異地問道：「果然是妳，妳如何會在這裡呀？」

秋月嘆口氣，便把自己和拂衣怎麼從宮中逃脫，怎麼落入金禪會的經歷給明箏詳詳細細講了一遍。又把前日遇到拂衣，被狐王解救的事也講了一遍。

「什麼？妳見到狐王了？」明箏簡直不敢相信，她知道蕭天定會來救她，沒想到如此快，明箏看著秋月臉上的鞭痕，問道，「這麼說是他們出手，妳才躲過一劫？」

「是呀，我只看到一個高個男子上了臺，他奪下鞭子，在臺上舞得眼花繚亂，然後他衝我噴了幾口血，當時看上去我的白衣袍都被染紅了，其實我只挨了三鞭子，如果不是他們出手相救，我恐怕小命早沒了，我這條命是狐王給的，為狐王我可以赴湯蹈火，希望郡主相信我。」

「秋月，我當然信妳。」明箏高興地摟住秋月，想到蕭天他們已經潛入京城，不由振奮起來。秋月給她帶來了一個最好的消息，她感激還來不及呢。

「秋月，」明箏突然想到一件事，「他們為何要鞭打妳？妳犯了何罪？」

「郡主，因為我是玉女，」秋月說道，「這座樓上的玉女，被金禪會養著有吃有喝，就要為他們做事，鞭惡日每月都要鞭打一名玉女，打死的不在少數，這是他們一項最吸引信眾的儀式，還有就是每月十五選信男，這天是要送被選上的信男一名玉女做新娘，這月十五被選上的新娘就是拂衣。」

明箏想起剛來那日看到那個新娘有些面熟，原來竟然是拂衣，便問道：「拂衣呢？」

「郡主放心，拂衣已被狐王救下。我今天來這裡就是拂衣給我帶的口信，讓我來見郡主。」說著，秋月從髮髻裡小心地取出一個紙團，遞給明箏。

明箏急忙接過，展開一看，上面是蕭天的筆跡：

吾妻，一別甚念，在外謀劃多時，汝且奉迎石，以求延時。

明箏看過揉成一團塞進方鼎裡與香焚了，然後低頭在屋內轉了一圈，她想著蕭天所說「汝且奉迎石」，難道是讓自己先向柳眉之妥協，以換取更多時間讓他們準備？

「秋月，拂衣見妳還說了什麼？」明箏問道。

「來不及多說，她如今已不是玉女，按說不能進來，只不過那幾個護法認識她，又給了好處才放她進來，她也只說看看姐妹就走，護法跟在她身後，她只給我塞了這個字條，又說一句『好好保重』，就走了。」

明箏點點頭，又問道：「我屋裡這兩個侍女妳認識嗎？」

「認識。」秋月拉著年長的女子對明箏道，「她叫含香，是個寡婦，被人販賣來的，還有一個三個月大的女兒不知去向，她哭了半個月，逃出去三次，最後被剪掉舌頭。她叫樂軒，是個童養媳，夫家敗落為還債把她賣到這裡。」

明箏看著兩人，兩人似乎並不知道在說她們，依然拿著荷包玩弄著。明箏嘆口氣：「這些姐妹真是可憐，如果有機會一定救她們出去。」秋月看著明箏道：「郡主宅心仁厚，只是她們被迫服下迷心散，如今根本不知道痛苦，妳讓她們離開這裡，她們定不會跟從。」

「對了，」明箏一把抓住秋月道，「妳想辦法告訴狐王，是梅兒出賣了我，是她在聽雨居下的毒。」

「狐王已經知道了。」秋月壓低聲音道，「他們進來堂庵，碰見了她。」秋月抬眼看了眼窗外，機警地壓低聲音道：「郡主，我該走了，不然撞上花姑就麻煩了。」

秋月走了兩步又想起什麼，急忙轉回身，對明箏交代道：「在這座樓上，午時最鬆懈，因為所有護法都要吃飯。還有我的房間在一樓，在這座樓上，樓層越高玉女的等級越高。不知把郡主安排在這裡是何用意，按照規矩，每月月底所有玉女都要抽籤，選出下次鞭惡日受刑的玉女和十五日的新娘。郡主，妳好好思謀一下，我該走了。」

秋月輕盈地出了房門，來到走廊便將披帛圍住面孔，匆匆下樓。

二

明箏在屋裡來回踱步，想想秋月的話，細思極恐，如今離月底沒有幾天了，她現在才明白柳眉之為何把她安排在這個樓上，這是最好的威逼她的手段。想到蕭天遞過來的字條上那句「汝且奉迎石」，「石」就是指李宵石，是柳眉之的本名，蕭天讓她暫且討好他答應他的條件，肯定是蕭天也想到了她脾氣執拗不願妥協，怕她吃虧，看來蕭天什麼都替自己想到了。

明箏坐下來，反覆思索後有了主意，她衝門口大叫：「來人！」

推門進來一個護法，問道：「明姑娘，何事？」

「取筆墨來。」

護法急忙點頭跑了出去。

不多時，進來兩個侍女，一個端著筆墨，一個手捧紙張。明箏走到端筆墨的女子面前查看了半天，又走到另一個面前看紙張，她抻開一張宣紙，叫了起來：「不行，去換了，我要徽州宣紙。」那個侍女低頭退下。明箏只想拖延時間而已，過了有一炷香的工夫，那個侍女走回來，手捧著一遝宣紙走進來。明箏找不出其他理由，便坐下擺出一副冥思苦想狀，半天寫下一兩個字。這邊的動靜很快就把梅兒吸引來了，梅兒笑嘻嘻地走過來，看著明箏伏案書寫的樣子，嘖嘖稱讚：「明箏姑娘，妳昨個兒不是還嚷著要繡荷包，今兒怎麼就不繡了。」

「那個勞什子活，我死活學不會，算了，我想通了，既然表哥想要我寫出那本書，寫了給他就是了。」

明箏噘著嘴說道，「妳去告訴李宵石，我怕他了，不然他明天就把我嫁出去了。」

「姑娘，誰是李宵石？」梅兒看了明箏一眼，不解地問道。

「把我的原話說給妳們堂主聽，他會明白。」明箏氣鼓鼓地說道。梅兒點點頭，轉身走出去。

過了兩個時辰，眼看到了晚飯時間，梅兒又顛顛地跑過來，她一臉喜色，人未進門，聲音先跑進來：「明箏姑娘，堂主命我帶妳到後園與他一起進餐，請吧……」然後轉回身，對屋裡的兩名侍女道，「收拾物品，明姑娘不住這裡了。」明箏一聲冷笑，道：「我的這位表哥，改弦易轍了。」

「堂主說，前些日子，後園子有外人，妳入住恐不方便，如今客人走了，正好讓姑娘搬進去。」梅兒笑嘻嘻地說著，一揮手，身後一名侍女托著一件嶄新的青色衣裙走進來，又進來兩名侍女拿走了圓桌上的筆墨和紙張。

明箏一看，身上玉女的白色衣裙終於可以脫下了，她長出一口氣，在屏風後面換上了新衣，走到銅鏡前重新整理了下衣裙，她發現衣裙的料子是名貴的江南織造出產的，青色是她最喜歡的顏色，可以肯定這款衣料是柳眉之親選的。

幾人走出房間，梅兒引著她走在前面。明箏故意把腳步放慢，她看到走廊裡走動著一些玉女，她希望秋月能看到她，知道她搬走了，她如今搬到的院子更不好見到秋月了。下到一樓時，正巧秋月走過來，她看到她們先是一驚，然後叫住梅兒，討好地問道：「花姑，妳這是去哪裡呀？」

梅兒估計都不知道此女子的名字，她不耐煩地推了秋月一把：「去一邊，讓開路。」明箏用手臂推了身旁的侍女含香一把，含香趔趄了一下，來到秋月面前。秋月看見了明箏的動作，就打手勢問含香，含香便打手勢回答了幾個問題。秋月急忙退到一旁，看著她們一行向側門走去。

出了堂庵的側門，沿著小徑往裡面走，前面有一片水塘，此時太陽已落山，晚霞的餘暉掩映在水面上，一片姹紫嫣紅。沿著水塘岸邊一直往前走，可以看見水塘另一側是一個布局精緻的園子，從這裡可以看見亭臺樓閣。梅兒瞥見明箏一直看著那邊，便說道：「水面那個建築叫藕香榭，是堂主開仙人宴的地方，咱們還要往前走。這片宅子是四進的大宅子，最裡面那進院子是堂主居住的地方。」

明箏想到頭一日被綁來時，所見的修在地下的密室，便問道：「你們堂主住在地下嗎？」梅兒被問得一愣，道：「堂主，是個風雅脫俗的人，他的居室外遍種梅蘭竹菊，妳一會兒便知道了。」

不多時，她們一行走進一個掩映在綠樹下的小院子，院門很小，門楣上一塊木牌，上書：竹園。她們一走進去，院門就被重重地關上。院門左右各站著一個人高馬大的護法。眾人走進院裡，當中的庭院裡被竹子占滿，竹子中間建有一個涼亭，涼亭上有竹製的座椅，庭院有崎嶇的碎石小徑通到後面屋宇，這片房子分正房和東西廂房。花姑引著明箏走到西廂房，幾個侍女開始收拾房子，花姑道：「姑娘，妳就住這裡，妳看這裡綠樹成蔭，馬上天氣轉熱，這裡是避暑的好地方，又清靜又陰涼。」

說著，指著中間的涼亭道：「一會兒，在那裡用餐，我先去準備晚餐了。」

明箏一時無事可做，便向涼亭走去。四周翠綠的竹子，確實是賞心悅目，她坐到涼亭上的竹椅上，四下寂靜無聲，只聽見風吹過竹子發出的沙沙聲。從院子一側飄過飯菜的香味，那個地方估計是廚房的所在。

這時，從院門處傳來腳步聲，明箏抬眼看去，只見柳眉之匆匆走過來，他身後跟著一個矮胖的人，明箏認出是那個金剛護法，看來柳眉之去哪裡都帶著他。

「明箏妹妹，讓妳久等了，我來遲了。」柳眉之看上去心情很好，他比以前胖了些，可能是近來志得意滿，看上去更加風流倜儻。他身後的金剛護法湊到她面前似乎是想和她說話，被柳眉之制止。

「明箏妹妹，我看了妳寫的幾頁紙，我很高興，」柳眉之笑道，直截了當地說道，「妳知道嗎？聽說吾土道士已死，如果妳能為我完成這本《天門山錄》，將有助我們金禪會今後的發展，我將不勝感激。」

明箏淡淡一笑，直言道：「我能有什麼好處呢？」

柳眉之看著明箏，聽她如此一說，他俊俏的面孔上慢慢綻開笑容，他沒有想到明箏也有跟他討價還價的一天，他盯著明箏問道：「妳想得到什麼？」

明箏看著柳眉之緊逼的目光，突然警醒，她想到蕭天字條上的那句話，便把到嘴邊的話咽了回去，對柳眉之說出去等於白說，還會引起他的警覺，她歪頭想了想，說道：「別急，我還沒有想出來，等我想出來了再說，你能答應嗎？」

「妳能想出來，我就能答應。」柳眉之輕鬆地一笑，他向亭下的梅兒一招手，幾個侍女端著盤子走上來。柳眉之看著明箏說道：「明箏妹妹，我們多長時間沒有在一起吃飯了？」

明箏嘆口氣，輕聲說道：「如果姨母還活著，她老人家看到你如今的氣象一定會高興的，她不會想到那個賣入樂籍的兒子，會成為萬眾矚目的人物，唉！」

柳眉之沒有想到明箏會說這樣一番話，他在她面前向來都有一種抬不起頭的感覺，這一番話深深打動了他，他眼睛瞬間溼潤了，幾乎哽咽地說道：「明箏妹妹，這個世界上也只有妳還記得我母親，有時候連我都忘了，我不孝啊，妳依然是這個世上我最親的人，我定會好好待妳。」明箏眼裡湧出淚水，是屈辱的淚水，只有她心裡清楚這一番話是多麼的言不由衷。

柳眉之看到明箏流淚還以為是被自己的話語感動的，衝動地上前握住明箏的手，道：「是哥哥不好，委屈了妳，不要怪我了。」

明箏越想越氣突然放聲大哭，柳眉之起身相勸，眼看也勸不住，突然想到一個主意，對明箏道：「明箏妹妹，我帶妳去瞧個熱鬧，定讓你開懷大笑。」明箏止住哭泣，看著柳眉之說道：「你這裡的熱鬧我看過了，不喜歡看。」

「這次妳定喜歡。」柳眉之說道，「今日給我的金剛選媳婦，妳可願意跟我瞧瞧熱鬧？」

「什麼？」明箏盯著柳眉之身後那個身軀矮胖、總是蒙面、行為怪異的人，她總覺得在哪裡見過，眼前就像蒙了層紗就是想不起來。「那新娘是哪裡人？」

「我讓他自己選。」柳眉之回頭望著雲，笑道：「金剛，我對你如何？如果你把我交代你的事辦成了，我還要贈你一座宅子，你就安家了，哈哈，可好？」

雲感激涕零，他急忙走到柳眉之面前，跪地叩拜，嘴裡含混不清地說道：「主人，雲……雲，感激不盡……今生……都……無法報答主人的……恩情……主人交代的……事……赴湯蹈火……一定辦好。」

柳眉之點點頭大笑。明箏聽得清清楚楚，柳眉之稱呼金剛雲，心下大驚，不由仔細地觀察起這個金剛來。他們匆匆吃了些酒菜，柳眉之就起身，領著明箏向外走，金剛和梅兒以及幾個侍女跟在身後。出了院門，一路向西，沿水塘走到一處堤岸邊，那裡泊著一隻木船，幾個人上了船，兩個侍女劃著木槳，不一會兒就到了對岸，走上一座曲橋，看見前面一座水榭上題：藕香榭。明箏看出正是剛才路過的那個園子。

藕香榭裡茶水已經擺好，幾個侍女站立兩邊。柳眉之坐到正中的位置，明箏靠左首坐下，雲坐到右首。柳眉之心情極好，這時對花姑說道：「難得藕香榭不宴請賓客，妳去把我的書童叫來，讓她們也來瞧瞧熱鬧。」

梅兒抿嘴一笑：「哎呀，我的堂主，真是難得你這麼好的心情，好的，我這就去叫她們過來。」

梅兒扭著身軀跑出去，不多時，一陣嘰嘰喳喳的吵鬧聲就從院門傳過來，接著從曲橋走過來一眾花紅柳綠的女子，一個個婀娜多姿，她們走進藕香榭排成兩列向柳眉之屈膝行禮。柳眉之笑著說：「先來見過明姑娘，我的妹妹。」眾女子好奇地望著明箏，有些低聲議論了幾句，便再次屈膝行禮，口稱：「姑姑好。」明箏想笑，什麼古怪稱呼，但也不想多言，便點點頭。柳眉之一揮手道：「好了，賜座。」

女子們擇位坐下。一名紅衣女子嬌滴滴地起身說道：「堂主，剛聽花姑說今兒給金剛選新娘，大喜的事如何沒有美酒助興呀？」眾女子一陣附和聲，有女子又提出，既有酒也要有菜才配。柳眉之大笑，然後就吩咐梅兒去辦了。

轉眼酒宴擺上來，女子們圍攏來端著酒杯向柳眉之爭寵，場面好不熱鬧。明箏不動聲色地喝著茶，她看著坐在右首的金剛，雲拉了下臉上的蒙面巾，把自己捂得更嚴了。

「明……箏姑娘，」雲開口說道，「妳如何……不……記得了，我是……雲。」

「你是雲？」明箏當然記得雲，自那日寧騎城去長春院抓捕柳眉之，雲輕死在當地後，他就消失了，明箏心裡一直有個疑問，是不是雲殺死了雲輕？一年後雲竟然以這種面貌現身，他身上到底發生了什麼？如何變成這般模樣？

「你是雲？你如何變成這樣？」明箏問道。雲不再回答，依然低著頭。

「是你殺死了雲輕。」明箏厲聲問道，想到雲輕明箏的心裡便一陣刺痛。

柳眉之推開身邊女子，他顯然聽到明箏與雲的對話，有些不悅地對明箏道：「明箏妹妹，大喜之日不要扯些不高興的事，妳既知道了他是雲，難道不為他高興嗎？以前他是個微不足道的奴才，如今他成了萬人敬仰的金剛護法，難道不值得為他驕傲嗎？」

明箏忍不住直言道：「你怎麼不問問他高興嗎？如今成了這般古怪模樣，人不人鬼不鬼的。」

「妳，」柳眉之直搖頭，「婦人之見。」柳眉之看向雲，得意地說道，「如今的雲威震朝野，無敵於世。雲，記住我的話，是金禪會成就了你的威名。」

雲急忙起身，走到柳眉之面前恭敬地深深一拜。

柳眉之滿意地大笑，然後看著明箏似乎是想證明他剛才所言，看明箏不再言語，柳眉之自討了個沒趣，便下令帶玉女上來。梅兒向曲橋的方向揮了下手，不多時，一隊白衣女子依次向藕香榭走來。

「雲，你喜歡誰，就告訴我。」柳眉之笑道。柳眉之身邊的眾女子也跟著起哄，來一個，就慫恿雲說：「這個好。」

眾玉女一個個愁眉苦臉，戰戰兢兢，似乎已經知情，看來梅兒已告訴她們是給金剛護法擇新娘。其中一個女子無意中看了雲一眼，嚇得一口氣沒上來，昏倒在地，一旁的兩個侍女急忙把她拉了出去。

雖說是給他擇新娘，雲看上去不比那些女子輕鬆，為了看得更清楚些，他把蒙在臉上的面巾拉了下來，這一個小舉動，引得下面一片驚叫聲，有些膽小的女子嚇得哭了起來。

雲知道柳眉之賜給自己新娘是籠絡他，他只是把自己當奴才使喚，寂寞孤獨的日子他過夠了，有個女子在身邊任他支使，想想也不錯，憑什麼他柳眉之過著王爺般的富貴日子，美妾環繞，錦衣玉食，而他不能呢，他知道自己身中劇毒能活多久還不一定，只能過一天算一天。

想到這裡，他乾脆把蒙面巾摘下來扔到地上，他從來都蒙著頭，從未在人前露出過真面目，此時一時興起，他忘乎所以高興地站起身，向玉女們走去。

只聽四座一片驚叫聲，玉女們有一半癱到地上。連明箏都驚得叫了起來。雲的腦袋上頭髮已掉光，頭皮上層層疊疊的殼狀物，比烏龜的形狀還可怕。

不等他走到近前，又有兩名女子昏了過去，女子們渾身打戰，生怕他選中自己。雲在眾女子中走了一圈，突然指著邊角一個女子，對柳眉之道：「堂主，就是她了。」

眾女子一陣低低的禱告聲：「阿彌陀佛，不是我。」

邊角的女子聽到這句話，話也沒說一聲，便倒到地上昏了過去。

「花姑，那名女子叫什麼？」柳眉之開心地問道。

「回稟堂主，」梅兒喜滋滋地走上前說道，「咱們金剛真是火眼金睛，看中的女子也是女子中的極品，她叫聽蘭，一十六歲。性情溫柔，知書達理，不可多得。」

明箏聽到聽蘭的名字，心一下提到嗓子眼，她急忙看過去，早已有侍女扶起癱倒的聽蘭走出去。

「好，金剛，聽花姑如此說，你可高興？」柳眉之問道。

「謝堂主成全。」雲高興地跪下謝恩。

柳眉之大笑，四周的眾女子也跟著開心地笑起來。柳眉之端起酒杯，眾女子爭相獻媚，雲加入其中，大家開始相互慶賀。

明箏也端起酒杯，腦子裡卻盤算著怎麼樣才能去見聽蘭一面。

三

回到竹園，明箏仍然沒有從驚懼中回過神來，藕香榭上宴席未散，她便以頭痛為名離開了。明箏走在竹園的碎石小徑上，想著剛才宴席上的種種情景，對柳眉之僅存的憐憫也喪失殆盡，只剩下痛恨。又聯想到蕭天遞過來的字條，看來還是蕭天更了解柳眉之，他之所以讓她曲意奉承，就是知道柳眉之什麼事都能做得出來。

走回房間，明箏往太師椅上坐下，便把兩個侍女叫到跟前：「含香，樂軒，妳們過來。」兩個侍女從門邊走過來，規規矩矩地站在她面前。「我知道你們不能說話，我只想讓妳們聽我說，」明箏看著她倆，懇切地說道，「我一天也不想在這裡待下去，我一定要逃出去。妳們願意跟我一起逃嗎？」

兩個女子傻呆呆地抬起頭，茫然地看著明箏，然後兩人面面相覷，垂下頭去，頭搖得像個撥浪鼓似的。

明箏並不氣餒，接著說道：「我知道妳們是怕了，被打怕了，被欺負怕了，但是與其在這裡等死不如殊死一搏，沒準我們能逃出去。」兩個女子依然垂著頭，只是兩人的手開始不安分地揪著衣裙，明箏看出她倆有些心動，只是害怕而已。

「那好吧，我不會連累妳們，」明箏一笑，安慰她倆道，「明日我見花姑，讓她把妳倆換走，再派兩人服侍我，我就是失敗了，也絕不連累妳們。」

突然，含香抬起頭，眼裡含著淚點點頭，接著跪了下來。樂軒看含香跪下，她也跟著跪了下來。

「妳們是同意跟我一起逃走了?」明箏問道。

兩個女子點點頭。明箏急忙扶起她倆，高興地說道：「這裡也非銅牆鐵壁，我們一定能逃出去。」兩名女子又驚又喜，雖不能說話，但是倆人的眼神把內心的期盼和渴望表達得一清二楚。

「一會兒，我要去見聽蘭，你們倆人，一個留下守在這裡，如果有人來，就指著床榻，打手勢告訴他我不勝酒力，睡下了。」明箏說道，「今日夜裡，是一個好機會，堂主喝了不少酒，肯定會疏於防範，我要到園子裡看看，把道路勘察清楚。」明箏看著含香，「妳跟我去吧，樂軒留下守在這裡。對了，樂軒妳把衣服脫下，我換上妳的衣服出去，會方便些。」

三人緊張地準備起來，明箏穿上樂軒的白袍子，領著含香走了出去。出了西廂房的門，走到廊下，外面月朗星稀，院子裡寂靜無聲，明箏遠遠看著中間正房緊閉的大門，心想不如趁柳眉之回來前，去裡面看看。她轉身沿遊廊向正房走去，一旁的含香可是嚇壞了，急忙去拉她，用力擺手，想阻止她。

此時門前也沒有護法，正是進去的大好時機，平日這裡守衛很嚴。明箏豈肯放過這次機會，她對含香道：「妳藏在這裡等我，我去去就來。」明箏飛快地沿著遊廊向正房跑去。

緊閉的大門輕輕一推就開了，明箏站在門外四處張望了一下，急忙走進去。裡面是一間空蕩蕩的正堂，正面高掛著一副大匾，匾上寫著斗大三個字「金禪會」，下面是一張長條几案，幾案上兩盞長明燈。幾案前方兩排十二張楠木太師椅。

明箏往裡走，走到後堂處，看見兩邊的牆上分別掛著宮燈，這時鼻孔中嗅到一種氣味猛然讓明箏回想到頭天到這裡時的情景。她的嗅覺一直很敏感，她環視四周，但這裡與那天見到的神祕的密室顯然不同呀。

明箏四處查看，那種氣味越來越強烈，明箏正百思不得其解，突然聽到大門響，接著一陣腳步聲傳過來。明箏嚇得急忙往屏風後面躲。三個身著金襌會護法長袍的男子走過來，他們直接走到後堂。明箏認出其中一人，正是在石坪鎮上遇到的吳陽，只見他走到牆壁邊，摳出一塊青磚，伸手進去，不一會兒地面傳來咯咯吱吱的響聲，接著地面出現一個一丈多寬的方正的洞口，三人走進洞口。

明箏看著三人走進去，這才恍然想到，頭天自己被蒙上眼睛走進的地下密室必是這裡，明箏從屏風後走出來，小心地走到洞口，看見有臺階直通下面，更加堅定了剛才的判斷。

明箏沿著牆壁走下去，聽見前面三人的對話。

「吳大哥，我不敢進去了，今天你進去查看吧。」一個男子說道。

「瞧你那熊樣，幾具女屍就把你嚇成這樣。」吳陽道。

「不過，真是挺嚇人的。」另一名男子說道。

「行了，你們倆在外面候著，我進去瞧瞧。」吳陽大大剌剌地說道。兩人顯然很感激，忙不迭地恭維道：「還是大哥體恤咱們……」

三人下了臺階，前面是寬闊的大廳，只有牆壁上插著一支火把，裡面顯得陰森森的。三人走過大廳直接向前走去。明箏為了防止被發現中間離了很遠的距離，她小心地下了臺階，走到這邊的大廳，借著陰暗的光線看到大廳的正前方寶座的輪廓，她認出頭天來的地方正是這裡，這是柳眉之的密室。

明箏看到寶座一旁的方鼎裡忽明忽暗，顯然燃著香。她所聞到的氣味就是出自這裡，由於地下不通風，這裡長年燃著薰香，這種香是祛除異味和黴菌的。明箏不敢耽擱，沿著剛才三人的路線走去。前面是長廊，有些單個的房間，但門都緊閉著。

長廊的前方傳來一些雜亂的聲響，似是人聲還混雜著女人的哭泣聲。明箏停下來，她目測了一下距離，自己不好再往前走了。想到剛才三人的對話，明箏猜出這裡定是關押了許多女人，明箏心想就這一條販賣人口，如果坐實，柳眉之就有牢獄之災了。

想到此明箏轉身往回走，悄悄離開這裡。能找到這個密室就是今天的意外之喜。明箏沿著臺階匆匆往上走，她必須在他們上來之前離開洞口。她走到洞口，看看四周沒有異樣，急忙上來，然後沿著牆壁向大門匆匆走去。

剛邁出大門，就聽見院門處傳來一陣笑聲。明箏站到門口，清亮的月光下院子裡一片朦朧，一時迷了方向，突然從一邊伸出一隻手拉著她就跑。明箏愣怔著，這才認出是含香，含香拉著她跑到一邊遊廊下的草叢裡。

這時，遊廊上走過來七八個人，兩名女子攙扶著有幾分醉意的柳眉之，身後跟著兩名侍女四名護法，一旁的梅兒還在絮絮叨叨地說個不停：「堂主，我看今兒金剛是真高興了，還喝了酒。那大婚之事，擱什麼日子好呢？」

「什麼日子？」柳眉之沒好氣地說，「我把他當神似的寵著，是讓他為我辦事，事不成什麼也沒有。你告訴他，事成後大婚便隆重辦理。哈哈，一定會讓他滿意。」

「知道了，堂主。」梅兒笑嘻嘻地說道。

「梅兒，」柳眉之停住，看了梅兒一眼，冷森森地笑道，「吳陽給我說，上月的支出多出了上萬兩銀子，有這事嗎？」

「哎呀，我的堂主呀，」梅兒亮起大嗓門喊起冤來，「這麼多的迎來送往，不算仙人宴，藕香榭也沒有消停過幾日，這些都是需要銀子的呀。堂主，我梅兒對你的忠心青天可鑑呀。」

「行了，我也沒說妳不是，」柳眉之哈哈一笑，壓低聲音道，「妳只要心中有數即可。還有，這邊西廂房裡住著的這位，妳要給我好生招呼著，她每天幹些什麼，去哪兒了，都要給我稟告。」

「是，堂主，我會好生招呼的。」梅兒說道。

幾個人從遊廊拐到東廂房，聲音也漸漸遠了。明箏後背驚出一身汗，她拉著含香走上遊廊，沿原路返回。剛回到房間，就聽見外面傳來叩門聲，明箏急忙跳到床上，用被褥蒙住只露出一個腦殼。含香急忙把樂軒藏進偏房，方去開門。

「明箏姑娘呢？」花姑含笑問道。含香雙手合十放到耳側。

「睡了？」花姑說著，走進裡面，看見臥榻上睡著的明箏，點了下頭，對含香低聲道，「好了，不要叫醒她，我也該回去歇息了。」說著，打了個哈欠，走出門去。

聽見關門聲，明箏一躍而起，她走到窗邊，搗開窗紙一角，看見花姑領著個侍女沿遊廊向院門走去。

「含香，走。」明箏說著拉著含香就走。兩人悄悄推開門，身後的樂軒輕輕把門合上。

「含香，咱們去堂庵，有沒有近路？」出了竹園的門，明箏小聲問道。

含香站住想了想，點了點頭。她走到前面，四周漆黑一片，又在樹蔭下，明箏什麼也分辨不出，只能跟著含香向前走，她們沿著一條小徑，一旁是高高的院牆，一旁是種植的花木。兩人默默走著，四下裡只聽見蟲鳴聲，偶爾聽見頭頂上鳥雀飛過時發出的一兩聲嘶鳴。

跟著含香七拐八拐出了小道，看見前方一個黑乎乎的建築，明箏認出是堂庵，含香走到中間側門，門沒有上鎖。裡面四周放置有夜燈，大廳裡靜悄悄的，兩人繞過木臺，直接走到樓梯口，上了樓。到了這裡，明箏就熟悉了，她走到了前面，匆匆跑上三樓，直接來到聽蘭的房門前，窗上還有光影。明箏把耳朵貼到門上，聽見裡面隱隱有說話聲，知道聽蘭不會睡著，便敲敲房門。屋裡突然一片寂靜，連燈燭也被突然熄滅。

「聽蘭，開門，是我。」明箏簡短地說道。

裡面傳來窸窸窣窣的聲響，接著燈燭重新點燃，門「嘎吱」一聲拉開，聽蘭站在門口，看見是明箏急忙拉她進來。

「明姐姐，妳瘋了，如果讓護法撞見，妳可就慘了。」聽蘭說著，急忙關上房門，看見明箏身後還跟著侍女含香，就衝含香說道，「明姐姐可能不知道這裡面的厲害，妳也不知道嗎？」含香低下頭。

「妳莫怪她，是我執意要來的。」明箏看著聽蘭，看見她眼睛依然紅腫著，想必一直在哭，便憂心地問道，「聽蘭，看見妳在藕香榭昏過去，我實在不放心，過來看看妳。」

「明姐姐，」聽蘭一聽此話，眼裡的淚又忍不住往下掉，「我今天才知道，妳與堂主沾親帶故，求姐姐給堂主說說情吧，我不想嫁給金剛，這太可怕了……」聽蘭嚶嚶地哭起來。

「恐怕不管用，堂主是個六親不認的人，」明箏一聲冷笑，「妳看看我不是也像你一樣是個囚鳥嗎？」

「那我就只有一死了。」聽蘭絕望地看著明箏。

「聽蘭，」明箏急忙說道，「我來看妳，就是怕妳做傻事，」明箏拉聽蘭坐到桌前，說道，「如今雖說是選中了妳，但是不還沒有定日子嗎？」

聽蘭點點頭，眼巴巴地看著明箏。

「那咱們還有應對的時間。」明箏說道，「不要怕，咱們慢慢跟他周旋。」

「如何周旋？」聽蘭似乎聽到希望似的，急忙擦了擦臉頰上的淚問道。

「如果明日花姑來，妳就先是大哭大鬧，她定要用好言好語來說服，最後妳就當是沒有辦法只得答應，先答應她。」

「為何要先答應她？」

「這樣可以讓她放鬆警惕，咱們好想到對策。」明箏說道。

「那我答應了，她如果說出大婚的日子怎麼辦？」

「大婚的日子不是金剛能定的，堂主讓金剛為他辦一件大事，什麼大事我暫時沒打聽出來，他們口風很嚴，事成後才會大婚，或許是對金剛的獎勵吧，所以說咱們還有時間。」明箏說道。

「明姐姐，我還是很害怕。」聽蘭頭趴到明箏肩膀上，又嚶嚶地哭起來，「咱們該怎麼辦呀？」

「會有辦法的，」明箏看著圓桌上的燭光，安慰道，「我知道會有人來救咱們的。」

「誰？」聽蘭突然抬起頭，抓住明箏的胳膊問道。

「現在不方便說。」明箏一笑，「妳只要按我說的做，先與他們周旋。記住了？」

聽蘭點點頭，道：「明姐姐，在這裡我只相信妳。」

「這就好，記住我說的話。」明箏看了眼窗戶，道，「我該走了，有事我會讓含香來找妳。」

聽蘭起身相送，明箏走到門口，突然停下，問道：「聽蘭，有件事我想問妳，妳知道金禪會有個關押女人的密室嗎？」

聽蘭面色一白，點點頭道：「知道。我曾在裡面待了三天，很多女子在裡面不服馴化，被打死了，我為了活著，什麼都願意做，才出來的。」

「怎麼馴化？」

聽蘭垂下頭，似是不願說，臉上現出驚慌的神情，她看明箏一直在等她開口，索性就說了出來：「就是要願意為金禪會獻身，聽他們召喚。他們找來妓院老鴇，教授她們技藝，一些姿容秀麗的女子，就被他們送進一些官宦顯貴家裡做禪師，名義上夜夜念禪，實則是供那些達官貴人淫樂。」

明箏大驚：「聽蘭，妳以前？」

「我九死一生，」聽蘭苦笑道，「被那家人送回金禪會時，只剩下最後一口氣，那時我不過十五歲，前日我剛過了生日，我想我活不過十七歲。」

明箏上前急忙把她抱進懷裡，眼裡的淚奪眶而出，嘴裡怒叫道：「柳眉之，你喪盡天良，我明箏今生絕不放過你。」聽蘭抱住明箏失聲哭起來。

明箏扶住聽蘭的臉頰，擦去她臉上的淚：「聽蘭，妳聽著，姐姐一定救你出去，相信我。」

聽蘭點點頭，說：「姐姐，我信妳。」

聽蘭身後的含香一直低著頭抹淚，此時她也上前來，與聽蘭和明箏緊緊抱在一起。

「好了，我們得走了，聽蘭，記住姐姐的話。」明箏說著與含香走出房間，兩人沿著走廊裡側迅速向前跑去。

此時更深夜靜，四處一片寂靜。廊中掛著的宮燈有一半已熄滅。兩人下了樓梯，突然聽見前方有腳步聲。含香拉著明箏跑入二樓躲到暗影裡，幾個護法巡視到此，直接走上三樓。明箏聽見他們腳步聲遠了，才從走廊裡走回樓梯，下了樓，沿原路返回。

回到竹園，看到園子裡寂靜無聲，明箏的心才放下來，一晚的冒險幸好有驚無險。一進房間，明箏迅速換上自己的衣裙，吩咐含香和樂軒下去休息，自己則坐在圓桌前，對著微弱的燭光用極細的狼毫筆往一方手帕上給蕭天寫信，她要把今天所見所聞告訴蕭天。

匆忙寫完，她小心疊成小小的一團，塞進自己衣袖裡。就看明天能不能見到秋月了。明箏想著睡意突然來襲，她走到床榻前躺上去，一時半刻便睡了過去。

四

翌日已到巳時，含香看著明箏依然睡意酣重，就沒有叫醒明箏，想到昨夜她可能太勞頓了，就想讓她多睡會兒。誰知花姑竟一早跑過來，一走進屋裡，看見明箏依然睡著，兩個侍女坐在圓桌前繡荷包，氣便不打一處來。

「妳們兩個死丫頭，也不看看這都什麼時辰了，還讓明姑娘這麼睡著？」花姑指著兩人的鼻子尖數落著。

含香急忙站起來，打手勢做個寫字的樣子。

花姑便不再說話，走到書案的一旁，伸手翻了翻放在上面的宣紙，看見上面密密麻麻的字，由於她不識字，便不再說什麼，臨走交代道：「一會兒，妳們服侍明姑娘起來，催促她多寫，堂主急著要呢。」

兩個侍女急忙屈膝行禮，不停地點頭。打發走花姑，兩個侍女一回到圓桌前，竟看見明箏已坐起身。

「花姑走了？」明箏問道。

含香和樂軒急忙走過來，含香打手勢指著書案上的書稿。明箏點點頭，說道：「我都聽見了，她進來我就醒了，只是不想與她說話。」

明箏洗漱完後，稍微用了點早餐，便走出房間，在廊下看著外面的大日頭，轉身問含香：「咱們去外面轉一轉如何？」

含香急忙搖頭，轉身指著書案。明箏知道含香要說什麼，花姑每天來都要查看她書寫了幾頁紙，明箏走到書案前，轉來轉去，突然有了主意，她端起墨往裡面加了許多水，開始研磨。明箏向含香招手，含香走過來，明箏把墨交給她，含香接著研起來。

過了片刻，明箏走過來查看，滿意地一笑，然後小心地端起墨向書案上那些紙張潑去，頓時，寫過的和未寫過的紙張上沾滿墨跡。明箏一笑，說：「走嘍，找花姑要紙去。」

含香和樂軒剛開始一愣，聽明箏這麼一說，竟然開心地笑起來，咯咯咯地笑個不停。這是明箏看見她倆第一次笑。

三人走到院子裡，向院門走去。外面豔陽高照，鳥語花香。在這個陰森森的院子裡，百花竟然瘋了似的競相盛開。

三人沿著水塘的岸邊向堂庵走來，她們一路上小心翼翼，一路上並沒有遇到一個人，明箏暗自詫異，當她遠遠看見堂庵的高高聳起的屋簷時，心裡一陣狂喜。

這時，看見一長溜身著白衣的女子從藕香榭的方向走來，打頭的竟然是花姑。此時花姑也看見了明箏，她先是一愣，然後平靜地走過去，笑著說道：「明箏姑娘，妳出來怎麼也不說一聲？」明箏並沒有馬上回答，她的眼神迅速地往人群裡掃了一眼，她看見秋月也在人群裡，便高興地說道：「花姑，我是來找妳的。」

「找我？」花姑臉上綳不住地陰沉下來，「明箏姑娘，難道沒有人給妳講這裡的規矩嗎？這裡不管什麼人都是不能輕易走出居所的。」

「真的？」明箏看著秋月向自己身邊靠近，十分高興，好機靈的女子，便決定與花姑理論理論，「花姑，妳說此話好沒道理，我身邊有一個會講話的人嗎？是不是妳故意這樣安排，我如何會知道妳們這裡的破規矩？」

「你，」花姑看著明箏身後的含香和樂軒，氣得直瞪眼，「明箏姑娘，妳這樣做要是讓堂主知道了，我會很為難的。」

「我不為難妳。」明箏說著跑進白衣女子的佇列，道，「我跟著妳們一起走，我只是待在院子裡太悶了，想出來熱鬧一下。」明箏說著一隻手拉住了秋月的手。

「明箏姑娘，」花姑急忙上前一步把明箏拉過來，「妳若是如此任性，我可是要稟明堂主了。」明箏看見花姑拉她，索性也拉著她，兩人拉扯起來。

秋月自看見明箏，就知道她是有意要接近自己。當明箏去拉她的手，她感到一樣東西被塞進手心，心裡馬上什麼都明白了。秋月緊緊攥著那樣東西，趁亂悄然退到後面。

突然，從堂庵走出一隊人馬，女子們一看呼啦啦跪下一片。

明箏轉過身，看見柳眉之一身白衣外披鑲金邊的大氅默默走過來，他身後跟著雲和其他十幾名護法。柳眉之陰沉著臉站在那裡，不怒自威。花姑急忙屈膝行禮：「堂主。」

「花姑，妳們在這裡拉拉扯扯做什麼？」柳眉之看看明箏又看看花姑。

「堂主，明姑娘她不願好好在院子裡待著，要出來閒逛，我就說了她兩句。」花姑氣呼呼地說道。

「明箏，花姑說的可屬實?」柳眉之問道。

「可我出來是專門找她的。」明箏故意混淆視聽。

「妳找她做什麼?」柳眉之壓住火氣問道。

「沒有紙了。」明箏說道。

「天呀，我昨日才給妳送去的紙，今天巳時去看妳，妳還沒有起床，難不成妳一會兒工夫寫完了一遝紙?」梅兒怒氣頓生。

「不能用。」明箏一攤雙手，很無奈地說道。

「明箏妹妹，」柳眉之緩緩走近明箏，他眼神犀利地盯著她，聲音不大卻擲地有聲，「妳又開始在我面前玩這些小伎倆，難道妳忘了身處何地嗎?」

「柳眉之，別在我面前裝什麼堂主，你什麼貨色，你自己應該清楚，你聽著，善惡到頭終有報。」明箏眼神逼視著他，再也裝不來順從的姿態，要不是離得遠，她的巴掌都上去了。

「哈哈，這才是妳的真面目吧，前幾日妳都是裝的對吧?」柳眉之突然大怒，對著身後的雲大叫，「把她投入地牢，我不信她不向我屈服，我就等著妳來苦苦求我的這一天。」

「柳眉之，我也等著呢。」明箏厲聲道。

柳眉之突然伸手向身後護法的腰間拔出大刀，指著明箏，「妳……在這個世上沒人敢這麼跟我說話。」

「你敢殺我嗎?」明箏鄙視地看著他，「你敢以下犯上，家奴要殺他的主人了!」

柳眉之氣得猛地把刀扔到地上，衝雲叫道:「把她給我關起來。」

雲和兩個護法跑過來，雲含混不清地說道:「明……箏姑娘，不可……這麼……對堂主。」

兩個護法扭住明箏就走，一旁的含香和樂軒一看明箏被押走了，急忙跑到柳眉之面前跪下，不停磕頭。柳眉之嫌棄地一腳踹開含香，對另兩個護法喊道：「把她倆一起帶走。」

秋月望著突如其來的變局，面色如土。她目光緊緊跟隨著明箏，不安地凝視著。

已是申時，初夏的陽光火辣辣地潑灑著。早市已收，街道上行人稀少，大多數人還躲在陰涼的家中歇午。西苑街自西向東烏泱泱行來一隊車馬，前面有四匹駿馬衛士護佑，中間是一輛四輪華蓋的豪華馬車，後面還跟著數十名侍女。

一些在樹蔭下乘涼的路人，看見這隊人馬都坐直身子，猜測著定是哪位皇族的女眷，不由好奇地向馬車裡窺探。只見馬車窗簾挑了一角，隱約可見一位貴婦高高梳起的髮髻。

這隊車馬很快駛離西苑街，徑直向宮門行駛。

「吳陽。」馬車裡一聲呼喚，打頭的護衛突然掉轉馬頭來到馬車前，回稟道：「堂主有何吩咐？」這打頭的護衛正是吳陽，由於騎在馬上不便行禮，吳陽躬身道，「前面便是宮門，高公公的人應該在宮門前候著了。」

「我一會兒乘他的小轎進去，你便守在這裡。」車廂裡的柳眉之低聲說道。他今日一身貴婦打扮，只為了進宮時不引起旁人注意。

吳陽點點頭，掉轉馬頭回到前面，轉眼到了宮門前。果然在宮門前站著四個太監，旁邊是一乘兩人抬的小轎。張成站在四人中間，看見車馬隊過來，心裡不由暗罵一聲。

張成迎著吳陽走過去，拱手一揖：「高公公吩咐我在這裡恭候柳堂主。」「可是張公公？」吳陽問道。

「正是。」張成回道。

吳陽轉回身走到馬車前道：「堂主，是張公公。」柳眉之扶著吳陽伸出的手，款款走下馬車。他不去理會張成詫異的目光，徑直走到那乘小轎前，吳陽急忙掀起轎簾，柳眉之默默坐進去。張成對兩邊的太監一擺手，小轎晃晃悠悠向宮門而去。

張成如今是高昌波手下的得力幹將，懼於東廠的威名，他所到之處皆是阿諛奉承，哪敢阻攔過問。此時把守宮門的禁軍連問都不問，急忙放行。柳眉之掀開轎簾一角，心裡一陣嘆息，得罪東廠真不是他可以承受得起的。柳眉之一路上冥思苦想，腦中逐漸有了清晰的思路。此次面見王振，是想聯合他做殊死一搏。

昨日，梅兒祕密跑到他那裡，告訴他一個驚人的消息，讓他方寸大亂，思來想去也只有這一步棋可走了。他派梅兒日夜監視明箏，果然不出他所料，蕭天的動作如此快，他們已經殺進京城。這幫人如今是他的心腹大患，如果不在王振出征前把他們剿滅，定會後患無窮。如今僅憑他手下的力量，他沒有把握，只能拉上王振，以東廠和錦衣衛的勢力，足以滅了他們。想到此，柳眉之有些暗暗得意。

小轎沿著甬道，很快來到乾清宮旁一個角門前。張成命把轎子直接抬進院裡。柳眉之下了轎，也不敢耽擱，緊跟著張成走進了一個穿堂，七拐八拐進了一個陰暗的偏殿。抬頭看見高昌波正站在門前，高昌波向張成點了下頭。

「柳堂主，你去吧。」張成伸手相請。

柳眉之跟著高昌波向裡面走，一邊走一邊道謝：「謝高督主在先生面前引薦我，日後當重謝。」

「好說，好說。」高昌波淡淡地說道，「近日先生情緒不好，整日與那幫朝臣鬥氣，你可要長話短說，越快越好。」

「是，是。」柳眉之急忙附和道。

陰涼暗淡的大殿裡，一盞巨大的方鼎裡焚著檀香，一縷白煙絲絲繞繞飄向空中。靠牆的床榻上放著案幾和茶壺，王振靠著軟墊借著窗外的光亮看奏摺。聽見腳步聲，他抬起頭，一雙皺巴巴的眼睛盯著來人。

高昌波上前一步，回稟道：「先生，我把柳堂主帶來了。」

王振目光盯著柳眉之，眉頭越皺越緊。柳眉之上前雙膝跪下，叩頭行禮道：「拜見先生，為了方便進宮，高督主吩咐我扮上女裝，讓先生見笑了。」

王振這才舒展眉頭，乾笑了兩聲：「起來吧。」王振看柳眉之站起身，又乾笑了幾聲，說道，「你不說，我還真以為你是個娘兒們呢。」高昌波見王振笑起來，也跟著大笑起來。

「柳堂主，我還是很欣賞你的，」王振看著柳眉之點著頭道，「你孝敬我的那些東西，我也都收下了，看得出你是用心了。」

「先生，那些東西不足掛齒。」柳眉之上前一步，哈著腰壓低聲音道，「今日面見先生是想再向先生獻上一禮。」

「哦？」王振看看高昌波開心地笑起來，「是何東西，拿來也讓高公公見識見識。」

「先生，可還記得官府通緝的要犯狐山君王嗎？」柳眉之看著王振，道，「如今他正在京城，我有確鑿證據可以證明他與兵部的于謙勾搭在一起，想謀害先生你。」

「什麼？狐山君王不是已經被炸死了嗎？」王振突然扭頭望著高昌波。

高昌波一愣，臉上冷汗直冒，他怒視著柳眉之叫道：「柳堂主，你把話說清楚，狐山君王在去年馬市爆炸案中已經炸死了，你見到的到底是誰？」

柳眉之聽高昌波如此一說，心裡一驚，馬上推測出高昌波虛報功績在王振面前討好，他這一說定是讓他露了餡，但此時已顧不了這麼多了。他接著說道：「狐山君王的真實身分，是罪臣國子監原祭酒蕭源之子，他還有另一層身分，便是興龍幫幫主，他手下勢力很大，早已跟于謙勾結。兩日後刺殺于謙的計畫，還請先生重新思謀。」柳眉之說完這一大段話，額頭上的冷汗不比高昌波少，他故意在明箏面前吐露了兩日後刺殺于謙的計畫，估計這個消息已被明箏送出去，他便是想引蕭天到場，好一舉殲滅他們。蕭天一除，明箏便成了孤家寡人，再無勢力可倚仗，時間一長，必會向他妥協，到那時《天門山錄》便是他囊中之物。

柳眉之的一番話，讓王振沉默良久，面色越來越陰沉，高昌波嚇得雙膝一顫，跪到了地上。

「一群笨蛋。」良久，王振惡狠狠罵了一句，他抬頭看著柳眉之問道，「柳堂主此番前來是否已經有了好的謀劃？」

「先生，小的斗膽進一言。兩日後于謙出城是咱們下手的最好時機，我有意把這個消息透漏了出去，他們也必會全力保護于謙，會傾巢而出，咱們只需提早埋伏在制高點，集中力量一舉把蕭天和于謙當場殺死，然後製造一個車翻人亡的現場呈報朝堂。先生看如何？」

王振眯著眼睛思謀片刻，深有疑慮地問道：「若是他得了信，不敢再出城呢？」

「那便是他向先生妥協了，他怕了，」柳眉之上前一步，抹了下額角的汗，壓低聲音問道，「先生，依先生這些年與于謙打交道的經驗，他是那種容易妥協的人嗎？在此時期，他為了出征與先生公開翻臉，前幾天先生還遇刺，他在京城都敢對先生出手，這種膽大包天的人區區一點危險他會退卻嗎？」

「哼！」王振拍案而起，叫道，「他巴不得抓住我的把柄，好在皇上面前幹翻我，于謙……此人不除我寢食不安。好，就按柳堂主的謀劃，在城外與于謙決一死戰。」

柳眉之急忙哈腰稱是，接著說道：「兩日後我會命所有護法前去助陣，但是刺殺于謙，他的手下不可小覷，他身邊還有江湖力量。為了穩妥起見，我建議東廠和錦衣衛埋伏在四周，若是我手下護法得手，他們不用出頭！若是我手下失手，他們作為第二撥力量再行攻擊，這樣咱們勝算方大。」柳眉之說完，用手背擦了下臉頰上的汗珠，望著王振。

王振瞇著眼睛斜乜了柳眉之一眼，良久方點點頭道：「甚有道理。」柳眉之聽到此話，長出了一口氣，腰也挺了起來。

王振盯著跪在地上的高昌波道：「上次之事，不予追究，你照柳堂主的意思，速去部署，此次務必幹掉于謙，以洩我心頭之恨。」

高昌波急忙點頭應承：「先生放心，我這便去部署。」

「好，你們下去吧。」王振揮了下手，靠到軟榻上，「這次，我可是等著你們的好消息啊。」

高昌波和柳眉之躬身退了出去。

一出偏殿大門，柳眉之急忙給高昌波賠禮，高昌波雖惱怒但想到眼下還要用他，也不便發火，只是點著頭鼓勵道：「柳堂主，此番行動只能勝利，不可再有閃失呀。」

「高督主所言極是，那小的速速回去部署了。」柳眉之向高昌波告辭，轉身跟著候在外面的張公公走向穿堂，坐上小轎，沿原路返回。

第四十三章　順藤摸瓜

一

路邊樹梢上知了沒完沒了地叫著，此時上仙閣是門可羅雀，幾個夥計靠在椅子上正打盹，突然一個紫衣女子匆匆走進來，她直接走到櫃檯前說道：「掌櫃的。」

「姑娘，妳有事嗎？」韓掌櫃打了個哈欠，從櫃檯裡走出來，他抬眼仔細一看，認出這是那天幫主從外面救回來的女子，韓掌櫃突然想起她的名字，「妳是拂衣。」韓掌櫃看見她一臉焦急的樣子，急忙問道，「姑娘可是有事？」

「掌櫃的，你記性真好。」拂衣擦了把額頭上的汗，按捺住心裡的焦躁，壓低聲音說道，「我要見你們幫主。」

韓掌櫃點點頭，匆匆上了樓。不一會兒走下來，向拂衣招手：「拂衣姑娘，快上來。」

拂衣匆匆上了樓，掌櫃的把她帶到一個房間門口，小六推門跑出來，歡樂地抓住拂衣的胳膊：「拂衣姐姐，妳來了。」拂衣像對自己的小弟弟一樣，愛撫地摸了下小六黑乎乎的臉蛋。

「進來吧，幫主他們都在呢。」小六拉拂衣進去。

屋子裡坐滿了人，蕭天看見拂衣進來，急忙讓小六給搬過來一張椅子，拂衣落座，看了眼眾人，臉色一變幾乎哽咽著對蕭天道：「裡面出事了。」

蕭天臉上一僵，忍了忍，卻突然轉變話題問道：「拂衣，胡老大沒有再欺負妳吧？」

「他哪兒還敢呀，」拂衣道，「他倒是對我挺好的。」

「裡面出了何事？」一旁的張念祖執意問道，兩道劍眉緊緊皺到一起。

「郡主被關進地牢。」拂衣說著，急忙從衣袖裡掏出卷成團的帕子，交給蕭天，「狐王，這是郡主塞給秋月的，我今日去金禪會秋月交給了我。」

張念祖霍地站起身，臉色鐵青地叫道：「幫主，不等了，咱們今天就動手吧。」

「就是，不能眼看著嫂夫人受苦，咱們在這裡坐等著呀。」李漠帆也跟著站起身。

「胡鬧！」蕭天瞪著張念祖和李漠帆，厲聲說道，「坐下，今日既已約好與于大人見面，就是要商議此事。」蕭天看見幾人蠢蠢欲動的急迫樣子，知道是為明箏著急便緩和了語氣，「我比你們還急，明箏是我妻子，但是必須要忍一時。」蕭天說著走到窗邊，展開帕子，匆匆流覽了一遍，急忙塞進自己衣襟裡。他重新坐回到椅子上，臉上的神情越加難看。

「幫主，嫂夫人都說了什麼？」李漠帆急得大叫。

「你們的這位嫂夫人呀，」蕭天說著，臉上突然綻放一絲笑容，是那種引以為豪的笑，「她在裡面沒有閒著，她摸清了柳眉之的底細，正如于謙大人所說，柳眉之與人販勾結，販賣女人，馴化她們，然後送到京裡官宦人家，暗地裡監視這些朝臣，這背後估計也有王振的勢力參與進去。就販賣人口這一條，就足以給柳眉之定罪。」

「明姑娘被押入地牢，說明她的行動被發現了，」玄墨山人尋思半天插了一句道，「咱們還是要提早做準備，以免出現閃失。」

「明箏的性格我清楚，」蕭天嘆口氣，「我還專門讓拂衣給她傳話，讓她且忍耐，但是她一貫眼裡不揉沙子，與柳眉之鬧翻是遲早的事。但是，大家放心，柳眉之再陰毒，他與李家的淵源，還有他母親與明箏的關係，我想，他不會不忌諱。」

「哼，」張念祖一聲冷笑，「大哥，你說的是正常人，柳眉之能算是正常人嗎？他但凡想過他的母親，也不會對明箏下手。」

蕭天臉上肌肉顫了幾下，他心裡的苦痛不想被人看到，他知道大家都在看著他，等著他發話。蕭天目光堅定地望著眾人，緩緩說道：「此次行動不光是去救明箏和秋月，若是這樣，咱們即使救出了她們，若放跑了柳眉之，他還會到別的地方繼續害人，此次是遵循于大人的安排，和刑部一起行動，一舉搗毀金禪會，人贓俱獲，把他押入大牢治罪，獲得證據來牽制王振一夥，所以此次行動關係重大，不能貿然行事。」

突然，房門被推開，韓掌櫃探頭道：「幫主，于大人到了。」

蕭天立刻振奮起來：「快，請于大人進來。」蕭天走到拂衣面前，「拂衣，你這幾天要常去那裡，一旦發現什麼情況，速來回稟。」蕭天吩咐道。拂衣起身告辭，眾人隨蕭天走到走廊迎接于謙。

于謙一身粗布短衣，頭上戴著斗笠，腰間佩著寶劍，身後跟著一個同樣便服四方臉的男子，兩人匆匆走過來。

「蕭兄，」于謙抱拳道，然後引見身後四方臉男子道，「這位是刑部左侍郎陳暢，」于謙又向陳暢道，「這位就是我對你說的蕭幫主。」

三人一陣寒暄，然後走進房間。蕭天又一一向陳暢引見眾人，大家又是一陣寒暄，最後落座，韓掌櫃親自端來茶水。

于謙雙目炯炯有神看了眼眾人，先開口道：「蕭兄，有個好消息，讓陳兄說吧。」

陳暢也不推辭，大方地說道：「刑部衙門抓獲了一名人販和三名被騙的民女，人販供述是為金禪會效力，他自己也是信眾。」

蕭天點點頭，說道：「于兄，我們的人已經找到柳眉之關押那些女子的地牢，我們這邊都準備好了，只要一行動，裡面的人可以接應。」

「好，」于謙一拍大腿，道，「此次一定要做到人贓俱獲。咱們現在就來商議一個行動的時間。」

蕭天突然打斷于謙道：「于兄，有一個情況要向你回稟，」蕭天壓低了聲音道，「我和念祖那日夜探金禪會，聽到一個消息，雖說是壞消息，但是對咱們也是一次機會。」

「哦，說說看。」于謙催促道。

「我們得到確切消息，兩日後你回北大營，他們準備在路上動手。」蕭天看了看于謙，接著說道，「他們已經摸準你的行程。」

「哈哈，」于謙仰臉大笑，「他們一個月內這是第三次刺殺我了，我等著他們就是。」

「于兄，我想咱們就利用這次刺殺的機會，把柳眉之身邊最得力的金剛護法雲拿下，我和玄墨山人也早有計劃想逮住他，玄墨老先生此次來京就是為了他，要帶他回天蠶山上醫治，研製解藥。若是雲被拿下，柳眉之少了左膀右臂，等於給咱們搗毀金禪會掃清了障礙。」

于謙聽蕭天說完，眼前一亮，他是何等聰慧之人，排兵布陣是他的強項，他興奮地直點頭，說：「蕭兄的意思是，咱們來個將計就計。」

于謙與陳暢交換了個眼神，兩人點點頭。這時李漠帆卻皺起眉頭，道：「說是這樣說，可是那個金剛確實不好對付，還要活捉，這不是痴人說夢嗎？」

「這位兄弟說得極是。」陳暢開口道，「我是見識過一次，那次我化裝成信眾，在十五大祭司的日子，我親手拿著大刀往他身上劈，竟然毫髮無損，當時把我鎮住了。」

「他自中了鐵屍穿甲散的奇毒，已不同於常人，」玄墨山人說道，「連我也暫時找不到對付他的方法。」

「難道他身上就沒有一個死穴，全身都固若金湯？」陳暢問道。

「是呀，一般練武之人都有死穴，」李漠帆說道，「也許金剛身上也有，只不過咱們沒有發現。」

于謙沉思片刻，看著大家道：「此番行動拿下這個金剛，尤為重要，如果大家沒有把握，我就只有從北大營調兵了，但是這樣一來，目標太大。」

「有一個方法，不知道可行嗎？」一直坐在房間角落默不作聲的張念祖突然說道，「可以用火，只要把他圍住，用火攻，趁他不能招架，拿鐵網罩住。」

眾人聽到這個方法，都覺得眼前一亮，大家議論紛紛。蕭天微笑著站起身，望著張念祖，道：「念祖的這個方法值得一試，大家說呢？」玄墨山人第一個笑起來：「我怎麼沒有想到呢？甚有道理，甚有道理啊，根據五行相剋的原理，木剋土，土剋水，水剋火，火剋金，金剋木。因此，念祖提出火攻是對的，火剋金。」

于謙點點頭，笑著說道：「好，既然找到了對付金剛的方法，那咱們就行動起來吧，蕭兄，你說呢？」

「聽從兄長派遣，你請講。」蕭天抱拳道。

「好，各位老少英雄，」于謙說道，「兩日後，是我例行前往北大營督察的日子，以往我都是輕裝簡出，四名騎馬的隨從，一名趕車人，我坐於馬車之內。此次出行肯定也必須與往日無異。一路之上地勢複雜，有山有崖有水塘，咱們並不知道他們會埋伏在何地，只能是見機行事。」

蕭天站起身看著眾人，接著說道：「此次行動咱們最多出動七人，趕車人由李漠帆擔任，我、張念祖、陳陽澤、加上林棲——」蕭天突然想到林棲還在瑞鶴山莊，便說道，「今日讓小六速回瑞鶴山莊叫上林棲，咱們四人騎馬扮作隨從，玄墨老先生和于大人坐在馬車裡。于兄，你看我的這些安排合適嗎？」

于謙點點頭，他知道在座的每一位武功都出類拔萃，拉到戰場上都可以一當十，他不由感傷道：「看到你們我想到孔聖人所言之五不祥。此正印證其中『釋賢而任不肖，國之不祥！聖人伏匿，愚者擅權，天下不祥』，細思極恐呀。」

蕭天一笑，道：「大人，朝堂雖有忤逆擅權者，不也有像大人一樣，危定傾扶的忠正之士嗎，相信天地存正氣，正不容邪。」

「說得好。」于謙朗聲一笑，又恢復了他大男人本色，他站起身走到蕭天面前，拍了拍蕭天的肩膀，說道，「我這就回去準備火燭火摵，你們只需準備那個鐵網即可，咱們兩日後在西直門外見。」

于謙說完領著陳暢匆匆走出去，蕭天送至上仙閣門外，見兩人騎馬離去，本想招呼小六回瑞鶴山莊，突然想到李漠帆，他回頭叫住李漠帆道：「漠帆，你去吧，還可見見翠微姑姑，看看她何時生產。」

李漠帆扭捏著說道：「那個婆娘，不看也罷，一見面又是吵個沒完，煩都煩死了。」

小六不爽地問道：「你不去是吧，那我走了。」

「你個小犢子，給我回來。」李漠帆揪住小六的衣領給拽回來，又不放心地交代，「你小子，好好照顧幫主。」

李漠帆挑了匹膘肥體壯的駿馬，出了城門，直往瑞鶴山莊而去。

玄墨山人想到兩日後要用火攻對付金剛，突然想到一個問題，急急跑去找蕭天。蕭天送走李漠帆和小六回來，便被玄墨山人截住。玄墨山人急急說道：「若是火攻，免不了要燒傷，咱們需備下燒傷藥，發放給大家。」

蕭天一樂，道：「兄長，天蠶門素來以藥王自居，不會沒有燒傷藥吧？」

玄墨山人一拍腦門，苦著臉道：「唉，來得匆忙，藥是備下些，獨獨沒有燒傷藥。」蕭天看著玄墨山人臉色也嚴峻起來，兩日後的廝殺必是一場大戰，用火攻擊對方，俗話說水火無情，本來人手便少，若是燒傷後不及時敷藥，必是累及士氣，便問道：「兄長，若是現在採買藥材，能否配製出燒傷藥？」

「時間不夠了，兩日之中很難採全藥材。」玄墨山人搖搖頭，道，「我天蠶門獨門燒傷藥所用藥材，只有蜀地才有。」玄墨山人看著蕭天急迫地說道，「只有買別家的燒傷藥了，時間緊迫，不如現在就跑一趟，去市面上看看，有沒有現成的，備下些。」蕭天點點頭，急忙吩咐小六去備馬。兩人相伴著向外走去，想到要去藥鋪買燒傷藥，蕭天腦子裡突然浮現一個人。去年在東升巷三岔口與蒙古商隊對峙，他肩部中箭，後跑到一個生藥鋪遇到潘掌櫃，似是與天蠶門還有淵源，便興奮地一拍腦門道：「兄長，我如何把這事給忘了？我有幸結識一個藥鋪掌櫃，還是你天蠶門門下弟子。」

「兄弟開什麼玩笑，我怎麼不知道我天蠶門門下弟子有在京城的？」玄墨山人直搖頭。

「你跟我去，見了便知是真是假。」蕭天拉著玄墨山人向馬廄走去。兩人也不要隨從，各自騎馬上了大街。東升巷離上仙閣也就隔了幾條大街，蕭天很快找到那家生藥鋪。

兩人拴好馬，一走進鋪子，潘掌櫃便認出蕭天，興沖沖地迎上來。

「潘掌櫃，你可識得這位老人家？」蕭天向潘掌櫃看了一眼，然後指著玄墨山人。玄墨山人倒是不急著搭話，而是走到櫃檯裡，逐個看著上面羅列的各種藥，眉頭越皺越緊。

一旁的夥計很是厭煩這位老者二話不說上來便翻看，要不是掌櫃的在場，他必是要上前阻止，不會給他好臉色。玄墨山人看了幾味祕丸，又走到藥材櫃子前，拉開抽屜查看裡面的藥材。

潘掌櫃一時也被玄墨山人的行為所困，不解地望著蕭天，壓低聲音問道：「蕭幫主，你這位朋友，他……」

「他便是天蠶門的玄墨掌門，你師父的師父，你的祖師爺。」蕭天笑道。

「啊！」潘掌櫃瞪大眼睛，臉呼地漲得通紅，他慌慌張張地跑到櫃檯前，又看了眼玄墨山人，眼裡淚光閃動，他急忙喝退一旁夥計，突然雙膝跪下，磕頭如搗蒜般，口中喃喃道，「不知，不知祖師爺駕到，徒孫代替師父向祖師爺磕頭了，請祖師爺恕罪。」

「我問你，你可是李真陽的弟子？」玄墨山人回過頭，陰沉著臉問道。

「正是。」潘掌櫃不敢抬頭，依然跪著答道。

「他……人呢？」玄墨山人嘆口氣問道。

「我師父他老人家已於四年前去世。」潘掌櫃哽咽著說道，「師父他老人家死前，是徒孫我伺候在床前，師父死前口口聲聲喊著祖師爺，也是那時我才知道師父他老人家原來是天蠶門弟子，他死前追悔自己做錯了事，他最大的心願便是取得祖師爺的諒解，讓他重歸門下。」潘掌櫃說完，重重地磕頭。

玄墨山人嘆口氣，走出櫃檯，扶起潘掌櫃：「你師父李真陽曾是我的大弟子，想想當年之事，也是責罰太重了，後來我派弟子幾番尋他，沒有音信，不承想他竟然流落到京城。唉，不過聽蕭幫主提起你，在京城多有善舉，救死扶傷，也算是你不負師恩，我心甚是欣慰。」

聽到玄墨山人此話，潘掌櫃淚水盈眶，他感激地望了眼蕭天，急忙請玄墨山人和蕭天到裡間桌前就座。玄墨山人這才問道：「你這裡可有燒傷藥？」「有。」潘掌櫃急忙跑到藥櫃，尋來一瓶燒傷藥遞給玄墨山人。

玄墨山人打開瓶蓋，用手指劃出藥膏放鼻子前細聞，片刻後臉上綻放出笑容，道：「我這個大弟子，手藝倒是沒忘。」

蕭天聽玄墨山人如此一說，頓時也輕鬆起來。

「潘掌櫃，」玄墨山人看著他，臉上陰鬱的表情也化開了，竟有了笑容，「此番咱們祖孫相見，多虧了蕭幫主，你可知我與這位蕭幫主是拜把子兄弟，今後見他便如見我，他的吩咐便是我的吩咐，你可有記住？」

潘掌櫃聽玄墨山人稱呼「祖孫」兩字，這顯然是認下了他的身分，他早已激動得淚流滿面，不知所措，只會一個勁地點頭。玄墨山人又與潘掌櫃敘了會兒話，便把今日之事告知了他。聽到祖師爺需要燒傷藥對付金剛，潘掌櫃不敢耽擱，迅速叫來兩個夥計，跑到後院庫房拿藥膏。

潘掌櫃看著祖師爺和蕭天突然跪下說道：「祖師爺、蕭幫主，我潘冬子遊歷過江湖，九死一生，是師父他老人家收留了我，我在師父墳前發過誓，生是天蠶門的人，死是天蠶門的鬼，今生能被祖師爺歸於門下，我此生足矣。今後我願聽從祖師爺和蕭幫主派遣，上刀山下火海，但說無妨。」

玄墨山人和蕭天相視一笑。玄墨山人起身扶起潘掌櫃笑道：「真沒想到，我這個大弟子竟然收了這麼個好徒弟，幸哉幸哉呀。」

蕭天點點頭道：「兄長有所不知，你這個徒孫在京城也是小有名氣，治不了的箭傷、醫不好的雜症，百姓都是找他，連一些衙門裡的人也跑來尋他呢。」

「好呀。」玄墨山人點點頭，三人又說了會兒話，蕭天便催促玄墨山人起身。潘掌櫃把燒傷藥分成小份，分別灌入小瓶裡，用包囊裹好交給蕭天，蕭天背著包囊與潘掌櫃告辭。

蕭天和玄墨山人離開生藥鋪，想到燒傷藥準備停當，少了後顧之憂，一時也輕鬆不少，如今只等李漢帆帶林棲趕回來，便可行動了。

二

直到翌日一更天，李漢帆才帶著林棲回到上仙閣。兩人一推開蕭天的房門，就被眾人劈頭蓋臉一陣戲辱。眼看明日就要行動，他回去看了趟老婆弄到這個時辰才回，險些誤了大事。林棲給李漢帆解圍道：「這次，不能怨李把頭，翠微姑姑生產了，難產，不過還好最後母子平安。」

林棲一說完，所有人都笑起來，大家紛紛向李漢帆道賀。

蕭天走過去，拍著李漢帆的肩膀，興奮地說道：「老李呀，你後繼有人啦，恭喜恭喜。」李漢帆依然沒有從初當爹的興奮和懵懂中回過神來，一個勁地抹眼淚，高興得說不出話來。

「林棲，你既然知道翠微姑姑生產了，為何還讓老李回來，讓他留下照顧翠微姑姑多好。」蕭天突然想到這個問題。

「我當時就提出來了，盤陽本來打算來的，可是老李不讓，他非得過來。」林棲說道。

「嘿嘿，我也搭不上手，有夏木在那裡照顧她挺好。」李漠帆傻呆呆地笑著，眾人看見他的模樣，更是忍俊不禁。

大家玩笑了一會兒，蕭天就對明天的行動做了部署，眾人認真記下，玄墨山人給每人發放了潘掌櫃配製的燒傷藥，預防明日用火時燒傷自己，最後蕭天下令早點歇息，眾人散去。

休息了一夜，翌日辰時眾人收拾完畢，分兩撥出門，直接出西直門外到約定的茶肆與于謙會合。在那裡與于謙的四個隨從互換了衣裝，四個隨從從茶肆後門走後，他們便重整隊伍，跟著馬車出發。

李漠帆駕著四輪馬車，馬車車身很寬，車廂裡設有暗格。外面端坐著于謙，後面暗閣裡坐著玄墨山人，他腳下塞滿火撼、火燭。于謙還是不放心，問了幾次：「玄墨老先生，你坐在裡面可行？不然你先出來坐會兒？」

「甚好，不勞大人操心。」玄墨山人答道。

馬車後面四騎高頭大馬，馬上之人個個英武不凡，身背刀劍弓弩。前面是蕭天和張念祖，後面是林棲和陳陽澤。

出了城是一片莊稼地，田地裡有些佃戶在收割早熟的麥子。過了這一片村鎮，漸漸進入山道，兩邊的農舍越發稀少，再往前就進入山裡。

蕭天目光變得警惕起來，他看著一旁若無其事的張念祖，問道：「念祖，依你看，他們會在何地設伏？」

張念祖一笑，他臉上的繃帶已去掉，左臉上留下一道很深的疤痕，像一隻張牙舞爪的蠍子趴在臉上，特別是笑的時候，那道刀疤也跟著在動，七分恐怖三分邪，與他那張清俊的面孔產生太大的落差，讓人看上一眼足以過目不忘。

「肯定不會在這裡，這山道兩邊光禿禿的，他們一定會找個能藏很多人的地方，」張念祖想了想，突然說出一個地名，「到了龍頭彎，咱們尤其要防範。」

「為何？」蕭天問道。

「龍頭彎，是個山谷，中間只有數十丈，而兩邊是山坡，如果他們埋伏在兩邊坡上，在他們看來對付咱們就如探囊取物般容易了。」張念祖略一思索，道，「我想不出，還有其他比這個龍頭彎更適合伏擊的地點了。」

「念祖，你對這裡的地形倒是很熟悉，真是出乎我的意料啊。」蕭天風輕雲淡地說了一句。

張念祖一愣怔，馬上說道：「我……我跟著吾土師父雲遊時從這裡路過。」「咱們有幾分勝算？」蕭天又問。

張念祖猶豫了一下，眼神不經意地斜著瞟了蕭天一眼，不再像剛才那樣直抒胸臆，而是有所顧慮地搖搖頭，道：「這，不好說。」

「火攻是你想出來的，難道你沒有把握？」蕭天問道。

張念祖低下頭，開始揣摩蕭天的用意，他問此話的目的。但是自與蕭天結拜成兄弟以來，他們幾乎朝夕相處，他對蕭天的為人已深信不疑，便斬釘截鐵地說道：「大哥，相信我。」

「好，就等你這句話呢。」蕭天笑道。

一行人馬繼續前行，蕭天催馬跑到前面，他看了眼前面的山勢，張念祖也催馬趕到前面對蕭天道：「大哥，拐過前面山口，就到了龍頭彎。」

蕭天點點頭，催馬跟上馬車衝車廂裡說道：「于兄，前面就到了龍頭彎，他們有可能埋伏在此，要格外小心了。」

于謙探出頭，看了眼前面的山口，點點頭道：「好，大家都要當心了，小心暗箭。」眾人點頭，有的從腰間拔出劍，以迎敵的姿態進入山谷。一行人馬進入山谷，李漠帆穩穩地駕著馬車，不快不慢，目光卻越過兩匹奔跑的馬緊緊盯著山谷的兩側。馬車後四騎之上的人更是緊盯前方，分外緊張。四人分成兩邊，左邊的盯著左邊山坡，右邊的盯著右邊山坡，這樣平靜地行駛了一會兒。

眼看就要過山谷了，前邊都看見湖岸了。

林棲沉不住氣了，說道：「主人，是不是搞錯了，也許這幫人不在這裡設伏。」

「我看也是，這兩邊這麼高，並不是設伏的最佳地點。」一旁的陳陽澤搖著頭說道。

蕭天和張念祖一聲不吭。蕭天緊緊盯著一側山頭，張念祖則抽出腰中長劍，自上次出手用李漠帆這把劍後，劍就一直在他手中，李漠帆也不要，他知道這把劍在張念祖手上似乎更有威力。此時張念祖手握長劍，盯著另一側山頭。

前面就出了山谷，突然，張念祖大喝一聲：「看箭！」

只見山坡右側從天上飛下來一片黑色的箭雨，眾人持兵器擋箭，于謙從左側車窗探出頭大叫：「快躲到車後。」

陳陽澤的馬中箭最多，馬吃不消臥了下來。眾人下馬，躲到馬車左側。這陣箭雨過後，只聽見山坡上傳來興奮的嘯叫聲，接著從山坡上衝下來上百人，其中一個又矮又圓的傢伙直接從坡上滾了下來。

一片身披重甲蒙面的黑衣人黑壓壓向馬車衝來，看裝扮不像是金禪會的護法，倒像是錦衣衛。黑壓壓的人群順著山坡衝下來，蕭天勒住馬，有些吃驚，他回頭對眾人大喊：「不好，他們人多勢眾，大家不可莽動，保存實力。」于謙從車窗探出頭，看了眼黑壓壓的人群，道：「看來他們是真急了，竟然連臉面也顧不上了，錦衣衛竟然參與刺殺朝廷重臣。」

「于兄，你放心，我們拚上自己性命，也要保全你。」蕭天回頭對眾人道，「擒賊擒王，既然錦衣衛來了，那孫啟遠一定在他們當中，先拿下孫啟遠，再拿下雲，兄弟們，跟我衝過去。」

蕭天一聲令下，眾人迎著他們衝了過去。一陣兵器相交的鏗鏘之聲，兩股人馬一陣混戰。蕭天、張念祖、林棲都是可以以一當十的人，雖說陳陽澤弱些，但畢竟出自名門，一招一式也是十分搶眼。

兩廂人馬一打起來，後面督戰的孫啟遠感到有些不對頭，明明只跟著四位隨從，這倒是與往日不差分毫，但是他感到今日還是有哪裡不對頭，他大叫雲：「金剛，金剛……」

雲被蕭天和張念祖困住，他認出蕭天後就開始想逃，尤其是又看見張念祖，他驚訝得嘴巴都合不上了，這個臉上有刀疤的人像極了寧騎城，而寧騎城不是死了嗎？腦袋掛在城牆上，他還見識過呀，難道是寧騎城陰魂不散……

雲被兩人連連逼退，正心驚肉跳地瞎琢磨，聽見孫啟遠叫他，他開始使蠻力突破兩人的合圍，儘管蕭天和張念祖劍劍刺中雲，但是刀劍對於雲毫無辦法。雲氣喘吁吁跑到孫啟遠面前，驚恐地喊道：「不……

好了，見……了鬼了……」

孫啟遠聽不清雲說的話，氣得大叫：「你還能撞見鬼，你……」

「我……看見寧騎城……」雲轉身指著那邊。

「胡說，他早死了。」孫啟遠嘴上雖是這麼說，但身上還是起了一層雞皮疙瘩，他狐疑地盯著面前激戰的場面，只短短一炷香的工夫，地上已倒了一片，孫啟遠看著對手，感到後背發涼，這幾人哪裡是一般的隨從呀，個個有著超凡的武功，難道他們反被對方算計了？一想到此，他更是頭皮發麻，知道自己已無退路，今日不是他們死，就是自己亡，他能依靠的只有面前這個蠢貨了。孫啟遠擦去額頭上汗珠，鼓勵雲道：「金剛，你忘了你是打遍天下無敵手的金剛了嗎？天上的彌勒佛會保佑你的，你一定會打敗他們。」

「哪……有……彌勒佛，那……都是……騙百姓的，我……打不過他們的。」雲像洩了氣的皮球，蔫了。

「金剛，你說此話如何對得起你堂主？」

「我認出……他們，是蕭幫……主。」孫啟遠一聽此話，心裡咯噔一下，本想螳螂捕蟬，不想黃雀在後，自己中了別人的圈套了。「金剛，既已如此，咱倆快逃吧。」孫啟遠突感大事不妙，還是保命要緊。

此時一眾黑衣人已被打趴下大半，氣勢已去。蕭天和張念祖轉身回到馬車上拿火燭和火墈，玄墨山人在車裡也準備好鐵網，于謙跟著玄墨山人下車，被蕭天勸阻了，「大人，且慢，外面有我們即可，你在車上指揮。」于謙領會他的好意，也深知自己武功稀鬆平常，下去反而添亂，只好慚愧地點頭。

「孫啟遠和金剛要跑。」李漠帆坐在車頭緊盯著那兩人的身影大叫。

蕭天抬頭看見雲和孫啟遠向對面山坡跑去。蕭天對眾人道：「我和念祖還有玄墨掌門去追擊他倆，你們把這些人綁起來，傷重的放到馬車後部，一會兒一併交與兵部。」

蕭天和張念祖快步向山坡跑去，兩人都是輕功造詣極高之人，轉眼便已攆上雲，他由於太胖，根本跑不動，孫啟遠已經遠遠跑到前面去了。張念祖看了眼前面的孫啟遠，對蕭天道：「大哥，我把前面那貨提來見你。」

張念祖提氣猛跑，然後連著兩個飛躍，擋到了孫啟遠前面。

「你……你是人是鬼？」孫啟遠盯著張念祖，簡直不敢相信自己的眼睛，這個世界上竟然真有長得一模一樣的人？

「你看我是誰，我便是誰。」張念祖斜著眼睛抱著雙臂，一陣冷笑，「你想起誰了？」

孫啟遠聽著這熟悉的聲音，腿肚子都快抽筋了，他哆哆嗦嗦地說道：「大大大……人，我我我與你你，無冤無仇呀，你就饒了我吧。」

張念祖點點頭，出其不意地猛然發力，連著擊到孫啟遠幾個穴道上，孫啟遠一聲不吭就倒到了地上，張念祖看著地上的孫啟遠，一聲冷笑，扛起他就往山坡下走。坡下面，蕭天和玄墨山人已燃起火燭圍住雲，玄墨山人大叫：「向他射火墄……」眾人聽令後，紛紛取下背後弓弩，箭上捆上火墄向雲射去。山坡上草叢裡的乾草一點便著，火瞬間吞沒了雲，雲瘋狂地嘶叫著，不知深淺地試圖衝過去，他的身體一沾上火星，就發出一股腥臭味，雲疼得吱呀亂叫，滿地打滾。

借著風，火瞬間撲向眾人。眾人一片慌亂，四下奔跑。玄墨山人大喊：「跑到上風口，快過來。」慌亂中看見陳陽澤和李漠帆身上也著了起來，兩人跑到坡上在青草叢中翻滾，滅了火焰。幸好來時準備充足，都帶著燒傷膏，兩人各自往傷處抹了藥膏，便向坡下跑去。

此時，玄墨山人看時機已到，便從背後的背包中展開鐵網，向地上翻滾的雲扣了下來。雲拚死掙扎，怎奈身上被火燒傷，痛得刺骨，只顧在地上翻滾哀號。蕭天和眾人漸漸圍攏過來，在火光的威脅下，雲終於服軟了。

玄墨山人收鐵網，把雲死死捆綁在鐵網裡，動彈不得。玄墨山人和蕭天抬著雲，張念祖扛著孫啟遠，一前一後回到馬車前，此時于謙迎著他們走過來，又驚又喜地說道：「此次大獲全勝，全仰仗眾位英雄相助啊。」

蕭天看了眼那些黑衣人，問于謙道：「大人，問清楚了嗎？」

「是錦衣衛，裡面還有一個千戶，叫陳四。」于謙說道。

「大人想好如何處置了嗎？」蕭天問道。

「你有何想法？」于謙盯著蕭天，他知道面前這位仁兄是位有著雄才大略的將才。

「大人不是說要將計就計嗎？咱們這次就把將計就計進行到底。」蕭天靠近于謙壓低聲音道，「我們扮作錦衣衛，讓這位千戶帶進宮裡見王振，擇機刺殺王振。」

「妙計。」于謙點點頭。

兩人的目光都集中在那個錦衣衛千戶陳四身上，他一隻獨臂強撐著地，身上有四五處傷。張念祖默默走到他面前，盯著他道：「你看著我……」陳四不看則已，一看差點背過氣去。

三

李漠帆和林棲押著錦衣衛千戶陳四走到于謙面前，李漠帆高聲呵斥：「跪下。」

陳四身子一抖，膽怯地看了眼面前威嚴的兵部侍郎于謙，突然雙膝一軟，跪了下來，大喊冤枉：「大人，冤枉呀，我只是奉命行事呀。」

「奉誰的命？」于謙怒道，指著一旁五花大綁的孫啟遠，「奉他的命？你可知刺殺朝廷官員會判何罪？」

「按大明律法，若吏卒謀殺五品以上官員，已行者，杖一百，流二千里，已傷者，絞。我看于大人傷得不輕啊……」蕭天在一旁添油加醋地說道。

陳四額頭滲出豆大的汗珠，他磕頭如搗蒜般大喊：「大人，求你饒過小的這一回吧，都是孫啟遠他要加害大人，我只是服從命令呀，大人，我一家老小全仰仗我了……」

「好了，」于謙怒喝一聲，「如今有一條路可以救你，你可願意走？」

「我願意，我願意。」陳四抬起頭，眨巴著眼睛看著于謙，不時偷窺一下一旁的張念祖。

「你也不問問是何事就答應。」于謙沒好氣地說。

「何事？」陳四茫然地看著于謙，然後環視著眾人。

「你進宮去見王振，給他報信，就說孫啟遠被于謙抓住了。」于謙說道。

「不敢，不敢。」陳四搖著頭，那個空空的衣袖前後晃著。他並沒有聽懂于謙的話，膽怯地縮著脖子。

「幹好這件事，就可免你一死，你的家人也可無事。」蕭天說道。

陳四這才明白他們是要他回宮裡報信，他猶疑地看著面前的幾個人，不知道該不該答應。

「不過，我的兩個隨從會跟著你一起進宮，你敢耍什麼花招，你的命就在他們手上。」于謙大聲道，「聽清楚了吧？」

陳四趴在地上，汗珠子掉下來，他遲疑地點了點頭。

于謙和蕭天交換了個眼神，兩人離開陳四。此時戰場已清理乾淨，除去四散而逃的共抓獲了二十三人，其中七人受了刀傷，這些人中有些人還是孩子，錦衣衛裡竟然充斥著這樣一群烏合之眾，于謙看著這些人，不經意地說了句：「錦衣衛失去了寧騎城，便如同一盤散沙。寧騎城雖說與王振同流合污，但確實是不可多得的將才啊。」

蕭天一笑，眼神裡閃爍著光彩，他點著頭說道：「大人是愛才惜才，當世伯樂啊。」兩人說著話，已走到馬車跟前。馬車的車廂已被玄墨山人和陳陽澤用木條封死。玄墨山人見于謙和蕭天走過來，忙上前行禮道：「此番還要感謝兩位仁兄，這次終於了卻心願，老夫這就動身，把他帶回天蠶山，咱們後會有期。」

于謙和蕭天圍著馬車轉了一圈，看到確實結實牢固無遺漏方才放心。蕭天走到玄墨山人面前，眼圈有些發紅，近一年的朝夕相處，讓兩人的感情日益深厚，蕭天抱拳道：「大哥，待日後我一定去天蠶山拜會大哥，還望大哥路上保重。」

玄墨山人眼圈也紅了，他點頭道：「本想救出弟妹再離開，看來這個心願實現不了了，這傢伙待在京裡是一大禍害，老夫不敢冒險，待你救出弟妹，咱們下次在天蠶山相見。」

「大哥，一言為定。」

「還有，潘掌櫃那邊，我也傳了話，有何需求，只管吩咐。」玄墨山人道，「我這一去，不知何時相見，我不在身邊，我這個徒孫還在京城，你只管吩咐他。」

蕭天沒想到玄墨山人考慮得如此周全，不由緊緊攥住玄墨山人的手，聲音哽咽地道：「兄長，保重。」眾人也過來一一與玄墨山人告別。蕭天目送玄墨山人和陳陽澤駕著馬車離去，他的眾多弟子會從瑞鶴山莊出發與他們在路上會合，然後一起回天蠶山。

剩下的人在這裡分成兩路。一路是林棲和李漠帆隨于謙押著眾多俘虜去北大營，這裡離北大營不足十里地，估計錢文伯已經出發往這裡接應了。第二路是蕭天和張念祖跟隨陳四回京城進宮報信。此時蕭天和張念祖已從俘虜中選了和自己身材相近的交換了裝束，兩人穿上黑色袍子蒙上面，往陳四身邊一站，于謙滿意地點點頭。

「全仰仗兩位仁兄了，此次成敗關係國運，請受老夫一拜。」于謙說著動情地倒身就拜。

蕭天和張念祖急忙上前攙扶，蕭天道：「大人，京城危如累卵，作為大明子民，理應奮不顧身。」

于謙點點頭道：「你們今天刺殺王振成功與否都需回來，明日就是十五，大批信眾要到金禪會集會，這次是絕佳的機會，咱們除去了金剛護法，他們等於失去了一個護身符，此次刑部的人也會參與，一定要一舉端掉這個賊窩。」

蕭天和張念祖點點頭，與于謙拱手告別。兩人押著陳四與于謙等眾人相背而行。

四

「陳四，教你見王振說的話，你再說一遍。」蕭天道。

陳四垂著腦袋，無精打采騎在馬上，他左右看了看，哭喪著臉重複了一遍。蕭天和張念祖交換了個眼色，蕭天厲聲道：「教你說的話，一字都不可說錯，記住了？」

「你再說一遍。」張念祖不放心地道。

「我隨孫指揮使在龍頭彎設伏，遭于謙率眾反抗，孫指揮使被于謙抓獲，現如今押往北大營，我和兩個弟兄逃了出來。」陳四說道。

「如果問你金禪會的金剛護法，你怎麼說？」蕭天問道。

「沒有看見他。」陳四照著他們的吩咐說道。

蕭天點點頭，說：「陳四，如果此次你按照我們的吩咐做好了，保你生命無憂。」陳四急忙點頭稱是。

三人不再說話，快馬加鞭往前趕，準備在日落之前趕到京城。

城門前熙熙攘攘的小販看見三騎快馬疾馳而來，紛紛躲閃。城門前守城的千總認出陳四，只看見他們三人回來有些詫異，也不便打聽，陳四平時跋扈慣了，也不下馬只是衝千總點了下頭，便衝進城裡。

三騎沿著大街直往皇城疾馳，一路上行人躲閃，車轎避讓，驚得雞飛狗跳，一片狼藉。

在宮門前，守值的禁軍頭目認出陳四，他們三人下馬，陳四連腰牌都懶得亮出，便氣勢洶洶地說道：「有要事要面見司禮監掌印，快開宮門。」禁軍哪敢怠慢，急忙打開宮門。三人匆匆走進去。

他們沿著長長的甬道，向司禮監走去。

「陳四，你知道王振的住處嗎？是在司禮監嗎？」張念祖看他往司禮監走，立刻叫住了他，眼露凶光地盯著他道，「據我所知，王振住在乾清宮的偏殿，我說得對不對？」

陳四一愣，他沒想到此人會知曉宮中事宜，王振確實不住在司禮監，他也是只跟孫啟遠來過一次，這件事連宮裡的人都不知道，他一個外人是如何知曉的？「哦，我想起來了，是，是，我想起來了……」

「別耍滑頭，」張念祖伸手捏住他的手腕，陳四「哎呀」一聲，感到手腕骨頭都要被捏斷了，只聽張念祖陰森森地說道，「我進皇宮如逛園子，你敢再錯一步，我就掐死你。」

「不敢了，不敢了。」陳四忍著手腕的劇痛，斜乜了張念祖一眼，昏暗的光線下，張念祖半張臉隱在暗處，那道刀疤顯得更加觸目驚心和恐怖，再加上那似曾相識的陰森聲音，他怎麼如此像一個人，想到那個人，他不由打了個激靈，哈著腰急忙告饒，「我是才想起來。」

陳四再不敢心存僥倖，往乾清宮的方向走去。

「是這條道嗎？」蕭天問道。張念祖點點頭。走了一會兒，方想起什麼，身體一滯，突然轉身問蕭天：「大哥，你怎麼不問問我為何對皇宮如此熟悉？」

蕭天一笑，神情自若地大步走著，然後隨口說了一句：「你跟著你師父吾土，哪兒沒有去過？」說著，又笑了起來。

張念祖愣怔了一下，點點頭，自言自語道：「有道理。」

三人沿著甬道大步走著，路遇一隊巡邏的禁軍，陳四打了個照面，匆匆向前走去。前方是個花圃，這裡有個側門直通乾清宮。陳四領著兩人走進花圃，向小門走去。

此時已到掌燈時分，有些宮裡已掛起燈籠。花圃裡空無一人，他們迅速走到乾清宮側門外，守門的太監看見走來三名身著黑衣的人，立刻上前攔住，陳四掏出腰牌，並塞了點碎銀道：「公公，請進去通稟一聲，陳四有要事要見先生。」

小太監看了看腰牌，轉身跑了進去。

不多時，王振跟前的管事太監陳德全急匆匆走出來，他看見陳四一愣，又掃了一眼陳四身後的兩個陌生隨從，心裡不悅，心想這個陳四太不懂規矩，向先生覆命也輪不到他一個小小的千戶，孫啟遠來才是。便鎖著眉頭問道：「陳千戶，怎麼不見孫指揮使？」

「公公，讓我面見先生細說吧。」陳四哭喪著臉說著，還不時看看蕭天的臉色，蕭天點點頭，陳四接著說道，「陳公公，出大事了。」

「啊！」陳德全臉色一變，急忙在前引路，他看了眼陳四身後的兩人，問道，「這兩位是……」

「我的屬下。」陳四說道。

陳德全引著三人走過偏殿，走進一個窄小的甬道，在一個綠樹掩映的小門邊，陳德全停下來，對兩人說道：「先生正在試穿盔甲，我先進去稟告一聲。」

蕭天和張念祖交換了個眼色。張念祖會意，身體緊緊靠到陳四身後，張念祖壓低聲音冷冰冰地說道：「小心你的腦袋，想好了再說。」

陳四渾身一戰，慌忙點頭。

這時陳德全出來，向他們揮手。三人走進小門，看見裡面站著幾個高大的東廠護衛，陳德全引著他們走到東廂房，從裡面傳來喝彩聲。三人進了門，看見王振身披戰袍，四周幾個小太監正在幫著繫帶子。一旁幾個司禮監的掌事太監跟著喝彩。

「先生，你看上去威武不凡，真有當年馬三寶的風采啊……」

「哼，馬三寶算什麼東西。」王振冷下臉，不屑地瞥了他一眼。

那名掌事自知失言，本想拍馬屁不想拍到了蹄子上，急忙掌嘴道：「瞧我這張破嘴，爺怎麼能是馬三寶之流呢，爺是當今朝堂的中流砥柱，皇上身邊最信任的人。」

「好了，」王振不耐煩地擺了下手，他看見陳德全帶著三人走進來。幾個太監急忙躬身退下，王振穿著戰袍在當地走了幾步，搖頭道：「太沉了，壓得肩膀疼，脫了吧。」

幾名小太監聞聽急忙彎身去解袍帶。王振脫了戰袍，看著進來的幾個人，問道：「孫指揮使呢，他怎麼不來？」

陳四腦門上的大汗珠子直往地上掉，他撲通一聲跪到地上。他身後的蕭天和張念祖也不得不跪。蕭天低頭用餘光環視了四周，發現屋裡除了管事太監，還有四名護衛、四名服侍小太監。張念祖也在低頭用餘光觀察。

只聽陳四顫顫巍巍地回稟道：「先生，小的罪該萬死。孫指揮使被抓走生死未卜啊。」

王振瞪著一雙金魚眼，惡狠狠地盯著陳四，怒道：「你說什麼？你再說一遍。孫啟遠被抓了？怎麼可能？不是說有打遍天下無敵手的金剛護法護佑嗎？」

陳四渾身打戰，含糊地說道：「沒有金剛護法。先生，今日巳時小的隨孫指揮使在龍頭彎設伏，遭于謙率眾反抗，孫指揮使被于謙當場抓獲，我們奮力激戰，怎奈他們人多勢眾，不是他們的對手，最後我和兩名隨從逃了出來，跑來給先生報信。」

「你說什麼？」王振大怒，叫道，「難道是柳眉之這傢伙在騙我？快去把高昌波給我找來！」王振對著陳德全吼道，陳德全縮著脖子急忙退下去，一路小跑著出去了。

「你個廢物，你還敢跑回來！」王振嫌惡地踢了陳四一腳，轉身對身後的護衛叫道：「拉出去，砍了。」

陳四突然一聲低吼：「放了我吧，我知道有人要刺殺你，放了我……」

不等陳四說完，一道白光一閃，一把尖刀已沒入陳四的脖頸，血噴湧而出，濺了王振一臉。陳四頭一歪，便倒到了一邊。張念祖迫不得已先出了手，蕭天躍到王振身邊，他手中沒有長劍只有一把短劍，直刺王振而去。

王振一聲驚叫，差點昏過去。四個護衛拔劍躍到跟前護住王振，四名護衛也是萬裡挑一的江湖高手，一陣激烈的交鋒，屋裡頓時刀光劍影一片混亂。幾個小太監早嚇得四處逃竄。

蕭天也看出來，這幾個護衛的功夫與他和張念祖比絲毫不差，而且他們在兵器上占據優勢，由於進宮不得帶兵器，蕭天和張念祖都只在身上藏了短劍，以短劍對東廠高手顯然不占優勢，時間一長必處下風，必須速戰速決，他瞅準機會對張念祖道：「念祖，速戰速決。」

張念祖一邊與兩個東廠護衛對打，一邊關注著王振，他決定嚇一嚇王振。他一個健步竄到王振面前，王振看到一個黑衣人竄過來，急忙往後躲，看到那張臉後更是嚇了一跳。兩個護衛跟著躍到張念祖面前，以二對一，以長劍對短劍，激烈交鋒。

「你……是人是鬼？」王振不敢相信看到的面孔，這不是寧騎城嗎？再看他身手，不會錯，他不是被馬市的火蒺藜炸死了嗎？

「老傢伙，今天要你拿命來。」張念祖說著越戰越勇。兩個護衛也漸漸落入下風，張念祖轉身再尋王振時，大吃一驚，身後已無人。

「大哥，王振那老兒呢？」張念祖大聲問道。

蕭天聽張念祖如此一說，急忙回頭，就在他一分神的瞬間，一個護衛的劍直刺蕭天心臟，蕭天眼角的餘光看到一道白光向自己襲來，急忙閃身，慢了一步，劍刺進了左肩。張念祖看到此處，飛身投擲短劍，一劍封喉，那名護衛倒地身亡。

蕭天捂著左肩，一把拔出劍體，鮮血噴湧而出，他急忙用手捂住。張念祖已趕到他身旁，接過那柄被鮮血染紅的長劍與圍上來的三名護衛激鬥起來，有了手中長劍，張念祖如魚得水，手中劍上下翻飛，漸漸把三名護衛打散。

「大哥，你怎麼樣了？」張念祖不安地不停回頭看蕭天。

「我沒事，那個閹賊呢？」蕭天環視室內，深感不安。

「一定是逃進密室。」張念祖說道。

此時從外面傳來王振的喊叫聲：「有刺客，有刺客，快叫錦衣衛。」

蕭天緊皺眉頭，痛恨地失聲叫道：「又讓他跑了，怎麼又讓他跑了，我如何面見于大人？」

「大哥，你想多了，」張念祖冷冷地說道，「此次能活著出去就是萬幸，快跟著我走。」張念祖說著，突然發狠，長劍左右開弓，使出了他一直不願在蕭天面前使的絕技，一劍封喉，兩劍撂倒兩個護衛，剩下最後一個躲了起來。

張念祖扶著蕭天出了房門，直接拐入一旁一個耳房。院子裡開始出現晃動的燈籠，院外傳來沉重的腳步聲。張念祖聽著動靜，推測道：「應該是守值午門的錦衣衛，他們離這裡最近。」

此時蕭天面色蒼白，他略一沉思，一把拉住張念祖的手臂道：「念祖，你趁此時集結的錦衣衛還沒進院，速速離去，不要管我，你我兩人出去一個是一個。」

「大哥，你何出此言？」

「念祖，再耽擱咱兩人誰也逃不脫，」蕭天一把緊緊拽住張念祖，厲聲叫道，「我身上有傷，只能拖累你。再說，你如能出去，還有重要的事拜託你，明箏，明箏她還在柳眉之手裡，我心裡……」

蕭天突然失控，眼淚湧出來，聲音哽咽道：「我對不住明箏，讓她在那裡受難，你出去好救她，只有你能做到。」

「大哥，你這麼說，我更不能丟下你，」張念祖第一次看見蕭天流淚，一個錚錚鐵骨的漢子在他面前痛哭，也讓他看到了蕭天的另一面，他咬牙喊道，「我豁出命，也要帶你出去，否則，我如何面對明箏。」

張念祖說著，在房子裡四處轉了一圈，選了處牆體，拿劍刺進去，用盡力氣撬動，四處的縫隙開始鬆動，接著他退回去，用力以身體撞擊牆壁，本來耳房就不是正房，而是堆積雜物的地方，磚瓦都薄弱，不一會兒，張念祖硬是撞出一個洞口。

蕭天也在這個時間簡單地包紮住傷口，血流得少了些。蕭天靠在耳房的門邊看著外面，他回頭看見洞口，像是看見了希望，感到身上的傷也輕了些。此時外面出現雜亂的腳步聲和亂哄哄的嚷嚷聲。蕭天回頭道：「他們要進來了。」

張念祖一個箭步跑過來，背起蕭天就走。蕭天掙脫著：「念祖，你先走。」張念祖根本不理會他的話，依然按自己的意願行動，他把蕭天塞進洞口，蕭天迅速爬出去，外面是那個花圃，蕭天藏身到花木裡，接著張念祖也爬了出來。

「大哥，放心，他們一時半會兒找不到，我做了偽裝。」張念祖背起蕭天就走。

「念祖，你不用背我，我能行。」蕭天喘著氣說著。

「行了，你別硬撐著了，你一動血流得更多，你想讓他們循著血跡找到啊。」張念祖打斷蕭天的話，背著他沿著甬道的暗影向前面走去。

「你打算怎麼出宮？也這樣背著我出去嗎？」蕭天在背後問道。

張念祖一時無語，他還沒想到這一點，逃出王振的魔爪，如今來到這幽幽深宮，他當然清楚面前需要面對的是什麼，再加上一個重傷的蕭天，他縱然有天大的本事，也逃不出這固若金湯的皇城。「大哥，難道你我就只能坐以待斃嗎？」

「有一個人，如果找到，可以幫到咱。」蕭天艱難地說道。

「誰？」張念祖叫道，「我把整個皇宮翻個遍，也要找到他。」

「張公公，張成，他是咱們的人。他跟著高昌波。」蕭天說道，「你把我藏到一個地方，去找到他，或許咱們還有希望……」蕭天捂住傷口，臉色越來越差。

張念祖凝神思忖了片刻，好像是有這麼個人，便說道：「大哥，你一定要挺住，你要等我。」張念祖走到一處花木繁盛的地方，把背後的蕭天放下，又從旁邊折了許多花枝堆到蕭天身上。張念祖站定四處看了下，記住了這個方位，對於皇宮他閉上眼睛摸著都能走出去。

接著，他縱身一躍，上了一旁的屋簷。他的身法如蜻蜓點水轉眼已從這邊屋簷躍身到那邊紅牆上，他站在高牆上，俯瞰四周的動靜，看見甬道到乾清宮的方向，錦衣衛和東廠的人越聚越多。他知道張成，一個老太監，以前在萬安宮當差，後來跟了高昌波，原來他是蕭天的人，突然張念祖腦中電光一閃，有了主意。

他躍身跳下高牆，看見對面走過來幾個手持宮燈的太監。他藏身到牆角的黑影裡，等他們走過去，張念祖神不知鬼不覺地抱住最後一個太監的脖子，只一下，只聽見「唝」一聲，那個太監就癱了下來，張念祖把他扛到肩上閃身到暗影裡。

三下兩下除了太監的外衣，把他的屍身拖到牆角。張念祖迅速穿上太監的衣服，戴好帽子，提著他的宮燈走了出來。張念祖七拐八拐又走到乾清宮側門，那裡依然聚集著東廠的人。

張念祖靠近一個人，套著近乎，問道：「看見高督主了嗎？」

「在裡面正挨罵呢。」那個人小聲地說道，「聽說皇上都被驚動了。」

「那你看見張公公了嗎？」張念祖小心地問道。

「張成，不就是高公公身邊的紅人嗎？那不。」那人一指門口一個來回踱步的人，張念祖轉身定睛一看，正是張成。

張念祖快步走到張成面前，行了一禮，道：「張公公。」

張成此時正急切地等著裡面的消息，他一聽說鬧刺客，心裡就慌起來，裡面已被錦衣衛包圍，正一間間搜查。張成心裡七上八下，不住禱告阿彌陀佛，可別是自己的人，正想著突然聽見有人叫他。

他抬眼一看，差點嚇得一屁股坐地上，他雙膝一個勁地打戰：「你……你……你……」

「我是蕭幫主的兄弟。」張念祖低聲說道。

張成腦子裡一片空白，一時沒能反應過來，看著這張極似寧騎城的臉，聽他開口說是蕭幫主的兄弟，這兩個人如何湊到一起了？

張念祖並不奇怪，他走近一步道：「我和蕭幫主就是刺客。」

張成一時沒穩住陣腳，雙腿一軟，險些栽到地上。幸虧張念祖早有準備，一把扶住他。「他在哪兒？」

張成的臉幾乎皺成了一個倭瓜，怕啥來啥，「你們如此妄為，不要命了。」

「誰說不要命，這不來找你了嗎？」張念祖乾巴巴地說。

「我看你如此面熟，你？」張成有些疑惑地問道。

「我叫張念祖。」張念祖很快地說道，「你再在這裡囉唆，蕭幫主的血就要流盡了。」

「什麼？」張成身體一軟又差點坐地上，被張念祖一把托住身子，「他，他受傷了？」

「你能不能站住了。」張念祖說道。

「我倒是想站住了，可是你給我帶來的信，哪一條不是要我老命呀，魂都快被你嚇出竅了。」張成說著，突然捂住肚子，大叫，「哎喲，哎喲……」

一旁幾個隨從跑過來，說：「張公公，你這是怎麼了？」

「老毛病恐怕又犯了，我屋裡有丸藥，我回去取，一會兒再回來。」張成把胳膊搭在張念祖脖子上，對幾個隨從吩咐道，「你們在這裡等著高督主，我一會兒就回來，哎喲。」張成一路哼唧著走了出去。

離開人群，張成迅速立起身，低聲問道：「蕭幫主到底怎樣了？」

「他受了重傷。」張念祖也不客氣，「你想辦法把我和他送出宮去。」

「佛祖呀，」張成叫起來，「你上嘴唇一碰下嘴唇，讓我送你們出宮，我有何辦法呀？」

「要不是蕭幫主受傷，我們來去都如走平地，還用得著你？」

「這個倒是，是用不著。」張成苦著臉點點頭，蕭幫主武功高強，小小宮牆如何能困住他，可是如今該如何辦呀？張成撓著頭，突然他看看自己，又看向張念祖，說道，「我有個主意，你給我來一刀，出點血。」

張念祖立刻明白了他的意思：「你是說，叫個車子拉你出去，連帶著把蕭幫主也帶出去了。」

「正是此意。」

「不用給你動刀子，蕭幫主身上全是血，你這老胳膊老腿也禁不住那一刀。」張念祖直來直去地說。

「你……」張成直搖頭，不過雖說此話不好聽，卻也是為他著想。

「車子去哪裡找？」張念祖問道。

「這樣吧，咱們先去找到蕭幫主，我在那裡等你，你去司禮監要個車子，就說我受了傷。」張成說著，把身上的腰牌遞給了張念祖。

張念祖拉著張成就往蕭天藏身的地方走去，兩人七拐八拐來到那片花圃，張念祖找到那堆樹枝，扒開一看，蕭天已昏迷不醒。張念祖抱住蕭天叫道：「大哥，我回來了，張公公找到了。」

張成也是大吃一驚，沒想到蕭天會傷得這麼重，他衝張念祖叫道：「你還愣著幹什麼，快去呀。」張念祖撒腿就跑。

張念祖沿著甬道一路狂奔，見房就上，見牆就躍，飛簷走壁，他心裡清楚時間就是蕭天的命，不敢再耽擱。等他來到司禮監，裡面的人似乎也聽說宮裡進了刺客的事，張念祖跑進去，被一個太監攔住：「幹什麼的？」張念祖大口喘著氣，大喊：「這是張公公的腰牌，他追殺刺客，被刺客刺中了，需要一輛馬車出宮，高公公讓來這裡借，改日就還。」

小太監看見張念祖一臉大汗，身上血跡斑斑，又看了眼他手裡的腰牌，另一個小太監過來也看了一遍，幾個人商議了一下，說：「你跟我來吧。」

小太監舉著燈籠領著張念祖走到院裡，一邊有個簡易的馬廄，有一匹棗紅馬，小太監把燈籠掛到木架上，手腳利索地給棗紅馬套好車轅，然後把一根鞭子交到張念祖手中，說：「給你。」張念祖急不可耐地拿起馬鞭，拉過馬車向外走去。

從小門一出來，張念祖就跳上馬車，猛甩鞭子，棗紅馬飛快地跑起來。雖說宮裡宮規森嚴，馬車極少出現在甬道，但是各宮裡都有，就是圖個方便。而此時已有一更天，馬車出現在道上也不引人注意。

一拐入花圃，張念祖就看見從一邊衝出來一個人，張成跑上前拉住馬頭道：「快點，到這邊。」張念祖從車上跳下來，向花圃裡面跑，跑到蕭天藏身的地方，背起來就走。張成也過來接應，兩人抬著蕭天把他放進馬車裡，藏進木座的下面，張成的身上也沾染了不少血，為了更像些，索性把蕭天肩部的衣衫撕下一塊兒往自己身上擦了擦。他剛坐好，張念祖就駕車跑了起來。

張念祖知道此時宮裡哪個門守衛最少，應該是西華門，而且離這裡不遠，他已做好直衝宮門的準備，長劍就在腳下，有了這輛馬車等於有了翅膀，那幾個守衛他根本不放在眼裡，只聽身後車裡張成喊他：「到宮門前，慢一點。」

張念祖根本不理會，張成坐在裡面嚇出了一身冷汗，急得大叫：「慢點，前方有錦衣衛。」

「怕什麼？」張念祖嘴角擠出一個冷笑，又補充了一句，「不是有你嗎？」

宮門前幾個身著盔甲的校尉看見一輛馬車從宮裡疾駛而來，立刻上前攔截：「停下！」張念祖大喊：「宮裡鬧刺客，東廠的張公受傷了。」其中一個校尉舉著火把走到馬車跟前，掀起簾子一看，張公公斜靠在座上，臉上身上全是血。

「真是張公公，你這是……怎麼不叫御醫呀。」校尉說道。

「哎喲，我這張老臉，哪請得動他們。再說了，等御醫的工夫我這老命還保得住？得嘞，我認得一個好郎中專治刀傷，我這就尋他去。」

「好嘞，你走好。」

幾個校尉讓出道，對馬車放行，馬車一出宮門，張念祖就站起身，拚命地抽打馬背，棗紅馬撒了歡地跑起來。

第四十四章　正邪對決

一

馬車趕到上仙閣已是二更天。張念祖從裡面叫上小六和幾個夥計把昏迷的蕭天抬上樓，眾人一片慌亂，小六更是哇哇地哭起來，讓張念祖一腳踹到一邊，才止住哭。張成看眾人忙亂，也顧不上他，便自己駕著馬車悄然離去。

由於玄墨山人走了，張念祖跟著韓掌櫃連夜跑到東升巷請來潘掌櫃。這潘掌櫃得自天蠶門的真傳，果然有起死回生的手段，再加上玄墨山人臨走傳了話，潘掌櫃對蕭天更是如同對待師父般盡心盡力。

等潘掌櫃處理完傷口，天也亮了。潘掌櫃從床榻前走過來，眾人圍著他問傷情，潘掌櫃一邊擦著血手，一邊直抽涼氣：「唉，太玄了，就差一點就刺進心臟了，不過，幸虧救得及時，才算保住一條命。由於失血過多，人是極度虛弱，要靜養。」

眾人都長出一口氣，張念祖吩咐下去要給潘掌櫃重金。潘掌櫃哪裡肯收，不悅地說道：「細論下來，蕭幫主也算是我的師爺，我若收下金子，豈不是與畜生無異。」眾人這才想到蕭天和玄墨山人是拜把子兄弟，那蕭天是潘掌櫃師爺，此話不假。眾人看潘掌櫃不收金子，便跟著送他出去，屋裡只留下小六照顧，其他人散去，回房休息。

午時，張念祖正昏睡著突然被人晃醒，他警覺地一骨碌坐起身，看見床榻前站著眼睛紅腫的李漠帆，旁邊還有林棲。他皺起眉頭想到兩人應該是從北大營回來，看著兩人神情有異，不知這兩人是不是又要找他的麻煩，正猶疑之間卻看見李漠帆和林棲突然雙雙跪下。

李漠帆眼淚和鼻涕一起掉下來：「念祖兄弟，我以前誤解你，我還那個你，我和林棲，來向你賠罪，如今你救了我們大哥，你是我們的恩人，我們給你磕頭了。」

李漠帆說著就往地板上「咚咚咚」磕了三個響頭。

「聽小六說了，沒有你，我主人恐怕這次就回不來了。」林棲擰著眉頭，明明是感激的話，但說話的語氣像是與他有深仇大恨般，說完結結實實在地上也磕了三個頭。

「你們這是做什麼？」張念祖臉上很平靜，但是心裡還是很感動，他站起身把兩人一一扶起來，「蕭天也是我大哥，別忘了我們是結拜兄弟，共赴生死，義不容辭。」

兩人起身看著張念祖，三人會心地一笑，以前的過往皆一筆勾銷。張念祖急忙穿上外衣，然後引著兩人到八仙桌旁坐下。這時小六從隔壁跑過來，臉上帶著喜色：「剛才幫主醒了，喝下了一碗湯藥。」

「能喝下湯藥就好。」李漠帆笑著說道。

「幫主叫你們去，說是有事要說。」小六說道。三人交換了個眼色，想到晚上的行動，三人心裡都有些不安。他們走到隔壁房間，看到蕭天氣色好了些，不像昨夜面色那麼蒼白了。蕭天故作輕鬆向他們笑了一下，然後看著李漠帆問道：「于大人那邊有情況嗎？」

「幫主，于大人那邊一切順利。」李漠帆說道，「從北大營出來，于大人送我們至門口，專門交代刑部的人都部署好了，要咱們配合就行了，所以幫主你放心吧，你就在這裡安心養傷就可。」

「是呀，大哥。」張念祖插話道，「明日的行動都安排好了。」

「明日？」蕭天一愣，然後瞇眼看著張念祖，伸手指著他笑著道，「念祖，你別給我玩小伎倆，你們糊弄不了我，今日是十五。」

幾人看瞞不住，相互看了一眼。

「今夜的行動，我必須參加。」蕭天舔了下乾澀的嘴唇，臉上的神情很堅決，他不便在弟兄們面前提起明箏，但是這些天他心裡無時無刻不受著煎熬，就在昨夜他被劍刺傷，對明箏的思念支撐著他要活下來，那樣的困境他都挺過來了，今夜就要見面了，他如何能缺席，如果明箏看不到他，她會多失望。蕭天看到他們神色緊張，便安慰他們：「我這裡還有玄墨山人送的護心丸，我服下藥丸，不會有事的。」

三人對視一眼，張念祖說道：「大哥，既然你已經決定，就好生休息，晚上一起出發就是了。」

「念祖，你，」李漠帆瞪了張念祖一眼，「不行。」李漠帆看見張念祖對他使眼色，不解地問道，「你看我幹什麼？」

「走啦，讓大哥好好歇息，咱們到隔壁房間好好謀劃謀劃。」張念祖拉著李漠帆就走，林棲給蕭天蓋好被子，也轉身走了出去。

「你傻呀，念祖，他這樣能去嗎？」李漠帆在走廊上就吵起來。

「你們小聲點，」林棲走過來瞪著李漠帆，「就你嗓門大。」

張念祖苦笑著指著李漠帆：「就你這腦子，你還是大把頭呢！」張念祖說著拉著兩個人走進他的房間，反身把房門一關。三人坐到八仙桌旁，張念祖說道：「你們不讓大哥去，他肯嗎？明箏在那裡，他能不去嗎？」

「你有辦法？」林棲問道。張念祖一笑，點點頭。

「那你還繃著，快說呀。」李漠帆催促著。

「我說可以，你們得給我兜著點。」張念祖一笑，看看兩人沒有意見，便壓低聲音說道，「一會兒，去弄點蒙汗藥，大哥睡一覺醒來，咱們也幹完了。」

「這……」李漠帆有些發蒙。

林棲點點頭：「也只能如此了，如果我家主人今夜跟著行動再有個好歹，恐怕命便不保了。」

一聽此言，李漠帆也不再猶豫，拍著張念祖的肩膀道：「就這樣，我們都給你兜著。」李漠帆說著突然被另一個問題困擾住，「幫主不在，就像是少了主心骨，咱們怎麼行動呀？聽誰指揮？」

三人互相看著，張念祖也不客氣，大大剌剌地說道：「既然我能想出法子不讓幫主參加，也就有法子領著你們去行動，你們說呢？」

林棲才來對這裡的情況一概不知，他也不發表意見，跟著行動就是了，只有李漠帆和張念祖有資格發表意見，李漠帆想了想，論武功和智謀他都在張念祖之下，便心甘情願地點點頭：「好吧，念祖，今夜的行動，我們聽你的。」

「好，」張念祖站起身，一字一句地說道，「今夜的行動關係重大，我向大哥發誓，豁出這條命，也要把嫂夫人救出來。」

「有你這句話，就齊活了。」李漠帆點點頭。

三人談到這裡已是盡興，這時張念祖取出一張圖，是金禪會的地形圖。三人又進一步研究了金禪會的地形，出入口，裡面幾個院子。

夕照街上熙熙攘攘，雖然才到申時，午後的暑熱才消，人們就擁到街上。街面一字排開各種小吃、雜耍，好不熱鬧，人們都知道今兒是十五，金禪會大集會的日子。各種走街串巷的商販更是早早地占據有利地形，擺好了攤子。

小六戴個寬簷草帽，扛著一個草紮竹杠，上面紮滿紅豔豔的糖堆，站在路口，正對著那間胭脂粉鋪子，這是金禪會的進口處。張念祖交代他眼睛盯實了，看看都是什麼人進出。小六閒得無聊，就揪下一個糖堆邊吃邊盯。

一旁端著筐賣繡線的老爺子，嘿嘿直笑：「小子，一會兒吃了仨糖堆了，你家老爺子不知咋想的，在家吃多好，跑這麼遠。」

「要你管。」小六瞪著圓眼珠子瞥了老頭一眼，突然他的視線盯著從南邊飛速駛來的一輛馬車上，四輪雙馬，再看馬車的配置，素蓋黑圍，一看就是出自官府。馬車到了那間胭脂粉鋪子門口停下來，從馬車上下來一位穿褐色衣袍的中年男子，他臉色鐵青急匆匆地衝向裡面，身後還跟著兩個隨從。

小六看著那個男人有些面熟，卻想不起在哪裡見過。一旁的老頭卻開始收拾物品，嘴裡還絮絮叨叨罵罵咧咧。小六叫道：「喂，老頭，你要走啊？」

「那個傢伙來了準沒好事，我還是走吧。」老頭說道。

「你認識他？他是誰？」小六拉著他不放手。

「他是東廠的頭，高公公，快走吧。」老頭說著就準備走，小六仍然抓住不放手，「你怎麼知道的？」

「我在他手下當過差。」老頭說著轉身就溜了。

小六瞪著眼睛望著那個胭脂粉鋪子，看著那三人已走進去。老頭說得不錯，此人正是高昌波。此時高昌波憋著一肚子惡氣，怒氣沖沖地向裡面走去。過了穿堂，在垂花門遇到當值的吳陽。吳陽一看高昌波來了，而且是在大白天，心想一定是有要事，於是趕緊讓一旁的護法跑去給堂主報信。不多時，那個護法跑過來，說堂主在淨水園的耦香榭等候。

高昌波冷冷哼了一聲，在吳陽的引領下向淨水園走去。高昌波一路上無話，走進園子，沿著遊廊向耦香榭走來，看見柳眉之笑著站在那裡等候。高昌波心裡哼了一聲，心道：一會兒就讓你笑不出來了。

「高督主，你來如何不提前說一聲，我好有所準備啊。」柳眉之笑著說，他看著高昌波陰沉著臉，一時也是一驚，想到昨日的事，急忙問道，「高督主，事辦得如何？」

「我還要問你呢。」高昌波再也忍不住，尖著嗓門叫道，「你的打遍天下無敵手的金剛呢？」

「他不是跟隨孫大人辦差去了？」柳眉之也是一驚。

「放屁，我們的人跑回來報信，根本沒有看見他。」高昌波怒道，「孫啟遠被于謙逮個正著，這下麻煩大了，如果那小子露點口風，豈不是引火焚身。」

柳眉之臉色變得煞白，他急忙爭辯道：「高督主，這不可能，孫大人親自來接的金剛護法，我還交代孫大人，辦完差要金剛速回，因為今夜是十五，大集會上有上千人等著看金剛的絕技呢。」

「你別再爭辯了，他人呢？」高昌波叫道，「你把他吹得像個神，可是結果呢，昨日的行動大敗，而且他們竟然敢化裝成錦衣衛去報信，刺殺先生，昨夜先生是死裡逃生。柳眉之，你闖下大禍了。」

柳眉之渾身一顫，臉上滲出一層冷汗，他結結巴巴地問道：「那金剛呢？金剛呢？」

「我就為這事來找你，你速去找到金剛，讓他去北大營把孫啟遠給救出來，聽見了嗎？」高昌波說完，轉身走了，他的兩個隨從也跟著匆匆離去。

柳眉之癱坐在椅子上，高昌波帶來的消息讓他如墜迷霧裡。片刻後，他方回過神來，大叫吳陽，「吳陽，你速帶人去找金剛護法，一定要把他給我找到。」吳陽得令，急忙跑出去。

二

夜幕降臨，街邊店鋪先後都亮起燈燭。街上人頭攢動好不熱鬧。小六站在街邊著急地等待著，糖堆被他吃掉了一半，此時捂著半張臉牙都甜掉了。他看到人群裡一個紫衣女子快步走來，他認出是拂衣，急忙叫道：「拂衣姐姐……」

拂衣抬頭看見路邊小六扛著糖堆站在路邊，忙走過去，她左右看看，疑惑地問道：「怎麼就你？」

「他們來了。」小六扭頭看到自西向東走來一群人，打頭的是張念祖，他旁邊跟著李漠帆、林棲、韓掌櫃還有興龍幫眾人。小六把糖堆靠到一邊屋簷下拉著拂衣迎上去。

「小六，」張念祖壓低聲音問道，「有情況嗎？」

「張大哥，申時東廠的高督主來過，不久就走了，後來金禪會的護法，就是那個叫吳陽的領著十幾個護法出去了。天一擦黑，一些信眾就三五成群地往裡面進了。」

「好小子，你挺能幹。」張念祖拍著小六的肩膀，誇了一句，「太好了，走了十幾個護法，估計是去找金剛了。」張念祖回過頭對大夥說道。

「念祖，咱們現在進去嗎？」李漠帆問道。

「大家記住了，」張念祖看著拂衣道，「拂衣，你進去後，第一時間找到秋月！漠帆，你等著刑部的人！我和林棲對付柳眉之，這次絕不讓他再跑了。」張念祖說著，眼睛裡射出一道犀利逼人的寒光，然後，他一揚手，「走……」

眾人向金禪會的神祕進口，那家胭脂粉鋪走去。前面三三兩兩的人走進鋪面，直接走向穿堂。張念祖領著眾人也跟著向前面走去。垂花門前多了幾個腰佩寶劍的護法，信眾依次排成兩隊，手拿號牌默默往前走，護法只是粗略地看一眼號牌。

進了垂花門，遠遠看見堂庵裡燈燭閃耀，人影晃動，低沉誦唱的聲浪一浪高於一浪。張念祖看著眾人點點頭，眾人會意地相繼散去。張念祖走進堂庵，昏暗的大堂被繁星般無處不在的燭光映照得既神祕又詭異，耳中被誦唱的寶卷填滿，腦子裡嗡嗡亂叫。

身後的林棲有些不耐煩：「這些人幹麼呢？」

「跟我來，」張念祖看到木臺前信眾突然聚集起來，他知道儀式開始了。他領著林棲向前面走去，其他信眾也都向前面擠。周圍的信眾興奮地嘰嘰喳喳亂叫：「聽說這次選出的信男叫陳虎，是個肺癆病人，家裡銀子有一地窖……」

「可不是，他家就這麼個么兒，要娶個玉女沖沖喜……」

張念祖環視四周，看見側門前，李漠帆領著一個灰衣男人走進來，認出來是刑部的陳暢。張念祖向李漠帆點了下頭，繼續往前走，看見木臺上竟空無一人，按往日儀式此時該玉女們出場了。木臺四周幾個護法像是炸了窩的蜜蜂嗡嗡地四處亂撞。

張念祖一看，肯定是出了亂子。果不其然，他看見四名護法圍著柳眉之出現在木臺下，柳眉之似乎很生氣在那裡大發脾氣。林棲擠到張念祖面前突然問道：「何時動手？」

「別急，再等等，」張念祖向遠處瞅著，依然沒有看見拂衣，他對林棲道，「你盯住柳眉之。」林棲咬了下唇，惡狠狠地說道：「我恨不得現在就一刀捅了他。」張念祖一笑，拍拍林棲的胸脯：「你這話，說到我心裡去了。你在這兒盯住，我去看看拂衣。」

張念祖抽身擠出人群，他沿著木欄走到樓梯口，看見幾個護法守著樓梯口，不多時，一隊白衣玉女緩緩走出來，張念祖一眼看見拂衣穿著玉女的服飾。護法押送著這隊玉女走向木臺，張念祖擇機溜到拂衣一旁。

「張大哥，情況有變。」拂衣匆忙地說著，「剛才指認的新娘上吊死了，秋月被換上了。怎麼辦？」

「你是說，秋月是新娘？」

「正是。」拂衣急得眼淚都出來了。

「告訴秋月，他們沒有機會了。」張念祖說完，迅速向木臺走去，他在人群裡快速地向前挪動，人群裡發出焦躁的吶喊聲，人們叫著「玉女玉女」，不耐煩地等候著，很多信眾開始往地上摔燈燭，有的燒到衣裙上，一片叫罵聲，張念祖看到人群快要失控了，這正是他想要的。林棲看他過來，向他使了個眼色。張念祖看到柳眉之站在木臺一側，正氣急敗壞地催促玉女上臺。

玉女們曼妙的身姿一出現在木臺上，四周的喧囂就慢慢平息下來。接著從另一側慢慢走上來一個紅衣女子，臉帶淚痕，正是秋月。「我的新娘，我的新娘……」臺下一個身著華服卻奇醜無比的矮胖男子叫起來，他就是今日的信男陳虎。他四周的僕從也跟著叫囂著簇擁著他向木臺走去。

正在這時，一個黑色身影像一個隨風而起的風箏落到了木臺上，竟直飛數丈高，人們不由驚訝地抬頭觀看。張念祖一個燕子翻身，已躍身到秋月面前，他壓低聲音叫道：「秋月，我是狐王的兄弟。」秋月一聽此言，滿心憂鬱頓時全消，她又驚又喜地看著對方。

「你可知道郡主所在？」張念祖問道。秋月點點頭：「知道。」

張念祖一把抱住秋月，對著木臺大喊：「這是我的新娘……」臺下頓時大亂，陳虎在臺下大罵，開始撒潑，一眾僕從像餓狼般跑到臺上，木臺四周的信眾也肆意跑上來，轉眼間木臺上亂成一團。玉女們驚慌失措四處躲避信眾，信眾見玉女就抱。張念祖對秋月道：「脫下紅嫁衣，去找拂衣。」

木臺下的柳眉之氣得肺都要炸了。他向身後的護法一揮手，十幾個護法衝到木臺上，見信眾就打。他也跑上來，一把抓住一個扔到臺下，他轉身又抓住一個黑衣人，但是黑衣人堅如磐石，柳眉之竟然絲毫動不了他。柳眉之大怒，盯著黑衣人，此時黑衣人取下臉上的蒙面，冷冷地看著他。

柳眉之猛地驚出一身冷汗，心裡暗罵今日真是撞見鬼了，先是被高昌波數落一頓，雲不知所終，晚上集會又頻頻出錯，現如今又……

他瞪著張念祖：「你到底是何人？」

張念祖左臉的刀疤顫了一下，斜睇著眼睛，陰陽怪氣地問道：「你不認得我？可我看著你怪面熟啊。」

「你……寧騎城……」柳眉之就像是聽到了來自地獄的聲音，他驚恐地看著張念祖，「你沒死？你還活著？」

柳眉之左眼突突地跳了幾下，心裡莫名地慌亂，一種不祥的預感瞬間籠罩了他，他後退了一步，突然感到自己的處境堪憂，似乎所有不測都集中在今日爆發了，如此看來雲莫名的消失和高昌波的指責都不是偶發的事件，這背後必有推手。得罪了王振一夥，比雲的消失更可怕，柳眉之想著，不由冷汗透背，他又問了一句：「你到底是人是鬼？」

「叫我張念祖，」張念祖惡狠狠地盯著柳眉之，「高健是怎麼死的？這樣一個人畜無害的人，你也殺，今日我來為他討個公道，俗話說欠債還錢，殺人償命。」

「你……」柳眉之心驚地後退，他看著面前這個貌似寧騎城的人，連語氣和身手都一樣，可是他明明看見寧騎城的頭顱被割下吊在城樓上了，難道這個世上真有陰魂不散這一說，這個傢伙借屍還魂？他不由驚得渾身發顫，抖著嘴唇叫道，「你……是……鬼？」他一邊環視左右一邊大叫：「金剛……」這才想到雲不知所終，他看見那十幾個護法被一個瘦高的人追著打，定神一看認出是林棲，他驚訝地叫起來：「蕭天來了？」

「沒人能救你了。」張念祖拔劍出鞘。

「雲是不是被你們抓住了？」柳眉之連連後退，他突然哀求道，「你只要放過我，我把我的所有都給你，我有很多銀子，很多銀子，還有女人，都給你。」

「這些留給你到天國享用吧。」張念祖惡狠狠地持劍就刺。柳眉之看無法說動他，也不得不還擊。他舉著大刀就砍，心裡焦慮又窩火，大罵雲這個王八犢子。張念祖大笑：「你的金剛已被彌勒佛收了。」說著，持劍迎擊，招式越來越快，柳眉之哪裡是張念祖的對手，只見他身法如鬼如魅，來無蹤影。幾個回合下來，柳眉之已處下風，漸漸無招架之力，張念祖看準時機一劍刺去。突然一個灰色身影閃到近前，揮劍架住了張念祖的劍，只聽「砰」一聲，灰色身影晃了一下，險些栽倒。張念祖定睛一看，大吃一驚：

「大哥。」蕭天一隻手臂支撐著劍，一隻手臂捂住胸部，他大聲叫一旁的林棲：「把柳眉之交與刑部的陳大人。」

臺下上來幾個大漢，「呼」地圍住柳眉之，陳暢走上來直接給柳眉之戴了一副枷鎖。柳眉之這才看見木臺下人群四散，刑部的衙役已衝進來。他長嘆一聲，不甘地瞥了眼蕭天，被衝上來的幾個衙役帶走了。

李漠帆急忙扶住蕭天，張念祖看著柳眉之被帶走，氣不打一處來，恨得直跺腳：「大哥，不是你來，我就一劍刺死他了，難道就這樣放了他？」

「以大局為重，這是與于大人講好的。」蕭天吃力地說著。他接了張念祖這一劍，面色瞬間變得蒼白，他盯著張念祖，眼神一凜，「念祖，這是最後一次，不可感情用事。」

「大哥，我……」張念祖看著蕭天，上前一步，心裡十分不忍，他知道蕭天與于謙密謀的事，但是對於柳眉之，他比任何人都了解，他恨不得早日除去柳眉之，以免後患。但是看到蕭天對自己的誤解，他也不想解釋，便認錯道，「事是我做下的，與其他人無關。」

「真是這樣嗎？」蕭天不氣反而樂了。

「是我買的蒙汗藥。」一旁的李漠帆老實地承認。

「你還好意思說？」張念祖突然轉身望著李漠帆氣鼓鼓地問道，「老李，你從何方神聖那裡拿到的蒙汗藥，就這藥效？」

「這，這，奶奶的，他們騙我。」李漠帆揪著頭髮叫道。

「念祖，你那小把戲。」蕭天怒道，「我就沒喝那碗粥。好了，咱們別在這裡耗時間了，去，去找明箏。」蕭天說完，抬腿往前走，剛走幾步，身體就倒下了，李漠帆急忙扶住他，「幫主。」幾人低頭一看，蕭天已經昏迷過去，本來就在傷病中，看來剛才接張念祖那一劍又傷了元氣，李漠帆不滿地望著張念祖，說：「你用了幾分力，把幫主傷成這樣？」

「我……這……唉……」張念祖氣得直打臉，「老李，你和林棲帶人先護送大哥回去，我去找明箏。」

「唉，只能這樣了，」李漠帆不放心地說道，「剛才秋月和拂衣帶著刑部的人去後院了，你快跟上，還不知明箏姑娘怎麼樣了。」

張念祖一聽，轉身向堂庵的側門跑去，很快他就看見拂衣和秋月帶著刑部的衙役向後院走著，張念祖快速攆上他們。拂衣和秋月看見他急忙跪下：「謝大哥救命之恩。」張念祖急忙扶起她們：「兩位姑娘快請起，速帶我去找郡主。」

「郡主與很多被拐賣的女子就關在地牢裡，咱們這就去那裡。」拂衣說著，加快了腳步。

他們一行人來到竹園，從遊廊快步走到正房，穿過正堂走到後堂，拂衣指著地板對張念祖道：「這是進口，只是不知道機關在哪裡，郡主知道，她寫在手帕上，只說在牆壁上。」

張念祖推開拂衣，走到對面牆邊，他看出這不過是最一般的暗門設置，比這複雜得多的他都見過。他挨著敲擊牆面的磚，果然發現一塊鬆動的磚，他抽出那塊磚，看見裡面是機關的按鈕。按動按鈕，很快聽見「咯咯吱吱」的響聲。

拂衣和秋月興奮地直拍手：「洞口，看洞口……」五個衙役毫不猶豫地依次走下去，張念祖從一旁牆壁上拔下一根火燭跟著走下來。他們一行人飛快地沿臺階走進下面的地道。

在地道口，突然飛過來幾把飛刀。張念祖飛身躍到前面，持劍一一打落在地，幾個黑影向前面跑去，張念祖把火燭交給身後一個衙役，自己飛身追過去。只見他騰空而起，忽上忽下，幾個翻滾就躍到那幾個黑影面前，他詭異的身影驚呆了身後的幾個衙役，他們只看見劍影寒光，張念祖一招一劍封喉，便把其中大個頭撂到地上，剩下三個人嚇得急忙跪下求饒。

「大爺，饒命，饒命呀。」

「要想活命，快說關押女子的地牢在哪裡？」

「大爺，我們也是迫不得已呀，大爺。」

「少廢話，快領我們去。」拂衣跑過來，怒喝一聲。

三個人急忙爬起來，在前面帶路。一行人跟著三人向前面走去。他們拐進另一個地道口，這裡更加狹窄和陰暗。不遠處傳來女人的哭泣聲。「快走……」張念祖不耐煩地踹了領頭人一腳，三人加快了腳步。一行人走到一處鐵欄杆前，裡面的人看到有人來都躲了起來。

「裡面的人聽著，我們是刑部的衙役，今日來解救你們。」一個衙役大聲說道。

「姐妹們，是真的，」拂衣跟著大喊起來，「他們來救你們了。」

裡面的人聞聽，慢慢擁到欄杆前面，她們看到身著刑部衙役號服的人走過來，開始驚呼：「是真的，是真的。」

「你們跟著我們回刑部錄完口供，就可以回家了。」一個衙役說道，他催守衛打開鐵鎖，推開鐵門。

女人們一陣歡叫，一個個都從角落裡向鐵欄杆擠過來。拂衣擠進牢房在女人中尋找著，秋月在另一頭踮著腳尋找。幾個衙役把那三個守衛用鐵鍊綁起來。女人們從鐵門往外跑，張念祖從一個衙役手裡奪過火燭從女人堆裡擠進去，他舉著火燭一邊走，一邊叫：「明箏。」

明箏此時從角落裡站起身，一旁的含香拉著她的手臂，讓她看外面。明箏剛才昏昏沉沉睡著了，她被女人們的喧鬧聲吵醒，眼睛盯著鐵欄杆，只看見幾個陌生的身影，她正猶豫著，就看見張念祖舉著火燭走過來。她愣住了，沒想到會在這裡見到他。

張念祖的火燭照到角落裡三個女子，他一眼認出明箏。明箏站在那裡不知所措地向欄杆張望。張念祖知道明箏在找誰，他舉著火燭走過去：「明箏，快跟我走。」

明箏依然不動，眼裡的猶疑沒有逃出他的眼，他站在她對面，看著她蒼白消瘦的臉，心裡一沉，雖然心裡難受，但說出的話卻是很刺耳：「你在等蕭天，他不會來了。快跟我走。」

「蕭天呢？」明箏竟然向後退了一步。

「他來不了，」張念祖看著明箏皺起眉頭，「他受傷了。」

「什麼？」明箏一驚，眼睛不信任地瞪著他。

張念祖看著明箏，看到她依然對自己如此敵視和懷疑，心裡一陣絞痛：「明箏，我與蕭天既已結拜，他就是我大哥，你就是我嫂夫人。以前我是有冒犯的地方，但從今往後，我張念祖若再有逾越，天打雷劈。」

明箏沒想到張念祖會對她說此話，她心裡一熱，想到一直以來，她對他不依不饒的從沒給過他一個好臉色，此時也有些不好意思：「念祖，你也別怪我，我一直揪著寧騎城不放，是我不對，他畢竟是你一母同胞，若細論起來，他也算是我師哥，如今他人不在了，我師父也不在了，你便成了我世上唯一的親人，今後我必會像對待哥哥一樣待你，你看可好？」

「明箏妹妹。」張念祖眼睛一熱，雙目噙淚，幾乎哽咽起來，「妳真這麼想？可是我那兄弟寧騎城，他確實傷害了妳。」

「其實他是我見過的武功最好的人，蕭天也不見得打得過他。」明箏說到蕭天突然捂住嘴巴，緊張地瞪著張念祖問道，「蕭天，他，他傷得很厲害嗎？」

張念祖第一次從明箏嘴裡聽到說寧騎城的好話，不由一陣高興，看明箏問起蕭天，不假思索地說道：「肩膀被刺了一劍，離胸口很近。」

「啊！」明箏身體一晃，險些跌倒，身旁的含香和樂軒急忙扶住她。

「沒事的，妳放心。」張念祖忙安慰道，接著對她身邊的兩個女子說道，「快，扶著嫂夫人跟我走。」

明箏走了幾步，突然折回身道：「念祖，是梅兒出賣了我，你一定要抓住她，這些女子也被她害得不輕。」

張念祖舉著火燭，點了點頭，迅速轉身領著幾個衙役向外跑去。

三

刑部的陳暢沒有想到，從小小的地道裡會走上來十九個女子，一個個面黃肌瘦，形容枯槁。他面帶怒容下令衙役帶女子們去刑部做口供。這時張念祖走到陳暢面前：「陳大人，柳眉之、吳陽、梅兒都抓住了，何時能審？」

「上疏朝廷，定會擇日審理。」陳暢信心滿滿地說道，想到蕭夫人，忙問道，「蕭夫人找到了嗎？」

「也在地牢裡。」張念祖答道。

「可有傷疾？」陳暢關心地問道，「我派人送回住地吧？」

「不用了。」張念祖抱拳與陳暢辭別，「大人，我把夫人帶回去，如需要夫人會隨時聽候陳大人差遣。」

陳暢向張念祖深施一禮，心裡清楚沒有這些人的配合，他絕不可能這麼快就抓獲金禪會堂主，他恭敬地向張念祖抱拳道：「代我問候蕭幫主，後會有期。」

張念祖辭別了陳暢，看到衙役已經基本清理完場子。張念祖向明箏走去，看見她與幾名相熟的女子站在一起話別。

聽蘭依依不捨地看著明箏：「姐姐，此一別，不知何時再見。」

「傻妹妹，你們只是去刑部錄口供，錄完口供，你們就可以出來了。」明箏寬慰道。

一旁的含香不能說話，只是一隻手拉著明箏不放，樂軒在一旁默默抽泣。明箏拉著含香和樂軒的手，眼睛也潮溼了，她知道她們身世淒慘又無家可歸，便對兩人說道：「含香、樂軒，妳倆聽著，妳們要是願意以後就跟著我，我有一口飯吃，就絕不會餓著妳們，妳們如果願意，就點頭。」

含香和樂軒突然雙雙跪下，不停地點頭。明箏急忙扶兩人起來，「那好，我會去刑部接妳們，別哭了。」明箏替兩人抹去眼淚，一旁的聽蘭突然也跪到明箏腳下，「姐姐，你收下她們，為何不要我？」

「聽蘭，」明箏又忙扶起聽蘭，「妳有家人啊。」

「不，我不想見到他們，我願意跟著姐姐。」聽蘭淚流滿面地說道。

「明箏，我能說一句嗎？」一旁看了半天的張念祖，實在看不下去，「妳帶回這麼多人，大哥能同意嗎？」

明箏一愣，她扭過頭，看著張念祖繃著臉道：「他要是不同意，把我也攆走好了。」明箏說完，輕鬆地笑了笑道，「放心吧，大哥會同意的。」明箏安撫好幾個姐妹，便與她們告辭，目送她們跟著刑部衙役走了，這才跟著張念祖向外走。

明箏惦念著蕭天的傷，跟著張念祖一路疾走。在路上，張念祖便把上次行動的事跟明箏一一講了，明箏這才知道外面發生了這麼多事。兩人加快了步伐，明箏更是急於見到多日不見的夫君。兩人風風火火回到上仙閣時，看見小六正站在路邊東張西望。

「小六，你怎麼在這兒？」張念祖上前問道。

「張大哥，明箏姐姐，」小六急忙回頭擦了下眼睛，不過還是被明箏看到了，她一把拉住小六：「小六，是不是……」

「我在這裡等林棲，他跑去找郎中了。」小六吞吞吐吐地說道。

「啊！」明箏感到腳下發軟，被一旁的張念祖扶住，「快，我要去看看，快點。」明箏推開兩人，踉踉蹌蹌地跑進上仙閣，小六和張念祖一看，也急忙跟上去。

蕭天躺在床榻上依然昏迷著，發著燒，面色發烏，嘴角還沾著一絲血跡。劍傷加上剛才奔波到金禪會又擋了張念祖一劍，傷情越發地凶險起來。身邊服侍的李漠帆，只能不停地給他替換額頭上的帕子。明箏推門進來，她幾步跑到床榻前，看著蕭天病成如今的模樣，不由後退了一步，心裡悲喜交加。日思夜想的人終於見面了，只是這情形是她從未想到的，蕭天在她的印象裡是不會倒下的，多少次風雨他都挺過來了，他怎麼可能倒下呢？

「大哥，大哥。」明箏趴在蕭天耳旁輕喚了幾聲，但是蕭天毫無反應，她伸手到他臉頰，觸到的肌膚火燙，她摸著他發燙的面頰，頭抵在蕭天的脖頸邊失聲哭起來，「大哥，你睜開眼睛看看我，我是箏兒。」一旁的李漠帆也跟著抹眼淚。張念祖轉身走出去，他大聲問一旁的夥計：「是去請潘掌櫃了嗎？小六，你到路口看看去。」

這時，走廊裡傳來沉重的腳步聲，林棲的聲音從走廊傳來：「來了，潘掌櫃來了。」昏暗的光線下，走廊裡走過來兩人，林棲快步走著，他提著一個大藥箱，身後跟著幾乎小跑的潘掌櫃，潘掌櫃被眾人請進房間，直接來到床榻前。

李漠帆急忙搬來椅子讓潘掌櫃坐下，由於趕路，潘掌櫃喘息了片刻，這才看向床榻上的病人，他看了看面色，眉頭一皺，急忙伸手去摸蕭天的手腕，把手指搭到脈上。

周圍幾人屏息靜氣地看著郎中，空氣驟然緊張起來。

過了片刻，潘掌櫃緩緩出了口氣，站起身來走到八仙桌前，從自己的藥箱裡取出紙墨。明箏實在忍不住問道：「先生，他傷情如何？」潘掌櫃一邊往紙上寫方子，一邊嘆口氣道：「傷得太重，此傷重在傷了元氣，血虧氣虛，虛而生火，我先開些疏肝益氣的方子，你們煎了湯藥讓他服下。」

「他什麼時候能醒來？」明箏問道。

「昏迷是氣滯血虧，需慢慢休養。能否復原就要看他自己的造化了，需耐心等些時日。」潘掌櫃寫完方子，張念祖拿住方子跟著走了出去。

明箏默默走到床榻前，拿一個溼手帕替換蕭天額頭上的手帕，換下的手帕竟然是熱的。明箏看著他灰暗的面頰，心裡忍不住悲從心起，眼裡的淚又撲簌簌地掉下來。

李漠帆在一旁看著明箏傷心也禁不住難受。「明箏，」李漠帆喊出口突然覺得不妥，埋怨自己道，「你看我，我該叫你嫂夫人才對，」李漠帆看見明箏如今憔悴成這個模樣，如果蕭天醒來看到，指不定要多心疼呢，便說道，「嫂夫人，妳先去房間休息，這裡有我就可以了。」

「那怎麼行？」明箏抬起頭，「蕭天是我夫君，理應由我照顧。李大哥，你辛苦這幾天了，該回去休息的是你。」

「這……」李漠帆看明箏眼神執拗，知道說不動她，便只好往外走。

此時已有三更天，走廊裡一片昏暗，他惦念著張念祖去抓藥，索性便在走廊上等。他靠著牆壁不由打了個盹，走廊裡的腳步聲把他驚醒，他抬頭看見張念祖端著一個托盤走過來，托盤上是一碗冒著熱氣的湯藥。

「你熬好了？」李漠帆又驚又喜。

「你怎麼站在這兒？」張念祖問道。

「明箏在裡面。」李漠帆見張念祖把托盤遞給他，不由問道，「你不進去？」張念祖垂下頭：「我沒臉進去，都是我那一劍害的。」

「唉，這也怪不得你，」李漠帆寬慰他道，「幫主不是小氣之人，再說他也沒有說你什麼。走，一塊兒進去。」張念祖把托盤交到李漠帆手裡，轉身走了。

一連幾天，蕭天依然昏迷著，但是臉上有了顏色。明箏一日三次給他餵湯藥，到了第四天，蕭天的燒退了下去，眾人很高興。為了讓蕭天更好地療傷，張念祖重新做了安置，他讓韓掌櫃把後面的杏院騰出來，讓蕭天夫婦搬進去，煎藥也方便。

自從蕭天傷重昏迷後，這裡的大小事便順理成章地交由張念祖處置，眾手下也無人有異議。一是張念祖本就與蕭天是結拜兄弟，大哥倒下療傷，自然就由兄弟接手。二是李漠帆的大力推舉，與張念祖有過幾次生死之交後，李漠帆開始敬服張念祖，在幾個大小場合李漠帆都當著眾人誇張念祖論武功論智謀都在他之上。大哥病倒，眾兄弟也都不想再出亂子，既然李漠帆推舉張念祖，大家服從便是，只靜等大哥傷好的那天。

這日午後，小六過來對明箏說，刑部的人傳話已錄完口供，可以由家人領走了。明箏便讓秋月和小六駕著馬車去刑部衙門接那幾個姐妹。

這時，李漠帆從蕭天房裡跑出來，興奮地叫起來：「幫主醒了，喊你們呢。」明箏興奮地扭頭就跑。她快步跑進正房，幾步走到跟前，眼裡的淚又忍不住在眼眶裡打轉：「大哥。」蕭天抬眼看到明箏，他臥床這些天消瘦了許多，眼窩深陷，顯得一雙眼眸深邃通透。蕭天看見明箏自是喜不自禁，端詳了半天，道：「明箏，妳瘦了。」

「大哥，過不了幾日，我便會吃胖，你放心吧。」明箏笑著說道。

「我躺了多長時間？」蕭天看了眼窗外問道。

「已經五天了。」明箏說著，急忙把床榻一側的外袍給他披上，「大哥，你可感到好些了？」

「哈，把你們嚇住了吧。」蕭天聽到自己昏迷了五天，心裡也是一驚，他抬頭環視大家，笑著說道，「我沒事，我就是補了一大覺，還做了一個好長的夢，夢到咱們回到了檀谷峪。」蕭天說著，臉上一凜，像是想到了什麼，忙望向張念祖問道，「念祖，刑部的人怎麼處置柳眉之？」

「柳眉之已被押到刑部大牢，等待審理。拐賣到金禪會的女子在刑部錄完證詞，都由家人領走了。」

「過了這麼多天為何還不審理？」蕭天有些意外。

張念祖猶豫地看了眼明箏，兩人匆忙地交換了眼色。蕭天何等聰慧，他一眼就看出他們有事瞞著他，他看向張念祖道：「出了何事？」

「大哥，」張念祖知道瞞不住索性說道，「刑部不是不審，而是顧不上。此間朝堂出了大事，皇上親征，帶二十萬大軍征討瓦剌，帶走了大半個朝堂，文官武將走了大半，咱們的仇敵王振也隨皇上出征了，此時人心惶惶，衙門裡的事都停下了。」

「什麼？」蕭天緊皺起眉頭，臉上籠罩著痛苦的表情，他喃喃自語，「想必于大人最終還是沒有阻止住他們，唉。」蕭天一急劇烈地咳起來，明箏急忙上前撫著他的胸口，埋怨道：「念祖，你不該說。」

「這麼大的事，你們不該瞞著我。」蕭天喘著氣。

這時韓掌櫃從外面走過來，看見蕭天醒來，大喜，說道：「幫主，可是巧了，你剛醒來，就有貴人來看望你。」

「誰？」蕭天問道。

「是于大人。」掌櫃的看著他問道，「還在前面大堂上，要不要請他過來？」

「快請。」蕭天看著李漠帆和張念祖道，「你們代我去迎一迎于大人。」李漠帆和張念祖急忙轉身走過去。

不多時，兩人引著于謙走進來。此時蕭天已讓明箏扶著坐了起來，于謙看到蕭天一臉病容，還是吃了一驚，他急忙上前，向蕭天拱手一禮道：「蕭兄，早知你受傷，一直脫不開身來看望，拖到今日才成行，為兄心裡愧疚呀。」

「于兄，此話就見外了。」蕭天不能起身，就在床榻上拱手還了一禮道，「我直到今日方醒，也是剛剛才知道朝中出了大事，想必于兄全力應對，豈容半刻分心呀。」

于謙臉色凝重，慚愧地搖頭，道：「身為朝臣，上不能為君分憂，下不能解黎民困苦，我這個官徒有其名啊。」于謙說著，眼裡竟噙滿淚水，「我眼睜睜看著皇上帶著京城的精銳傾巢而出，你知道我是何感覺嗎？」于謙狠狠拍著胸口，「痛徹心扉呀，是我無能，沒有在這之前絞殺王振，讓他蠱惑皇上，但凡懂點兵法，就不會做出這種愚蠢的事。」

「于兄，難道就沒有彌補的法子嗎？」蕭天急切地問道。

「亡羊補牢，不知是否可以扭轉劣勢。」于謙臉色憂鬱地說道，「雖然我也做了安排，我命隨行的錢文伯，見機行事，刺殺王振。但是如今的局勢，波譎雲詭。蒙古騎兵一路殺來，皇上年輕只想著留名青史與太祖齊名，卻處處聽從一個奸佞閹人的，二十萬大軍準備了不足五日就出發了，連糧草都未備齊就走了，你說說能不叫人焦心嗎？」于謙只顧倒苦水，這才看到蕭天越加蒼白的臉色，急忙慚愧地說道，「蕭兄，你看我一說起朝中事就沒完沒了，我都忘了我是來探病的呀。」

「于兄，蕭某說來真是慚愧，幾次刺殺王振都讓他逃脫，我也是無顏見兄長，此番看來大局已定，若我們再留在京城恐對于兄不利，若讓他們抓住把柄，怕會累及眾人，于兄，是時候與兄長告辭了。」

于謙沉吟片刻，點點頭道：「蕭兄所言極是，京中頗不太平，雖然王振隨皇上親征去了，但是他的爪牙還在，高昌波如今把持住大理寺和都察院，對柳眉之案肆意干預，為此大理寺卿張雲通都被他們栽贓擼了官職，咱們雖然在刑部有陳暢，但是孤掌難鳴，因此案子一直在拖。」于謙身體向前傾了傾，看著蕭天滿是歉意地道，「蕭兄，我不該把你拉進這潭渾水，讓你一次次身負重傷，我真是於心不忍。此時你在病中，離開京城回南方是最好的選擇。」

「兄長此話差矣，為兄長做事我心甘情願。」蕭天道。

「此時，蕭兄養傷為重，你還有這麼多弟兄要仰仗你，你不能再出差池，不然他們也不會答應。」于謙誠懇地道。

蕭天看著于謙點了點頭。于謙又說了會兒話，便起身告辭了。于謙一走，蕭天就召集了眾人，李漠帆、林棲、張念祖、小六都被叫到了床榻前。看到他們到齊，蕭天開口說道：「怪不得，我夢見檀谷峪，難道是老狐王冥冥之中對我啟示嗎？」他看著眾人，接著說道，「剛才于大人所說大家也都聽見了，局勢不穩，京中之事也已辦完，已沒有留下來的必要，我準備帶領大家回檀谷峪，你們可有異議？」

林棲聽到此言，第一個樂開了花，高興得直蹦。蕭天見眾人沒有異議，便吩咐道：「小六、林棲還有漠帆，你們一會兒就回瑞鶴山莊，把狐族和願意跟咱們回檀谷峪的人都帶來，咱們擇日動身。」

當下，小六、林棲和李漠帆走出房間，收拾馬匹去了，蕭天對張念祖交代了幾句安置住處的事，張念祖也急忙出去辦理了，房間裡只剩下明箏和蕭天，夫妻倆默默相望，不由一陣感傷。

「明箏，你為了我吃盡了苦頭，我……我真是對不住你。」

「大哥，我沒事的，」明箏上前扶著他，讓他重新躺下，「我只是擔心你，你快些好起來吧。」明箏說著眼裡又湧出淚，「我一看見你的樣子，心裡就發慌，就覺得天要塌下來了，大哥，你快些好起來吧。」

「傻丫頭，我沒事，只是前些日子思慮過度，沒睡過一個囫圇覺。」蕭天說著笑起來，「可能是太思念妳了。」

明箏撲哧一聲笑出來，臉上不由一紅，「大哥，你都這樣了，還說笑。」

「不是說笑，是真的。」蕭天拉住明箏一隻手道，「讓妳跟著我吃了這麼多苦，真不應該。我帶妳回檀谷峪好嗎？」

「大哥，咱們真要離開京城嗎？」

「當初，帶領狐族眾人進京，一是為了躲避東廠追殺，二是為了救青冥。現如今已沒有留下來的必要，為了老狐王臨終託付，他把狐王令交與我，就是讓我帶著狐族能夠生存繁衍下去，傳承狐族的血脈，我必須保護狐族回到領地。再加上現如今京城危機四伏，咱們身邊的女眷眾多，留在這裡恐有禍端，還是早回領地的好。」明箏點點頭，欣喜地說：「這樣也好，你此次傷得這麼重，回去方能好好療傷。」

夫妻接著又說了好一會兒檀谷峪的事。

直到次日傍晚，三輛大車和十幾匹馬回到上仙閣，直接從側門進到後院。在這期間，掌櫃的遵照蕭天的吩咐，遣散了後院的賓客，該賠償的賠償，不願走的都給安排進了上仙閣樓上的客房裡。

待這些人一到，張念祖便把他們安排到各自的房間。後院裡瞬間熱鬧起來。先從房裡跑出來的是夏木和蓮兒。她們沿著曲廊一路跑著，在暢和堂外面的清風臺上看見翠微姑姑和李漠帆抱著嬰兒走過來，蓮兒歡叫著跑去看嬰兒，夏木急忙走過去：「翠微姑姑，你也來了。」

「可不，狐王說有事要商議。」翠微姑姑說道。

「是說回檀谷峪的事嗎？我和蓮兒早就望眼欲穿了。」夏木樂得眼睛瞇成一條線。

明箏早已從裡面走出來，夏木和蓮兒跑過去與明箏相見，明箏看到蓮兒又長高了些，摟著她腦袋親了親，明箏這才看到翠微姑姑懷裡抱的小嬰兒，激動地跑過來：「翠微姑姑，快讓我看看。」明箏看著那粉嫩嫩的一團，喜歡得眼淚都快下來了。翠微姑姑一臉做母親的自豪，大剌剌地說道：「喜歡吧，喜歡自己也生一個。」

「妳這個婆娘，」一旁的李漠帆直撞翠微的胳膊，「說話太不中聽。」

明箏毫不介意，她小心地抱起嬰兒，但是又太過緊張，架著兩隻胳膊托著嬰兒不知如何擺放。還是一旁的夏木幫她把嬰兒抱進懷裡，兩個女子稀罕地望著懷裡小小的嬰兒，大氣都不敢出，生怕驚擾了他。

這時，張念祖從暢和堂走出來，看見李漠帆叫道：「老李，就等你了。」李漠帆應了一聲，離開女眷們跟著張念祖走進暢和堂。

此時大廳裡已坐滿人。蕭天剛能下地，披了件灰色披風靠在太師椅上，面色雖憔悴但眼裡已有了光彩。含香和樂軒在一旁伺候茶水，兩名女子眼明手快，雖不會說話，但是挺機靈，得到了眾人的喜歡。

蕭天溫和地環視四周，看到基本上都到齊了。他的左首坐著李漠帆、林棲、盤陽、韓掌櫃，右首坐著張念祖、幾個興龍幫的把頭。他微微一笑道：「此次進京，不覺已兩年有餘，其間經歷種種變故，本人愚鈍，雖傾盡全力，但還是讓興龍幫和狐族受到極大的損失。這次之所以決定帶領狐族離開京城，也是明哲保身之舉，以保存狐族人脈，回到領地，休養生息。今日召集眾人來，是想在臨走之時，交代人事安排。」

蕭天說著，看了下眾人，接著往下說道：「此次離京，不知何日再見，關於京城方面的事務，不管對狐族還是對興龍幫都是攸關生死之事，我欲尋一個可靠之人。」蕭天說著，眼睛看著張念祖道，「念祖是我結拜兄弟，武功和智謀都不在我之下，我欲讓念祖兄弟接替我興龍幫幫主之位，諸位意下如何？」

不光眾人暗吃一驚，就連張念祖都唬得站了起來。

「大哥，你何出此言。」張念祖擰著眉頭，幾乎跳起來，「我何德何能，你這不是在醃臢我嗎？再說了，有李把頭在，論資排輩也輪不到我呀。」

「念祖，我也跟大哥回領地，我……我得照顧妻兒不是？」李漠帆急忙接著他的話說道，「大哥既然信任你，你就答應得了。」

「你和大哥合著夥來擠對我，」張念祖叫道，「我也跟著回領地。」

蕭天一笑道：「可以，但那是以後的事，此次我們大隊人馬離京，京城就全靠你了。」

「大哥，我有個請求，你無論交代我任何事，我都會竭盡所能，唯獨這幫主一事，我實在勉為其難。我的意思是，大哥你還是我們的幫主，我鞍前馬後跑腿。」

蕭天看張念祖執意如此，便想了個折中的方法：「這樣吧，念祖，你來做代幫主，我不在時，你代行幫主之職，這可以吧？」

張念祖想了想，點了點頭。

「來，念祖，我給你介紹一下，這幾位把頭……」蕭天說著，站起身，把在座的幾位把頭一一介紹給張念祖，張念祖雖然嘴上推辭，心裡還是很感動，對於蕭天對自己的信任和看重，他只覺得全身的血液都往頭上湧，他長這麼大第一次品出被人信任和尊重的感覺，他既感動又慚愧，不由眼裡湧出淚來。

「大哥，念祖能有今天，是你的成全，」張念祖突然雙膝跪下，顫聲道，「念祖對大哥必將以赤膽忠心而報之。」

「快起來，自家兄弟怎可如此見外。」蕭天朗聲笑道。

在座的幾位把頭，也是從李漠帆嘴裡才知道張念祖是幫主的結拜兄弟，如今成為代幫主，其實跟幫主只是一字之差，在職權上不差分毫。雖然心裡也有些疑慮，但是聽聞這位新幫主武功了得，不在蕭幫主之下，還是很欣慰。出於對蕭幫主的敬重，既然蕭幫主推舉張念祖自然有他的道理，便紛紛走到張念祖面前，行禮見過新幫主。蕭天很欣慰地點點頭，張念祖不好意思地鬧了個大紅臉，他急忙向幾位把頭還禮。

眾人重新坐下，開始詳細商談京中各個鏢局和商號之事。這時，從外面傳來女人們的驚叫聲。蕭天一愣，對小六道：「出去看看。」小六飛快地跑出去，不一會兒氣喘吁吁地跑進來，道：「不好了，明箏姐姐昏倒了。」

蕭天忙站起身，對眾人道：「今日就議到這裡，大家散了吧。」眾人急忙起身告辭而去。李漠帆扶著蕭天走到門外，含香和樂軒早已跑出去，翠微姑姑大嗓門說道：「剛才明箏追著蓮兒玩得好好的，不知怎的就倒了下來。」蓮兒嚇得大哭，哭聲驚擾了翠微懷裡的嬰兒，嬰兒也大哭起來。

含香和樂軒跑到明箏面前，明箏已被夏木抱到懷裡，明箏睜開眼睛，她也不知道怎麼就摔倒了，只感到頭暈眼花。

「快，去請潘掌櫃來。」蕭天說道。

一旁的張念祖二話不說，轉身跑出去。

幾個人扶著明箏走回暢和堂臥房躺下，蕭天跟著也走過來，坐到床榻旁的椅子上，他焦心地看著明箏。含香和樂軒給明箏端過來一碗清水，明箏端著喝了一口，跟著就吐了出來。眾人嚇得不輕，又是捶背又是撫胸，讓明箏躺到床上，只等潘掌櫃來。

過了有一炷香工夫，張念祖領著潘掌櫃走進來，蕭天急忙給潘掌櫃讓座，潘掌櫃看蕭天好了起來，很是喜悅。他坐下來，伸手搭到明箏脈上，另一隻手撚著鬍鬚，皺著眉頭，一動不動。

眾人看著他的樣子，緊張得都要窒息了。

「夫人芳齡幾何呀？」潘掌櫃回頭問蕭天，蕭天一驚，慌得語無倫次，難道明箏是得了什麼惡疾？還是張念祖平靜地回答道：「聽我母親說過，應該虛歲十九。」

「是頭胎，要格外留心呀。」潘掌櫃笑著說完，轉身看到蕭天一臉茫然的樣子，不放心地交代道，「靜養，保胎，不可盲動。」說完，走到一邊開藥方子。

屋裡所有人聽到此話，氣氛瞬間輕鬆起來，充滿喜氣。李漠帆大笑，翠微姑姑抱住孩子直樂：「看，讓我說著了吧。」幾個女子圍在明箏床榻前嘰嘰喳喳樂個不停。

第四十五章　瓦剌圍城

一

錢文伯勒緊韁繩，眼前是漫天的黃沙，荒涼的古道上擠滿疲僥不堪仍在行進的兵卒。一些騎馬的傳令兵從他身邊策馬而過，蕩起的沙塵久久不散。不時看見道邊蹲著一小撮兵卒，個個灰頭土臉瞇著眼睛彷徨四顧，一看便知是掉隊的兵卒。

此時大軍前鋒已到土木堡，離重鎮懷來不足二十五里了。錢文伯望了眼懷來的方向，似是有了盼頭。他轉回身環視著四周的亂象，心裡這個氣呀，這看上去哪裡像大明最精銳的軍隊，簡直就是一群烏合之眾。此時他已經焦頭爛額，心中積鬱的怒氣幾乎把肺氣炸。

自皇上親征以來，二十萬大軍就如同去遊街一般，今日呼啦跑到這裡，明日呼啦跑到那裡，全然沒有章法。他從軍二十年來頭次害怕，要知道他們的對手是草原上的瓦剌人，那些人剽悍勇猛，又善騎射，充滿血腥。再看看自己四周這些如同無頭蒼蠅般亂哄哄的兵卒，怎不叫人憂心。

突然，一匹快馬飛馳到面前，傳令官高聲道：「錢將軍，陛下有旨，就地紮營。」

錢文伯大驚，他身後幾個副將聞言也蒙了，紛紛催馬到他跟前詢問。錢文伯急忙向傳令官問道：「眼看便到懷來重鎮，為何在此地紮營？這裡一馬平川無法防守，若是瓦剌突襲，皇上的處境豈不是很危險？」

「還有，此處水源緊張，這麼多兵馬總要喝水呀。」副將王通和舔著乾枯起皮的嘴唇說道。

傳令官哭喪著臉，掉轉馬頭，低聲道：「諸位，你們找王振說理去吧。」說完，抖轠疾馳而去。

「又是王振幹的好事。」副將張強罵道，「這些天咱們繞來繞去，哪裡是去打仗？難道跟著出征的朝臣都是瞎子聾子嗎？」

「將軍，咱們去面見祁大人，向他陳情利害。」副將劉華生道。

「祁大人是兵部尚書，自小熟讀兵書，他如何不知在此駐紮是兵家大忌。如此忙亂的行軍，早已怨聲載道，大軍士氣低落，難道祁大人他會不知嗎？但是祁大人能當王振的家嗎？皇上又只聽王振的，這個閹賊！」錢文伯恨得牙癢癢，他想到和于謙幾次謀劃要滅了此人，但是都失敗了，終釀成大禍。

錢文伯突然心一橫，抬頭看著幾個副將道：「今日即便是死，也要見到皇上，王通和守在營中，我帶著張強和劉華生去前面大帳，冒死進諫。」

張強和劉華生急忙點頭道：「好，我去。」

「皇上不聽，咱們就殺了那閹賊。」張強發狠地說道。錢文伯讚賞地看著自己的兩個副將，抖轠向前方皇上大帳疾馳，三匹戰馬順著

狹長的道路向前，四周已經有兵卒開始紮營，一隊兵卒背著水桶向遠處走，能不能找到水源還是個問題。

錢文伯心中急切，快馬加鞭，眼看便到了皇上的營帳。

土坡上一片空地，被密密麻麻的大帳占滿，中間的位置是皇上的營帳，它是這裡最大的一個營帳。四周遍插旗幟，一群太監宮女端著皇上就寢時的各式用具，螞蟻搬家般跑來跑去。

此時，中間的大帳前佇立了一群人，在兵部尚書祁政的帶領下，眾朝臣緊跟在後默默站立著。按說他是兵部尚書該是手握兵權，但是此次皇上親征，他手裡的兵權盡數被奪走，兵符在皇上手裡，而皇上又只聽王振的。祁政一路跟隨，苦不堪言，日日如履薄冰，眼看快到重鎮懷來，總算看到了希望，卻被告知在這裡駐紮。這次，他實在忍不住，糾集了一幫重臣前來面見皇上。

突然，大帳的門簾一挑，王振緩緩走出來，他身後跟著哈著腰的陳德全。王振看了眼面前的眾人，略一皺眉道：「皇上勞累一天，實在疲累，已經歇下了。諸位，請回吧。」

祁政緊鎖眉頭上前一步道：「王公公，在此紮營實屬不妥，還請皇上收回成命，趕往懷來再行休息。」

王振眼睛瞪圓，叫道：「怎可此時進懷來，怎麼說懷來也是重鎮，此時還有許多車馬落在後面沒有跟上，皇上的新戰袍和龍椅都在那些馬車上，雖說遠征一切從簡，但是皇家的威儀不能不顧。」

眾人聽到在此駐紮竟然是為了如此可笑的原因，一個個氣得搖頭嘆息，祁政面色蒼白身體晃了一下，被身後幾隻手扶住。祁政高聲說道：「王公公，此番是皇上親征，是去征討犯我邊境的瓦剌人，而不是出巡，眼看大敵當前，是皇家的顏面重要還是打仗重要？」

「你是在嘲笑老夫不懂行軍打仗了？」王振翻著白眼問道。

「老夫不是這個意思，」祁政正色道，「老夫身為兵部尚書，被皇上委以重任，此番又是皇上頭次親征，老夫認為還是謹慎小心為好，到了懷來，依山可防，又水源充足，更便於大軍及時補充給養。」

「又不急於一時，」王振沒好氣地望著祁政，「等後面的車馬隊到了，再開拔也不遲。」

「你……」祁政一口氣沒上來，氣得劇烈地咳嗽起來。

「快把祁大人攙回大帳。」王振對眾人說道。就在此時，前方猛然出現騷動，一匹快馬自前方飛馳而來，馬上探馬一路大喊：「報——瓦剌自正前方攻來。」

王振聞聽大驚失色立刻鑽進營帳。營帳前的眾大臣紛紛亂了陣腳，四周一片大亂。帳篷裡的人往外跑，外面的人往裡面跑，兵找不到將，將四處跑著找不到傳令的人。四處都是跑動的兵卒，前面漸漸騰起塵煙，鋪天蓋地而來。

「是瓦剌大軍，是瓦剌大軍。」「快逃吧，逃吧。」四處是逃跑的兵卒，幾日吃不上飯，喝不上水，哪有力氣對抗瓦剌人，兵卒看見一個跑，便跟著跑起來……

祁政茫然四顧，「撲通」跪到地上，舉著雙手望著蒼天老淚縱橫：「老天爺呀，我大明開國至今，一派繁盛，如何到了這一步啊……」幾個人去拉他，他死活不起來。他知道他回不去了，回去便是千古罪人，死在戰場上也許對他是最好的。他拔出腰間寶劍，大喊：「快，護駕。」

他往四周看，眾人少了一半，有些早已各自逃去。他衝剩下的人高喊：「護駕——咱們跟瓦剌人拚了。」他身後稀稀落落的幾個朝臣，紛紛拔劍跟著他迎向瓦剌馬群。

幾匹烈馬飛馳而來，馬上的瓦剌人舉著彎刀衝向眾人，烈馬在人群中橫衝直撞，瞬間倒下無數人，只見血濺四處。

「祁大人，」錢文伯眼睛噴火，奮力催馬，但還是晚了一步。他眼睜睜看見瓦剌人一刀砍到祁大人脖頸，祁大人倒在地上。錢文伯翻身下馬，他身後兩個隨從持刀迎戰瓦剌人。錢文伯抱住滿身是血的祁大人，他還有一絲氣息，他指著前方，斷斷續續地說道：「自……作孽，不可……活。」祁政說完，頭耷拉了下來。

張強和劉華生大叫道：「將軍，咱們怎麼辦？」

錢文伯合上祁政的眼睛，怒道：「戰死之前，先把那個作孽之人幹掉。聽我口令，找到王振，千刀萬剮。」

「是，將軍。」

三人策馬衝進亂糟糟的戰場。瓦剌人越戰越勇，毫無章法的明軍節節敗退。一片混亂中，能逃的都在逃，還有一些朝臣，瘋狂地去搶馬車，坐上便逃。錢文伯看見前方有一輛馬車，趕車的人是太監陳德全，他知道陳德全是王振的心腹。他一聲大喝：「王振在那裡，快，截住他。」

三人催馬攆那輛馬車，越來越近。

趕車的陳德全不時後望，驚慌地大叫：「先生，有三匹馬跟上來了。」車廂裡的王振嚇得急忙問：「是瓦剌人？」

陳德全大喊道：「不是，是東大營的。」說話間，錢文伯的長鞭甩了過去，陳德全毫無防備，一聲慘叫被摔到馬下，馬似是受了驚嚇，拉著馬車瘋狂地跑。車廂裡的王振看見陳德全栽了下來，可馬還在瘋狂地跑，不由大驚失色。他一回頭，更是嚇得魂不附體，只見一個校尉已爬到車頂。

張強從車頂爬到馬車前，拉住馬韁繩，馬車才緩緩停下。錢文伯急不可耐地衝進車廂，舉劍向王振刺去，王振大喊：「不要殺我，我可以給你榮華富貴……」錢文伯罵道：「你個閹人，禍國殃民，千刀萬剮也不解我的恨。」說完，舉劍向王振砍去，此時所有的怒火都集中到雙臂上，他瘋狂地砍了半天，劉華生突然拉住他道：「將軍，莫砍了。」錢文伯喘著氣回過神，定睛往車廂裡一看，車廂裡一片血肉模糊，王振被砍成了肉醬。

錢文伯扔下劍，一聲長嘯：「我錢文伯總算幹了件大事，我殺了王振。」錢文伯說著突然失聲痛哭。

「將軍，我們此時怎麼辦？」張強問道。

「回去，與瓦剌人拚了。」錢文伯擦乾眼淚翻身上馬，帶著兩個副將向那片戰場疾馳而去。

一騎快馬自西直門飛馳而來，馬上之人手持八百里加急軍報，一路大喊：「行人讓道，八百里加急。」街道兩側的行人紛紛駐足，惶恐地望著那騎快馬。人們議論紛紛，皇上親征數日，也不知戰況如何了。

不出兩日，土木堡慘敗和皇上被瓦剌俘擄的消息就像這八月的秋風苦雨迅速傳遍京城的大街小巷。人們惶恐、詫異，四處跑著求證，各處的茶館、酒肆都坐滿了人，人們大眼瞪小眼，都以為是奸人誤傳，大明朝號稱天朝上國，如何會敗給一幫蠻夷？

上仙閣裡的動靜也驚動了韓掌櫃，他跑去見李漠帆和張念祖，兩人也聽到不少傳言，但是張念祖還是不信，二十萬精銳打不過區區幾萬瓦剌人，他當真難以相信。兩人不再猶豫，起身向後院走去，要把這個驚人的消息告訴蕭天。

此時蕭天正在後院清風臺習劍，他一身寬鬆的白色短衣，一把長劍在手中舞出優美的弧線，一招一式透著一種灑脫。

本已動了離京念頭的蕭天，身邊事都安排妥當，只等擇日率眾出京。不承想此時得知明箏有了身孕，高興之餘不得不推遲動身。眾人商議等明箏胎氣穩固、身體康復後再動身。

經過多日休養，加上就要初為人父的喜悅，蕭天的身體康復得很快，就像被注入了一股無形的力量，他身上的傷痛迅速痊癒。蕭天每日在清風臺上習劍，這個多年養成的習慣只在他養傷時斷過，如今一切照舊，那個生龍活虎的蕭天又出現在眾人面前。

如今張念祖接手興龍幫的事務，蕭天也是有意要栽培他，他深知幫裡就缺少像張念祖這樣有勇有謀、武功超群的人，將來他回到檀谷峪會全心投入家園的重建上，那片廢墟會花去他很多精力，京城裡的事交給張念祖他最放心。所以他打定主意專心在後院養傷和照顧明箏，外面的大小事務一概不管，全由張念祖主持。

在蕭天療傷期間，上仙閣和京城裡的事被張念祖打理得井井有條，偌大的後院也被管理得有條不紊。從瑞鶴山莊跟來的人，都被有序地安排到上仙閣和其他商號裡做事，既減輕了開支，又使他們有了事做，而不至於出亂子。對於這些蕭天默默地看在眼裡，喜在心上，更加任由他去做。

蕭天舞了會兒劍，全身出了層透汗，感覺整個人都舒暢了。這時，從遊廊傳來腳步聲和低低的說話聲。蕭天抬頭看見張念祖和李漠帆並排走過來，兩人臉色凝重，連走路的姿勢都很僵硬。

張念祖和李漠帆直接走到石桌前，李漠帆使眼色給張念祖，讓他先開口。蕭天向兩人擺了下手：「坐下吧，出了何事？」

「大哥，出大事了。我和漠帆商議你們即日就動身吧。」張念祖懇求道。「為何？」蕭天盯著他，皺起眉頭。

「大哥，街上都傳遍了，前方傳來八百里加急戰報，土木堡大敗，全軍覆沒，連皇上也被瓦剌抓獲，生死未明呢。」張念祖咬著牙說完。

蕭天猛地站起身，錯愕不已，雙手也不由緊攥起來：「消息可靠嗎？」

「如今，京城裡滿大街都這麼說，甚至比這還糟糕的是，不僅精銳的二十萬大軍全軍覆沒，連隨行的朝臣也盡數殉國！不過也有一個好消息，王振被刺死了，據說是東大營的人幹的。」

「王振死了？」蕭天胸口一陣起伏，「這個閹人，早點剷除也不至於是如今的局面。」蕭天一掌擊到石桌上，石桌晃了一下，中間裂開一條縫。蕭天稍微穩了下心緒，問道，「可有于大人的消息？」

「聽說朝堂已亂成一鍋粥。于大人和幾個老臣已經組成臨時內閣應付局面，還有人說一眾老臣他們以『社稷為重，君為輕』『不可一日無君』奏明太后，擁立郕王朱祁鈺為代皇上。如今京城危如累卵，一旦瓦剌大軍過來，京城已經無兵可用。」張念祖道。

「我要面見于大人。」蕭天突然說道。

「大哥，」李漠帆急了，「如今于大人已經代理兵部尚書之職，哪有時間見你。咱們還是趕緊著手準備出發吧。」

「去哪兒？我問你去哪兒？」蕭天突然怒吼道，眼睛變得通紅，他簡直是聲嘶力竭地叫道，「你們既然知道京城危如累卵，一旦瓦剌攻城，國將不保也，你我將淪為什麼？商女不知亡國恨，你我是堂堂男兒，難道要眼看江山易主，城池被塗炭？」

蕭天的話強烈地刺激了張念祖和李漠帆，兩人也是熱血男兒，只知道局勢危急，想到如何躲避戰亂，卻沒有想到這一層，蕭天的話像一盆涼水把兩人潑了個透心涼。兩人不由站起來，面色肅穆地望著蕭天。

蕭天伸出雙手用力按在兩人的肩上，緩和了語氣道：「王振已死，朝廷少了一個毒瘤，又擁立了新君，這都是好事，而且王振的死也讓狐族有了洗清冤屈的希望，我們此時怎能離開。」

「大哥，你的意思是……」張念祖神情一振問道。

「此時正是朝廷需要咱們的時候，也是你我建功立業的機會，」蕭天低頭略微沉思了片刻，對兩人說道，「回領地的事，暫緩。漠帆，你留下照看女眷，我和念祖去拜見于大人了解一下情況，再做定奪。」

李漠帆和張念祖點點頭，他們不得不佩服蕭天的謀斷，便不再有異議。蕭天說完，抓住一旁灰色長衣穿上身，便大步向遊廊走去，張念祖緊緊跟在身後。

二

于謙步伐堅定地走在太和殿高高的臺階上，一步一步，每走一步都有一種痛徹心扉的感傷。從前方傳來的戰報中得知，他的恩師祁政以及許多同僚都死在土木堡。今日臨時的朝會就是商議昨日由禮部尚書李明義上疏南遷的條陳。

一股怒氣滯在胸中太久，幾乎要把他憋壞了。他站直身軀左右環視，看見臺階下走上來幾個大臣。來人也看見了他，快步向他走來，離近看清是戶部侍郎高風遠，他旁邊是陳暢和蘇通。三人走到于謙身邊，高風遠直截了當地問：「于兄，那些人主張南遷，如果皇上准了，該如何應對？」

「主張南遷之人，都是貪生怕死之人。」于謙沒好氣地說道，「一旦南遷，半壁江山不保，但是他們照樣可以做官。」

「絕不可南遷。」高風遠說道，「于兄說得沒錯，只有貪生怕死之人才要逃走。」陳暢點點頭，看著于謙：「不逃迎戰，咱們有幾分把握？」

「照他們的話說，戰則玉石俱焚。」于謙鄙夷地呸了一口，「這些貪生怕死之徒，想到的只是自己。」于謙目光犀利地眺望遠處城池，自語道，「偌大的京城，怎可束手交與敵手，這裡住著我大明百萬的子民，難道還打不過瓦剌區區幾萬人，我是不信。」

高風遠和陳暢面面相覷，他們被于謙的話驚呆了，陳暢道：「那些大臣所慮也並非沒有理由，此時京城空虛，三大營精銳盡失，即便京中百姓眾多，赤手空拳對付瓦剌鐵騎也是笑話。」

「即便如此，也不能南遷，不然將走前朝舊路，這是亡國之相。」于謙目光堅韌地說道，「今日朝會就是要頂住壓力，即使玉石俱焚也要堅守，這是決定大明國運的一天，咱們必須挺住。只有先阻止住南遷，才有機會重整旗鼓與也先決戰。」

高風遠點點頭，道：「既已抱著誓死的決心，還有何可畏懼？我已經聯繫了幾個大臣，他們也主張堅守，我們誓死也要說服皇上。」

「好。」于謙點點頭，看向陳暢。

「既已如此，我當身先士卒，請大人放心。」陳暢說道。于謙出拳擊了下陳暢的胸口，讚道：「好樣的，走吧。」

四人相伴繼續沿臺階向上走，走上高臺看見戶部尚書張昌吉站在廊前抹眼角，看見來人急忙轉身。于謙急忙叫住他：「張大人，躲在這裡黯然垂淚，這是為了哪般？」

「于大人，你這不是明知故問嗎？」張昌吉苦笑一下，「你看這幾日上朝的大臣有幾個不是眼含熱淚的？我最好的屬下，還有幾個在兵營的親戚，都死在土木堡。」張昌吉說著，又用手背擦了把眼角。

「那我問你，」于謙直截了當地問道，「你對南遷有何主張？」

「這……」張昌吉被問住，他一貫的做派使他馬上機警地望著于謙，然後冷冷地道，「容我再細思量。」

「那我告訴你，」于謙大聲道：「如果南遷，你將再次流淚，到那時就不是為你親戚，而是為社稷了。」

張昌吉一愣，蒼老的面孔一僵，半天才緩過來，他恍惚地轉身向大殿走去。

此時大殿裡一些早到的大臣，三三兩兩站在一處低聲議論著，時不時從人群裡傳出一兩聲哭聲。于謙環視人群，心裡一陣淒涼，看來也就這些人了。

這時御前的太監從偏殿走出來，高聲宣道：「有本上奏，無本退朝。」大殿裡朝臣急忙走到各自的位置。接著朱祁鈺急急地走上金階，坐到龍椅上，左右的御前太監和宮女站立兩旁。朱祁鈺落座，眾大臣跪下行禮。朱祁鈺高聲道：「諸位臣公，可有奏本？」

這是朱祁鈺第三次上朝，他雖坐在龍椅上，但還不是皇帝，只是代理皇帝之職。既興奮又緊張更是無奈。他如今面臨著一個艱難的選擇，對於禮部尚書李明義上疏南遷的摺子他看了一遍又一遍，說心裡話，他不甘心。今天的朝會便決定這個生死攸關的問題。朱祁鈺抬眼看著大殿裡稀稀落落的朝臣，心裡先涼了半截，土木堡大敗動了大明的根基。他如今坐在龍座上如坐針氈，或許還沒有哪個皇上像他一樣處境如此尷尬，他被倉促喚來主持朝政，所有朝臣都看著他，還有他那生死不明的皇帝哥哥朱祁鎮，也在等著他。他不由想乞告蒼天，有無回天之力挽此番爛局。

李明義第一個走出來，打斷了朱祁鈺的沉思。他向郕王深深一揖道：「殿下，我昨日觀天象，對照曆書，發現有大劫，此乃天命難違，只有南遷才可以避過此難。」

一些主張南遷的朝臣紛紛點頭。禮部侍郎王德章走上前道：「李大人所言極是，如此危急之時，保住國體事大，太后年事已高怎可受此驚嚇，南遷後穩住後方，再行對策方為上策。」王德章乃李明義門下的弟子，是支持南遷的幾個主要人物之一，此時看見李明義已經親自上陣，也知道是破釜沉舟之時。

「主張南遷之人，當誅。」

一聲怒喝響徹大殿，于謙大步走出來，高聲說道：「京城乃天下之根本，就此倉促南遷，動搖了國之根本。諸位，難道你們忘了前車之鑑，前朝靖康元年，金兵對宋發動攻擊，大臣們主張南渡，至此士氣大落，臣子們全無戰意，兵敗大金。」于謙環顧大殿接著說道，「南遷就將亡國，這絕不是聳人聽聞。」

「大膽于謙，在殿下面前如此狂言亂語，妖言惑眾。」李明義怒道，「你將殿下和太后置於何種境地？」

于謙上前一步，面對李明義的威嚇毫不退讓，他對朱祁鈺高聲說道：「殿下，臣所言絕非虛誑，前車之鑑血淚之照。一旦南遷，士氣盡失，大明半壁江山，有可能毀於一旦，不亞於一盤死棋，豈有再盤活之力？殿下，絕不可南遷啊。」

于謙的這一番怒吼震醒了大殿裡猶豫不決的朝臣。誰也沒有想到第一個站出來支持于謙的是張昌吉。張昌吉蒼老的聲音回蕩在大殿裡：「殿下，朝廷養我們這些臣子，不就是有朝一日為國建功嗎？如今機會來了，我等願追隨于尚書，誓死保衛京師。」

張昌吉的話在大殿裡嗡嗡迴響，連張昌吉這樣一個精於世故的老滑頭都站出來了，可見于謙的話一語中的。在場的人哪一個不是飽讀詩書，歷朝歷代的興衰，他們皆耳熟能詳。在這場亡國的危機中，唯有眾志成城，才可渡過危難。不多時，下面呼啦啦站出來一大半朝臣。

高風遠上前一步道：「殿下，張大人所言句句發自肺腑，也道出了眾臣子的心聲，絕不可南遷。我們誓死保衛京師。」

「誓死保衛京師。」

「誓死保衛京師。」

看到群情激奮，主張南遷的李明義也膽怯地縮起脖子不敢硬撐。他知道此時不比以往，王振已死，郕王主政，他以前可以倚重的資本消失殆盡，于謙一眾人等不清算他已是萬幸，因此也不敢再堅持。

眾位大臣的力陳，顯然也感染了朱祁鈺。作為即將登基的新君，誰不想國泰民安，社稷永固。他心裡隱隱有了衝動，看到于謙一臉的堅韌，再看到眾位大臣信誓旦旦的表態，更是堅定了他堅守京師的信念。

朱祁鈺沉思良久，下了決心：「諸位臣公，本王已決定堅守京師。保衛京師的重任，就交由兵部尚書于謙。」

于謙聽完此話，雙眼噙淚，鄭重地跪下叩拜道：「臣，于謙，領旨。」接下如此千鈞之擔，于謙感到從未有過的沉重，但同時在他瘦弱的身軀裡也爆發出無窮的力量。眾大臣看到郕王如此信任于大人，也感到很欣慰。

突然，從郕王旁邊走過來一個人，不合時宜地說了一句話：「殿下，此事關係重大，是否請示太后，再做決斷？」

眾大臣抬眼一看，說話的不是別人，正是東廠督主高昌波。本來激烈的朝堂辯論已經平息，朱祁鈺的決斷也讓眾位大臣長舒了一口氣，卻在這時冒出一個高昌波。看到高昌波首先讓人聯想到王振，想到王振就想到土木堡的大敗，要不是王振蠱惑皇上親征，大明怎會出現這種大廈將傾的危局？皇上生死未明，半個朝堂的大臣死在那裡，二十萬大軍全軍覆沒，大明從開國至今還沒有栽過如此大的跟頭，把太祖手中一個強大的帝國禍害成如今的模樣。眾人早就恨得牙癢癢了，如今看見王振的跟班出現在眼前，眼睛都紅了。

一個人站出來，大聲說道：「殿下，臣有奏本！」

眾人看到是高風遠，只見他走上前幾步，高聲說道：「王振為禍朝堂，作惡多端，種種惡行罄竹難書，不滅其族不足以安民心，平民憤。」

高風遠的話，把朱祁鈺嚇一跳，他幾乎都要忘記了這位哥哥面前的紅人了。高風遠對王振的控訴，他雖然聽著很刺耳，卻很解氣。以前他也沒少受王振的氣，他一個堂堂皇子，都被王振欺負，可想而知下面的朝臣了。

「把王振的餘黨千刀萬剮！」

有大臣大聲喊出來，這是積壓了多年的怨氣一次總爆發。

「你們……你們敢！」高昌波面色驟變，他抬眼看了看大殿四周東廠的人，這成了他唯一的靠山，他還想倚重東廠的勢力扳回一局。

「殺王振同黨，滅其全族！」

高昌波的話一下子激怒眾朝臣，大臣們開始喧囂起來，與此同時那些在土木堡死了親人的大臣開始痛哭，有人聲嘶力竭，有人大聲咒罵。

坐在龍椅上的朱祁鈺，眼看著肅穆的大殿變成了紛亂的市井之地，他哪見過這種陣勢，不由膽怯，想了又想，還是不敢做出決定，因為他知道高昌波手裡有東廠和錦衣衛。但是看到下面朝臣們一個個可怕的眼神，又不敢直接回絕，只能折中地說道：「諸位臣公，此事改日再議，今日到此。」朱祁鈺的回答似乎給了高昌波底氣，高昌波高聲呵斥道：「殿下已經發話了，你們還不謝恩？」

高風遠狠狠瞪著高昌波，他知道改日再議，無疑就失去了先機，錯過了今日，此事必會石沉大海。王振雖然死了，他的同黨還在繼續操縱朝政，既然已經撕破臉皮，不是你死就是我亡。

抱著同樣信念的不只高風遠一人，眾位大臣誰也沒有離開，一個個死死盯著朱祁鈺，等著他收回成命。

朱祁鈺臉都白了，他一旁傳諭令的老太監渾身打戰，他在宮裡大半生都沒有見過這種陣勢。

同樣膽怯的還有高昌波，他害怕朱祁鈺妥協，搶在朱祁鈺前面竟然訓斥群臣：「你們沒有聽見殿下的旨意嗎？改日再議，還不謝恩下朝。」高昌波在說這話時，並沒有覺得哪裡不妥，他以前跋扈慣了，但是他卻沒有想到此一時彼一時。

突然，一個人向他衝過來，身形果斷帶著風聲和怒火直衝而來，還沒等高昌波看清是誰，那個人已抓住他的衣領把他拉到地上，上前一腳踏到背上。此人正是高風遠。高風遠大叫道：「讓你囂張，老子今天揍死你。」

接著高風遠一陣拳打腳踢。平時高風遠就喜歡舞槍弄棒，雖然沒有師父教，但是他無師自通，自己琢磨的武功倒是很實在，沒有花拳繡腿，一下是一下。高昌波被打得吱哇亂叫，更加瘋狂地叫囂道：「高風遠，我讓你活不過明天。」

「我打死你個仗勢欺人的東西！」高風遠撲到他身上，撕扯著他的頭髮，狠狠地擊打他的腦袋。

高風遠的話無疑提示了眾人，這群大臣的怒火已經熊熊燃燒起來，他們迅速加入了毆鬥的行列，連一向儒雅的張昌吉都動了手。眾人赤手空拳把能想到的招式全用上了：腳踹、手撕、嘴咬。巍峨的大殿迅速變成了角鬥場。

倒在地上的高昌波尖聲號叫著，嚇得大小便失禁，哀號不止。他做夢也想不到，這些平日順服的臣子，竟敢在朝堂上公然打他，他哀求著，還希望朱祁鈺能救他於水火之中。朱祁鈺也傻了眼，看到這些平日溫文爾雅、畢恭畢敬的臣公，團團圍住高昌波，無論年齡大小、官位高低，一樣地赤膊上陣，變得餓狼般凶惡，他也只有嘆氣的份兒了。

「為了這些年無辜冤死的大臣，打，打，打死他……」高風遠雙眸含淚大聲喊道，他第一個想到了趙源傑，然後想到了李漢江，想到蕭源，想到了許許多多忠正的同僚。

聽到他的喊聲，又一輪更猛烈的擊打落到了高昌波的身上，這些朝臣平日受盡王振的欺凌，夾著尾巴做人，忍氣吞聲。在今天終於有出口惡氣的機會，誰也不想放過。大臣們擠來擠去，為了添一拳頭，為了跺一腳，即使打中身邊人也沒人計較，漸漸聽不到高昌波的喊聲了。守在殿外的錦衣衛紛紛探頭，但是由於朱祁鈺不發話，他們也只能乾看著。

只有一個人看到此間的危險，他就是于謙。在眾大臣攻擊高昌波時，他並不反對，他也覺得必須當眾解決，所以他沒有阻止他們，而是站在遠處把控全域。當眾大臣沉浸在報復的快感之中時，于謙已經開始考慮如何收拾殘局。

于謙注意到了四周錦衣衛的動向，越來越多的錦衣衛圍過來。這時，于謙看到另一個更加危急的情況：朱祁鈺被嚇得面色慘白，他站起身要走。于謙第一個念頭就是必須攔住朱祁鈺，要給這些大臣一個說法，不然這些大臣將被錦衣衛絞殺殆盡。

于謙拚出全力大聲高喊：「殿下，高昌波是王振餘黨，其罪當誅，請殿下下令百官無罪！」

于謙的話提醒了眾位大臣，他們一個個狼狽地站起來，互相看著自己衣冠不整的樣子，倒吸一口涼氣，有眼尖的大臣也看到四周圍過來的錦衣衛，不由得膽戰心驚。于謙的話等於救了大家。

朱祁鈺也看到了周圍圍上來的錦衣衛，心裡頓時有了一絲不快。如果不迅速平息，恐釀成大禍。他看到這個局面也想做個順水人情，便宣布：「王振以及餘黨，當誅。高昌波乃王振餘黨，當誅。」當即想了想，既然把京師的防衛交與于謙，乾脆就為他掃清障礙，他知道孫啟遠還押在北大營，接著宣布，「孫啟遠乃王振餘黨，當誅。」

群臣全部跪下，叩頭謝恩。有的大臣激動得喜極而泣，有的痛哭失聲，很多人為官多年，第一次如此痛快淋漓。朱祁鈺一走，李明義和王德章等幾個人瞬間逃到大殿外，他們已經嚇得失魂落魄，恐怕幾天裡都不會回過神來。

大殿裡群臣看著躺在地上已是血肉模糊的高昌波，竟然被他們活活打死了，所有人都驚訝得不敢相信。眾臣聚在于謙面前，張昌吉顫巍巍地向于謙深深一揖，道：「于大人，今日多虧你機敏，不然我們這些人恐怕是走不出這個大殿了。」

「是呀。」眾大臣紛紛點頭，都用欽佩的目光望著于謙。

于謙溫和地笑道：「此事休要再提，接下來眾位當振作精神，咱們前面還有許多事要做，于某還要仰仗各位，一起肩負起守衛京師的重任。」眾位大臣跟著紛紛表態，眼見朝綱得以肅清，王振餘黨也成過街老鼠，無不暢快淋漓，再面對也先強敵也有了攻略的底氣。

他們聚在于謙周圍又暢談了一會兒，才不情願地走出太和殿。走下高高的臺階，眾大臣個個眼含淚水，剛才激蕩人心的一幕彷彿是做了一場春秋大夢般不真實。

三

于府裡老家僕親自伺候茶水，和顏悅色地對蕭天和張念祖說道：「老爺天不亮就上朝了，看如今已近午時，也該回來了。」

蕭天看了看窗外豔陽高照的天，庭院裡槐樹上的知了沒完沒了地鳴叫著。他看了眼張念祖，張念祖也向他使眼色，於是蕭天拱手向老家僕道：「老人家，這個時辰于大人還不回府，估計是有要務，下了朝去了別的地方，我們就不等了，等大人回府，告知我們來過即可，叨擾了。」蕭天說著起身向老家僕一揖，張念祖也起身跟著作揖。

老家僕看留不住，也忙起身還禮，相送到院門外。

蕭天和張念祖沒有騎馬，他們相伴向街市走去。蕭天閉門養傷多日，又是大病初愈，這還是第一次出門，處處有種新鮮感。他四處張望，看著街市上稀稀落落的行人，不一會兒就走出一身大汗，畢竟在七月的暑天裡。一旁的張念祖可沒有蕭天的好心情，一副垂頭喪氣的樣子。

「念祖，你在想什麼？」蕭天問道。

「想那二十萬大軍，土木堡大敗後，也先定是躊躇滿志，下一個目標肯定是京城。」張念祖直搖頭，抬頭看著遠處城牆，「精銳盡失，這城如何守？」

「你的擔心不無道理，這也是我想儘快見到于大人的目的。」蕭天說道，「京城絕不可失守，否則牽一髮而動全身，大明危也。」

兩人為了躲避暑氣，走進街邊一家茶肆。不承想裡面座無虛席，茶肆裡窗明幾亮通風也好，一走進去身上的汗就落了一半。兩人走到窗邊一個桌前坐下。夥計跑來抹著桌子招呼著。蕭天要了一壺清茶，夥計轉身走過去。就聽一旁茶桌上賓客正談到起勁，四周幾個桌的客人都扭臉看過來。

蕭天和張念祖也轉身看過去，因為這個茶客說的事，震驚了在座的所有人。只聽那人又說道：「諸位，你們別不信，我孩他大舅爺剛剛給我說的，他上朝回來，就跑到我那裡，如今這些大臣可算是揚眉吐氣了，想想東廠督主是什麼人呀，竟然被大臣們活活打死了，太解氣了。如今王振餘黨都要倒楣了，該清算他們了。」四周的桌上議論紛紛，一片喧嘩，有叫好的，有感慨不已的。

一個老者頗為神祕地說道：「如今是郕王主政，要是皇上回不來，估計新皇就要登基了。」

「別高興得太早，」另一個暗啞的嗓門憂心地說道，「如今瓦剌勢如破竹，誰知道會不會一覺醒來，瓦剌就來攻城了。諸位，瓦剌攻來，那個郕王拿什麼守城呢？土木堡那麼慘，二十萬大軍全軍覆沒，看看周圍有兵卒可調動嗎？」

「咱們堂堂大明天國，豈有怕那幾個蠻夷之地野蠻人的道理？」一個讀書人模樣的男子不屑地說道，「咱們京城這麼多人，還能眼睜睜看蠻夷殺來不成？」

「是呀，沒有兵卒怕什麼，城裡這麼多人，是男兒的都去守城。」一個茶客激奮地說道。

「這位壯士所言極是，」一位白鬚老者嘆道，「想想前朝宋徽宗，何其慘澹。『徹夜西風撼破扉，蕭條孤館一燈微。家山回首三千里，目斷天南無雁飛。』國破家亡時，說什麼都晚了。」

所有茶桌上的茶客都神情肅穆地頻頻點頭，那位壯士站起身道：「我聽說這次是于謙于大人負責守城，他可是清廉愛民的好官，如今于大人接手兵部尚書一職，對咱們京城的百姓來說，是件大好事。如果于大人招兵，我就去報名。」

「好樣的，好樣的。」茶客們紛紛發出讚許聲。

窗邊的蕭天和張念祖也是頻頻點頭，蕭天對張念祖道：「你看到了嗎？我從來都不覺得兵卒是問題，京城這麼多百姓，他們深知國破家亡意味著什麼，可以說會一呼百應，咱們獨缺帥才。如果真如那位壯士所說防衛交與于大人負責，那就是天佑大明了。唯有于大人執印，咱們才有殊死一搏的底氣。」張念祖欽佩地望著蕭天，點點頭道：「大哥，你說得有道理，為弟與大哥生死相隨，你說吧，咱們怎麼辦？」蕭天篤定地微微一笑，舉起茶盅道：「見過于大人再定奪。」

兩人接著喝了會子茶，看天色已近午時，便付了銀子往回走。街邊的店鋪裡飄散出飯菜的香氣，兩人也感到肚子餓了，便加快了腳步。在巷口的拐角處，張念祖忽覺身後有個影子，他回頭看見一個蒙著面巾的女子行為很怪異，大熱天還圍著面巾，似是一直在跟蹤他們。他有意落到蕭天身後，似是不經意地突然拐到那女子面前，那女子竟然伸手抓住他的臂膀。

「黑子，是我，和古帖。」女子露出眉眼，眼睛驚喜地望著張念祖。

「你……」張念祖一驚，沒有想到會在這裡見到她，自那日馬市爆炸後就失去音信，他還以為她早已離開京城回草原了。他看蕭天沒有留意他，他急忙拉著和古帖拐進一旁一個小巷。

「妳怎麼還在京城？」張念祖緊張地環視四周，小巷子裡行人稀少，此時已到午時，烈日高懸，很多宅子緊閉門戶，是吃晌午飯的時辰。「如果讓這裡的百姓知道妳是瓦刺人，妳還想活嗎？」

和古帖從張念祖的話語裡讀出關切和不安，讓她備受鼓舞，她興奮地拉著他的手叫道：「黑子哥，我就知道你不會忘了我，咱們畢竟是一起長大的好安達，我這次進京就是專程來找你的呀。」

「找我？」張念祖後退了一步，有些不知所措。

「我想讓你跟我回草原。」和古帖說著，垂下頭，臉色一變道，「馬市出事後，我大哥和叔父都被炸死了，我逃出去回到阿齊可，但是那裡已經沒有我的容身之地，我就投奔了額吉的部落，跟著他們來到關內，後來我找機會溜了出來，我想回來找你，我找得好辛苦呀。」

張念祖大驚，他在阿爾可長大，當然知道和古帖的母親娘家就是當今的也先部落，他驚出一身冷汗，難道和古帖是跟著也先大軍來的？他壓低聲音問道：「和古帖，妳給我說實話，妳是不是跟著也先的大軍來的？」

「不是。」和古帖搖搖頭，想了想，又點點頭，「也算是吧，我跟著後面的大車隊來的。」和古帖說著說著，開始興奮起來，她壓低聲音道，「這次斬獲頗豐，夠部落享用兩年了，這兩年咱們再不用為吃喝發愁了，還有好些茶葉，好些絲綢……」

張念祖腦子裡「嗡嗡」直響，有片刻一片空白，他像是整個人都被撕裂了，腦門冒出大顆的汗珠，他無法再聽下去，他憤怒地喊了一嗓子，伸手摑了和古帖一個耳光。

和古帖捂住一邊臉頰，茫然地望著張念祖：「你為何打我，我這麼辛苦找你，你，你……」和古帖說著，眼淚撲簌簌掉下來。

張念祖這才發現自己的失態，他懊悔地急忙道歉：「和古帖，對不起，我……」

「你發個話吧，」和古帖賭氣道，「到底走不走？」

「我不能跟妳走。」張念祖看著這個在草原的烈風中長大的美麗少女仇恨地望著他的眼神，心裡也是隱隱作痛。

「難道你忘了，你的養母曾代替你去見過我額吉，我額吉也收下了哈達和定親的聘禮。」和古帖難以置信地瞪著他，「難道你要悔婚？」

「和古帖，我養母做的事，我真的不知情。」張念祖還是第一次知道養母竟然為他定下了一門親。

「那你現在知道了。」和古帖眼眸裡閃著淚光，「我想讓你跟我回草原，就像小時候那樣，我記得小時候我受哥哥們欺負，都是你為我出頭，你把他們一個個打趴下，打得他們再也站不起來，你知道我看著你與他們打鬥，我心裡多為你自豪。」

張念祖一聲苦笑，他看著和古帖，他也沒有想到，才過了短短幾個月，她所說的這一切就像是上輩子發生的事，有種隔世感。此時他與和古帖面對面，但是他心裡清楚他們之間已經隔了千山萬水。

「和古帖，妳聽著，我不會跟妳走。」張念祖眼神堅定地說道，「我現在就送妳出城，出城後，妳再也不要回來了。」

「為何？」和古帖無比驚訝地問道。

「我不再是妳說的那個流浪在蒙古草原的孤兒了，我是漢人，我有家有名，有父親有母親，我叫張念祖。」

「不，我就叫你黑子哥。」和古帖執拗地說道，「你忘了，你是在草原長大的，你是喝著草原的水活到了今天。難道你真如和古瑞所說，是一個忘恩負義的小人？」

「我是什麼樣的人不用你來告訴我。」張念祖突然衝動地喊道，「是的，不錯，我是在草原長大，這些年我為你叔父賣命，他把我當一條狗一樣使喚，我不欠你們。如今我選擇留下，因為這才是我的家，這個抉擇，其實在出生之前就註定，是我身上流淌的血脈決定的，我是張家的兒子，我定不會辜負他們。你走吧，永遠不要再回來，如果在戰場上見面，我就不會這麼客氣了。」

「你……」和古帖氣急敗壞地瞪了他一眼，轉身要走。突然，身後傳來熟悉的喊聲：「念祖，不可放她走。」

張念祖大吃一驚，轉回身，看著蕭天站在他身後，張念祖一陣尷尬，他剛才太過專心，以至於蕭天何時來到他身後，他都毫無察覺。但是蕭天根本不看他，而是衝和古帖而去，就在蕭天將要抓住和古帖的瞬間，張念祖閃身擋在蕭天和和古帖之間。

「大哥，請你聽我說。」張念祖拉住蕭天的臂膀道，「她只是一名普通的女子，她……」

「在你看來她是一名普通的女子，如果送到于大人面前，就是瓦剌軍隊最好的情報源。」蕭天直白地說道。

「這，她並不知情。」張念祖解釋道。

「念祖，你今天必須把她交給我。」蕭天突然厲聲道。

躲到張念祖身後的和古帖雖然不太清楚兩人談話的內容，但是從他們的表情上也猜到與她有關，她一拉張念祖衣袖，「你走還是不走？」

「和古帖，這是我最後一次管妳的事，妳走吧，永遠不要再回來。」張念祖突然抱住蕭天，回頭向和古帖喊道。

「念祖，你怎麼如此糊塗？」蕭天被張念祖束縛住，急得大叫。

和古帖一看此情景，知道他是鐵了心不走了，便噙著淚水往後退，跑幾步又回頭看一眼，最後消失在小巷裡。

蕭天氣得掙脫開他的手臂，拔出腰間長劍，抵到張念祖胸前，張念祖一動不動，依然擋在蕭天面前，平靜地說道：「大哥，我不會還手，你殺了我，我也不會動。」

蕭天氣得把長劍丟在地上，轉身往回走。

張念祖急忙從地上拾起長劍，默默跟上來。

四

一回到上仙閣，李漠帆和林棲已在後院等他們，看見兩人表情有異，又不便追問，便微笑著迎上來。

蕭天當著眾人的面問道：「張念祖，我還是不是你大哥？」張念祖點頭道：「你永遠都是。」

「好。漠帆、林棲，你們把張念祖關到耳房，閉門思過兩天。」蕭天怒氣未消地說道。

李漠帆和林棲交換了個眼色，弄不清這兩人一起出門，回來怎麼變成了這樣。不知該不該把張念祖綁起來。不等他們動手，張念祖自己把自己綁了起來，自己走進堆放雜物的耳房。

這件事不多時就傳到明箏耳中，明箏也是吃一驚，她從沒看到蕭天發過這麼大的火，她吩咐聽蘭去打聽，聽蘭跑出去一下午，也沒有打聽出個所以然來。

傍晚，蕭天一回房，明箏就迎上來：「大哥，你回來了，今日外面可發生了什麼事？」

「沒什麼事。」蕭天說著坐到圓桌旁端起一盞茶就喝。明箏不死心，也坐到一旁，端起茶壺給碗裡添滿，接著問道：「大哥，可是外面鏢行出了差錯？」

「沒有。近段時間鏢行在念祖手裡，打理得倒是很合規矩。」蕭天四平八穩地坐著喝茶，他眼角的餘光瞥過明箏的面頰，看見她蹙眉沉思的樣子，急忙站起身伸了個懶腰，道，「哎呀，太睏了，我先小憩一會兒。」蕭天走到床榻邊倒頭就睡，不一會兒就傳來呼嚕聲。

明箏知道再問，他也不會說，她對蕭天再了解不過，他不願說誰也撬不開他的嘴。

次日早上，明箏早早起來，她趁蕭天在清風臺習劍的工夫，囑咐聽蘭拿上食籃，裡面有專門留下來的牛肉和大餅，兩人悄悄走出去，去耳房看望張念祖。推開耳房的木門，看見張念祖坐在草墊上打坐。聽見門響，他才睜開眼睛，看見是明箏和聽蘭，不由笑起來。

「原來是嫂夫人，我還以為是大哥呢。」張念祖笑道。

「你還笑？」明箏急忙讓聽蘭把食籃放到張念祖面前，「你快吃點東西吧。」張念祖也不客氣，抓起大餅就往嘴裡塞，又看見有牛肉，高興地抓到手裡就啃。

明箏和聽蘭看到他狼吞虎嚥的樣子，知道沒有蕭天發話，看來誰也不敢給他送吃的，這是餓了一天了。

「念祖，你到底做錯了什麼？你給我說說。」明箏憂心地問道，「是不是蕭天他故意整治你，如果是這樣，我不饒他。」

「是我錯了，我甘心受罰。」張念祖嘴裡塞著大餅含混不清地說道。

「肯定是你不敢說。」明箏氣鼓鼓地說道，「這樣，你跟我出去，就說是我放你出去的。」

「嫂夫人，妳饒了我吧，」張念祖嚇得急忙咽下嘴裡的餅，大聲道，「真是我做錯了事，罰我閉門思過是最輕的。」張念祖看著聽蘭嚇唬她道，「聽蘭，嫂夫人懷著身孕，妳讓她在這不乾淨的地方，染上蚊蟲，動了胎氣，妳擔待得起嗎？」

張念祖的話嚇得聽蘭臉都變了色，急忙扶住明箏往外走，死活要趕緊離開這個地方。明箏被她架著胳膊不情願地走了出去。

兩人走到曲廊，看見小六慌慌張張跑過來，明箏叫住他：「小六，你跑什麼？何事如此驚慌？」

小六看見明箏，張著嘴巴想了想不敢說，只見額頭上大滴的汗珠往下掉。明箏有些生氣，自從自己懷有身孕，所有人都似乎要繞著她走，她知道大家是好心，讓她安胎，但是她卻感覺被隔離了，不由氣鼓鼓地說道：「小六，你是說還是不說？」

「好吧，明箏姐姐，我告訴妳，妳可別對幫主說是我說的。」小六眼裡流露出不安和緊張，他壓低聲音道，「瓦剌要攻城了。」

「什麼？」明箏驚得眼珠子幾乎瞪出來。小六再不願多說，轉身向清風臺跑去。

聽蘭扶住明箏走到清風臺時，看見蕭天一臉凝重地站立在中間，一旁的李漠帆也是一臉肅穆，這時，小六領著張念祖走過來。

「小六剛從街上回來，看見街市一旁混亂，還有兵卒調動。本來一直想見見于大人，看來這幾日夠他忙的，咱們也不能就在這裡乾坐著，念祖，你閉門思過兩日也到了，小六你去備兩匹馬，我和念祖去城外走走。」蕭天說完，揮手讓小六備馬去了。張念祖臉色變得灰白，他瞥了蕭天一眼，一臉追悔莫及的樣子，低下頭道：「大哥，我知道錯了。」蕭天深深看了他一眼，並沒有再說什麼，徑直往外走去。

「大哥……」李漠帆頗為緊張地說道，「城外有瓦剌人出入，很危險呀。」「沒事，我們會留意的。」蕭天叮囑道，「你留下照顧女眷，也不可大意。」「是，是。」李漠帆急忙點頭。

蕭天看見明箏走過來，便微笑著說道：「箏兒，我和念祖去街上逛逛。」

明箏提著長裙緩緩走到他身邊，幫他拉了拉腰間的佩劍，說道：「大哥，你要格外留意了，瓦剌的飛箭可不長眼睛。」明箏又看向張念祖，「打不過就跑，記住了。」

蕭天和張念祖交換了個眼神，張念祖低下頭，他不敢說話，怕說錯了話。蕭天呵呵笑了兩聲，點頭道：「全都記下了。」

蕭天和張念祖快步走過曲橋，來到馬廄前，小六早已牽著兩匹膘肥體壯的駿馬等著他倆。兩人翻身上馬，出了上仙閣側門，催馬疾馳而去。

一路上街市蕭條，店鋪紛紛關門，大街小巷都是挑著擔子往家裡趕的百姓！每條街都會不時跑過一隊兵卒，看來他們在換防，把年輕力壯的集中起來往外城九門調集。

蕭天和張念祖催馬往前趕，馬蹄踏起陣陣沙塵。兩人來到西直門，這裡離他們最近，遠遠就看見城門已關，城門前已部署了重兵。守城的兵卒看見兩騎直衝而來，一個兵卒急忙舉長槍攔住，兵卒操著濃郁的河南腔調叫道：「咦，這是不要命了，還往前走嘞，不知道瓦剌要攻城嗎？」

蕭天翻身下馬，向兵卒一抱拳道：「這位小哥，我們出城看望親戚。」

「不中，長官有令。」兵卒直搖頭道，「兵荒馬亂還串啥親戚，回屋待著吧。」

「聽口音，你不是此地的吧？」蕭天看著兵卒的盔甲與其他地方的守城兵卒不同。

「讓你說著了，俺們剛從河南趕來，還有的是從山東趕過來，俺們還沒有見過京城的模樣呢，一來便守城門了。」這個兵卒樂呵呵地說著，看來他為在京城守城門很是自豪。

蕭天看著這個兵卒，被他的質樸和樂觀所打動。他回頭對張念祖道：「走，回去吧。」

兩人一路催馬疾馳，奔到上仙閣外就看見小六站在路邊。小六看見他們回來，飛快地跑過去，一把抓住蕭天的馬韁繩，道：「幫主，剛才于府裡老管家跑來傳話，說是于大人請你過府一敘。」

蕭天聽後大喜，他高興地說道：「終於等到這天了，于大人有時間肯見咱們了。」

第四十六章　臨危受命

一

蕭天帶著張念祖興沖沖趕到于府，老管家接過兩匹馬的轠繩，對蕭天道：「于大人從衙門回來聽聞你們來過，就叫我去找你們，他這會兒在書房。」蕭天和張念祖便向書房走去，由於蕭天對這裡很熟，也不用僕人引路，自己就走了過去。

走到廊下，看見書房門大敞著，卻不見人影。蕭天左右張望了一下，心想在書房等吧。蕭天和張念祖徑直走進去，卻看見于謙斜靠在太師椅上睡著了，短短月餘，于謙整個人消瘦了一圈，眼眶黑青，下巴上稀稀落落的鬍鬚斑白了。

蕭天急忙攔住張念祖，一隻手指放在嘴唇上「噓」了一聲，張念祖會意，急忙放輕腳步。兩人輕踮腳尖走了幾步坐到待客的太師椅上，靜靜地等著。過了一會兒，老家僕端著茶水走過來，一看此情景，不由輕嘆一聲道：「唉，老爺這些天都只睡一個時辰，就開始辦差。」

蕭天想阻止老家僕，但是如此輕的聲音還是吵醒了于謙，于謙猛地睜開眼睛，可見他平時有多警覺。于謙坐直身子，雖然臉上倦容畢露，但是一雙深邃的眸子閃著精光，只得到片刻的休息他身上就煥發了勃勃生機。

「蕭兄弟，」于謙站起身，「得知你們沒有離開京城，我真是太高興了。」于謙上下看著蕭天，「上次見你還是病中，如今看見你恢復得如此好，真是為你高興啊。」

蕭天和張念祖也站起身，蕭天抱拳行禮道：「于兄，本來是打算走的，出了點事耽擱了，到了如今便是不走了。」于謙點點頭，他聽出蕭天話裡的意思，如今瓦剌圍城，決定留下的都是要與城池共存亡的真豪傑，不由感動至極，他急忙請兩人坐下。一落座蕭天就急急地問道：「于兄，如今局勢如何？」

于謙也不隱瞞，把這些日子朝堂的事和盤托出：「如今朝堂發生了驚天變局。也先放了皇上身邊的一名太監，那個公公回來說朱祁鎮還活著，被也先押在他的大營裡，一路上以此要脅。大明的守軍皆很慌亂，皇上在敵軍大營裡，這個仗如何打？國不可一日無君，我和幾個大臣奏明太后擁立朱祁鈺為新君，太后也算深明大義，她深知社稷為重的道理，如今咱們的新皇上朱祁鈺已經當朝處理朝政，而也先手裡不過是個廢帝而已，他就占不了多少先機了。」

蕭天一臉驚喜地望著于謙道：「于兄，功高蓋世呀！你先是剷除了王振閹黨一夥，又在緊急關頭危定傾扶。」

「蕭兄過譽了。」于謙仰天感慨道，「為官若不能為君分憂，有所擔當，不如為民。」于謙目光堅定地看著蕭天道，「如今局勢雖然危急，但是朝中奸黨已除，重振朝綱指日可待。只要君臣一心，論文攻武略，我們都不輸也先。」于謙端起茶碗喝了口茶，接著說道，「近幾日，我把京師四周能調來的軍隊都調來了，河南、山西、山東的備操軍，還有備倭軍，江北的運糧軍，十餘萬人日夜兼程已到京師，這也是沒有法子的法子，誰叫咱最精銳的三大營全軍覆沒呢？只是……」

蕭天忙問道：「也先不過幾萬人，咱們城裡有了十幾萬守軍，于兄，你還有什麼可擔心的呢？」

「從數量上來看，是不少。」于謙說道，「但是，別忘了這是京城，外城光城門就有九個，把這十幾萬人分到九個城門，一個城門不過才一萬多人。也先攻城，肯定是集中兵力攻破一個城門，你不知道他何時進攻，也不知道他會攻擊哪個城門，所以九個城門都必須嚴防以待。這樣看來每個城門都沒有絲毫優勢，再加上也先隊伍以騎兵居多，剽悍見長。咱們的兵卒很多還沒經過戰場，因此兵力是最大的問題。」

蕭天站起身道：「于兄，守城不光是朝臣將士的事，我們作為大明的子民理應也出一份力。我代表狐族，」蕭天指了下身旁的張念祖，「念祖如今是興龍幫新幫主，我們願聽憑于兄的差遣。」

「好呀。」于謙欣慰地點點頭。

「于兄，這兩日我在市井閒逛，多聽到一些百姓議論，大家都是一腔熱血，願意保家衛國，不如在街市上廣設據點招募新兵。」

「是個法子。」于謙點頭讚道，「光說軍務了，我就忘了要說的事了。」于謙看著蕭天，微微一笑道，「給你們帶來一個好消息，朝中刑部聯合三法司對王振一夥給予清算，查收了王振的全部家產，並對以往重大案子重新核查，翻案過程就不講了，現已確定『工部尚書貪腐案』即李漢江的案子得以昭雪，還有你父親的『國子監祭酒妄言汙君案』也得以昭雪，即日恢復官爵……還有狐族的事，我已單獨上了奏章。」

蕭天只感覺頭嗡嗡直響，他被這個天大的喜訊衝擊得幾乎站立不住。他起身匍匐在地，兩行清淚掉到地板上。他抬起頭，幾乎是哽咽著說道：「于兄，我等了這些年，這是我最想聽到的。此時此刻，我突然想到父親在臨死前對我說過的一句話，他說『孩兒，清者自清，奸佞小人是改不了歷史的，自有後來人』。如父親至死都沒有在我面前吐露一絲冤屈，父親忌諱我手中之劍，他不願我復仇，他知道『自有後來人』。如今大仇已報，這把劍到了出鞘殺敵的時刻了。大人的恩情蕭天無以回報，只有到戰場上奮勇殺敵，建功立業。」蕭天說著，仍然止不住淚流滿面，那籠罩在他心頭的漆黑長夜，終於迎來黎明的第一道曙光，背負在身上多年的汙名終於得以昭雪，可以告慰死去的父親了，還有那些被王振陷害的無辜朝臣。如今君明臣良，文修武備，國家有道，何愁打不敗來犯之敵。

「蕭兄，快起來。」于謙也同蕭天一樣激動，「我們這些男兒，是時候該出來做些事情了。」

一旁的張念祖看著兩人，也是雙眼噙淚。他面對強敵從來沒有眨過眼睛，看到此卻掉下了眼淚。也許對於鏗鏘男兒來說，最讓人不能自已的恐怕就是「知遇」二字，于謙對於蕭天是有知遇之恩的，而蕭天對於張念祖同樣有知遇之恩。

男人的世界，永遠伴隨著征服。有「征」必有「服」，即便是最親密的戰友，也是先有征服，才有情義。于謙叫來老家僕，端來一壺新茶。三人圍坐桌前啜飲茶水，清淡的茶香漸漸平穩了三人的情緒，他們接著交談。

「我找你們來，還有一件事要與你們商談。」于謙放下茶盞說道，「就是關於柳眉之的案子。」

蕭天和張念祖同時抬起頭來。蕭天沒有想到在這個關頭，于謙會提起他。柳眉之的案子如今很好辦，證據確鑿，再加上王振一夥遭到清算，高昌波和孫啟遠均已死，柳眉之背後的勢力消失殆盡，只要依大明律，該怎麼判便怎麼判即可，這中間還有何說法呢？

「大人，柳眉之應該早日伏法。」張念祖說道。

于謙點點頭，道：「按照他所犯之罪，罪可當誅。這點沒有什麼可說的，但是我想到的是他背後的信眾。」

「這件事好說，」張念祖說道，「刑部行刑後，可以出個告示，把他的罪行公示天下即可。」

于謙微微一笑，卻並不接張念祖的話，而是看著蕭天。蕭天略一沉思，一道閃電劃過腦際，難道于大人是想……

「于兄，柳眉之在京城是有上萬信眾，但是這個數字裡面也包含女人，刨除女人，也就只有六七千人。」蕭天掐指算道。

于謙看出蕭天已識破他的心思，大為高興，說道：「這個數字還少嗎？」「你們在說什麼？」張念祖問道。

「于兄是想將金禪會信眾，納入守城的隊伍裡來，是吧？」蕭天問道。

「不錯。如今時間愈加緊迫，而柳眉之出來振臂一呼，幾千人就可以補充進來。我願給柳眉之一個將功補過的機會，只要他願意配合咱們守城，到時候就免除死罪，你們看如何？」于謙看著他們。

張念祖第一個反對：「大人，柳眉之這種人不可信，讓他跟著守城太不靠譜。」

蕭天陷入沉思，這件事真不好決斷。張念祖其實說得不錯，他也不信任柳眉之，王振是柳眉之乃至李府的仇人，他柳眉之最後都可以歸順依附，像這樣的人有何品行可言？但是蕭天看到于謙滿是期許的目光，還是猶豫了。于謙完全可以不告訴他就去執行，他之所以多此一舉來詢問他的意見，是信任和尊重。再看看于謙烏青的眼袋，憔悴的面容，一個為國為民夜不能眠的兵部尚書，卻要為幾個兵丁苦惱成這樣。蕭天不由心如刀割，在國運面前，自己的私怨又算什麼。

蕭天點點頭，道：「我同意。于兄，我願配合你，說服柳眉之。」

張念祖一愣，他張了張嘴，卻被蕭天逼人的目光止住了。

「國事為大，」蕭天看著張念祖道，「私人恩怨以後再說。」

「蕭兄，有你這句話，我就放心了。」于謙長出一口氣道，「巧婦難為無米之炊，我一個兵部尚書，手中沒有兵，怎麼與也先鬥？這些不眠之夜，我撥拉來撥拉去，手中所有兵丁算過來，也還是不夠。沒有辦法也要想辦法，一定要確保京師萬無一失。」

「于兄，我此次回去，召集江湖幫派，能來多少人就來多少人。」蕭天說道。

「如果這樣，我心裡便有數了。」于謙說完，吩咐老管家備車馬。于謙轉過身道：「我帶你們去刑部，見見柳眉之，看他如何應答。」

張念祖雖然不情願，但是礙於蕭天的面子，他也不敢反駁。他明白于謙的苦心，對於應付眼下的危機來說，確實是一個好主意，但是他太了解柳眉之了，在這個世上沒有誰比他更了解柳眉之這個人。口蜜腹劍，這就是柳眉之的套路。

蕭天和張念祖騎馬，于謙坐一輛輕便馬車，並沒有帶隨從，一路疾馳。不多時，他們就趕到刑部衙門。門口的衙役得知是于大人來了，疾跑著去裡面通知。

片刻後，陳暢從裡面迎出來。于謙也不多話，都是相熟之人，大家彼此心照不宣，就直接走進牢房裡。牢頭打開牢門，陳暢與牢頭小聲交談了幾句。牢頭領著一行人走進過道，裡面陰暗潮溼，有獄卒在一旁舉著火把跟了上來。

火把的亮光一路照著，牢頭來到一個牢房前大聲叫道：「人字卯號柳眉之。」火把的亮光照著角落裡一個蜷曲的身影，聽到喊聲，那個身影動了一下，似是發現與往常查牢不同，那個身影突然坐起來，看向這裡。

火把下人影晃動，柳眉之不費力就看清了光影下的眾人。他嚇得腦門上滲出一層冷汗，他搞不懂今日是什麼日子，難道他的大限已到？他們是來看他受難的？他心裡一緊，太陽穴突突地跳起來。

他眼裡射出惡毒的光，他這次沒有死在白蓮會護法手裡，卻敗在蕭天和這個陰魂不散的貌似寧騎城的傢伙手裡，他真是不甘心。他聲音喑啞地說道：「你們的目的達到了，是來看我怎麼死的嗎？」

蕭天上前一步，看著角落裡的柳眉之，按捺住內心的厭惡，平靜地說道：「是來給你一次活的機會。」

柳眉之嘲諷地乾笑了幾聲，笑過後他看著蕭天，突然感到不像是與他戲耍的樣子，尤其是看到蕭天背後默默站立的于謙，他腦中劃過一道亮光，幾乎看到了生的希望。他迅速地站起身，幾步走到欄杆前，雙手緊緊抓住鐵杆看著于謙。

「蕭幫主所言不虛。」于謙平靜地說道，「給你一個活的機會，就看你願意不願意。」

「願意，我願意。」柳眉之又驚又喜，他看著蕭天，突然哀求道，「蕭大哥，我以前做錯了，我願意痛改前非，給我一次機會吧。」

「你連問都不問，就答應了？」蕭天冷冷說道。

「這，」柳眉之眼眸裡閃著精光，他來不及細想，只想抓住這次機會，「我願意做任何事情，只要能從這裡出去。」

蕭天回頭看了眼于謙，讓出位置讓于謙站到面前。他不願再與柳眉之多談一句，既然柳眉之什麼都可以做，就讓于謙與他談吧。

「好，柳眉之你聽著，」于謙聲音威嚴地說道，「如今，瓦剌圍城，守城兵力不足，你若能帶領眾多信眾幫助守城，戴罪立功，就可以將功補過，免除死罪。」

「大人，」柳眉之聽完此話，激動得倒頭就拜，「大人，你只要放我出去，我到堂庵定會一呼百應，大人，你放心，局勢危急，我乃大明子民定當忠心報國才對。」

于謙臉上沒有任何表情，他聽見柳眉之信誓旦旦的表白，並沒有流露出任何高興的痕跡，他心裡知道此乃非常之時的非常之措，實屬無奈之舉。

于謙點點頭，道：「柳眉之，你的話我記住了。我這就與陳大人去辦理你的出獄事宜，你出去後，每日都要來刑部點卯，你可記住了？」

柳眉之跪下叩頭道：「謝大人，小的句句銘記。」

于謙領著眾人轉身離去，張念祖走時回頭又瞥了他一眼，陰森森地說道：「柳眉之，你若敢耍花招，我就一劍挑了你。」

柳眉之站在欄杆後面，趾高氣揚地微笑著，他並不介意張念祖的威脅。

二

回到上仙閣已到戌時，蕭天一走到暢和堂就大聲吩咐：「快，去把所有人都叫來。」

在偏房休息的明箏聽到動靜，也不顧聽蘭的勸阻，匆匆走出來，她看見蕭天一臉喜色，不知發生了什麼事。不多時，李漠帆、林棲、盤陽、小六和眾女眷，連翠微姑姑都抱著孩子過來了。

這時，張念祖從外面抱著香燭麻紙等祭祀的物品走過來，蕭天和張念祖把香燭放到正堂中間的長幾上，然後他回過頭看著眾人道：「告訴大家幾個好消息。首先，箏兒，妳父親的冤案已得以昭雪，你父親恢復官位。」

明箏突然「啊」了一聲，雙腿一軟，兩旁的聽蘭、含香急忙扶住她，「你是說，父親的案子……真的嗎？昭雪了？父親！」明箏突然放聲大哭，一旁的幾個侍女也跟著落淚。

「明箏，這是天大的好事，該笑才對。」蕭天雖是這樣說，也忍不住掉起眼淚，明箏此時的心情他感同身受。他與她相似的經歷讓他們多了一層旁人無法理解的悲憫。他急忙擦了下眼睛，接著宣布道，「還有我父親的案子，也得以昭雪。于大人把咱們狐族的事單獨寫了奏章，已呈給皇上。我想，不久，也會還狐族以清白，狐族兒女再也不用隱姓埋名，四處躲避了，咱們可以堂堂正正回到狐族領地了。」

大廳裡突然哭成一片，眾狐族兒女驚喜交加相互擁抱在一起，他們經歷了領地被塗炭，顛沛流離了近五年，四處躲避東廠番子，這種日子終於要熬出頭了，他們興奮地號啕大哭，用眼淚來洗刷過去的恥辱記憶。

蕭天看著他們，也禁不住淚水漣漣。

張念祖和李漠帆點上香燭，眾人在蕭天的帶領下向燭臺跪下磕頭，蕭天看著燭臺高聲道：「老狐王，青冥郡主，你們聽到了吧，狐族所蒙冤案將要得以昭雪，你們可以安息了。」眾人跟著跪下行禮。

蕭天站起身，面對眾人道：「想必大傢伙也都知道了，如今瓦剌圍城，局勢危急，我今日面見于大人，已向他表明心志，要與朝廷共抗強敵。我要讓朝堂上下看看，咱們狐族個個都是好樣的。從今日起，狐族在各商號和鏢行的男兒都回來，由林棲負責，每日操練。」

林棲點頭道：「狐王，林棲領命。」

「狐王，你把興龍幫的弟兄給忘了，」張念祖不滿地說道，「李把頭，明日召集興龍幫弟兄，能來的都來，和狐族兄弟一起操練。」

「好咧！」李漠帆痛快地答應了一聲。

「我想說的是，」蕭天走到中間，看著大家道，「遇強敵才顯男兒本色，城在人在，城亡人亡。」

「城在人在！城亡人亡！」

眾人揮手高喊，氣勢如虹。圍在外面的女眷們，也都跟著高喊，翠微姑姑抱著孩子喊的聲音最大。李漠帆不耐煩地嚷起來：「你嚷嚷什麼，打仗是俺們老爺們兒的事，你跟著起啥哄。」

「你們光打仗，不吃不喝？沒有女人做飯，你們吃什麼？我們女人也可以出一份力。」翠微姑姑說道。

「說得好，」蕭天道，「沒有她們烙的餅，咱們哪有力氣打瓦剌。」蕭天看著天色也不早了，就說道，「今日散了吧，從明日起，都各自準備。咱們要做到，只要于大人一聲令下，咱們拉出去就能打。」

眾人紛紛點頭，很快散去。蕭天環視四周，卻不見明箏的身影，連聽蘭也不見了。張念祖和李漠帆也直搖頭，翠微指著臥房道：「不會是回去了吧？」蕭天急忙向暢和堂走去，看見含香和樂軒似乎也在找什麼，忙問道：「含香，明箏呢？」含香和樂軒直搖頭。

蕭天直皺眉頭。李漠帆和張念祖走過來，看見蕭天的神情知道明箏不在屋裡，都很意外。「我剛才明明看見她和聽蘭站在那裡，怎麼轉眼就不見了？」蕭天道。

「我看見閣樓上有光。」外面的翠微高聲喊道，喊聲驚到了嬰兒，他哇哇地哭起來。李漠帆跑過去，勸翠微趕快回去，翠微抱著孩子一邊走，一邊仍然指著暢和堂後面的閣樓。

蕭天也看到了，那個閣樓是封住的，裡面存放的都是貴重東西，難道招賊了？蕭天剛把手伸到腰間，卻看到張念祖早已拔出長劍。三人放輕腳步，迅速跑過去，沿著穿堂走到閣樓的樓梯處。

張念祖走到前面，三人沿著樓梯悄悄走上來，隱隱聽見裡面有說話聲。三人看見木門被撬開，張念祖舉著劍剛要進去，卻看見一人抱著幾個大包走出來。張念祖舉劍上前，突然蕭天大叫一聲：「念祖，別動，是……」

蕭天的話沒說完，就聽見幾聲驚叫聲。

蕭天身體一躍，扶住了後面一人，明箏嚇得倒在蕭天懷裡。前面抱著幾個大包的聽蘭也一屁股坐到地上。

鬧了半天，是場誤會。

「你們三個大男人，像賊一樣，悄沒聲息地跑來，還拿著長劍，要幹什麼？」明箏叫起來。

三人灰頭土臉地挨了明箏一陣數落，誰也不申辯。

「嫂夫人，黑燈瞎火的，你們來閣樓幹什麼？」最後還是張念祖開口問道。

「我當然是有事啦，有大事。」明箏看著蕭天，「我想我既然不能跟你們去殺敵，也要盡自己的力。我想到了狐族典籍裡有文將軍的兩本手記，一本是《兵法步略》，一本是《雜記》。這兩本均是當年文將軍抗金的筆記，雖說那時是抗金，其實金跟如今的瓦剌是一個祖宗，都是草原族群，有很多共性，文將軍與他們周旋了多年，有著豐富的經驗，咱們把這兩本手記複錄下來，獻給于大人，也算是咱們狐族為朝廷做的貢獻，你們說可好？」蕭天驚喜地看著明箏，喜不自禁地抱著她在原地轉了一圈，要不是李漠帆大叫「別動了胎氣」，蕭天還不會停下來。蕭天把明箏放到地上，不禁大叫：「好主意，不愧是我的夫人。」

明箏看他們沒有意見，高興地發號施令：「你們就別站著了，快幫著聽蘭拿包袱吧。」

三

暢和堂燈燭明亮，人影穿梭不停，幾個侍女不停歇地忙碌著，她們搬來兩張八仙桌，合在一處，放置在正堂中間，然後取出一塊帷幔鋪上，就變成一張大書案。

明箏把幾個包裹裡的冊子放在上面，一一分揀。

旁邊一張八仙桌旁坐著蕭天、張念祖和李漠帆，桌上擺著豐盛的晚餐。「箏兒，吃飽肚子再幹。」蕭天在一旁叫明箏。明箏向他擺擺手，說：「我吃好了。」

李漠帆一邊嚼著大餅，一邊煞有介事地問道：「幫主，你說寫字現學能來得及嗎？」

一旁正喝茶的張念祖一聽此話，一口熱茶差點噴出來：「喂，老李，虧你想得出來，寫字有現學的嗎？行了，你吃飽了回家抱孩子吧，這裡沒你啥事了。」

「行，我回去抱孩子，你幫著寫吧，你師父那麼厲害，《天門山錄》都寫了，這點不算什麼，小菜一碟呀。」李漠帆擠對他道。

張念祖尷尬地一笑：「我師父他就沒有教我寫字，一門心思雲遊了。」

蕭天一笑道：「好了，不用你們動手，你們吃飽了回去歇吧，有我和明箏就可以了。」

蕭天送走李漠帆和張念祖，回到大廳，看見明箏已經坐在臨時搭起的書案上開始謄寫，一旁的聽蘭給她研墨。蕭天示意聽蘭下去，聽蘭把墨交給他，悄悄退下去。蕭天一邊研墨，一邊看著明箏揮毫寫就的小楷，不由誇出聲：「好漂亮的蠅頭小楷。」

「大哥，箏兒也只有寫幾個字的能力了，」明箏被蕭天誇得不由紅了臉，她抬起頭，想到眼前突然橫亙在他們面前的這場大戰，眼裡突然溢滿淚水，「箏兒真想和你一起上戰場。」

「別說傻話。」蕭天走到明箏身後，把她擁進懷裡，他知道明箏自從聽到他要和于大人一起守城，便突然變得沉默和緊張，他看出她晚飯都沒有吃幾口，對於明箏的擔心，他只能好言安撫，「箏兒，此番與于大人守城，並沒有太大危險，咱們主要是輔助，作為後備力量，衝到前面的還是兵營的將士，你就放心吧，而且，我身邊還有這麼多好兄弟呢。」

「話是這麼說，可是我心裡還是很慌。」明箏回過頭，看著蕭天問道：「瓦剌何時會發起攻擊？」

「他們如今在城外安營紮寨，一旦準備好，就會發起第一輪攻擊。」蕭天輕鬆地笑道，「咱們是守株待兔，于大人命人日夜修築城牆，堅固得很。」

「瓦剌人強悍凶惡，怎與兔子相比，要是兔子就好了。」明箏知道蕭天在搪塞她，氣呼呼地說道，「你要向我保證，一定要活著回來見我，見咱們還未出世的孩子。」

蕭天心裡一凜，他緩緩彎下腰蹲下身，眼睛盯著明箏已經隆起的腹部，臉上的肌肉顫動了幾下。他把頭輕輕貼在上面，似乎感受到了什麼，他突然抬起頭驚訝地望著明箏道：「他動了，他真的動了！」

「再過三個月，你就可以看見他了。」明箏臉上帶著母性光芒笑著道，「就是不知道是個女兒，還是兒子。」

「都好。」蕭天眼裡淚光閃動，「如果是女兒，就叫你的名字！如果是兒子，就叫他勇，勇敢的勇。」

「蕭箏，蕭勇。」明箏笑起來。

「蕭箏，蕭勇。」蕭天把明箏摟進懷裡，「希望咱們的孩子，不會經歷咱們經歷的苦難，為了他們，咱們也要把來犯的敵人趕跑。」蕭天低頭看著明箏，「箏兒，妳就將成為一名母親了，妳一定要堅強，不管將來發生何事，妳別忘了，妳是母親，妳是妳孩子的天，記住我的話。」

明箏突然潸然淚下，她看著蕭天，鄭重地點點頭。明箏心裡清楚，今夜恐怕是他們夫妻最後在一起的日子，也許明天蕭天就會奔赴戰場。明箏不想給蕭天留下過於懦弱的印象，她擦乾眼淚，轉身走到裡間寢房，不多時手裡托著一物走到蕭天面前。

「這是狸龍玦，歷代狐王都曾佩戴過，我要你戴在胸前，讓歷代狐王的魂魄護佑你平安歸來。」明箏眼含淚水，把玉玦繫到蕭天脖頸上。蕭天默默注視著明箏，任她細細地給自己繫上玉玦，冰涼的玉玦觸到胸口的那一瞬間，蕭天心裡一陣悸動，緊緊把明箏擁到胸前，聲音輕柔地說道：「有了它，妳便放心吧。」明箏伸手撫摸著那塊玉玦，口中念念有詞：「玉玦呀，你一定要跟著我的夫君平安歸來。」

蕭天不想引明箏悲傷，急忙岔開話題道：「來，咱們一起抄寫吧。」蕭天也找來紙筆，坐在明箏對面，兩人相視一笑，一起謄寫。

直到二更天，蕭天強迫明箏去休息，在聽蘭的勸解下，明箏去了寢房。明箏一走，蕭天繼續謄寫。這時，外面傳來腳步聲，不待蕭天回頭，就聽見李漠帆的大嗓門：「你們都過來。」

蕭天回過頭，看見李漠帆和張念祖領著三個人走過來。張念祖道：「大哥，我把帳房先生都請來了，他們的字，我看過，拿得出手。」蕭天一陣哭笑不得，不過既然他們好心把帳房找來了，他便回房休息去了。

次日一早，蕭天從臥房出來，直接走到正堂，看見李漠帆和張念祖一個倒在太師椅上呼呼大睡，一個趴在書案上打呼嚕。三個帳房先生熬了一夜，已經謄寫完畢，正在用針線裝訂。

蕭天送走三位帳房先生，吩咐幾個侍女收拾起典籍包進包裹。聽蘭上去晃醒張念祖，張念祖這才醒過來，一看帳房先生都走了，謄寫好的兩個冊子訂得整整齊齊放在書案上，他急忙去叫李漠帆，卻怎麼晃也晃不醒。

蕭天從外面回來，手裡拿著幾封信函。蕭天對張念祖道：「念祖，這是我寫的江湖函，邀請十大幫派前來議事。你跑一趟讓鏢行的弟兄送出去。」

「大哥，」張念祖瞪著紅通通的眼睛，不解地問道，「如今瓦剌圍城你邀請江湖人士是何意？難道是為了共禦強敵？」

「正是因為強敵在外，我才想出這個主意，十大幫派在京城都有聯絡點，也有商號，而且此次我是以商議《天門山錄》的歸屬為由，讓他們出面，如果能夠說服他們聯手抗敵，咱們守城的把握不是又大了點？」

「江湖之上，人心叵測。」張念祖搖搖頭，似乎不是很看好。

「不管怎樣，都要試一下。」蕭天說道，「城中兵力實在空虛，若不是這樣，于大人怎能想到利用柳眉之？真是被逼無奈，難道江湖之人，還不如柳眉之可靠？」

「那倒是。」張念祖點點頭，「好，我這就去送。」

「等等，你說到柳眉之，我倒是真想去看看。走吧，咱們一起出去。」蕭天說著，拿起劍架上的長劍掛到腰上。

「喂，你們去哪兒？」睡得迷迷糊糊的李漠帆一骨碌坐起身。

「走啦。」張念祖上前拍了下他的屁股，「你睡得跟頭豬似的，怎麼都叫不醒。」

「你的睡相也好不到哪兒去。」李漠帆又打了個哈欠。

三人出了上仙閣，張念祖先行去鏢行了，蕭天和李漠帆沿西苑街一路向南而行。沒走多遠，就看見一處兵丁招募點，牆壁上張貼著官府的告示，圍了很多人在觀看，有兩個長官模樣的人坐在方桌前，身後站著一隊兵卒，方桌前面已經排了幾個男子。其中一個突然扭頭看見蕭天，他又驚又喜，叫道：「蕭公子。」那人說著從人群裡走出來，來到蕭天面前，「蕭公子，你不記得我了？」

「是……張浩文？」蕭天有些不敢相信，是去年擔著一扁擔菜刀進京趕考，最後落腳到上仙閣的那個窮秀才。

「正是。」張浩文從蕭天嘴裡聽到自己名字，很是欣慰。

「你還在京城呀？」蕭天驚訝地問道。

「是呀，我是想熬到來年再參加春闈，沒有功名，不敢回家呀。」他手指招募告示道，「誰知道瓦剌來了，我別的不說，就是有一把好力氣。蕭公子，你說我在軍中立了功，是不是比功名還要榮耀？」

「我看你小子行。」李漠帆在一旁插話道，「此時正是男兒建功立業的好時候。」

「張浩文。」長官叫了他的名字，他急忙跑過去，向蕭天拱手告辭。

蕭天微微一笑，心裡一陣悵然，這些躊躇滿志的人，其實並不知道他們將面臨的是什麼，這座宏偉的都城將面臨什麼。他看了看招募的新兵，基本都是在市井長大的孩子，他嘆口氣，他們繼續向前面走。

拐過兩個路口，他們到了夕照街。一路走到胭脂粉鋪前面，看見一些人紛紛走進去，應該是信眾。蕭天和李漠帆低著頭跟著這些信眾往裡面走。一旁的信眾議論紛紛：「聽說了嗎？堂主前段時間護送金剛去天界了，說是彌勒佛他老人家要遠遊西天，需要護法護佑。」

「我咋聽說堂主讓官府逮起來了？」

「不是，堂主跟著金剛去見彌勒佛，又回來了。」

「這麼說，金剛不回來了？」

「肯定回來，但是估計你是看不到了。你沒聽說嗎，天上一天，地上三年，他要是遊個幾年，你還不早埋地底下了。」

「呸，你說話真晦氣。」

李漠帆眼露嫌惡地扭頭盯著那幾個老婆子，蕭天一把拉著他走過去。「幫主，你拉我幹什麼？這個柳眉之，他……他也太會騙人了吧。」蕭天嘿嘿一笑道：「別瞧不起他，你能讓這麼多人跟你走嗎？」

「這……」李漠帆啞口無言，只管跟著蕭天往裡面走。裡面一路暢通，沒有了護法，也沒有人站在垂花門看號牌，他們很順利地走到堂庵裡，只見木臺四周圍著很多人，在木臺一側，蕭天看見一個熟人，正是刑部的陳暢，他一身便衣，靠在木臺一邊。

蕭天拉住李漠帆躲到遠處，道：「咱們別驚動他們。」兩人站在遠處看。只見木臺上柳眉之正在誦詠經文，嘴裡嘰哩咕嚕的聽不太清，過了一會兒，誦詠完畢。柳眉之像大夢初醒似的渾身顫抖了一會兒，方才恢復了正常。

他走到木臺前方，大聲說：「信眾們，我的神魂讓我看到了城外邪惡的蠻夷人。看到了他們可惡的嘴臉，看到他們貪婪的欲念。他們要來搶咱們的女人，搶咱們的糧食，搶咱們的茶葉，搶咱們的綢緞，咱們答不答應？」

臺下一陣憤怒的大喊：「不答應。」

「我的神魂剛剛去見了彌勒佛，他說去吧孩子，把他們趕出去，我會給你們無窮的力量，你們是戰無不勝的大明天國。」

「戰無不勝的大明天國。」信眾們瘋狂地喊道。

「信眾們，本堂主要親自帶你們去趕走瓦剌，保衛咱們世世代代生活的京城，不能讓瓦剌人搶咱們的東西，咱們不答應……」

「不答應，不答應。」信眾們瘋狂的喊聲震耳欲聾。

蕭天拉著李漠帆走出堂庵，一邊走李漠帆一邊嘟囔著：「沒想到柳眉之這傢伙還很賣力。」

「哼，」蕭天一笑，「對他來說，這是一項好買賣。」

江湖邀請函發出第二天，也就是約定集會的日子，一大早上仙閣就忙開了，掌櫃的在一塊木板上寫下「打烊」，掛到門外顯眼處。巳時不到，已有性急的幫派派人來了。

大堂入口處設置了一個長條几，幾後坐著帳房先生，由他抄錄來客名單。李漠帆和小六站在一旁負責接待。進來的是三個人，打頭的是一位鬢角發白的中年人，一臉精幹，禮數周全。他抱拳對長幾後的帳房先生道：「鄙人李輝，七煞門的師爺。隨行是兩位門裡徒兒。」

李漠帆急忙抱拳還禮，沒想到第一個前來的是七煞門。他們的掌門太乙玄人還捎有書信。他急忙引領三位到裡面大堂就座。

大堂裡座椅都搬了出去，中間兩溜十六張黑漆太師椅，中間已坐了幾人，蕭天和張念祖看見來客，急忙起身迎接。雙方寒暄片刻，依次就座。

幾位剛落座，又來了兩撥人。前面是龍虎幫鏢行的首席鏢師吳樹致，人如其名，四方臉威武剛正，走路都帶風，雙腿剛勁有力，踏在地板上咚咚直響，身後三個隨從也是精神抖擻的年輕後生。身後是斧頭幫大把頭李炎泰，看上去有六十歲上下，身為斧頭幫大把頭卻顯得太過斯文，像極了教書先生，說話也慢條斯理的，他身後只跟了一個娃娃，有七八歲的年齡。

這兩撥人像是約好來的，看上去也相熟。

大鏢師吳樹致看著李炎泰道：「老爺子，你以為來這裡聽曲呢，還帶著你孫子，去哪兒都帶著他，成了你的尾巴了。」

「唉，這可比聽曲有意思，從小讓他長見識嘛。」李炎泰瞇著眼睛一邊笑，一邊撚著鬍鬚。

蕭天和張念祖走到兩人面前拱手一揖：「兩位這邊請。」

李漠帆急忙走到他們中間。由於李漠帆長年在京城，又在上仙閣當過多年掌櫃，與他們多少打過交道，他向蕭天一一作了介紹，他們彼此見過，寒暄過後，坐到座位上。

接著又來了幾位。潘掌櫃帶著玄墨山人飛鴿傳來的書信，以天蠶門在京城弟子的名義前來赴會。三清觀在京城的弟子，他們帶來高瑄的信函，由於進不來城，只能以這種方式表達關注。最後天龍會幫主李蕩山帶著兩個弟子走進來。考慮到京城被圍困，外面的進不來，裡面的出不去，今日能來這麼多已是難得。

蕭天再次見到李蕩山一陣寒暄後，引到上首座位。

大家落座後，蕭天首先開口：「各位，今日請十大幫派來，是要與大家商議一件要事，我在送往各處的信函上已經寫明了，如今《天門山錄》在我手中，大家心裡肯定有疑問，這本書如何落到我手上，這就話長了。剛才我的一位兄弟在向你們介紹我時，只說了我的一個身分，其實我還有另一重身分，以前不便說，現在可以說了，我是狐族的狐王。」

四周一片交頭接耳，有人大聲說道：「聽說狐族被東廠滅門了，整個領地都被燒毀了。」

「我聽說是為了奪他們的寶物。」

「你們說得都不錯，狐族被王振陷害汙為逆匪，其實就是為了狐族至寶，而讓王振覬覦狐族至寶的只源於一本書，就是《天門山錄》。當年吾土道士在檀谷峪遇險，是我救了他，他在狐地療傷達三個月，我和他常常月下飲酒，向他誇耀狐族，所以吾土對狐族瞭若指掌，而我卻不知就此釀下大禍。這就是我與吾土的淵源。如今王振一夥已得到清算，狐族的冤情已上報朝堂，我想狐族昭雪的日子指日可待。」

眾人點點頭，相互小聲交談了幾句，都看著蕭天想聽他往下說。

蕭天從衣襟裡掏出一本發黃的書，說道：「吾土在去世前，面見我請罪，其實他何罪之有？如今有罪的人已得到應有的下場。這本攪動江湖風雲的書，多年來不光給狐族，還給其他幫派帶來禍端，此次我拿出此書，是想和大家商議此書的去留問題，雖然吾土把書交給了我，但是這本書上不光記錄了我狐族，還記錄了其他幫派族群。」

蕭天的話讓在座的各位再次陷入爭論之中。李炎泰緩緩站起身，他用蒼老的嗓音溫和地問道：「狐王，能否讓我們一睹真容呀？」

蕭天朗聲一笑道：「當然可以。」說著便把手中的《天門山錄》轉手遞給左首邊的七煞門李輝。李輝瞪著雙眼一臉敬畏地接過來，看了看，又翻開匆匆看了幾眼，趕緊交給右首的人。眾人傳看著《天門山錄》，不時發出嘖嘖的稱讚聲，有人連連嘆道：「奇書，奇書……真不愧是天下奇書啊。」

轉了一圈後，《天門山錄》又回到蕭天手裡。

龍虎幫的大鏢師吳樹致第一個發言：「既然這本書給江湖帶來這麼大的危害，要我說，乾脆當著大家的面燒了，至此江湖上再也沒有了這種紛爭。」鏢師的說法很符合他的性格，大家聽完各自沉默不語。

「好是好，」七煞門師爺李輝嘆息道，「只是太可惜了，我草草翻了幾頁，那上面繪製的地圖十分精細，細緻到山脈的走勢，溪流的源頭。」李輝煞有介事地說道，「光是裡面的地形圖，就堪稱是寶物啊。」李輝是師爺，他當然清楚地形圖的珍貴之處。

「不如這樣，」一個年輕後生說道，「要我說，既然都說此書是奇書，那就分了算了。」

「分了？怎麼分？」李漠帆瞪大了眼睛吼道。

「寫哪個幫派的就歸哪個幫派所有。」後生說道。

大堂裡一陣笑聲，有反對的，有贊同的，好不熱鬧。

李蕩山嘿嘿冷笑幾聲，道：「要我看，你們都說錯了，這本書描述的不是你們哪個幫派，哪個族群，吾土道士用腳步丈量的是大明的江山。你們告訴我，你們誰有資格要，誰敢要？」

此話一出，在座眾人鴉雀無聲。

「狐王以《天門山錄》為由頭請咱們來，難道就是商議這本書的歸宿嗎？」李炎泰問道。

「此書在江湖上傳聞已久，此次召集大家來，也是想給大家一個交代。」蕭天微笑著道，「剛才大家暢所欲言，就這本書的歸處，我也有一點看法，首先這本書是吾土道士傾盡一生完成的，他的足跡踏遍大明的山山水水，這也是為何會招來那麼多心懷叵測之人的覬覦，書中覽盡天下寶物，在貪婪之人眼中，此書就像一個尋寶圖，但是在聖明君子眼中，這又何嘗不是一幅錦繡江山之全圖呢。」

「是呀，」李蕩山接著說道，「狐王所言極是，此書絕不可燒掉了之，更不可拆分開。既是錦繡江山之全圖就該交由朝廷保管。咱們雖處於江湖之遠，卻是大明的子民，朝廷也是萬民的朝廷。如今朝廷處境艱難，此時咱們江湖各幫派若聯名把《天門山錄》獻給朝廷，也算是與朝廷共進退了。」

「說到朝廷處境，我要說幾句，」大鏢師吳樹致說道，「如今瓦剌圍城，你們只送一本《天門山錄》有何用？京城危在旦夕，怕就怕走了前朝的老路，到那時《天門山錄》上描述的錦繡江山之全圖，豈不改了宗廟？」

「不愧是大鏢師，此乃真知灼見。」蕭天突然站起身，看著眾位道，「此次蕭某不才，力邀十大幫派前來商議之事，正被斧頭幫大把頭李炎泰一語道破。不錯，《天門山錄》只是個由頭，真正要商議之事，就是眼皮底下對付瓦剌之事。如今朝堂在于謙于大人的帶領下，剷除了王振餘黨，沉冤昭雪撥亂反正。為了保衛京師，于大人已把河南、山西、山東等周邊能調來的軍隊都調來了，但是土木堡一役，咱們精銳盡失，而要守衛咱們京城的九個城門，談何容易，如今最大的問題就是兵力不足。昨日我在街市看見不少年輕人到招募點報名，感動之餘，也很憂心，那些孩子連刀都沒有使過，如何抵禦瓦剌剽悍騎兵？思前想後，我覺得是時候號召咱們江湖幫派也加入其中，為保衛京師出一份力。」

蕭天說完，見眾人都虎視眈眈地看著他，大鏢師吳樹致更是一臉怒氣，蕭天心裡突然竄上一陣無名之火，剛要發作，卻看見李炎泰站起身，先是嘆息一聲道：「狐王，如果你就為這事，直截了當在書函上注明即可，何必要繞這麼一個圈子，你以為書函上寫明聯合抗敵，我們就不敢來了嗎？」

「哼！」吳樹致鼻孔裡噴出一股怒氣。

「你振臂一呼，」李炎泰突然衝動地高聲喊道，「看哪個烏龜王八蛋敢不出來！這是什麼，保家衛國呀，難道我們想做亡國奴，你太小看我們啦！」

「就是，」吳樹致接著說道，「咱們江湖之人，雖然素來很少與官府打交道，對朝廷上的事知之甚少，但是到了生死存亡之關口，咱們都是七尺男兒，怎可眼睜睜看著咱們的城池被那些蠻夷人占領，誓死也要與他們搏一搏。」

眾人一陣議論紛紛，有人提議每個幫派出人，有人提議乾脆到軍中營地上。蕭天沒想到，他頗費了周折的設計，竟然會是這麼個結局，感動的同時，也為大家深明大義的舉動所激勵。

「既然大家一致同意，」蕭天說道，「不如咱們歃血立誓，此番聯合抗敵，昭示天下，也可讓更多人加入進來，不把瓦剌也先打回老家，誓不甘休。」

「好，好！」眾人都站起身，群情激動，連李老先生身邊的娃娃也大叫起來：「打跑瓦剌。」

這時，坐在中間位置的一個人也站起身來，這個神祕人物一直坐在正中的位置，從頭至尾不發一言。此時看他站起身，蕭天突然伸手止住大家的喧嘩，大聲引見道：「各位，恕我冒昧，這位就是兵部尚書于謙于大人。」

「于大人……」

眾人驚訝地盯著面前這個身體瘦弱、面容和善的中年人，原來他就是威震京師的于謙，於是大家紛紛跪下拜見。于謙急忙一一扶起眾人，他鄭重地環視眾人，舉起雙手抱拳，深深地一揖道：「老夫，受教了。」

于謙抬起頭眼含淚光道：「接到狐王的邀請，今日聽到眾位老少英雄一席話，困擾多日的愁雲頓消，大明有此臣民，天佑大明，是大明之福澤，小小的瓦剌何懼之有？」

「于大人，你就發話吧。」性急的李蕩山說道，「我們有人出人，有糧出糧。」

「于大人，我七煞門絕不甘人後，我們現在門徒三千人，光在京城就有上千人。」李輝一步跨到于謙面前，表著決心。

「好，」于謙神情振奮地看著眾人道，「明日我在中軍帳等著大家，我會統一部署九個城門的守城方案。」

蕭天走過來，雙手捧著《天門山錄》道：「于大人，剛才我們十大幫派商議已畢，決定把這本天下奇書獻給朝廷。」

于謙雙手接住，並保證道：「老夫定交與御書房登記在冊妥善保管，請大家放心。」于謙看著眾人，他在座上多時，雖然以前也與江湖人士有過交往，但是此次還是讓他深感意外，沒想到這些所謂的三教九流之徒，能夠身處江湖之遠，卻位卑不敢忘憂國，著實讓人心生敬佩。

蕭天從張念祖手上接過兩本冊子，說道：「于大人，這兩本是我狐族至寶，是前朝文天祥親自書寫的《兵法步略》和《雜記》，均是文將軍多年抗金的心得，送給于大人隨行做個參考，也是我狐族兒女的一片心意。」

于謙接過那兩本書，喜悅之情溢於言表。

蕭天看大事已決，天色也不早，便對大家道：「于大人公務繁忙，咱們也要回去，早做準備，不如，今日就到此吧。」

眾人簇擁著于謙，一起向外走去。

四

當晚戌時，蕭天正坐在清風臺上聽張念祖說操練的事，韓掌櫃一臉驚慌地跑過來，後面還跟著小六，而小六卻是嘴巴都笑到耳朵後面了。這兩人表情古怪，一前一後跑過來。

「幫主，宮裡來人了，你快到前面去接旨吧。」韓掌櫃語無倫次地說著，可能因為太激動說得稀里糊塗。一旁的小六急忙補充道：「聽說是御前行走的太監傳的聖旨。」

蕭天聞聽有些恍惚，他踉蹌了一下，張念祖急忙扶住蕭天道：「或許是于大人上的奏章，皇上批示了。」這時外面的動靜也傳到暢和堂，明箏在聽蘭的攙扶下，急急走過來。

蕭天突然大聲吩咐：「去通知所有狐族人，到前面大堂接旨。」

消息迅速傳遍後院。不多時，翠微抱著孩子和秋月、李漠帆、林棲、盤陽相繼趕到，大家心情激動地向前面上仙閣走去。

眾人跟著蕭天走到上仙閣後堂，看見一位花白頭髮的老太監正端著茶碗喝茶，兩旁站著兩位小太監。老太監聽見腳步聲，抬起頭，眾人認出竟然是張成。蕭天又驚又喜，此時也不便多言，急忙上前見禮。張成看見大家都到了，都是熟人，免了各種禮節，急急說道：「大家也別愣著了，接旨吧。」蕭天這才想起來，慌忙轉身囑咐大家跪下。

「奉天承運，皇帝詔曰：狐族忠孝義烈，曾救太祖於危難之中，其性之義，其行之良，深得太祖褒貺，後因奸逆陷害，痛失爵位領地。今寡人治世戡亂，撥亂興治，以明法度，歸於正道，著恢復狐族領地爵位，以彰潛德，以近賢臣。欽此。」

蕭天雙眼噙淚，接旨道：「謝主隆恩。」

張成扶起蕭天道：「明日早朝，還要覲見皇上，早點歇息吧。老奴告辭了。」蕭天急忙命李漠帆和張念祖送張公公。

眾人圍住蕭天，翠微激動地張著嘴半天才說道：「狐王，聖旨上說的啥意思呀？」

「翠微姑姑，咱狐族背負的汙名終於得以昭雪，皇上恢復了狐族的王爵和領地，咱們終於等到了這一天。」蕭天看著眾狐人，「我明日覲見皇上，你們快去準備，把咱狐族最好的盛裝找出來，我要穿著它進宮面聖。」

翠微姑姑突然驚愕地叫了一聲，眾人回頭看著她，她幾乎哭了出來：「天呀，我們從瑞鶴山莊來的時候，想著要趕路，就精簡行囊，狐族的衣物都沒有拿來……」

「啊！」蕭天剛才只顧高興了，這個問題沒有想到，他抬頭看著眾狐人，大家也都是穿著漢人的衣裝，「這可如何是好，我明日上朝覲見，怎可穿著這長袍去？」

明箏從人群裡擠過來，道：「大哥，明日你是以狐王的身分第一次面君，怎可馬虎了事，這城又出不去，不如讓姐妹們連夜趕製一件出來。」

「好是好，」翠微哭喪著臉道，「咱們姐妹也不怕熬夜，只是哪有材料可用呀？」

「衣料可以對付，只是彰顯咱狐族風采的冠羽哪裡可求？」林棲叫道。

「說的就是它，狐族的盛裝再漂亮，失去了冠羽，就不是狐服了。」翠微姑姑急得直跺腳，自責道，「都怪我，只想著省事了，唉！」

蕭天蹙眉思索，如今好事連連，眼看狐族冤情得以昭雪，世襲爵位得以恢復，難道到了最後半步還能讓這頂小小的冠羽給難住嗎？他扭頭叫住林棲：「林棲，冠羽不就是幾根羽毛嗎？還能難住你？」

「狐王，你要知道狐王頭上的冠羽可不是一般的鳥，是只有檀谷峪才有的冠蕉鵑，只有冠蕉鵑的長尾豔壓群雄。」林棲說道。

「不過是隻杜鵑罷了，」蕭天心裡已有數，他看著眾女眷道，「今天就有勞大家了，就地取材，速速縫製出一件狐王的盛裝，以彰顯咱狐族對當今皇上的敬重。」他回頭對林棲道，「你在城中找找，如果逮不到，跑到城外，那一堵城牆也不可能攔住你，要躲開瓦剌人，速去速回，有羽就行，總比頭上光禿禿的好。」

「大哥，我跟林棲一同去吧，」張念祖說道，「這裡我比他熟悉。」

「好，你倆速去速回。」蕭天說道。

兩人回到住所，帶上弓箭刀劍，騎馬出了上仙閣側門，打馬向西。此時街上行人稀少，兩邊的屋簷下燈火閃亮，林棲環視了四處對張念祖說道：「乾脆咱們直接到城外樹林得了，在城裡只是瞎耽誤工夫。」

「我也這麼想，走吧，駕。」

兩人藝高人膽大，對於他倆來說，走城牆易於平地。倆人把馬拴到一個隱蔽的地方，一前一後躍上城牆，立足在城牆上，一陣陣涼風刮過來，把身上的暑熱降了下來。兩人向遠處眺望，看到西南有一片黑乎乎的地方，沒有一絲光亮，近處還有些零星的燈光，他們猜測那裡一定是一片樹林。

兩人飛身躍下城牆，沿著小道向他們看中的那片林子跑去。兩人都是輕功了得，毫不費力轉眼間就跑出去幾里地。

林棲一邊跑，一邊注意聽著四處鳥畜的動靜，有時候他學一兩聲鳥叫，不多時總能引起更多的鳥回應。張念祖很感興趣，問道：「林棲，你聽叫聲就能辨認出是什麼鳥嗎？」

「當然。」林棲不屑地說道，「辨認什麼鳥有什麼可奇怪的，我還會說它們的鳥語呢，讓它們落到我的掌心。」

「你有這本事？」張念祖一臉驚訝。

「這算什麼，我師父比我更厲害，他能引一群鳥回家。」林棲說道。

「怪不得大哥讓你來。」張念祖知道狐族有很多祕術，沒想到他們還懂鳥語。兩人說話間，一路疾行，眼看就到了那片林子。突然，林棲停下來，他抬頭看著天空，只見一群鳥從林子裡飛過來，從他們頭頂掠過，向遠處飛走了。

「不對，」林棲有些詫異，「這些鳥應該就是棲息在樹林裡的，為何這麼晚要飛走呢？」

聽見林棲的話，張念祖機警地看著那片林子，突然說道：「走，看看去。」兩人彎下腰沿著蒿草向林子裡潛入。林子裡黑漆漆的什麼也看不見，倆人彎腰走了一段，突然，林棲拉住張念祖問道：「你聽見什麼沒有？」

「什麼也沒聽見呀。」張念祖側耳又聽。

「似是馬的響鼻。走，咱們再往裡面走。」林棲說著，倆人又往裡面走去。「聽到了，何止是馬的響鼻，我聽到呼嚕聲。」

突然，兩人同時停住了腳步。前面一片空地，橫七豎八地躺著很多人。在人群另一側，是散臥在一起的馬匹，有的在吃草，有的臥倒休息。從林木的縫隙可以看到前面還搭著幾個營帳。

張念祖和林棲都驚出一身冷汗，他們腦中同時出現一個詞：「瓦剌人！」「怎麼辦？」林棲小聲問。

「咱倆對付不了他們，再說于大人有統一部署，咱們快回去把這個發現告訴狐王，快！」張念祖說完，想到羽毛，「你的事還沒有辦呢。」

林棲拉著張念祖就走，倆人一陣狂跑，離開樹林後，林棲開始學鳥鳴，張念祖把背後的弓拿到手上，瞄準飛過的鳥雀，他射了兩次，林棲跑過去撿了三隻鳥，竟然有一支箭上穿著兩隻鳥。

「這都什麼呀？這能叫羽毛嗎？」林棲很不滿意。但是張念祖像撿到寶貝一樣，捏到手裡不放，裡面真有一隻杜鵑，即使在月光下，碧綠色的長尾也美豔極了。

「行了，林棲，你忘了狐王交代咱們速去速回，你看天色也不早了，回去吧。」張念祖強行拉著林棲向城牆跑去。

兩人回到上仙閣時，剛敲過三更。張念祖把射到的三隻鳥擺到女眷們面前，雖說與檀谷峪的鳥雀不能比，但就像狐王說的，有總比沒有強。女人們忙碌著開始收拾羽毛。

張念祖和林棲走到蕭天面前，向他說起城外林子裡所見。蕭天一愣，他深知如今兩軍對壘，任何風吹草動，都可以判斷出他們軍事上的意圖。「我必須去見于大人一面，你們就在這裡先休息一下。」

蕭天說著悄悄走出去，消失在廊下。

五

翌日卯時，張念祖和林棲被喧鬧聲驚醒，原來他們靠在太師椅上已經睡了幾個時辰了。他們揉著眼睛站起身，看見正堂的中間，蕭天身穿狐族盛裝，一群女眷圍在周圍縫合最後一點飾品。「啊，大哥都回來了。」張念祖說道。

兩人看著蕭天身穿狐族盛裝好奇地湊過去，兩人咧開嘴只顧笑，他們沒有見過如此漂亮的狐服。墨蘭的長袍上鑲嵌了一層層瑪瑙、玉石、翡翠等寶物，這是翠微搜遍所有人的私己才找出來的，為了狐王面聖，所有人都傾囊而出。不僅袍子連腰帶上也鑲了一塊玉，至於冠羽，更是出乎了所有人意料，給人們極大的驚喜：碧綠的杜鵑長尾呈扇形裝飾在冠上，讓所有狐族人都眼前一亮。

時辰已到，蕭天告別眾人，只帶著林棲、盤陽向外走去，外面天還未明，李漠帆早已準備好了馬車，由他親自駕駛，林棲和盤陽則騎馬跟隨兩側。

他們一行很快來到午門外，蕭天從馬車上下來，看到巍峨的宮牆不由心緒難平，今日皇上在奉天殿朝會，不同一般，這也是朱祁鈺登基後第一次大朝會，會見文武百官。

正在蕭天感慨愣怔之時，背後有人說道：「狐王，你來得很早呀。」蕭天回頭一看，正是于謙，兩人相視一笑，他們之間已形成一種默契。兩人並排站立，其他的朝臣也相繼走過來，大家按官職順序排好，文官站在左側，武官站立右側。此時午門上鐘鼓敲第三通，開二門，列好隊形的文武百官由左右掖門進入。

百官步入午門，清一色的官服烏紗中，有些官員看見隊伍頭列身穿異服的蕭天很是驚訝，隊伍裡有人小聲議論，有人認出狐族服飾，猜出是狐王，大家又是一陣議論紛紛：「老狐王死了，這是新狐王，就是那個傳說中的狐山君王。」「看起來，很是威武不凡。」

「那是，聽說過狐王令嗎？」

蕭天不去理會四周的議論，他和于謙並列而行。于謙小聲地說道：「昨夜，你走後，我便派人出城核查，城外集結了也先的小股騎兵，大部隊還在三十里外駐紮，大概也會在近幾日來到城下，看來離也先攻城的日子不遠了。」

「大人，依你的判斷，他們會何時攻城？」蕭天問道。

「我昨夜翻看了你們狐族送來的典籍，文天祥那本《雜記》裡，記載草原部落有夜襲傳統，屢屢得手，每次都大勝而歸。如今他們白天睡覺，定是有這個打算。」于謙眼神犀利地說道。

蕭天點點頭道：「大人分析得極是，咱們也要做好這方面的準備才是。」

「到了決戰的時刻了。」于謙臉上刀刻般的皺紋裡多了一絲蒼涼，「也先此時定是志得意滿，在土木堡把我大明精銳打得落花流水，如今兵臨城下叫囂著『京城必破，大元必興』，此時虎視眈眈地盯著我京師的城牆，垂涎三尺……你我所要做的，便是重振我大明王者氣勢，讓每一個臨戰的官兵，都視死如歸，視城池如生命，若是這樣，區區幾萬瓦剌人豈是咱們的對手。」

蕭天望著于謙，他驚詫於他瘦小的身軀裡所迸發出的蓬勃的力量，不僅震撼了他，也給他忐忑的內心注滿了力量，有這樣一位主帥，面對再難對付的敵人也會充滿自信和力量。

大殿中朝臣濟濟一堂，那些在土木堡死去的朝臣的位置被新晉升的官員所填補，昔日的悲哀氛圍一掃而光，經過那次慘澹的失敗，這些朝臣已從不安和絕望中走出來，在此關乎國運的緊要關頭，他們第一次不分你我緊密團結。此時，所有人都目視著于謙緩緩走進來，他們心裡清楚，這座帝都與這位新晉的兵部尚書緊緊連在一起，看著于謙堅定和自信的面孔，所有人都暗自鬆了一口氣。

朱祁鈺目視著于謙，以及與他並排而至的新狐王，暗暗叫好。他自匆忙登基以來，朝堂上的變化他也是心知肚明。這個開局讓他滿意，那個在朝野和江湖傳聞最廣的狐山君王，還有天下人談之色變的「狐王令」，今後都要在他面前俯首稱臣了，這也不失一個美談。他哥哥和王振的天下已成為過去，他將開闢一個新時代。只要這次于謙能克敵制勝，趕跑也先，他的這個江山便坐穩了。

他默默看著眾大臣朝拜，山呼萬歲，微笑著擺了下手。眾大臣行禮已畢，起身回到原地。他目視著蕭天問道：「你就是鼎鼎大名的狐山君王？」

蕭天上前一步，躬身道：「陛下，罪臣蕭天覲見來遲了。」

「哈哈，」朱祁鈺心情很好，他笑道，「朕在郕王府時便聽到你的傳聞，甚是有趣啊。不過傳聞中把你描述成了張牙舞爪的魔王，不承想你竟是個翩翩君子，哈哈哈。如今你們狐族的冤案已得到昭雪，王爵之位也已恢復，無須再稱罪臣，你是堂堂狐王，有鎮守邊疆之地之功，朝廷要褒獎。」

蕭天雙眼含淚，跪下叩拜道：「陛下，皇恩浩蕩如此垂愛狐族，身為狐王，更當為朝廷分憂，臣懇請陛下允許臣協助于大人守城，定當肝膽塗地以報皇恩。」

「准奏。」朱祁鈺點點頭，道，「狐王忠心可嘉，快請起。」御前太監張成，微笑著看著蕭天，一臉的感慨。

朱祁鈺看向于謙問道：「于尚書，瓦剌兵臨城下，尚書是否已心中有數，有了退兵之計？」

于謙上前一步，高聲說道：「啟稟陛下，于謙心中有數。今日午後，便在中軍帳點兵，部署守城事宜。陛下，如今城中有守軍二十四萬人，當地守軍四萬，從山東、河南、山西、安徽等地調集的兵將近二十萬，已休整填補到各個兵營駐守城門。如今京城兵壯糧足，官兵士氣高漲，隨時可以迎擊瓦剌軍。」

于謙又上前一步，接著說道：「陛下，此次決戰，臣將與守城將士一道，做到城在人在，城亡人亡，請陛下和眾位臣公放心。」

于謙慷慨激昂的一段話，無疑讓在場的皇上和眾朝臣都看到了希望，眾位朝臣議論紛紛，紛紛點頭。只有蕭天低頭沉思，他知道于謙此話是以鼓舞士氣為主，眾人一聽有守軍二十四萬大大出乎了他們的意料，他看到上自皇上下到朝臣都歡欣鼓舞，欣喜異常，以為勝券在握。他們哪裡知道要守住這偌大的京城，這點人馬只是杯水車薪。但是，于謙現在要的便是從上至下的一種自信和決心。

此次大朝會在歡欣鼓舞和少有的團結一心中結束。朱祁鈺一顆忐忑的心暫時平復下來，他很滿意地安撫了眾位大臣一番，便宣布散朝。御前的張成公公躬身引著朱祁鈺下朝回宮。

于謙和蕭天面前聚起一眾大臣，大家又交談一番後，便先後散去。

午時，兵部在大校場搭起的中軍帳前擂鼓升帳。四周旌旗遍布，各色戰旗在微風中獵獵作響。中軍帳前兩列將士身著盔甲手持長槍一字排開，個個身姿挺拔，面容剛毅，威武不凡。只聽見鼓聲陣陣，號角齊鳴，一隊隊兵士整裝待發。一些手持權杖前來領命的軍官，個個腰桿挺直，步伐堅定。一些被邀而來的江湖幫派當家人也相繼趕來，李蕩山、柳眉之、吳樹致、李炎泰等等，他們看到此情此景，心中不由暗嘆這還是那個在土木堡不堪一擊的大明軍隊嗎？僅僅過去了一個月，宛如涅槃重生。他們不由將敬佩的目光投向大帳中這個身軀瘦小的尚書大人，能力挽狂瀾的朝中大臣，非他莫屬。

于謙一身戰袍，抬眼掃視了一下四周，看到大帳裡各處將軍已到，被邀而來的江湖頭目也已到齊。他看了眼一旁的蕭天，蕭天此時也是一身盔甲，他們交換了個眼色，蕭天對他點點頭。

于謙朗聲說道：「諸位將官，各位英雄：城外也先大軍已到，氣焰十分囂張，當然他們有囂張的本錢，土木堡一役咱們輸得窩囊，二十萬精銳片甲不留，咱們太上皇也在他們手中。我知道在座的各位也像我一樣憋著一股勁，我大明開國至今，屢屢開疆拓土，戰勝來犯之敵，還從沒有如此慘敗過。昔日太祖在屢被圍困的情況下，尚可縱橫天下，橫掃前元，建立大明恢復漢制，我輩豈是貪生怕死之人。如今君明臣良，上下一心，小小瓦剌在我大明面前豈有不敗之理，定要為在土木堡一役中死難的將士報仇雪恨。」

眾將軍群情激昂，紛紛揮手叫道：「報仇雪恨！」

于謙揮手止住眾人喊聲，道：「也先狡猾至極，他自以為聰明。據探子來報，也先的先頭部隊白天紮營睡覺，他這是明擺著要夜襲。咱們不能讓他牽著鼻子走，此時，他定然不會想到咱們會出擊。各位將軍聽令：現分派各位將軍守護九個城門，如有丟失者，立斬。」

諸位將軍目光肅穆盯著于謙，只聽于謙宣布道：「宣武門，韓東！安定門，劉善強！東直門，陳俊江！朝陽門，陳安！西直門，魏東升！正陽門，楊喜！崇文門，李家堡！阜成門，吳為東！德勝門，于謙。」

于謙話音一落，眾將軍面面相覷，他們沒有想到尚書大人把自己也列在守城的將軍之列，那句「如有丟失者，立斬」的軍令也變成置他於生死之間的利劍，可見大人決心已定，要將自己置之死地而後生。

更不可思議的決議還在後面，只聽于謙接著說道：「大軍開出城門迎敵，發現不出城迎敵者，格殺勿論。」

于謙目光堅定地環視眾人，接著說道：「戰事一開，臨陣逃脫者，立斬！將不顧軍逃脫者，立斬！兵不顧將逃脫者，立斬！敢違抗軍令者，立斬！」

四個立斬的軍令一出，在場的將軍無不膽寒，但是沒有退縮者，反而是激發了他們的鬥志，他們聲如洪鐘地喊道：「誓死聽命大人！」

蕭天暗自欽佩，想到早朝時于謙在皇上面前聲稱心裡有數，作為一個將帥口出此言，必是抱定赴死的決心。不然，談何心中有數，面對強敵，他能做的不過是以死抗爭罷了。前有文天祥，今有于謙，我大漢民族從來不缺赴死的義士，外敵當前，豈有退路？想到此，蕭天不由緊握拳頭，目光轉向于謙。

于謙剛毅的面孔沒有一絲松解，他的目光從諸位將軍轉到一側的江湖頭目身上。此時這些江湖好漢早已按捺不住被喚醒的男兒血性，以往用在江湖紛爭上的熱血，第一次將用在保家衛國上，這讓他們既激動又興奮，此時全都目光炯炯地盯著于謙，只等他一聲令下。

于謙莊重地抱了下拳，看著諸位說道：「各位英雄，此番守城兵力不足，各位英雄踴躍相助，本官代表朝廷向各位英雄致謝，此時長話短說，我現在部署一下各位的守城位置。柳眉之柳堂主，你率信眾守安定門！李蕩山李幫主，你率幫眾守東直門！吳樹致吳大鏢師，你率門下弟子守朝陽門！李炎泰李師爺，你率弟子守阜成門！最後是狐王，你帶領眾狐族兄弟守西直門。其他四個城門增加了兵力，不再安排。」

蕭天和眾位聽到部署後，沒有異議，紛紛抱拳領令。

「好！」于謙一聲大喝道，「各位將軍已領令，現在我命令你們率軍迎敵。」

第四十七章　鐵肩擔道

一

街上到處是整隊的兵卒，穿著盔甲跟著將官向指定位置前行。街道兩側的商鋪都關門閉戶，一些街坊一邊拉著木板、樹枝往自家窗戶上堆放，一邊操心地望著街上兵卒的動向，大膽的男人站在街中央翹首張望。不時有幾匹快馬奔馳而過，騰起的塵土在街面飄蕩。

蕭天騎著馬，身後跟著李漠帆、張念祖、林棲、盤陽，後面是狐族和興龍幫的兄弟，一眾人馬沿著街道飛快地行來。剛才在中軍帳，于大人把蕭天他們分到西直門與魏千總共同守衛。于大人出擊的命令一下，眾將便領命迅速散去。蕭天也馬不停蹄向西直門趕來。

于謙主動出擊的策略正中蕭天下懷，他知道也先鐵騎的厲害，不得不防範他們夜襲，若是讓他們夜襲得逞，勢必形成破竹之勢，何以守住城門？在他們出手之前動手打亂他們的部署，便是上上之策。

「念祖、漠帆，」蕭天回頭說道，「一會兒見到魏千總，你們不可無禮，要服從魏千總的調遣。」

「聽他的？」李漠帆不屑地說道，「我李漠帆只聽狐王的。」

「你們聽著，這是戰場，軍令如山，必須服從。」蕭天厲聲說道，他這一句話並不是只說給李漠帆聽的，他望了眼身後幾人，目光犀利地接著說道，「你們都給我記著。」

他們沿著街道又前行了一段，便看見西直門高高的護城牆。西直門前聚起烏泱泱一片隊伍，魏東升穿著盔甲，手裡攥著半塊餅子，正聲嘶力竭地向他的隊伍喊話：「今兒早起，有個兵丁向老子請假要回家，說是地裡的高粱要收了。我日你祖先，還回家收高粱？眼看著瓦剌人要攻進北京城了，你還收他媽的狗屁高粱？一旦京城失守，國將不國！想想前朝大宋被元軍所滅，多少人被砍殺？多少城池被塗炭？好好的大漢江山易了主，被蠻夷占了去，亡國的滋味苦呀！還惦記你那幾畝高粱，你的人頭都不保了，你的父母妻兒都將暴露在他們的鐵騎下，任人宰割啊！兄弟們啊，要想保住父母親人的命，就要跟瓦剌拚命，你不去拚命，你的家人命不保也。我問你們是去跟瓦剌拚命，還是讓他們要了咱們家人的命？」

「跟瓦剌人拚命！跟瓦剌人拚命！」

喊聲從隊伍中發出，聲震四方，氣壯山河。蕭天注視著被魏東升點燃了鬥志的隊伍，不由發出讚嘆的叫好聲。他開始對這個守門千總刮目相看。他對魏千總並不陌生，這近兩年的時間裡，他數次從西直門而過，平日裡魏千總世故老到，還很會耍滑頭，但是在國難當頭，能夠挺直腰桿，勇於擔當，敢於迎敵，蕭天便要對他說聲好樣的。

蕭天翻身下馬，命張念祖把隊伍與軍隊並列，他向魏東升走去。魏東升喊完了話，剛咬了口大餅，他的屬下便跑上前說道：「千總，狐王到了。」魏東升急忙扔掉手中大餅，惶恐地回頭，看著一身盔甲、氣宇軒昂的蕭天。

魏東升心裡的惶恐一半是出於詫異和不安。在他西直門的城門洞裡，海捕文書才撕掉不久，那張舊了撕、撕了又貼的狐山君王的畫像更是印在他的腦海裡。從朝中一傳來狐族受王振陷害已昭雪的消息，他便唏噓不已。今日見到昔日狐山君王如今的狐王，不由在心裡罵了一句娘，日他祖先，怪不得抓不住，如此一個玉樹臨風般的人物，被畫成魔王的樣子，可見王振一夥蠢笨至極。

魏東升迎著蕭天走過去，躬身行禮道：「參見狐王。」

「魏將軍，此乃非常之時，不必多禮。」蕭天微微一笑道，「眼見你治軍嚴謹，甚是欣慰。我把狐族勇士和興龍幫弟兄都帶來了，聽候魏將軍調遣。」

「狐王謬讚了。于大人此次是下了死令。」魏東升挺直腰板，目露寒光道，「剛才屬下接到密令，一旦出城迎敵，城門便被封死，擅自入城者，立斬。我們都要抱著必死的決心，我魏東升也是一條漢子，死在戰場並不辱沒祖先。」

「好。」蕭天叫了一聲好，目光堅定地說道，「我蕭天願隨將軍一道，共赴生死。」

「好。」魏東升哈哈一笑，「素聞王爺文韜武略超群，我可是深有感觸，與你神交已久啊。」

蕭天也笑起來：「這話不假，魏將軍要抓我也不是一日兩日了，海捕文書都換了無數張了，可謂是神交已久了。」

兩人說笑間，都回到馬前，翻身上馬。魏東升向身後的隊伍大喊一聲：「兄弟們，亮出咱們男兒本色的時刻到了，誰怕死，誰回家抱孩子去，有種的都跟我出城打瓦剌去……」

海嘯般的喊聲，震耳欲聾：「打瓦剌！」

城門大開，烏泱泱的隊伍井然有序地向城門走去。蕭天和魏東升並排而立，看著前面的軍隊一隊隊走出去，很多都是稚嫩的面孔，蕭天心裡隱隱有些刺痛，他們也許還不知道將要面臨的是何等剽悍的敵人，但是他們的眼神裡卻有著無畏的勇氣，這也許是他們唯一可以戰勝敵人的砝碼了。

隊伍剛一出城，城門便在他們身後重重關上。巨大的金屬撞擊聲淹沒在紛雜的腳步聲和戰馬的嘶鳴聲中。沒有人回頭，也沒有人再看城門，他們心裡清楚，城門一關，他們只能以血肉之軀去抵擋敵人的鐵騎。

「狐王，依你看隊伍紮到哪裡比較有利？」魏東升策馬到蕭天身邊問道。

「一裡之外有處山坡，叫北崗，咱們把軍隊駐紮到那裡，地勢有利於防守，也有利於出擊，離城門也近，像一個釘子釘在那裡可以死死守住城門。」蕭天胸有成竹地說道，他在中軍帳接到指令後，迅速查看了掛在帳中的地圖，找到了這處最佳位置。

「好。」魏東升點點頭，心裡十分喜悅，能跟著狐王打仗，對於他來說可是天大的運氣。

很快隊伍便行進到一處山坡下，坡下是一條官道，官道一側是水渠，另一側是大片農田，地理位置很好。魏東升命令部隊駐紮，挖工事，紮營帳。不多時一個營帳紮好，蕭天和魏東升走進營帳，一個屬下很快在帳中掛上地形圖，兩人看了片刻，蕭天道：「魏將軍，這場仗難就難在，不知瓦剌要進攻哪個城門。咱們在這裡也無法知道其他城門的戰況，你派幾個探馬，分別去探查。還有派探馬往瓦剌陣營打探消息，隨時了解他們的動向。」

魏東升二話不說出大帳部署去了。蕭天依然站在地形圖前擰眉沉思，手指著上面不停地劃來劃去。不多時，魏東升部署完回到大帳，走到蕭天面前問道：「狐王，依你看也先會攻擊哪個城門？」

「這個不好說，九個城門其實兵力基本平均，這要看也先這傢伙對咱們城門部署的了解了。」蕭天看著地形圖陷入沉思。

突然，一個探馬跑進大帳：「回稟王爺、將軍，也先一部於安定門外，與我軍激戰，戰事膠著，我方有傷亡。」

蕭天和魏東升交換了個眼色，魏東升道：「再探。」

探馬躬身退出去。候在帳外的李漠帆和張念祖走進來。

蕭天立刻回到地形圖前，手指著安定門的方向說道：「安定門，守城將軍劉善強、柳眉之。」說到柳眉之蕭天皺起眉頭。

「劉將軍我熟悉，他是一條血氣方剛的漢子。」魏東升說道。

「但願他們能頂住瓦剌的這次攻擊。」蕭天憂心地說道。張念祖知道蕭天憂心的原因，說道：「柳眉之那些信眾大多是烏合之眾，雖然人數眾多，但是在強敵面前，不知可以堅守多久。狐王，我去前方一探虛實，可好？」張念祖上前一步請令道。

「也好。」蕭天望著張念祖，囑咐道，「只可探看，不可交戰。」張念祖點頭應下，轉身走出大帳。

張念祖跑到自己馬前，翻身上馬，策馬離開營地。他沿著城牆向安定門的方向疾馳而去。

繞開大道，走小道，有時從農田裡穿過去，不久便聽見一片廝殺聲。城門前一片開闊地上一片混戰。騎著烈馬的瓦剌人在裡面橫衝直撞，明軍傷亡慘重。地上隨處可見被刺傷倒地的戰馬和血淋淋的殘屍。張念祖的眼睛瞬間變得血紅，他身下的戰馬在血腥的刺激下仰脖嘶鳴。

在城門前佇立的守軍將領突然大喊一聲：「衝呀！」

又一隊明軍呼喊著向瓦剌人衝來。瓦剌人中一個頭目高聲嘶叫著：「攻進去，這座城就是我們的了。」眾多瓦剌人呼叫著向前方衝去。

張念祖頭皮發麻，他從腰間抽出長劍，喃喃自語道：「大哥，恕弟無法從命了。」說完，大喝一聲，催馬向戰場衝去。

張念祖催戰馬衝進瓦剌人堆裡，舉劍迎敵。只聽四周殺聲震天，長劍所到之處，人仰馬翻，張念祖殺紅了眼，突然眼前竄出一匹棗紅馬擋到身前，一個黑袍蒙古人舉劍直刺而來，張念祖持劍迎擊，他長劍所到之處，一張熟悉的面孔橫在眼前。

張念祖恍惚中停下手中劍，愕然叫道：「和古帖？」

「黑子？」和古帖圓圓的臉龐濺滿血跡，她憤怒地吼道，「你怎敢向我們開刀？你忘了你的身分了？」

「和古帖，這是戰場，妳如何在這裡？」張念祖大喊道。

「我所有的親人都死在這裡，我要報仇。」和古帖眼中流露出怨恨的凶光，她喊道，「黑子，掉頭跟我走吧，咱們瓦剌大軍就要攻進京城了，將來這座城會成為瓦剌人的都城，你也將成為開疆拓土的將軍，可好？」

和古帖一番話像一盆冰水把張念祖心頭重逢的喜悅澆了個透心涼，他渾身一陣戰慄，持劍佇立在棗紅馬面前，臉上瞬間變色，眼睛陰騺地盯著和古帖，道：「想攻進京城，妳便要從我的屍體上踏過去。」

「黑子，你瘋了嗎？」和古帖憤恨地叫道，「你個忘恩負義的雜種，當初就不該救你。」

「說得好，」張念祖目露淚光，猛拉韁繩，叫道，「和古帖，如今在戰場上，別怪我不手下留情，該還的我都還給妳了。如今輪到我作為一個漢人對瓦剌人還擊的時候了，別以為我們會怕妳們，把妳們打回草原是遲早的事。」

張念祖話音一落，便持劍直擊和古帖，和古帖手持彎刀擋住。兩人一來一去，和古帖哪裡是張念祖的對手，很快敗下陣來，她倉皇而逃。張念祖越殺越勇，他身邊聚起不少明軍跟著他衝擊，不多時便收復大片失地，瓦剌人且戰且退。

這裡的戰況被守城將軍劉善強看見，劉將軍催馬奔過來，向張念祖抱拳道：「英雄請賜名。」張念祖笑道：「劉將軍，我乃狐王屬下，奉狐王令，前來助戰。」

劉善強聽聞是狐王屬下，不由欽佩感動至極，他抱拳道：「還請英雄給狐王帶話，說我善強仰慕狐王。」

「劉將軍，趁官兵士氣正旺，不如一鼓作氣殺向瓦剌人，這些瓦剌人只是紙老虎，只能給他們來狠的。」張念祖說道。

「好。」劉善強回頭大喊，「將士們，衝呀！」

將士們在初勝的鼓舞下，氣勢如虹地向瓦剌人衝去。

張念祖眼見大勢已定，瓦剌已退，便策馬向營地馳去。在營地上幾個大帳周圍，圍坐著眾多的人，人群的中間，一個白衣男子盤膝而坐，閉目合掌，口中念念有詞。四周的眾人也跟著念念有詞。

張念祖一看那個白衣男子，不是柳眉之又是誰！一股惡氣立刻從胸口升起，但是此時看著四周的信眾，也不便發作。

張念祖看到天色已晚，出擊的明軍也陸續返回，想到還要向蕭天覆命，便轉身策馬往回返。

天色漸漸暗下來，張念祖回到營地時，看見蕭天和李漠帆在帳外等著他。蕭天看見他的馬便跑過來，一看他臉上的血跡，便怒道：「念祖，你為何抗命？」張念祖知道蕭天擔心他，便低頭認錯，接著便把安定門前的戰況說了一遍，只是隱瞞了和古帖沒說。

李漠帆聽到柳眉之在帳前念經便氣不打一處來：「這個柳眉之除了念經，還會幹點正事嗎？真不明白于大人為何叫他去守城。」

「各有各的法門。」蕭天沉吟片刻，說道，「好了，念祖你回去休息吧，看來那股瓦剌人並不是主力，只是試探虛實而已，咱們不能鬆懈，要加強警戒，提防瓦剌人夜襲。」

二

十月的夜，寒潮已來襲。

一輪孤月下，遠處蒼茫的大山隱在夜幕裡，四周的樹林寂靜無聲，偶爾有一兩隻孤雁飛過。山坡上數頂大帳在風中發出呼啦啦的聲響，中間一個大帳裡映出昏黃的燭光，裡面案前坐著蕭天和魏東升，兩人一邊飲茶一邊談著戰況。

「狐王，你說今日也先派出幾股兵力，一股去攻擊安定門，沒有得逞！又一股去攻擊德勝門，也沒有得逞，他們這是玩的哪齣呀？」魏東升緊鎖眉頭望著蕭天。

蕭天啜飲一口茶，放下茶盞道：「也先很狡猾，他覬覦中原也不是一日兩日了，對咱們有所了解，不然也不會大勝土木堡，他這是要擾亂視聽，讓咱們無法做出判斷，他好趁亂火中取栗。」

「有道理。」魏東升點點頭。

「但是，也先沒有想到如今于大人主持大局，」蕭天一笑道，「于大人一道死令，抗爭到底，沒有退路。

這便要看看哪邊的決心大，哪邊更不怕死了。」

「哼，也先既想稱霸中原，他當然不想死，還做著當皇上的春秋大夢呢。」魏東升撇著嘴說道，「看來，咱們只要頂住壓力，以死抗爭，他也先自然要敗下陣來。」

「不錯。」蕭天點頭道，「不過，也先手裡也有好牌還沒有出手呢，咱們太上皇不是在他們手裡嗎？」

「唉，是呀……」魏東升直搖頭，「太上皇在他們手裡，想想就窩火，你說都是啥事。」

蕭天看了眼大案上的沙漏，說道：「應該到三更了，魏將軍你還是睡一會吧，我出去四處看看。」

「狐王，我跟你一起去吧？」魏東升站起身道。

「咱兩人還是輪著睡會兒，誰知明日戰事會不會來臨。」蕭天安撫住魏東升，轉身從劍架上取下長劍，走出大帳。

大帳外站崗的兵卒急忙向他行禮，蕭天擺了下手，向遠處走去。

那個站崗的兵卒踮腳望著狐王遠去的背影，急忙回頭對身旁的一個兵卒說道：「兄弟，我這肚子咋一個勁絞著痛呀？」這個兵卒滿嘴河南口音，一臉苦相看著一旁的兵卒。

「活該。看你那點出息，不讓你多吃，你偏不聽，吃出毛病來了吧？」另一個兵卒埋怨道。

「這怎能怪我呢？俺娘說，出來當兵，就圖一口飽飯，不讓吃飽當什麼兵？」河南兵捂著肚子說道，「不過，真的，俺們頭次來京城，這皇城裡的口糧就是香。哎喲。」

「行了。」另一個兵卒四處張望了下，回頭對河南兵說，「這會兒狐王夜巡去了，你拉泡屎就沒事了，去吧去吧。對了，你可跑遠點啊。」

河南兵急忙點頭，把手中長槍交給那個兵卒，自己捂著肚子哈著腰，一溜煙往坡下樹林跑去。想到那個兵卒說讓他跑遠點，便邁開兩腿撒丫子往樹林深處鑽。

河南兵一邊跑著，一邊想找一個適合蹲的地方，四周蒿草很深，終於找到一片平地，卻看見前方隱約有人影晃動，還可以聽見馬匹打著響鼻。這一驚把拉屎的意願也給嚇回去了，與此同時，他倉促跑來的身影也驚呆了樹林裡的人。

「活捉了他。」一個低沉的聲音從暗影裡響起。

河南兵順著聲音，借著從樹梢灑下的慘澹月光，看見那片空地上聚集了密密麻麻的人影，個個背著弓箭，手持大刀，騎著馬。從身形一眼便可認出是瓦剌人，俺的個娘呀，如今兩軍對壘，敵人說來便來了。

河南兵第一個念頭便是回去報信。他撒開兩腿轉身便跑。身後傳來馬蹄聲和幾支箭飛射而來所夾帶的呼呼風聲。河南兵一邊跑，一邊扯開嗓子大喊：「瓦剌人，瓦剌人來了，在樹林裡。」夜很靜，突兀的喊聲傳出去很遠。

馬上的瓦剌人大怒，揮刀向前面跑動的河南兵砍去。河南兵一聲慘叫，跌倒在地，他忍著劇痛，突然看見自己一隻手臂滾出去很遠，他顧不上撿回自己的殘肢，心裡想著坡上營地裡人們還在睡大覺，若是瓦剌人突襲過來，那是要死人的呀。越想越怕便瘋了似的向前跑，一邊跑一邊接著喊：「瓦剌人，瓦剌人在樹林裡，瓦剌人來了。」

馬上的瓦剌人策馬緊追幾步，一刀砍到河南兵頭顱上，黑色的血漿噴湧而出，河南兵應聲倒地。瓦剌人伸手抹去臉上血跡，晦氣地朝地上啐了一口。月光照在他一臉橫肉的面頰上，他怒視前方，盯著明軍的營盤。

身後竄上一匹馬，叫道：「慶格爾泰，明軍已發覺，偷襲不成，咱們如今怎麼辦？」

慶格爾泰瞪圓眼睛，發出一聲怒吼：「特木爾，拿出你看家本領，直搗明軍營地。」慶格爾泰心裡窩著火，他已在也先面前立下軍令狀，一定率騎兵先破城。他潛伏在這裡一天了，眼看偷襲要成功，卻偏偏碰到一個跑出來方便的明軍兵卒，攪了他的好事，壞了先機。

慶格爾泰急於在也先面前立功，自從黑鷹幫幫主乞顏烈被炸死，他和特木爾幾經周折才逃出京城，黑鷹幫也散了夥。無處可去，便投奔了也先。也先知道黑鷹幫的厲害，更知道黑鷹幫有四大金剛，便讓他召集剩餘人馬歸到自己治下。

也先待慶格爾泰不薄，封他為開路前鋒大將軍。慶格爾泰也沒有辜負也先的信任，一路拚殺直搗京城。此時此刻，慶格爾泰望著對面山坡上人喊馬嘶，知道對方已經警覺，便不再猶豫，回頭向自己隊伍揮手道：「勇士們，趁明軍準備不足，給我衝進去，殺他個片甲不留。」

慶格爾泰一聲令下，身後傳來一陣陣嘶叫聲，瓦剌人高聲吼叫著策馬向前衝去。

坡上一片火光。

河南兵的喊聲驚醒了所有人。第一個聽到喊聲的是河南兵的同鄉，知道河南兵遇到瓦剌人，便拚命地大喊，幾個大帳裡的將官聽見喊聲便跑出來。

此時，蕭天已穿上盔甲和魏東升站在大帳前，望著面前迅速集結的隊伍。蕭天從兩列手舉火把的兵士面前走到中間，大聲說道：「兄弟們，瓦剌人就在坡下，咱們報仇雪恨的時候到了，跟我衝出去。」眾將士高舉武器大聲喊道：「報仇雪恨！」

蕭天與魏東升倉促議定，蕭天帶隊伍進攻瓦剌人，魏東升在營地駐守。蕭天翻身上馬，他身後是李漠帆、張念祖、盤陽、林棲，蕭天一聲令下，隊伍便向坡下殺去。瓦剌人已衝到坡下，迅速與蕭天他們激戰到一處。片刻工夫，殺聲震天，戰馬嘶鳴，兩軍膠著到一處。坡上，魏東升看得膽戰心驚，他不停地命令兵卒擂響戰鼓為出戰將士助威。

只聽戰鼓齊鳴，響徹雲霄，四處都是鏗鏗鏘鏘的兵器撞擊聲。蕭天扭頭望見一個闊臉壯漢，手持大刀劈人無數，十分勇猛，像是瓦剌的頭目。

蕭天持劍策馬迎上，兩人過招後，蕭天猛然認出此人在馬市見過，該是乞顏烈的手下，便大喝一聲：「你可是黑鷹幫門下？」慶格爾泰不屑地哼了一聲，道：「我乃前鋒大將軍，休要囉唆，拿命來。」

「大哥，把他交給我。」張念祖從一旁斜著竄過來，戰馬插到蕭天馬前，張念祖從廝殺的瓦剌人中一眼認出慶格爾泰，由於他臉上傷疤的緣故，慶格爾泰並沒有馬上認出張念祖。張念祖看見他立刻猜到黑鷹幫的四大金剛有可能盡數投奔也先，這四大金剛可不是浪得虛名，他必須儘快幹掉慶格爾泰，減少傷亡。想到這裡，張念祖揮長劍向慶格爾泰刺去，由於不是自己的寶劍，用著不很順手，但是對付慶格爾泰還是綽綽有餘。兩人糾纏到一處，張念祖越戰越勇……

蕭天看他倆戰到一處，便催馬去支援李漠帆。幾個瓦剌人的彎刀擋到李漠帆劍上，眼看李漠帆支撐不住，蕭天一聲大喝持劍殺過來，連挑了兩名瓦剌人，與李漠帆並肩而戰。

林棲和盤陽分別對付特木爾和查干巴拉，林棲刀法奇快，特木爾使慣了蠻力，漸漸招架不住。查干巴拉武功不在盤陽之下，但怎奈盤陽鬼點子多，又不與他實打實地鬥，一個勁地聲東擊西，氣得查干巴拉哇哇大叫，有力使不出，最後馬腿被盤陽用長鞭纏住，查干巴拉從馬背上摔下來，被後面趕到的明軍砍了頭顱。

一旁的特木爾向慶格爾泰策馬跑來，一邊跑一邊大叫：「慶格爾泰，不對呀，明軍像瘋了似的，個個不要命，這……這仗怎麼打呀，咱們快抵擋不住了。」慶格爾泰此時心裡也發毛，在他印象裡明軍像一盤散沙，根本不堪一擊呀。他萬萬沒想到，這夥明軍這麼厲害。在土木堡一仗中，明軍二十萬精銳被也先不足五萬大軍給滅了，那些明軍就像無頭蒼蠅四處亂跑，毫無章法，兵敗如山倒呀！

那麼此時他們面對的真的是明軍嗎？如何短短月餘的時間，這支畏強凌弱的軍隊便脫胎換骨了，變得這般不屈不撓，如鋼筋鐵骨般傲然挺立！

此時慶格爾泰也開始品嘗到了什麼是兵敗如山倒。他被張念祖死死纏住，根本沒有機會觀望戰場，聽到特木爾的話，他方轉回身，這一望不要緊，心裡已然涼了半截。戰場上瓦剌人死傷過半，雖然明軍的傷亡也不小，這是他萬萬沒想到的。他是也先精銳的先鋒，這些瓦剌人都是草原上的勇士，有著以一當十的本領，竟然被明軍阻擋在坡下，沒有向前挺進一步。

慶格爾泰很清楚，自己帶的這支精銳之師潛入林中多日，被也先寄予厚望，前兩日一些小股兵力左打右打，都是為了掩飾這支隊伍，被也先認為是最有可能率先攻進京城的，而且西直門的布防他也熟悉，只是……沒想到迎接他的卻是這個結果。若是這支隊伍在他手裡被滅了，也先絕饒不了他。現如今攻城已是次要，先保住這支隊伍才是重中之重。想到此，慶格爾泰且戰且退，他回頭大叫特木爾，用蒙古語大喊：「撤，快撤。」

特木爾本來便不願再戰，一聽到慶格爾泰下令撤退，便如同大赦般催馬向戰場上苦苦支撐的瓦剌人大喊：「撤，快撤。」眾多瓦剌人丟盔卸甲跟著特木爾掉頭往回跑。慶格爾泰也瞅準機會，溜之大吉。張念祖縱馬便追，被身後的蕭天喊住。

張念祖策馬回到蕭天身邊：「大哥，不乘勝追擊？」

「一場勝仗，可以忽略不計，還要從長計議。」蕭天說著，臉色憂鬱地看了眼四周，道，「咱們傷亡也不小，你招呼人打掃戰場，給傷患診治。」張念祖點頭，領令策馬而去。

此時，天空一側現出一絲魚肚白，這一夜終於過去了。

午時三刻，坡下前哨探馬突然快馬來報。大帳裡蕭天和魏東升正與眾將站在地形圖前商議下一步布防之事。探馬匆匆走進大帳回稟道：「回稟狐王、魏將軍，瓦剌派來使者，說是有事商談。」

蕭天和魏東升面面相覷，魏東升急忙問道：「來了幾個人？」

「兩個瓦剌人和一個宮裡太監。」探馬說完看著蕭天和魏東升。

「宮裡太監？」魏東升上前一步問道，「你可看清楚了？」

「來人說是太上皇身邊的太監。」探馬說道。

蕭天點點頭，吩咐探馬再探。探馬走後，蕭天看著眾人說道：「兩軍交戰不斷來使，看看他們有何新花樣。既派來使者，他們也不會再戰，也好，讓咱們的將士抓緊時機休養。」蕭天望著魏東升微微一笑道，「看來，他們要拿手中的太上皇做文章了。」

「這……」魏東升問道，「咱們要不要稟明于大人？」

蕭天點點頭，轉身回到案前，在宣紙上匆匆寫了幾行，折好遞給林棲道：「林棲，你騎快馬到德勝門，把此信交與于大人。」林棲點頭，懷揣信件轉身去了。

蕭天和魏東升走出大帳，張念祖從坡下策馬過來，來到他們面前翻身下馬，道：「大哥，我已探明來人是前鋒大將軍慶格爾泰、副將特木爾，還有太上皇跟前的太監陳德全。」

蕭天和魏東升交換了個眼色，蕭天道：「既要跟咱們談，且聽他們如何說，派人在坡下平坦處紮上大帳，咱們先盡地主之誼。」

一個屬下領令下去，不多時，七八個兵卒在坡下平坦的草地上搭了一個大帳。一炷香的工夫，一個副將領著來使走進大帳。

慶格爾泰一臉橫肉滿不在乎地走進大帳，他身後跟著處處小心的特木爾。兩人一個驕橫一個狡猾，直接走進大帳，根本沒有把裡面的人放在眼裡，他倆身後跟著哈著腰一臉惶恐的陳德全。陳德全一看見明軍將領在座，急忙跑上前跪了下去，他衝魏東升叩頭道：「將軍，老奴是陛下跟前太監陳德全啊。」

「陳德全，太上皇他老人家身體可還安康？」魏東升有意提醒他道。

陳德全一聽「太上皇」三字，心裡咯噔一下，他在皇宮浸淫半生，深知皇家宮鬥的波詭雲譎，翻手為雲覆手為雨，「太上皇」一出，大勢便已去，怎麼保住自己的賤命要緊。他跪在地上渾身顫抖地回道：「回將軍，太上皇身體無礙。」

魏東升與蕭天交換了個眼色，兩人都很淡定，默默坐著飲茶，也招呼著來使飲茶。倒是慶格爾泰沉不住氣了，他哪裡知道剛才兩人對話的玄妙，還自以為手裡攥著對方皇上的生殺大權，因此無比狂傲。

昨夜的潰敗讓他在也先面前失了面子，為了給自己的大敗找回顏面，他肆意誇大了明軍的數量，讓也先半信半疑。最後也先的大軍師博納勒出計策，以所抓大明皇上為條件，跟明軍談判。一是爭取時間從關外調兵，二是若能借此要脅明軍開城門迎接他們的皇上，那他們也可借機攻城。

慶格爾泰大剌剌地說道：「你們皇上在我們手裡，我們也先大汗本著睦鄰友好的善意，要你們派出官員，一日後來我方大營談判，商議迎接你們皇上回城事宜。」

魏東升點點頭道：「來使，請轉告也先大汗，我朝新皇已登基，並已昭告天下。貴方既與我朝太上皇於一處，定當以禮相待，不勝感激。來使的提議我方已知曉，定會稟明朝廷，一日後回話。」魏東升的話讓慶格爾泰大吃一驚，他與特木爾交換了個眼色，慶格爾泰臉色一變，比來時收斂了些，起身說道：「話已帶到，告辭。」

「送來使。」魏東升目送三人離開。陳德全不得已跟著慶格爾泰走出去，一邊往大帳外走，一邊回頭不捨地看了一眼。

三人一走出大帳，魏東升便罵道：「這個狗奴才叛賊，怪不得也先對咱們的城門布防瞭若指掌，一定與他脫不了干係，別看他如今可憐樣，以前沒少做壞事，將來誅之。」

「如今還顧不上他，不知林棲見到于大人沒有？」蕭天憂心地說道，「也先太狡猾，他出了這麼一招，咱們如何應對？」

「不能與他們談判。此時戰端已開，應該一鼓作氣把瓦剌人趕出去。」魏東升大聲說道。

「可是太上皇那裡如何辦？他畢竟是咱們的太上皇，國體為大，如果讓天下人知道咱們置太上皇於不顧，豈不是要遭天下人恥笑？」蕭天說道。

「我看應該與他們談判。」突然帳簾一挑，走進一個披著戰袍、個頭瘦小的人，雖然身形瘦小，但話音擲地有聲，「至於怎麼談，咱們說了算，不能讓也先牽著鼻子走。」

「于大人。」

「尚書大人。」

眾人驚訝於于謙竟然出現在大帳中，于謙精神抖擻地說道：「我從送信的兄弟口中，已經知道了昨夜的戰鬥，沒想到你們抵擋住了也先的精銳，真是好樣的。你們這裡的戰況我已命人通報各個城門，真是鼓舞士氣啊。把他們打痛了，他們要與我們談，其實是拿太上皇做要脅，不去理他，便會落入圈套，咱們去談。」

「可是……」蕭天上前一步問道，「難道于大人真要去面見也先和太上皇？」

「不。」于謙堅定地搖了下頭，望著蕭天道，「既想不落人口實，落個置太上皇不顧的惡名，又不想讓會談掣肘大局，就要選個合適的談判人選。蕭兄，你可有推薦的人選？」

蕭天愣住，在腦海裡過了幾圈，也想不起哪位大臣可以勝任這次刀尖上的出使。蕭天看于謙自信滿滿的樣子，突然問道：「難道大人已有了人選？」

「可還記得詔獄裡牢頭王鐵君？」于謙提醒他道。

于謙此話一出，當場把幾個人引得哈哈大笑。魏東升是認得王鐵君的，他那相貌在京城也只能待在詔獄裡比較安全，大白天出門都能嚇著孩子。張念祖更是抿嘴忍不住直樂，倒是李漠帆快言快語：「于大人，你讓一個牢頭去談判，那邊有陳公公在，他的身分立馬便暴露了，就他那樣，定把也先惹毛，準談崩。」

「誰說我要談成了？」于謙大笑道。

「妙呀！」蕭天直到此時才猜出于謙的謀算，不由拍手稱絕，「這樣甚好，既不落罔顧太上皇的話柄，又給了也先結結實實一個嘴巴，最好惹毛了也先，決一死戰，只有這樣咱們才能徹底趕跑瓦剌人。」蕭天說完略一沉思，擔憂地問道，「這個牢頭……能擔此大任嗎？」

「能。」于謙微微一笑，「各位，別忘了我曾在詔獄待過數月，與王牢頭也甚熟。此人面目醜陋，正好可以滅一滅也先的氣焰。王牢頭數年浸淫詔獄，能在那種地方活得氣定神閒，其心性可謂強大，出使敵陣，面遇強敵，考驗的便是心智。」

「于大人英明啊！」眾人一陣欣喜。

于謙不動聲色地伏案疾書，不多時寫下一封書信，交給自己隨從，說道：「拿著我的兵符，進城去見刑部陳暢，要他速把王鐵君帶到大營，還有讓王鐵君帶兩個獄卒，立即晉升他為刑部司務。」

隨從接住信件，拿著兵符，轉身走出大帳。

三

當日傍晚時分，王鐵君慌裡慌張從詔獄大牢裡跑出來，正不明就裡，只見刑部侍郎陳暢已站在院中等他。

陳暢一見王鐵君，立刻明白于大人為何選中他。只見此人一張倭瓜臉黑裡發青，一雙暴突大眼，眼白多於眼珠，給人的第一印象是從陰曹地府跑出來的判官，相貌如此驚人。陳暢很是滿意，作為一名使者足以彰顯我大明的威儀了。

陳暢上下看著王鐵君沉默不語，王鐵君被陳暢看得心裡發慌，不由問道：「陳大人，你找我所為何事？」

「王鐵君，此時瓦剌圍城，作為大明子民你要如何做？」

「那還有啥說的，若需要便上陣殺敵，我王鐵君好歹也是一條漢子，絕不含糊。」王鐵君拍著胸脯說道。

「好，有你這句話便行了。」陳暢上前一步說道，「于大人對你有重任，你小子官運來了，我接到大人口信，要晉升你為刑部司務，還不謝恩。」

王鐵君當然知道陳暢所說的于大人，便是曾經關押在他牢中的于謙。只聽陳暢接著說道：「于大人要你帶兩個獄卒，代表咱們朝廷去與也先談判，也就是說見個面，至於談什麼，你見了于大人再說。」

王鐵君一聽此言，腦子裡嗡一聲，雙腿一抖，幾乎站立不住，他顫顫巍巍地問道：「陳大人，玩笑不得呀，我如何能代表朝廷呀？我官位太小，還是換官居要位的大臣吧。」

「你怎麼如此頑固不化？」陳暢壓低聲音說道，「各位大臣都在城門駐守，以命相搏，說是派你去談判，實則是陪他們耍一耍。」

「噢，老夫明白了。」直到此時，王鐵君心裡已然明瞭，這幾日四處都傳來與瓦剌作戰的消息，他雖在獄中但是各方消息也都清楚，比起在城門駐守的兵卒，他冒充個使者去談判也沒有什麼大不了的。他也深知覆巢之下安有完卵，想到自己窮困潦倒的一生，老了竟會有如此奇遇，竟然晉升了官職，孩兒得知還不知有多欣慰呢，想到此便喜上心頭，即便是死了，也會讓子孫銘記。「好，陳大人，我去。」

「王司務，你是好樣的，帶上兩個手下，咱們這便上路。」陳暢又囑咐了幾句。

王鐵君一邊往回走，一邊想他手下的幾個獄卒，既要去談判便要尋能說會道的。這一趟風險極大，搞不好命便搭那兒了，咱不能做斷子絕孫的事。想了半天選出「耳朵」和「油條」。「耳朵」是孤兒，連自己的姓氏都不知道！「油條」排行老么，上頭有三個哥哥。這兩人合適。

一會兒工夫，王鐵君帶著「耳朵」和「油條」走進大堂見陳暢。陳暢一看這兩個獄卒，一個瘦小似猴子，機靈活潑！一個又高又壯憨頭憨腦，走到哪裡都似根柱子杵著。心裡尋思這三人組成的使者團也真是讓自己開了眼了。不過他很滿意，命手下奉上出使的新衣冠，並幫他們換上。這可把「耳朵」和「油條」樂壞了。「耳朵」一個勁地誇讚：「『油條』，看見了嗎，跟著咱大哥沒錯，這下，咱兄弟可露臉了，當使者了。」

「我說『耳朵』、『油條』，你們都給我精神著點，不能丟大明朝的人，咱們天朝上國，禮儀之邦，見著瓦剌人都要橫著點。」王鐵君說道。

一聽此言，「耳朵」和「油條」面面相覷，大眼瞪小眼。

「我的娘呀，你說咱們去見誰？」「耳朵」顫著聲音問道。

「瓦剌人！」王鐵君大聲說道，「怎麼，怕了？怕了你們趕緊給我滾回去，我再選人。」

「你滾犢子吧，我不怕。」「油條」挺了挺胸，憨聲道，「我堂兄在土木堡死了，我正要給我堂兄報仇呢。我去，見那幫龜孫瓦剌人，給我把刀，我殺一個夠本，殺兩個賺一個。」

「閉嘴，誰讓你去殺瓦剌人？咱們代表朝廷去與他們談判，你不看看朝中大臣都去守城門了，就咱們閒著，還不該為朝廷做點事嗎？想想你們這些年吃著朝廷俸祿，如今是咱們為朝廷出力的時候了，小子們記住，沒有朝廷哪有咱們。」

「耳朵」和「油條」點點頭，連一旁的陳暢聽著這些質樸的話，也不由對他們肅然起敬。

四

翌日未時，瓦剌大營前突然出現一隊明軍，打頭的馬上之人舉著一面使者的旗幟。在大營前值崗的瓦剌哨兵立刻跑回也先大帳回稟，不多時，慶格爾泰率領幾個隨從從裡面走出來，他看著對面一隊明軍，大喊道：「出使官覲見，其餘不得入營。」

王鐵君翻身下馬，望著對面密布的營帳，四周坡上吃草的馬群、操練的瓦剌兵，額頭冒出大顆的汗珠，他回頭看了眼「耳朵」和「油條」，兩人縮在他身後，像霜打的茄子般萎靡不振。

蕭天也從馬上下來，走到王鐵君面前道：「王兄，你只管大膽去見也先，我們在這裡候著你。有道是兩國開戰不斬來使，他也先若是敢妄為，豈不讓天下人恥笑？」

蕭天的話無疑讓王鐵君有了主心骨，他整了整衣冠，回頭嚴厲地看了「耳朵」和「油條」一眼，大聲道：「小子們，都給我打起精神，像你們以往一樣，怎麼橫怎麼來。」

「我以前怎麼橫來著？」「耳朵」心慌意亂地望了眼「油條」，眼見「油條」挺直胸膛，高仰著頭顱，臉上的橫肉似乎都僵了。「耳朵」學著「油條」的樣也仰起頭。王鐵君看著這倆貨，恨不得一人踹上一腳，雖然看上去不入眼，但是想到要見的是也先又不是皇上，勉強湊合吧。

王鐵君領著「耳朵」和「油條」雄赳赳開赴也先大營。

慶格爾泰目視著對面走過來三個人，看著他們身上光鮮的朝服，知道他三人便是來使了。只是這三位來使著實唬了他們，他身後的瓦剌小夥發出一聲驚叫：「來頭大呀，是多大個官呀？」另一個瓦剌人叫道：

「頭一個長得太嚇人了，肯定是大官，沒準他就是于謙。」

慶格爾泰看見三位走過來，畢恭畢敬地行了一禮。王鐵君鐵青著臉，不以為意地往裡面走去。慶格爾泰心想好大的架子，心裡便暗暗藏了一股氣。王鐵君根本沒留意慶格爾泰，他是在盡全力控制自己顫抖的不聽使喚的雙腿。他身後「耳朵」和「油條」像木偶般直挺挺地走過去。

也先的大帳在營地的中間，是一個蒙古包式的大帳。大帳四周布滿身背弓箭腰佩大刀的瓦剌勇士，這些勇士異常剽悍和凶狠，一個個虎視眈眈地盯著他們三人。一個瓦剌人看見三人走來，急忙跑進大帳回稟。不多時那個瓦剌人叫住慶格爾泰，兩人嘰哩咕嚕說了幾句蒙古語。

慶格爾泰走到王鐵君面前道：「使者大人，我們也先大汗有請。」

王鐵君點點頭，到了此地，也不容他再多思，總之深入虎穴，便看他自己的運氣了，活了這般年紀也了無牽掛，一切隨遇而安。他大大剌剌向大帳走去，他身後的耳朵和油條也跟著走進去。

大帳正中坐著一個矮胖面黑的瓦剌人，王鐵君心想這便是也先了，兩旁是他的官居要職的瓦剌族人。王鐵君走到大帳中間躬身一揖道：「大明使官王鐵君，覲見也先大汗。」

也先瞇眼望著王鐵君，對於大明朝臣他也略知一些，這個王鐵君是何許人也？他如何從未聽聞過？他又轉眼望了眼使官身後兩人，氣得差點吐出來。這兩人賊眉鼠眼，一眼便可看出根本不是官宦出身，他雖沒在大明待過，但是也深知大明朝臣選拔的難度，先不說十年寒窗考取功名，只憑他舉手投足便可看出出身的高下。莫不是不把我也先放眼裡，否則也不會令三個不三不四的人來與我談判。想到此，也先黑下臉，向慶格爾泰叫道：「去把陳德全叫過來。」

不多時，陳德全哈著腰一路小跑走進大帳。

也先黑著臉，指著三人問道：「陳德全，你若要活命，不得有任何隱瞞。你可識得他們？」

陳德全這才看清大帳中站著三個身著朝服的使者，他走到他們面前一看，立刻面色如土，渾身發抖，「撲通」一聲跪倒在地，結結巴巴地說道：「回，回大汗，識得，是我朝之人。」

「什麼官職？說！」

「是……是……牢頭。」

「什麼？」

「牢頭。」

慶格爾泰一把抓住陳德全的衣襟，叫道：「牢頭是狗屁官職，根本就是不把我瓦剌大汗放在眼裡。」慶格爾泰推開陳德全對也先說道：「也先大汗，大明欺人太甚，派出個牢頭來與咱們談判，是成心小看咱們，不如我把他們三人推出去砍了，給他們點顏色看看。」

也先氣得一拍大案，便要喊人。一旁的軍師博納勒站起身道：「也先大汗，休要氣壞身子，不可上了那于謙的當。這擺明瞭就是要噁心你，讓你氣得失了分寸，若是殺了來使，便中了于謙的計了。」他站起身，瘦窄的面頰上一雙黑亮的小眼睛骨碌碌轉了幾圈，走到也先面前道，「看來他們是不想接他們的皇上人質了。」

「你沒聽到他們已經另立皇上了。」也先陰沉著臉，道，「咱們手上的那位變成太上皇了，估計還巴不得咱們殺了這個人質呢。」

博納勒回過頭，望著王鐵君嘿嘿一笑，問道：「來使，請問你的官職？」

「我乃刑部司務是也。」王鐵君大聲說道。

「你身後兩人呢？」博納勒接著問道。

「我的隨從。」王鐵君答道。

「既然兩國開戰不斬來使，你三人的小命你們暫且收著，」博納勒陰森森地接著說道，「也先大汗再給你們一次機會，你回去傳話，我們只與于謙談，除此人之外，來一個斬一個，到時休要怪我們沒有事先告誡。」

「軍師，為何放了這三人？」慶格爾泰怒氣衝天地問道。

「放他們自然有用處。」博納勒不屑地說道，「殺他們如同踩死一隻螞蟻，讓他們給咱們傳話給于謙。」

「來使，你可記下了。」博納勒陰沉著嗓音問道。

王鐵君急忙點頭應下，心裡一陣狂跳，這次是來鬼門關溜了一圈，還能留著一條命往回走，真是幸運。

博納勒一個眼神，幾個瓦剌勇士衝過來，迅速綁了三人便往外走。

六個瓦剌勇士，兩人抬一個，把三人狠狠撂到大營之外。蕭天遠遠看見，立刻命手下催馬趕到，幾個人手忙腳亂解開繩索，把三人扶到馬上，一眾人馬匆匆離開。蕭天帶著三人一路疾馳，很快回到營地。于謙聽完王鐵君的敘述後，大讚了三人一番，命人拿權杖護送三人回城。三人經歷一場生死劫難，彷彿變了個人，王鐵君要求留下守城，耳朵和油條也紛紛點頭。魏東升一看，拉著他們便去了營地。

他們走後，于謙在大帳中來回踱步，沉默不語。

蕭天問道：「大人，也先提出只與你談，咱們此次是談還是不談？」

「也先見過咱們派去的使者，便已經心知肚明，他知道咱們不會與他談。說要見我，也是虛晃一槍，明知道我不會見他。」于謙眼睛看著地圖，眼裡漸露寒意，「他的僥倖心理一旦打掉，便是要決一死戰的時刻了。我估計，也先要發起攻擊了，而且會很快。」于謙目視著蕭天道，「你這裡一定要做個完備的準備，也先很狡猾，往往出其不意，不要以為他們在這裡吃過敗仗，便不會再來攻擊。」

蕭天點點頭：「大人提醒得極是。」

于謙說完，便吩咐手下準備回德勝門，他一邊往外走，一邊叫來隨從道：「吩咐下去，給其餘幾個城門將軍傳話，要時刻提防也先攻城。」

蕭天和張念祖護送于謙一行到三四里之外，幾人才告辭。

蕭天回到營地，便與張念祖馬不停蹄地四處查看布防，查看兵營裡傷病兵卒的情況。直忙到酉時，眼見夕陽西下，遠處的天空一片霞光。

「大哥，也先今日難道還會休戰？」張念祖的話音未落，從坡上傳來喊聲，兩匹快馬向他們的方向奔來。

蕭天抬頭觀看，認出是魏東升和一個探馬的身影。蕭天暗吃一驚，說道：「不好，看來有情況。」

轉眼間，魏東升帶著探馬奔到面前，探馬翻身下馬回稟道：「狐王，前方有報，也先大軍直奔安定門而去。」

「安定門？為何又是安定門？」蕭天擰眉自語，片刻後蕭天問道，「也先有多少兵力？」

「回王爺，不詳。」

蕭天看著探馬：「接著再探。」探馬點頭稱是，轉身翻身上馬，策馬離去。

「回大帳。」蕭天轉身回到自己馬前，三匹馬飛快地奔向坡上。

聞訊而來的眾位守將紛紛走進大帳。蕭天和魏東升站在地形圖前，看著安定門那片區域，半天都沉默不語。

「看著也先東一榔頭西一棒槌，似乎不著邊際，難道他最終還是選擇在安定門突破？」蕭天自言自語道。

「上一次攻城，劉善強勝得並不輕鬆。」一旁的張念祖說道，「上次只是也先派出的一小股兵力，若此次是大軍壓境，我看安定門會很懸。」

「是呀，念祖說得不錯。」蕭天憂心地看著眾人，「那邊一旦抵擋不住，咱們這裡是離他們最近的駐軍，不能袖手旁觀，必須去支援他們。」

守將中有人提出異議：「狐王，尚書大人把城門分派給各個將軍，咱們只管死守咱們的城門，若是分出兵力去支援，保不齊也先又向咱們城門殺來，到時豈不是自身難保？」

「你說得也有道理。」蕭天道，「尚書大人之所以下死令，實則是鼓舞士氣，無退路可尋，便只能迎面抗爭。咱們的敵人只有一個那便是瓦剌人，而所有城門的守軍都該團結一致，不分你我，在其他城門受困時去支援，反過來咱們被困，他們也會來支援。」

聽到此話，那個守將慚愧地低下頭。

突然，大帳外一片喧嘩，一陣腳步聲後，李漠帆跑進大帳，直接來到蕭天面前大聲說道：「狐王，不好了，安定門來求援了。」

「啊……」大帳內一片唏噓，剛才還說到安定門有些懸，如此快便來求援了。

「快，讓來人進來。」蕭天大聲道。

不多時，從帳外一瘸一拐走過來一個渾身血跡斑斑的漢子，來人並沒有穿盔甲兵卒衣裳，像是助守的平民。來人走向蕭天，蕭天這才認出這不是胡老大嗎？

胡老大走到蕭天面前，撲通跪倒在地，沙啞的聲音喊道：「狐王、魏將軍，我奉劉將軍之令，前來向你們求援，安定門一場廝殺，也先是上萬的鐵騎橫衝直撞，咱們傷亡慘重。劉將軍派我來求援後，我沒走幾步，便看到他被瓦剌大將砍掉頭顱……」

胡老大哽咽著接著說道，「安定門此時已無將軍坐鎮，全死了。最可氣的是，柳堂主這個天殺的，他一看也先鐵騎黑壓壓撲過來，帶著幾十個人跑了。我胡老大真是瞎了眼，跟著這個混蛋，我連殺他的心都有呀，我恨不得一刀劈了他，死了那多將士，血都把地染紅了。」

不等胡老大說完，大帳裡眾位守將群情激奮，看來安定門確實危在旦夕，大家不由高喊：「狐王、將軍，出兵吧。」

蕭天聽完胡老大的講述，立刻與魏東升商議，片刻後兩人商議好，由蕭天帶領三分之一的兵力支援安定門，魏東升留下駐守。

蕭天走到張念祖面前，低聲道：「念祖，你留下協助魏將軍，我帶漠帆、林棲、盤陽去安定門。」

「大哥，我必須留在你身邊，我答應過嫂夫人一定跟在你身邊的。」張念祖急得直叫。

「你留在這裡我才能放心。」蕭天低聲道，「西直門不能有事，你在魏東升心裡也會踏實。」

蕭天以不容置疑的目光止住了張念祖，轉身對身後跟過來的眾將下令道：「速速集結隊伍，向安定門開拔。」

胡老大聽到此話，激動得眼淚直流。蕭天吩咐李漠帆安排胡老大到營地休息，胡老大直搖頭，不停地哀求道：「我要回到戰場，那邊還有我的兄弟在拚殺。」

「柳眉之跑了，你們為何不跟他一起跑？」蕭天問道。

「那個天殺的混蛋。」胡老大向地上啐了一口，「我們兄弟不為別的，只想守住城門，不讓瓦剌人進城，為了俺們的父母妻兒，為他們也要守住這個城門。」

「說得好。」蕭天大聲說道，「弟兄們，咱們也不為別的，只為了咱們的父母妻兒，守住安定門。聽我口令，大軍出發。」

此時，安定門前一片慘烈的景象。

瓦剌人一次次向前邁進，離安定門的城樓只剩下一箭之地。從城樓上便可看見一里之外，血流成河，明軍將士的屍骨隨處可見。不時有重傷的明軍呻吟著垂死掙扎。騎著鐵騎的瓦剌人嘶叫著，橫衝直撞，向最後擋在城門前的明軍發起一次次攻擊。

明軍一個個丟盔卸甲，渾身染滿血跡，做著最後的拚殺。瓦剌前鋒慶格爾泰瘋狂地大笑，眼看攻到城下，這座恢宏的皇城唾手可得了。他發出一聲嘶鳴，高聲叫囂著：「勇士們，大明的皇城就在眼前，給我衝進去。」

突然，從側面像是刮過來一陣狂風，數匹快馬風馳電掣般衝到眼前，只見一名身披盔甲的明軍大將，大喊一聲：「瓦剌狂賊，休要再囂張，我大明援軍已到。」蕭天說完，持劍向慶格爾泰刺去，慶格爾泰虛晃一刀躲開，這才在恍惚中看見一隊人馬潮水般湧過來，與堅守的明軍合為一處。慶格爾泰不由咬牙切齒地暗罵自己，太蠢，晚了一步，要不然已攻進城裡。

最後駐守的明軍看見援軍，一個個激動得眼淚直流。

增援的將士很快便與瓦剌人激戰到一處。蕭天一邊催馬緊緊咬住慶格爾泰，一邊大聲喊林棲：「林棲，單挑瓦剌頭目，群龍無首才好殲滅。」林棲得令，嘴裡發出一聲激越的鳥鳴聲，像是盤旋在高空中的一隻蒼鷹飛身而下。聽到這熟悉的鳥鳴聲，蕭天知道他的這隻蒼鷹要抓小獸了……

這邊，李漠帆鉚足了勁掄起大刀向迎面而來的瓦剌人砍去，瓦剌人掉轉馬頭轉身向李漠帆扔過來幾把飛刀，李漠帆左躲右閃，其中一把刺進肩胛骨，李漠帆忍著痛，縱馬向瓦剌人衝去，一刀砍到對方頭頂，對方翻了個白眼摔到馬下。從斜刺裡竄出一匹馬，大叫：「特木爾——」此時特木爾再也聽不到聲音，另一名瓦剌人向李漠帆揮彎刀襲來。

「盤陽，李漠帆受傷了，快去。」一旁蕭天用餘光看到李漠帆身處險境，大喊盤陽去支援。

盤陽從幾個瓦剌人中殺出來，跑去找李漠帆，李漠帆已體力不支摔到馬下。李漠帆想爬起來，一伸手上面全是血，他痴傻地盯著雙手上的血，不知是自己的血還是身下死去的明軍兵卒的血。正在發愣，突然手臂被一隻血淋淋的手抓住了，李漠帆嚇了一跳，低頭一看，身下一個被砍掉一隻手臂，胸口還插了把彎刀的明軍兵卒，瞪著雙眼，張著大嘴看著他。

「李掌櫃，李掌櫃，」那個兵卒虛弱地喚著他，「你不識得我啦，我曾投宿上仙閣，我是趕考舉子。」

「張浩文。」李漠帆伸手擦去他臉上的血，這才認出來，是去年擔著一扁擔菜刀趕考的舉子，他盯著張浩文胸口上那把被血染紅的彎刀，拔也不是，不拔心裡又堵得慌，急得大叫：「張浩文，你挺住，我背你回大營，我會救你的。」

「李掌櫃，我想問你個事，我沒有考取功名，我若是死在戰場上不會辱沒先人吧？」張浩文抓住李漠帆的手不放。

「張浩文，你是好樣的，你給你先人爭臉了，你挺住啊……」李漠帆喊著，用盡全力背起張浩文，他剛站起身，從一側衝過來一匹烈馬，彎刀刺進張浩文後背，血噴濺而出，流了李漢帆一臉，李漢帆破口大罵：「我日你祖先。」

盤陽聽聲音才發現血人般的李漢帆，縱馬衝過來，一刀挑了面前的瓦剌人，喊著：「老李，你若是死了翠微姑姑豈不要守寡？老李呀。」

「哭喪呢，我還沒死呢。」李漢帆一身是血背著張浩文的屍身大叫。盤陽這才發現李漢帆還有口氣，哭喪著臉道：「老李，你嚇死我了。」李漢帆憨憨地一笑道：「盤陽，你還掛念我呀，難得啊。」

「按輩分我得喊你一聲姑父呀。」盤陽翻身下馬，扛起張浩文的屍身放到馬背上，他盯著李漢帆肩胛上的傷，二話不說架起李漢帆上了馬。

此時，明軍越戰越勇，四周殺聲震天。由於來了援軍，安定門城樓上的守城兵士也是歡欣鼓舞，興奮地擂起戰鼓助陣。在這種強大士氣的壓迫下，瓦剌一改剛才的勇猛、囂張，開始且戰且退。

轉眼間，剛才還勝利在望，離城門只剩一箭之地，此時卻被這隊人馬殺得人仰馬翻，步步後退，已經退到營地邊緣。慶格爾泰氣得哇哇大叫，他看這股明軍氣焰太盛，不得已下令往回撤。被殺得丟盔卸甲的瓦剌人，立刻灰頭土臉地往回逃。這一仗，瓦剌也死了不少人，丟下無數具屍首敗下陣。

蕭天命人匆匆打掃戰場，把明軍傷患和屍首拉回營地。他又查看了李漢帆的傷勢，給他敷了止血膏。一清點才發現自己的隊伍也傷亡不少，立刻下令人馬就地休養。

慶格爾泰當然不甘心，他怒氣沖沖回到營地，前後一查看，發現他帶來的三大金剛竟然只剩下他一人了，不由黯然神傷。坐在大帳裡督戰的博納勒黑著臉，看著慶格爾泰說道：「是時候用到我給你備下的人肉盾牌了。」慶格爾泰瞪著博納勒：「什麼人肉盾牌？」

博納勒嘿嘿一笑，道：「來的路上，我命人到附近村裡抓來了三十幾個漢人，把他們綁到前面，這夥明軍再勇猛，總不至於拿自己人開刀，在漢人背後藏弓箭手，一陣箭雨過去，自然給你們開出一條進攻之路。」

「軍師，妙呀。」慶格爾泰雙眸閃著光，一掃剛才的頹勢。

「更妙的是，箭頭都是浸過毒的。」博納勒眼裡冒出凶光，盯著慶格爾泰壓低聲音道，「慶格爾泰，也先大汗是下了死令，今日必須攻下，我是看在咱們出自一個部族，已經盡心幫你了，若這次還不成功，休怪也先大漢責罰了。」

「是。」慶格爾泰咬牙點點頭。

博納勒向帳外喊了一聲：「來人。」話音一落，從外面走進一個博納勒的親信，躬身道：「大人，有何吩咐？」博納勒從懷裡掏出兵符，交給親信道：「你騎快馬速回大營見也先大汗，把兵符交給大汗，大汗見兵符自然明白。」親信拿過兵符轉身跑出去。

「軍師，這是……」慶格爾泰疑惑地看著博納勒。

「唉，當然是給你要援軍。」博納勒皺起眉頭道，「這也是最後一搏了。援軍一到，立刻發起進攻，不可讓明軍有喘息的機會，不然，他們也去搬援軍，便麻煩了。」

「他娘的，沒想到這明軍如此頑強。」慶格爾泰咬著牙罵道。

「但願這次能撕開一個口子，衝進城裡。」博納勒憂心忡忡地說道。

天色漸漸轉陰，不多時烏雲便悄無聲息地飄到頭頂，空氣中氤氳著潮溼的水汽，漸漸地天空中飄浮著似霧似雲的雨絲。雨絲灑在剛才的戰場上，空氣中的血腥被細雨沖掉，地上的血跡慢慢流成小河，血色的小河肆無忌憚地向四面流淌。

城門前一片繁忙，兵卒接到指令正有序移動，前面留下最精銳的隊伍，手拿盾牌站成一列，密切注視著瓦刺人的動向。一些兵卒往後面運送傷患。在城門前一片空地上，排滿一個個從前方撿回來的屍身，全乎的不多，好心的兵卒想給他們留個全屍，無奈缺胳膊少腿的太多，也有不是一家給硬擺到一處的。兵卒們拉著這些屍身，眼裡的淚早乾了，其中有同鄉好友，他們唯一能做的，便是和著雨水，把他們臉上的血跡擦掉，把他們的殘肢放到一處。

蕭天注視著這一切，心情異常沉重，在那一片死屍裡他發現了劉善強和他三個副將的屍身，他們幾乎被瓦刺人全殲，戰鬥的慘烈超乎想像，前面將要面對的是什麼，誰的心裡也沒數。如今他們只有在城門前死守，除此別無他法。至於也先下一步會攻擊哪個城門，只有老天爺知道。

突然，前面傳來急促的馬蹄聲，探馬從前方疾馳而來，高喊：「報——瓦刺大軍向我方而來。」

蕭天迅速向前面跑去，探馬到面前幾乎滾下馬背，大聲喊道：「回稟王爺，不好了，瓦刺似乎搬來了援軍，聲勢浩大。而且，前面看上去像是押著當地百姓。」

「什麼？你可看清楚了？」蕭天問道。

「看裝束是咱們漢人的打扮。」探馬說道。

「再探。」蕭天打發走探馬，聞訊而來的守將聚攏過來，一個個臉色嚴峻地盯著蕭天。

蕭天目視前方，由於天空飄著雨絲，前方並未看到鐵騎的塵煙，真是天不作美，要在雨中打一次硬仗了。對於目前的局勢，蕭天憂心深重。他並不是怕死，若是能以死擋住瓦刺的鐵騎也行，問題是他不能。以他目前的兵力，很難擋住瓦刺這次進攻，一旦城門失守，他將成為千古罪人。

蕭天沉吟片刻，看著四周的稀稀落落的幾個守將，開始部署。他第一個叫到盤陽：「盤陽，你騎快馬繞過戰場，去德勝門面見于大人，務必稟明利害，搬來援軍。你快走吧。」

盤陽點點頭，走到林棲面前，目光停留了片刻，低聲道：「林棲，狐王交給你了。」林棲面無表情地點點頭，催他快走。

蕭天看著面前諸將，說道：「諸位將官，此次瓦剌人喪盡天良把我朝百姓放到陣前，咱們不到萬不得已不要傷到他們，能救下他們最好。各位回到自己隊伍裡，按照我排列的順序列隊，準備迎敵。」

各位將官匆匆向自己隊伍跑去。接著，各支隊伍有序地開始移動，不多時便擺好迎敵的佇列。

蕭天翻身上馬，與林棲等幾個將官前往陣前。

此時，前方地平線上突現烏泱泱一片人馬。漸漸離近後，方發現前面綁著眾多百姓，他們被綁在一起，如同人肉盾牌擋在瓦剌人前面。明軍營盤響起一陣憤怒的聲討聲，看著己方百姓讓瓦剌人當牲畜般糟踐，個個義憤填膺。

「王爺，咱們先救百姓吧。」一個副將對蕭天說道。

蕭天盯著那片人群，裡面竟然還夾雜著婦孺，不由氣得額頭青筋直跳，他向眾人揮了下手，道：「等等，看他們要幹什麼。」

兩軍陣前，一個瓦剌勇士催馬到陣前叫囂著：「你們聽著，要想救他們的命，就讓出道路，不然，就給他們收屍吧，哈哈。」

瓦剌人話音一落，百姓們哭號聲便傳來，慘不忍睹。

「聽著，先把百姓救下，不然要動軍心。」蕭天說著，點了幾個得力的將官，道，「你們跟著我，要速戰速決。」

李漠帆從後面策馬過來，大喊：「為何不叫上我？」

「老李，你暫且歇息。」林棲大聲說道。

但是，李漠帆說啥也不回去，執意跟著蕭天出擊。蕭天看李漠帆態度堅決，他身上的傷看上去也無大礙，便點頭同意了。

蕭天一聲令下，幾十匹戰馬向瓦剌押解的百姓人堆前衝來。

就在快要接近人堆時，從百姓堆裡突然站立起十幾個穿著漢人衣裳的大漢，手執弓箭向他們射箭。一陣箭雨夾著風聲飛來，蕭天等諸將毫無防備，紛紛中箭。前面的人接二連三地落到馬下。

從百姓堆裡，一個老漢站起身嘶啞著嗓音大喊：「大將軍，他們是冒充百姓的瓦剌人，不要管我們，不要管我們。」

倒到地上的一名副將大喊：「箭上有毒。」

「撤。」蕭天肩部中了一箭，他「撤」字還未落下，對方陣營裡慶格爾泰便高舉長刀大喊：「射箭。」

林棲催馬擋到蕭天前面，他回頭急得大叫：「主人，你中箭了？」蕭天盯著那些射箭的瓦剌人，對林棲道：「必須幹掉這些人，他們在箭頭塗了毒。」蕭天說著，面色已然發白。這時，又一陣箭雨向他們飛來，林棲怒吼了一聲，擋在蕭天面前，長劍似游龍上下翻飛，把來箭擋去一半，但還是有兩支箭射進林棲的手臂和肩膀。

林棲口中發出一聲長鳴，身體伏到馬背上，猛抖韁繩向弓箭手衝去。蕭天在他背後喊了一聲：「林棲，回來。」但是林棲根本沒有理會，他飛馬到弓箭手跟前，揮劍向他們一個個砍去。更密集的箭集中到他面前飛過來，林棲一個大鵬展翅從空中飛身而下，一柄長劍風卷落葉般橫掃而來，劍到之處，寒光一片，血滴四濺。

幾個弓箭手有的身首異處，有的倉皇而逃。

百姓堆裡的老漢掙脫了繩索，一邊幫其他人解繩索，一邊大喊：「鄉鄰們，咱們跟這群畜生拚了。」老漢撿起死去瓦剌人的彎刀，向仍在射箭的瓦剌人砍去，更多的百姓加入進去，弓箭手紛紛扔下弓箭，抽出彎刀向百姓砍去，更多的人來不及抽刀，與撲上來的百姓肉搏。

此時蕭天策馬趕到，他看到倒在幾個瓦剌弓箭手身上的林棲，只見他直挺挺地橫在那裡，身上像刺蝟一樣密密麻麻插滿箭羽，蕭天一句：「兄弟……」沒有喊出聲，只覺得萬箭穿心般疼痛。

蕭天身後的李漠帆大喊一聲：「林棲啊……」開始放聲痛哭。蕭天掉轉馬頭，叫住李漠帆：「老李，你把林棲背回去。」蕭天對身後的諸將大喊：「將士們，殺敵的時候到了，為咱們死去的兄弟報仇。」

蕭天猛抖韁繩，一馬當先向瓦剌衝去。

蕭天雙眸噴著仇恨，緊咬牙關，眼裡的淚和著臉上的雨水，流下面頰。他腦海中林棲又一次歡蹦著向他跑來。那一刻林棲用身體為他擋住了敵人的箭。林棲就像他的影子跟了他這麼多年，如今直挺挺倒在冰涼的戰場上。

蕭天仰天大喝一聲：「林棲，我給你報仇。」

蕭天從瓦剌人的隊伍裡，一眼看見慶格爾泰策馬過來，自蕭天知道慶格爾泰是瓦剌前鋒大將軍後，便一直想找機會幹掉他，兩次交手都讓他跑了，如今在戰場上又一次看見他，豈會再讓他溜走。蕭天猛抖韁繩向慶格爾泰衝去。

慶格爾泰一臉暴躁，他萬萬沒想到，軍師博納勒的妙計沒多久便被破掉，那些弓箭手死的死，傷的傷。不由怒氣沖沖催馬到前面，扯開嗓門給瓦剌勇士鼓勁：「勇士們衝呀，誰先攻進城裡，就地榮升大將軍。」

慶格爾泰剛喊完話，便看見一匹戰馬衝過來，蕭天大喊一聲：「看劍！」兩人再次打到一處，慶格爾泰看見是老對頭不由氣急敗壞，使出全力與之拚殺，幾招之後，他驚奇地發現對方與前幾次相比氣力明顯不足，暗暗僥倖，這時他突然發現蕭天左肩黑乎乎一片，不由哈哈大笑：「原來是中了毒箭，快拿命來吧。」蕭天漸漸有些支撐不住，他面色煞白，舉劍的手臂也開始搖晃起來。慶格爾泰看到此，不由加緊攻勢，一刀快似一刀，蕭天抵擋不住，漸漸落入下風。慶格爾泰知道對手是明軍頭目，便有心要活捉了他，開始步步緊逼。就在這危急關頭，突然從側面衝出一匹馬，馬上之人持劍直刺慶格爾泰，慶格爾泰躲閃不及被刺進腹部，他條件反射般揮刀斜刺進對方身上。片刻後，兩個人同時落下馬。

蕭天拉住韁繩，穩住心神低頭一看，竟然是李漠帆，肚子上插著一把彎刀。蕭天滾下馬，爬到李漠帆身邊，抱住李漠帆：「老李，老李！」

「幫主，幫主，」李漠帆咧開嘴笑了一下，「下輩子，我還跟你做兄弟。」蕭天不停地點頭，慌忙伸出手去堵李漠帆肚子上的血窟窿，但是血汩汩地往外流，怎麼也堵不住。

前面突然坐起一個人，慶格爾泰翻身向蕭天撲過來。蕭天仰頭長嘯了一聲，推開李漠帆的屍身，向慶格爾泰撲了過去，他滿是鮮血的雙手死死掐住慶格爾泰，撲過去狠狠咬住慶格爾泰的鼻子。蕭天感到身下一陣陣顫抖，片刻後便不動了。

蕭天渾身是血，一隻手拄著長劍，顫巍巍站起身。他身後的將士潮水般向瓦剌軍陣衝去，接下來的一場混戰，直殺得天昏地暗。

第四十八章　生死契闊

于謙冒雨率領援軍火速趕到安定門時，這裡的戰鬥已接近尾聲。援軍潮水般衝向瓦剌人，最後負隅頑抗的瓦剌人，一看大勢已去，便灰溜溜逃了。

雨絲不大，但于謙的眼睛卻被水霧迷住。眼前是一片怎樣慘烈的景象啊，他在兵部多年，也見識過大大小小的戰場，但是像面前如此慘烈的景象他聞所未聞，不足五裡的開闊地面上，躺滿橫七豎八的屍體、馬匹，人摞人、馬摞馬，地上是縱橫的血河。

「所有人聽令，尋找狐王，活要見人，死要見屍。」于謙聲音哽咽地向眾屬下大喊，他身邊的隨從迅速散去。于謙站在雨中，眼淚止不住地往下流。他看見給他報信的盤陽，像丟了魂似的四處亂跑，他聽不清盤陽喊著什麼。于謙回過頭，看到這片屍海後面巍峨的城門樓，「安定門」三個大字在雨水的沖刷下，清晰耀目。于謙閉上雙眼，沉痛地說道：「傳我口令，打掃戰場，不可遺漏一名明軍將士的屍骨。」他身後的傳令官得令迅速跑出去。

這時，盤陽一臉淚水踉蹌著跑到于謙面前，「撲通」跪下道：「大人，我一個人也沒有看見，他們在哪裡？我可如何回去向狐人交代呀？」

于謙急忙上前扶起盤陽道：「盤陽，別急，也許他們受傷了，咱們一定會找到他們。」

「大人，這裡的情況，恐怕在西直門的人還不知道，我現在便去通知他們。」盤陽哭著說道。

「那你快去，我親自帶人找。」于謙嘴裡說著安慰他的話，心裡卻是一陣陣絞痛。

盤陽一聽也只能如此了，於是翻身上馬向西直門的方向疾馳。

西直門外坡上營帳前，密密麻麻地站著人。即便下著雨，也沒有人躲進帳裡，一眾人等眼巴巴地盯著幾條必經的小道，他們不敢擅離。蕭天率人馬走時，下了死令，沒有他的口令，任何人不得離開大營半步，讓他們死守西直門。

安定門前的激戰，不時有探馬向他們回稟，魏東升和張念祖像兩隻螞蚱急得上竄下跳，卻不敢動彈半步。此時，兩人站在坡上幾乎同時看見自安定門方向疾馳而來一匹戰馬。

開始以為是探馬，離近了才看出是盤陽。

張念祖興奮地跑上去，一把抓住盤陽戰馬的馬嚼子，大聲問道：「盤陽，你可算回來了，大哥他們何時回來？」

盤陽身體抽動著，一聲不吭，突然從馬上滾下來，匍匐在地放聲大哭。張念祖盯著地上的盤陽，眼皮直跳，臉上那道刀疤抖了幾抖，他上前一把抓住盤陽的衣襟，大聲問道：「告訴我，出了什麼事？」

坡上的眾將聞聲紛紛跑下來，魏東升跑上前扶起盤陽，急得大叫：「兄弟，別哭了，你要急死我們了，快說呀，狐王呢？」

盤陽眼淚橫流，望著眾人，結結巴巴道：「全沒了。」

「不，你個混蛋！」張念祖突然眼睛通紅，一把抓住盤陽，把他推翻在地，騎上揮拳便打。盤陽哽咽著也不還手，任張念祖騎在身上打。

魏東升撲到張念祖身後抱住他，把他從盤陽身上拉起來。張念祖怒視著盤陽喊道：「你給我說什麼，你個混蛋！」張念祖推開眾人，向盤陽的馬跑去，翻身上馬後，策馬向安定門方向馳去。

與此同時，傳令官與張念祖擦身而過，傳令官報道：「尚書大人有令，明軍擊潰瓦剌進攻，瓦剌人已退兵。各城門守將，不得懈怠，加緊休整。」說完，掉轉馬頭疾馳而去。

「瓦剌退兵了。」眾人聽後，無不歡欣鼓舞。魏東升急忙扶起盤陽，愧疚地說道：「盤陽，恕在下軍令在身，不能過去，如今張念祖已去，你多帶幾個弟兄過去，在戰場上再好好找找。」

盤陽點頭，十幾個狐族和興龍幫的弟兄跑到跟前，魏東升命屬下牽來十幾匹戰馬，他們迅速翻身上馬，呼嘯而去。

盤陽一路快馬加鞭，很快趕上張念祖。由於張念祖一急之下騎的盤陽的馬，這匹馬奔波了大半天，早已疲憊不堪。盤陽叫住張念祖，便把戰場上所見講了一遍。

張念祖陰沉著臉，不說話，也不再問，只是一個勁地催馬疾馳。他們一隊人馬馳到安定門前，望著前面正在打掃的戰場，所有人都哭了。他們翻身下馬，張念祖回頭對弟兄們道：「死人堆裡扒，一個個扒，說什麼也要找到他們……」

這時，于謙手下一個副將看見他們，向他們跑過來，說道：「大人在前面等著你們呢，已經找到一些屍首，你們先過去看看。」張念祖和盤陽一聽，立刻跟著副將向那邊跑去。

這裡闢出一片空地陳列屍體，不停地有兵卒往這裡運送屍首。于謙站在面前一個個地辨認。副將跑上前說道：「大人，狐王手下的人到了。」于謙急忙轉回身，看見張念祖和盤陽，伸手引著他們來到一邊，指著地上兩具屍體，忍著淚說道：「目前只找到他倆。」

張念祖和盤陽低頭一看，兩人不由雙腿一抖，跪了下去。

林棲全身的箭被拔去了一些，有些太深依然插在身上。李漠帆全身被血浸透，眼睛瞪著。盤陽匍匐在地大哭，張念祖一把拉起他，衝著他喊道：「狐王還沒找到，跟我走。」張念祖拉著盤陽向戰場跑去。

張念祖和盤陽在血水中跑來跑去，剩下的大部分是瓦剌人的屍首了。張念祖眼神陰鷙地四處尋找，他踩著殘肢斷臂，把摞一起的人拉開，不放過一個死人。盤陽跟在他身後，他幹不了這個，走一路吐了一路！眼睛裡的淚流乾了。「在這人間地獄般的戰場走上一趟，我這一輩子都會做噩夢。」盤陽喃喃自語道。

張念祖回頭向他惡狠狠地啐了一口，仍然執著地在瓦剌人的屍體堆中尋找，這時他又發現一堆瓦剌人的屍體摞在一起。張念祖跑上前，抓起一具屍體摞到一邊，看見下面一個熟悉的面孔，只不過面孔上鼻子已被咬掉，血肉模糊，他認出是慶格爾泰，這個黑鷹幫四大金剛之首，也是也先前鋒大將軍，原來死在這裡。猛然，他心裡一顫，能滅掉他的，只有蕭天。想到此，張念祖回頭大叫：「盤陽，大哥應該在這裡。」盤陽急忙跑過來。

張念祖瘋狂地扒開慶格爾泰，一旁還有幾個瓦剌人，張念祖一個個扒開，此時他再也抑制不住自己的悲傷，一邊哭，一邊大喊：「大哥，你在哪裡？」

突然，一隻手抓住了張念祖的手臂，張念祖盯著那隻手，大叫：「大哥——」盤陽也跟上來，他和張念祖瘋狂地拉開上面幾個瓦剌人，看見下面躺著的蕭天。

張念祖抱住蕭天，此時蕭天面色發青，眼神迷離，肩上的箭傷流出黑乎乎的血水，張念祖大喊盤陽，他從腰間取出一個皮囊，叫道：「盤陽，快給大哥傷口上塗藥膏。」盤陽慌亂地打開皮囊取藥膏。蕭天死死抓住張念祖的手，努力把自己遊走的神集中到一起，他知道自己的時間不多了，他還有太多的事要交代，這個執著的念頭讓他活著，就是在等張念祖。

他盯著張念祖，一字一字說道：「念祖，你聽著，我的時間不多了。」蕭天說著，一隻手伸向脖頸，摸了半天，摸出滿是血污的狸龍玦，看著張念祖道：「這個，交給你嫂子，若是孩子生下來，給他戴上，這個是為父給他的一個念想。」蕭天說著，吃力地從懷裡摸出一塊繫著繩子的烏金的權杖，他把權杖舉到張念祖面前，顫聲道，「念祖，這個給你，接狐王令。」

「不，大哥。」張念祖跪著退了一步，突然叩頭道，「大哥，我不要，不——」

「念祖，接狐王令。」蕭天用盡全力說道，「我死後，你帶著狐族回到檀谷峪，把我和老李、林棲葬到一起。能接狐王令的只有你，見令如見我，以死起誓，永不負狐族。」

「大哥，我怕我擔不起呀。」張念祖淚流滿面地說道。

「你擔得起。」蕭天接著說道，「還有，念祖，我把我的妻兒託付與你，你要護他們周全。」蕭天轉眼看著盤陽道，「盤陽，還不向你們的新狐王行覲見大禮。」

盤陽流著淚，失聲痛哭，一邊哭著一邊對著張念祖跪下叩頭。

張念祖捧著狐王令，眼裡全是淚，他跪著湊到蕭天面前道：「大哥，有一件事我一直瞞著你，我真是該死，我請你收回成命，我，我不是本心，我是寧騎城。」

蕭天此時交代了所有的事，心情輕鬆了許多，他看著張念祖淡然一笑，道：「我不管你叫什麼，你都是戍邊大將張竟予將軍的兒子，你身上流淌著忠烈的血，你是什麼人，我比你清楚。」

張念祖一聽此言，醍醐灌頂道：「大哥，難道你早就知曉了？」

慢閉上雙眼。

蕭天一笑道：「你我過招無數，我一眼便識出了你。你是我的好兄弟。」蕭天說著，聲音漸漸變小，慢

張念祖撲上去抱住蕭天號啕大哭，他仰臉向天大叫了幾聲：「蕭天，蕭天，上天不公呀，為何死的不是我？」

張念祖哭著把狐王令塞進衣襟，他騰出手撕下一片衣角，擦去蕭天臉上的血，整理著他滿是血跡的衣衫。一隻手碰到他懷裡一物，拿出一看，是一塊浸滿血跡的手帕，張念祖抻開帕子，上面娟秀的字跡跳到眼前，字跡與血跡融為一團，只看見最後幾個字：一場嘆，一生為一人……但他還是認出這字出自明箏之手，想到明箏，張念祖心裡更痛。

一個是他認下的大哥，一個是他曾思慕的女子。此時此刻他寧願死去的是自己，也不想這樣帶著大哥的屍身見她，他如何去面對她？自己曾在她面前發過誓言，保護她的夫君，他辜負了她。

張念祖抓住血跡斑斑的帕子，強忍住內心悲戚，小心地塞進自己胸口。他站起身對著蕭天的屍身叩了三個頭，背起蕭天的屍身就走，盤陽依然跪在地上，半天才爬起身，默默跟在身後。

尾聲

一場雨後，京城的百姓得知經過浴血奮戰，大明軍隊終於擊敗了瓦剌人，兵臨城下的蠻夷已退，便紛紛開門走出家門。看到滿大街拉死亡將士的馬車，地上血跡斑斑，百姓們默默佇立街頭，眼含淚水。有些出兵卒的人家，便跑上前打探自家孩兒的下落。

西直門前，魏東升一身戰袍，早早佇立在城門前，他一臉肅穆眼睛眨也不眨地望著城內，一動不動。他身邊的隨從看他行事古怪，便上前問道：「大人，你一早站在這裡，是在等候何人？」

「叫你的人給我站好了，」魏東升訓道，「一會兒，狐族的車馬隊會打此過，我要送他們一程。」

說話間，只聽前方傳來粗重的木車輪碾軋地面發出的咕嚕聲，大道上遠遠出現一隊人馬，打頭的是身披黑色大氅的張念祖，他緊繃著嘴唇，臉上的線條刀刻般清晰，那道長長的刀疤越發猙獰。他身後跟著幾個狐族勇士，護衛著身後三輛馬車，每輛馬車四周都圍著幾個身背刀劍的勇士護衛。馬車後面是三輛平板大車，每輛大車上都綁著一口粗大的棺木，拉棺木的馬車後面跟著騎馬的族人。

第一輛馬車裡坐著明箏，她對面是翠微姑姑和她的兒子，夏木在一旁服侍著他們。明箏頭靠在墊子上，緩緩抬起頭，看了眼窗外，問道：「夏木，這是哪裡？」

「回郡主，到了西直門。」夏木望了眼窗外低聲道。

明箏蒼白的面頰有了血色，她直起身子。剛才是她三天裡說的唯一的一句話。想到三日裡在鬼門關走了一遭，要不是張念祖劈開房門，她或許已經隨蕭天去了，在她的脖頸往掛在房梁的白綾上套的一瞬間，她腹中的孩子突然猛踢她，她在那一瞬間猛然清醒，放聲大哭，後被衝進房裡的張念祖抱了下來。她怎麼如此糊塗，怎麼能把她腹中蕭天的骨肉給忘了。被張念祖叫醒，終於有了活下去的念頭。雖然她知道活著比死去更難，但是清醒之後，她漸漸回憶起臨別蕭天對她說的話，難道在那晚他便已經有了預感將要與她分開？他是一個多麼冷血和固執的人啊！

明箏伸手到脖頸上，那塊她親手戴到蕭天脖頸上的狸龍玦此時靜靜地貼著她的胸口，每一次觸碰都有種鑽心的痛，似乎還留有蕭天的體溫，這是他在世上留給她唯一的東西。不，還有一個，明箏突然感到腹部一陣胎動，還有這個將要誕生的新生命。

明箏臉上的淚和著將要成為母親的喜悅，慢慢流下來。

夏木說到了西直門。明箏臉上泛起一絲笑意，她突然想到兩年前自西直門進京，又想到在虎口坡她從雪窩裡拉回的那個貼著假面的男子，一會兒又看見李宅門前躺著的那個落魄書生。

明箏眼淚直流，她不停地流淚，不停地擦著，不停地微笑。她突然發現她的夫君從來都沒有離開過她，她輕輕地撫摸著自己隆起的腹部，笑著說道：「翠微姑姑，我腹中的孩兒，我的夫君已經給他起過名字了。」

翠微姑姑聽見明箏說話，她的目光離開兒子看向明箏。只短短幾天時間，翠微姑姑徹底老了，再也不是那個徐娘半老的豐腴美人，她眼窩深陷，雙頰發青，但眼神依然明亮。她看著明箏讚許地點點頭道：

「這才是我們狐族女人，這才是我們狐族女人該有的模樣，她們從來不哭，只會把打碎的牙往肚子裡咽，只會擦乾血淚，往前面看。」

馬車搖晃著前行，眼看到了城門前。

西直門前，兩列兵卒齊刷刷站在兩旁，魏東升和他的兩名屬下站在佇列前面，一看馬隊過來，魏東升迎著馬隊走來。

「兄弟，我已等候多時，定要送你們一程。」魏東升說道。

張念祖在馬背上抱了抱拳道：「魏將軍，你公務在身，不必拘於禮節，咱們後會有期，就此別過。」

魏東升點點頭，默默目送張念祖一行從眼前而過，當他看到後面三輛平板車上的棺木時，「撲通」一聲跪倒在地，他身後的眾兵卒也跟著跪倒在地。

車馬隊過了城門，魏東升才站起身，他久久地望著那隊人馬，盯著隊伍前那個身披大氅的桀驁不馴的背影，他知道蕭天沒有選錯人，這個人將成為新一代狐王，來日將會在這片血染的疆域叱吒風雲。魏東升正佇立在城門前，擰眉感嘆，忽見一匹烈馬絕塵而來，馬上之人翻身下馬，把韁繩往他懷裡一扔，大叫：「可見狐族馬隊？」

魏東升這才看清，竟然是于謙，他答道：「于尚書，狐族馬隊剛剛過去。」

于謙二話不說，便向城樓一側臺階跑去，他三步並作兩步，爬上城樓，遠遠望見一隊車馬向南迤邐而去。于謙呆呆凝視著馬隊，突然高高拱起手道：「蕭兄弟，恕為兄朝政纏身，不能相送了。」于謙說著，眼睛漸漸模糊，他急忙低頭擦去眼中淚水，他知道留給他悲傷的時間不多，他必須回去了。

他轉過身看見陽光灑過來，城牆像是被鍍上一層金色——不是金色，那明明是紅色，是鮮血的顏色。他伸手撫摸著堅固的城牆，那片霞光似鮮血般豔麗奪目。這片疆土，哪一片沒有浴過英雄的血！江山如畫的背後，豈止是血流成河！他胸中一片悲戚，不由潸然淚下。

在他的背後，那隊車馬沿著官道默默地向前行進，漸行漸遠。

狐王令——眾勢江湖聯手，誓守江山社稷

作　　者：常青
發 行 人：黃振庭
出 版 者：複刻文化事業有限公司
發 行 者：崧燁文化事業有限公司
E-mail：sonbookservice@gmail.com
粉 絲 頁：https://www.facebook.com/sonbookss/
網　　址：https://sonbook.net/
地　　址：台北市中正區重慶南路一段 61 號 8 樓
8F., No.61, Sec. 1, Chongqing S. Rd., Zhongzheng Dist., Taipei City 100, Taiwan
電　　話：(02)2370-3310
傳　　真：(02)2388-1990
印　　刷：京峯數位服務有限公司
律師顧問：廣華律師事務所 張珮琦律師

定　　價：480 元
發行日期：2024 年 12 月第一版
◎本書以 POD 印製
Design Assets from Freepik.com

國家圖書館出版品預行編目資料

狐王令——眾勢江湖聯手，誓守江山社稷 / 常青 著 . -- 第一版 . -- 臺北市：複刻文化事業有限公司，2024.12
面；　公分
POD 版
ISBN 978-626-7620-18-2(平裝)
857.7　113018681

電子書購買

爽讀 APP

臉書